小尾郊一

中國文學に現われた自然と自然觀
——中世文學を中心として——

本书根据岩波书店1982年第四次印刷本译出
本书重版得到作者遗孀小尾多知代女史授权

海外汉学丛书

中國文學に現われた
自然と自然觀

中世文學を中心として

小尾郊一

〔日〕小尾郊一 著

邵毅平 译

中国文学中所表现的
自然与自然观

以魏晋南北朝文学为中心

上海古籍出版社

图书在版编目（CIP）数据

中国文学中所表现的自然与自然观——以魏晋南北朝文学为中心 ／〔日〕小尾郊一著；邵毅平译. —2版. —上海：上海古籍出版社，2014.11（2023.2重印）

（海外汉学丛书）

ISBN 978-7-5325-7221-2

Ⅰ.①中… Ⅱ.①小… ②邵… Ⅲ.①中国文学—古典文学研究—魏晋南北朝时代 Ⅳ.①I206.2

中国版本图书馆CIP数据核字（2014）第066148号

海外汉学丛书

中国文学中所表现的自然与自然观
——以魏晋南北朝文学为中心

〔日〕小尾郊一　著

邵毅平　译

上海古籍出版社出版发行

（上海市闵行区号景路159弄1–5号A座5F　邮政编码201101）

（1）网址：www.guji.com.cn

（2）E-mail:gujil@guji.com.cn

（3）易文网网址：www.ewen.co

启东市人民印刷有限公司印刷

开本787×1092　1/18　印张21$\frac{6}{18}$　插页3　字数328,000

1989年11月第1版　2014年11月第2版　2023年2月第3次印刷

印数：3,151–3,750

ISBN 978-7-5325-7221-2

I·2810　定价：74.00元

如发生质量问题，读者可向工厂调换

出 版 说 明

　　上海古籍出版社一直关注海外中国传统文化研究，早在上世纪 80 年代初期，就出版了《海外红学论集》、《金瓶梅西方论文集》等著作，并与科学出版社合作出版英国著名学者李约瑟先生主编的巨著《中国科学技术史》。80 年代后期，在著名学者王元化先生和海外著名汉学家的支持下，上海古籍出版社推出了《海外汉学丛书》的出版计划，以集中展示海外汉学研究的成果。自 1989 年推出首批 4 种著作后，十年间这套丛书共推出 20 余种海外汉学名著，深受海内外学术界的好评。

　　《海外汉学丛书》包括来自美国、日本、法国、英国、加拿大和俄罗斯等各国著名汉学家的研究著述，涉及中国哲学、历史、文学、宗教、民俗、经济、科技等诸多方面。提倡实事求是的治学方法和富于创见的研究精神，是其宗旨，也是这套丛书入选的标准。因此，丛书入选著作中既有不少已有定评的堪称经典之作，又有一些当时新出的汉学研究力作。前者如日本学者小尾郊一的《中国文学中所表现的自然与自然观》、法国学者谢和耐的《中国和基督教》，后者以美国学者斯蒂芬·欧文（宇文所安）的《追忆：中国古典文学中的往事再现》为代表，这些著作虽然研究的角度和方法各有不同，但都对研究对象作了深入细微的考察和分析，体现出材料翔实和观点新颖的特点，为海内外学术界和知识界所借鉴。同时，译者也多为专业研究者，对原著多有心得之论，因此译本受到了海内外汉学界和读者的欢迎。

　　近十几年来，在中国研究的各个领域，中外学者的交流、对话日趋频繁而密切，中国学者对海外汉学成果的借鉴也日益及时而深入，海外汉学既是中国高校的独立研究专业，又成为中国学人育成过程中不可或缺的取资对象。新生代的海外汉学家也从专为本国读者写作，自觉地扩展到以华语阅读界为更广大的受众，其著作与中文学界相关著作开始出现话题互生共进的关系，预示了更广阔的学术谱系建立的可能。本世纪以来，虽然由于出版计划调整，《海外汉学丛书》一直未有新品推出，但上海古籍出版社仍然持续出版了一批高质量的海外汉学专题译丛，或从海外知名出版社直接引进汉学丛书如《剑桥中华文史丛刊》，积累了更为丰富的出版经验及资源。鉴于《海外汉学丛书》在海内外学术界曾产生过积极影响，上海古籍出版社听取学术界的意见，决定重新启动这套丛书，在推出新译的海外汉学名著的同时，也将部分已出版的重要海外汉学著作纳入这套丛书，集中品牌，以飨读者。

上海古籍出版社

2013 年 3 月

目　录

中译本序一 ……………………………………………… 小尾郊一　1

中译本序二 ……………………………………………… 章培恒　2

中译本序三 ……………………………………………… 邵毅平　5

序 ……………………………………………………………………… 1

序　章　魏晋文学之前的自然的叙述 ……………………………… 3

第一章　魏晋文学中所表现的自然与自然观 …………………… 22

　　第一节　咏秋诗 ………………………………………………… 25

　　　一、"悲秋"诗——它的产生与固定 ……………………… 25

　　　二、秋景描写 ………………………………………………… 48

　　第二节　写景诗 ………………………………………………… 52

　　　一、行游与自然 ……………………………………………… 52

　　　二、阮籍与嵇康的诗 ………………………………………… 57

　　　三、仙境与行旅的自然 ……………………………………… 59

　　　四、"招隐"诗 ……………………………………………… 61

　　　五、从玄言诗到山水诗 ……………………………………… 72

　　　　1. 孙绰、许询与殷仲文、谢混 ………………………… 72

　　　　2. "兰亭"诗 ……………………………………………… 87

　　　　3. 山水诗的萌芽 ………………………………………… 104

　　　六、田园诗人陶渊明 ……………………………………… 105

　　第三节　赋与自然 …………………………………………… 109

　　第四节　山水观 ……………………………………………… 120

　　　一、隐遁 …………………………………………………… 120

　　　二、游乐 …………………………………………………… 127

第二章　南朝文学中所表现的自然与自然观 ………………… 137

第一节　山水诗 ……………………………………………… 137

　　一、谢灵运 ………………………………………………… 138

　　二、谢朓 …………………………………………………… 146

　　三、梁、陈的诗 …………………………………………… 150

第二节　叙述山水的小品文 ………………………………… 171

第三节　山水游记 …………………………………………… 181

　　一、晋宋的山水游记——以《游名山志》、《庐山略记》为

　　　　中心 ………………………………………………… 182

　　二、地方志——以《荆州记》为中心 …………………… 200

　　三、"征"记与"征"赋 ………………………………… 213

　　四、《水经注》与《宜都山川记》 ……………………… 226

第四节　咏物诗 ……………………………………………… 249

第五节　赋与自然 …………………………………………… 260

第六节　自然美鉴赏 ………………………………………… 271

　　一、"赏"的意义 ………………………………………… 272

　　二、鉴赏性态度 …………………………………………… 290

第三章　北朝文学中所表现的自然与自然观 ……………… 299

结　语——以及唐以后文学中所表现的写景 ……………… 311

后　记 ………………………………………………………… 325

人名作品名索引 ……………………………………………… 329

书名索引 ……………………………………………………… 351

译后记 ………………………………………………… 邵毅平 361

修订译本后记 …………………………………………… 邵毅平 363

中译本序一

1987年4月，复旦大学古籍整理研究所的邵毅平先生与我联系，希望翻译及出版拙作《中国文学中所表现的自然与自然观——以魏晋南北朝文学为中心》，并且说已经翻译了大半，杀青后打算作为《海外汉学丛书》的一种，由上海古籍出版社梓行，我即刻爽快地答应了。

杜甫诗云："文章千古事，得失寸心知。"拙作自刊行以来，已经过了二十五年，现在其主旨也无大过，信而不疑。那时关于自然与自然观的著作，等于完全没有，坚信此书对于学界影响极大。此后，有关的论文陆续发表，受拙著之影响也未可知。拙作是一部研究中国文学的书，当然希望日本学者阅读，但倘若中国学者也能阅读的话，那更是求之不得、不胜欣喜的。

今年5月，我访问上海，有机会和邵先生晤面，言谈之下，知道他是一位温厚真挚的年轻研究者。我读了部分译稿，觉得译笔非常流畅，即便是原文中一些难解的地方，也能正确地译出，十分传神。

据说邵先生是章培恒教授的学生，同在一个研究所任职。他专攻中国古典文学，又谙识日语。1984年11月，复旦大学主办《文心雕龙》学术讨论会，日本学者的论文都译成中文，邵先生便是参加这项工作的一位。现在由钻研中国古典文学而精通日语的他来翻译拙作，我感到无比喜悦；而拙作能获得广大中国读者的赐阅，对于我的人生来说，更是万分荣幸的。

我对给予我这个机会的邵先生，表示衷心的感谢。

小尾郊一

1987年11月15日于日本诹访

（原文用中文撰写）

中译本序二

小尾郊一博士的力作《中国文学中所表现的自然与自然观》的中译本即将出版,这是值得欣幸的。

"四人帮"被粉碎以后,意识形态领域中出现了许多令人鼓舞的新气象。即以文学方面来说,文学理论和现代文学研究的进展就很迅速。然而,比较起来,古典文学研究所迈的步子似乎太小了一些。体现出新的特色和成就的论著当然不是没有,但远未形成一股气势磅礴的潮流,如同人们在现代文学研究中所看到的那样。很多的青年研究者对此感到不满,要求有所突破,我想,这是理当如此的吧!

要有所突破,首先自然应该学习马克思主义的理论。在以前的古典文学研究中所出现的种种弊病,绝对不是马克思主义带来的,而是自称为马克思主义,但却从根本上违背、歪曲了马克思主义的理论所造成。那种理论的一个重要特点,就是它的封闭性与保守性。它死抱着几条杜撰的、与马克思主义不相容的所谓原则,顽固地拒绝、敌视一切新的东西。殊不知马克思主义从来就是善于将自然科学、人文科学、社会科学中的一切新的发现和发明作为自己的营养的。

也正因此,真要以马克思主义观点来指导古典文学的研究,绝不应抱残守阙,而要广泛地了解、有选择地吸收国外的新的理论和方法,从国外学者的研究成果中获得借鉴。这也正是目前在古典文学研究领域中追求突破的一个必不可少的步骤。其实,我们只要回想一下,近现代在中国古典文学研究方面作出巨大成绩的王国维、鲁迅等先辈,哪一个不曾吮吸过异域文化的乳汁?

日本学者对于中国古典文学的研究有其悠久的历史和远较西方各国有利的条件,其研究成果实在值得引起重视。至于其研究方法,既有与我们的传统方法相通之处,又蒙受西方的很大影响,其长处也甚明显。所以,介绍并翻译日本学者关于中国古典文学的研究论著,是这步骤中十分重要的一环。而小尾博士的《中国文学中所表现的自然与自然观》，又是其中的上乘之作。

这部著作选择中国文学中涉及自然的作品进行综合的探讨，寻求出其变化发展的脉络。由于自然的描写本来是中国文学的一个重要方面，而魏晋南北朝文学与自然尤有密切的关系，这其实也在很大程度上显示了魏晋南北朝文学与其他时代文学的异同、它在文学观念与艺术手法上的革新、它在中国文学史上的重大贡献和地位。应该说，我们在这部书里所看到的关于魏晋南北朝文学的这一切，跟我们在最近三十几年来所形成的有关观念颇有距离。孰是孰非，自非一言能决；但书中的许多看法，至少在我看来，是可以引发对问题的新的思考，富于借鉴意义的。

而且，由于从某种意义上说，魏晋南北朝文学对于中国文学传统的主流是一种特异的存在，它自唐宋以来经常受到批判。本书在引发我们关于魏晋南北朝文学的新的思考的同时，通过魏晋南北朝文学与其他时期文学的对比，在若干方面必然还可以引起我们对中国古代文学的总体的新的思考。

至于本书所用的研究方法，也可使我们获得许多启发。就其重视材料的掌握来看，跟我国的朴学的传统当然有相通之处；不过，它力求从多种角度提供大量的材料，按照我们当前的习惯，有的甚至似乎达到了繁琐的程度，这却是根据今天的认识水平，对事物本身的复杂性有了周密的考虑的结果。换言之，存在于这种方法的根底里的，乃是一种现代的科学观念，而不是古代朴学的那种素朴的——虽然在当时来说也称得上是科学的——观念。而且，我国的这种传统的方法一般用于具体事件的考证，而本书则用于考察观念、感情、艺术方法的变迁，这更不是我国朴学的传统所能囿。另一方面，本书处处使用了比较的方法，无论是论述一个时期或一个作家的文学上的特点与成就，都通过比较而得出结论，这较之预先拟定某种标准，视其是否相合而判断优劣，自然也远为科学。而这种比较的方法，在相当长的一段时期里，在我国的古典文学研究领域中却是不多见的。

不过，较之研究方法更值得注意的，乃是渗透于全书的文学观念。此书的写定，是在 1962 年。正如作者自己所说，当时对文学与自然的关系问题还很少有人作专门的研究。那么，作者为什么选择这一课题，而且作出了这样使人趣味盎然的研究呢？是一种什么观念在支配着他？通读全书，我们会对这种观念获得深刻的印象。当然，文学是由经济基础所决定的上层建筑之一，然而，这里的所谓"决定"是什么意思呢？具体到人对于自然的观赏来说，人在观赏自然时的思想感情当然不能不受其所处的那个特定的经济基础的制约，也即被经济基础所决定，然而，当时的思想感情却仍然是由自然所引发而不是由经济基础所引发。这样，不同时代的人在观赏自然时的思想感情，固然有其由于经济基础的不同而相异的一面，也可能有其由于人与自然的这种特定关系而产生的类似或共通之处。因此对于文学与经济基础的关系的过于狭隘的理解恐怕并不符合马克思主义，在文学观念上开扩视野似乎也是当务之急，从而渗透在本书中的文学观念对于读者大概也会有相当的吸引力。

所以，小尾博士的这部力作至少对于中国的同行是颇有意义的，而邵毅平同志的译笔又足以副之，这也就是我对这部书的中译本的出版深为欣幸的原因。而且，我相信，在认真阅读以后，一定会有不少读者产生跟我相类的感想吧！

章培恒

1987 年 12 月 11 日

中译本序三

20 世纪日本的中国六朝文学研究（在日本也称"中国中世文学研究"），以第二次世界大战的结束为分界线，大致上可以分为战前与战后两个时期。战前时期，是日本的中国六朝文学研究的低潮时期，四十余年间仅出现了八十余种研究论著，而且还局限于东京和京都两地。究其原因，乃是因为尽管日本自明治维新以来不断吸收西方近代文化，但在中国文学的研究方面，尤其是在中国六朝文学的研究方面，却仍然受到以经学为中心的传统的汉文学价值观的束缚，对未能"文以载道"的六朝文学有着看轻的倾向；同时，也往往只是把中国的古典作为与日本本国文化相同的东西来看待（这就是所谓的"国汉"思想），而不是把六朝文学当作外国文学来作近代意义的研究。但是，即使在这一时期，也不是没有新风在吹拂的。早在 1911 年，铃木虎雄就以其《山水文学与谢灵运》（后收入其《支那文学研究》），而显示了六朝文学研究的新方向。后来，青木正儿有《支那人的自然观》（后收入其《支那文学艺术考》），对中国文学中的自然观作了探讨。1934 年，桥本循发表《支那文学与山水思想》（载《立命馆文学》），开始更为仔细地探讨谢灵运的山水文学。与此同时，《世说新语》等作品的文学性，也开始受到学者们的重视，出现了一系列的研究论著。这是吹拂于战前日本的中国六朝文学研究界的新风，它已经预示了战后日本的中国六朝文学研究的大致走向。

战后最初几年，日本经济混乱，社会动荡，生活困难。当时日本的中国六朝文学研究，也像学术界的其他领域一样，除了零星的点缀之外，大致上是一片空白。进入 1950 年代，情况发生了根本性的变化。首先，随着朝鲜战争的爆发和日美关系的改善，带来了经济复兴，社会繁荣，生活上升，这奠定了学术研究得以重新开展的物质基础。其次，日本战败以后类似国际社会局外人的地位，给战后成长起来的新一代学者以深深的刺激，使他们普遍产生了萨特式的"没有出路"的感觉。这种精神状态，拉近了他们与具有类似倾向的中国六朝文学的距离，使许多人因此而转向了中国六朝文学研究。对于青春伤痕甚深的新一代学者来说，中国六朝文学研究不仅仅是一门学问，而且也是心灵的感应与共鸣。他们中的很多人，后来都成了战后日本的中国六朝文学研究的中坚。再次，1950年代初，日本的旧制大学普遍改为新制大学，各个新制大学相继出版了自己的纪要和研究会的机关杂志，再加上1950年创刊的日本中国学会的《日本中国学会报》、1954年创刊的京都大学的《中国文学报》、1961年创刊的广岛大学的《中国中世文学研究》等中国文学的专门杂志，形成了全国性的中国文学的研究刊物网络，改变了战前研究力量仅局限于东京和京都两地的局面，为各地研究中国六朝文学的学者提供了长期而稳定的发表研究成果的阵地，促进了大批研究论著的出现和新一代学者的成长。最后，随着战后日本社会的全面现代化，它受西方现代文化的影响也越来越深，与中国传统文化的距离则越来越远，再加上战前即已吹拂于日本的中国六朝文学研究界的新风的影响，因此而带来了战后日本的中国六朝文学研究的价值观念和研究方法的改变，这对于开拓研究领域和拓展学术视野无疑具有不可估量的重要意义。由于上述几方面重要因素的综合作用，战后日本的中国六朝文学研究取得了长足的进展，成为日本的中国文学研究的最重要的一翼。据《中国文学研究文献要览（1945—1977战后编）》的"三国六朝文学"部分统计，在战后1945年至1977年的三十来年间，就出现了近千种研究论著，与战前四十余年间仅出现八十余种论著的情况相比，简直不可同日而语。同时，战后日本的中国六朝文学研究的范围也非常广泛，涉及几乎所有的重要著作、作家和领域，其中尤以对于《文选》、《玉台新咏》、《诗品》、《文心雕龙》、《世说新语》等著作，曹植、阮籍、嵇康、陶渊明、谢灵运、庾信等作家的研究成就最为突出。在广泛而深入的研究的基础上，涌现出了一批高质量的研究专著，其中具有代表性的著作当推斯波六郎的《文选索引》（京都，京都大学人文科学研究所，1959）、网祐次的《中国中世文学研究》（东京，新树社，1960）、小尾郊一的《中国文学中所表现的自然与自然观》（东京，岩波书店，1962）、铃木修次的《汉魏诗研究》（东京，大修馆书店，1967）、增田清秀的《乐府的历史研究》（东京，创文社，1975）、林田慎之助的《中国中世文学批评史》（东京，创文社，1977），等等，它们标志着战后日本的中国六朝文学研究的水准。①

在战后日本的中国六朝文学研究界，小尾郊一博士是中坚之一；他的《中国文学中所表现的自然与自然观》一书，则是这个领域中的重要成果之一。小尾郊一博士，1913 年 2 月 2 日生于日本长野县茅野市。1938 年进入广岛文理科大学（今广岛大学前身）文学科学习汉文学，1941 年毕业。此后历任京都的东方文化研究所（今京都大学人文科学研究所前身）助手，广岛文理科大学讲师，广岛高等师范学校教授，广岛大学文学部助教授、教授，武库川女子大学教授等职，现任日本中国学会名誉会员、东方学会评议员、广岛大学名誉教授。小尾郊一博士在京都的东方文化研究所时，曾从事吉川幸次郎主持的《毛诗正义》的校定事业；后来又曾在广岛高等师范学校讲授《传习录》、《近思录》、《古诗源》等中国古典著作；他早年的论著，有《全唐诗作者索引》（与长尾伴七合编，1941）、《关于毛诗正义的论证的一个考察》（1945）、《白氏文集的传本》（1946）、斯波六郎著《陶渊明诗译注》书评（1948）等。从小尾郊一博士早期所从事的工作、所讲授的课程和所发表的论文来看，可以说他当时大抵尚处于传统的以经学为中心的研究方法的影响之下。但是，作为一个感受到时代风气之巨变的战后新一代学者，小尾郊一博士也开始致力于新的研究方向的探求。正如他自己在《中国文学中所表现的自然与自然观》的《后记》中所说的，当他讲授《古诗源》中谢灵运和陶渊明的诗时，感到这才是真正的文学；同时又受到了铃木虎雄的论文《山水文学与谢灵运》的启发，于是终于以《谢灵运与自然》（1950）为嚆矢，迈出了他自己的——同时也是战后日本的——中国六朝

① 以上介绍，参考了松本幸男《日本的中国中世文学研究八十年》（载《立命馆文学》第 422—423 号，1980 年 8—9 月）一文的观点和资料，谨此说明，并申谢意。

文学研究的重要一步，继承并发展了从自然与自然观的角度研究中国六朝文学的传统。此后的十来年间，他先后写出了《六朝赏字用例》（1953）、《论招隐诗》（1954）、《兰亭诗考》（1955）、《论作为山水游记的水经注及宜都山川记》（1956）、《六朝的游记》（1957）、《魏晋文学中所表现的悲秋及其产生》（1958）、《六朝文学中所表现的山水观》（1958）、《左思的赋观——魏晋赋中的写实精神》（1959）等多篇重要论文，或从人们所习见的材料中找出新的意义，或从新的角度去看为人们所忽视的材料，或宏观地探讨一个时代的自然观，或微观地考察一个词的意义变迁，总之，它们都是以新的眼光来研究中国六朝文学的。这些论文，构成了《中国文学中所表现的自然与自然观》一书的骨架。1957年，小尾郊一博士以此书（雏形）获得以广岛文理科大学名义授予的文学博士学位。1962年，此书由岩波书店出版。此书问世后，受到日本学术界的好评。立命馆大学教授高木正一在《立命馆文学》第214号（1963年4月）上发表书评指出："著者涉猎了现存的众多的当时文献，并以从中搜集到的大量资料及对于这些资料的绵密考察为基础，展开了非常翔实的论述……此书所阐明的许多新的事实，不仅会给予中国文学的研究者，而且也会给予研究日本文学和西洋文学的人们以各种有益的启示。"京都大学笕文生在《中国文学报》第19册（1963年10月）上也发表书评予以善评。立命馆大学教授松本幸男的《日本的中国中世文学研究八十年》，则将此书看作是战后日本的中国六朝文学研究的"代表性业绩"之一。至1982年，此书已第四次印刷，由此也可见其在日本学术界受重视和欢迎之程度。

继此书之后，小尾郊一博士在从事授课任务和担任社会工作之余，继续潜心研究，笔耕不辍，又完成了许多重要的论著。其中专著有《文选》日译本五册（东京，集英社，1974—1976）、《玉台新咏索引》（与高志真夫合编，1976）、《李白》（东京，集英社，1982）、《谢灵运》（东京，汲古书院，1983）、《杨贵妃》（东京，集英社，1986）、《中国的隐遁思想》（东京，中央公论社，1988）等，论文有《丛书堂钞本嵇康集》

（1960）、《沈休文集考证》（1961）、《楚辞王逸注的兴》（1962）、《柳冕的文论》（1962）、《论馨字》（1963）、《庾信其人与文学》（1964）、《谢灵运的初去郡诗》（1965）、《艳歌与艳》（1965）、《文选李善注引书考证》（1966）、《昭明太子的文学论》（1967）、《谢灵运的山水诗》（1968）、《陆机文赋的意味》（1968）、《齐梁文学与自然》（1973）、《严铁桥全齐梁文补遗》（1973）、《汉赋的娱乐性——问答体与架空人物》（1975）、《中国文学中所表现的自然与人生》（1976）、《天·地·人》（1980）、《真与美的发现——关于陶渊明与谢灵运》（1982）、《论文心雕龙物色篇及齐梁文学的自然观》（1985）、《刘峻的辩命论》（1986）、《归去来辞的意图》（1987）等。从这些论著也可以看出，小尾郊一博士一直在孜孜不倦地从事中国六朝文学的研究。此外，还应该特别提到的是，小尾郊一博士自1961年至1976年间，曾长期主持战后日本的中国六朝文学研究的重要刊物之一《中国中世文学研究》的编辑工作，为建设广岛大学的中国六朝文学研究的阵地，从而也为整个日本的中国六朝文学研究的发展，作出了重要的贡献。

说起来，我之所以要翻译小尾郊一博士的《中国文学中所表现的自然与自然观》一书，不仅是由于此书是战后日本的中国六朝文学研究的重要成果之一，而且也是由于此书对于我们中国的六朝文学研究的发展可能具有的相当重要的意义。长期以来，中国学术界对于六朝文学的评价是比较低的，究其原因，其实也正是由于以经学为中心的传统的文学价值观在背后隐隐地起作用。按照传统的"文以载道"的文学价值观看来，或者说按照"文以载道"化了的"现实主义"的文学价值观看来，六朝文学由于较多吟咏花鸟风月与山水自然，较少反映社会矛盾与民生疾苦，所以不是好的文学。这样一种观点，与战前日本的中国六朝文学的价值观颇有相似之处。由于受这样一种观点的支配，所以中国的六朝文学研究发展速度比较迟缓，在若干方面，明显落后于战后日本的中国六朝文学研究。不过值得庆幸的是，近年来中国的六朝文学研究也正在酝酿着变革，六朝文学中所表现的人的自我意识和审美意识的觉醒，以及由此带来的内容与技巧的进步，正在日益受到研究者们的重视。前不久发表的章培恒先生的长篇论文《关于魏晋南北朝文学的评价》（载《复旦学报》1987 年第 1 期），便是这方面的一个重要信号。在这样的情况下，将从自然与自然观角度研究六朝文学的小尾郊一博士的这部著作介绍给中国学术界，我想是很有必要的。相信小尾郊一博士此书在中国的翻译出版，将会给予正在变革中的中国的六朝文学研究以新鲜的刺激和有益的启示。

邵毅平

1987 年 10 月识于复旦大学

序

　　无论在东方还是在西方，文学与自然之间都存在着极为密切的关系。尤其是在中国，这种关系更为紧密。这么说绝非过言：自古以来，中国文学很少不谈到自然的，中国文人极少不歌唱自然的。纵观整个中国文学，我们可以发现，中国人认为只有在自然中，才有安居之地；只有在自然中，才存在着真正的美。

　　此书以文学与自然的关系尤为密切的魏晋南北朝文学为中心，旨在阐明下列问题：当时的文学中描写了怎样的自然？为什么会开始描写那种自然？还有，当时的人们是怎样看待那种自然的？等等。

　　南朝时代，更是一个歌唱自然的时代。南朝文学中的自然主要是山水。此外，这个时代还是审美性的自然观确立的时代。本书第一章就这种南朝文学被导出以前的魏晋文学探讨了南朝文学产生的原因和过程，而且，还对把山水看作是隐遁之地和游玩之地的自然观的确立作了阐述。

　　第二章主要从若干方面探讨了吟咏山水的南朝文学，而且对把山水作为审美对象来眺望的自然观的发展作了阐述。其中提到了游记文学，注意到了历来不被看作是文学作品的地志类作品，并灵活运用。我想，这样做多少还是有点意义的吧！

　　以上二章是本书的中心。序章则上溯到《诗经》、楚辞，概观了其中的自然描写；第三章则考察了北朝文学中的自然；在结语中，又概观了自唐代至清代的写景文学。

　　此书虽然以"自然与自然观"为标题，但其实是以山水与山水观为主的。当然，把这之外的风云月露、花草禽兽之类自然现象和自然物作为中心来考察，也完全是有必要的，但在此书中却不能顾及了。

　　承蒙各方面的指教和厚意，此书始得以有成。其中，已故的斯波六郎先生①曾赐予特殊的指导，但非常遗憾的是，他生前却未能看到此书的出版。此外，吉川幸次郎博士②除赐教之外，还在出版方面予以帮助，并为此书题签。平冈武夫教授③则对此书的刊行惠予种种支援。在此，我谨向诸位先生表示衷心的感谢。

小尾郊一

1962 年 1 月 15 日

---

① 斯波六郎（1894—1959），日本的中国文学研究者，前广岛大学名誉教授。主要著作有《文选索引》、《文选李善注所引尚书考证》、《文心雕龙札记》（未完）等。——译者注
② 吉川幸次郎（1904—1980），日本的中国文学研究者，前京都大学名誉教授。主要著作有《元杂剧研究》、《中国诗史》、《中国文学史》等。——译者注
③ 平冈武夫（1909—1995），日本的中国文学研究者，前京都大学名誉教授。主要著作有《校定白氏文集》、《唐代的散文作家》、《唐代的诗人》、《李白的作品》等。——译者注

序章　魏晋文学之前的自然的叙述

一

现在流传的中国上古文学作品有好多种，但一般认为其中的大部分都是后世的伪作，可信的只有《诗经》。尽管在《诗经》之前，还有刻于龟甲兽骨的殷代卜辞，雕于钟鼎彝器的三代铭文以及《尚书》等等，但是，因为它们和自然描写没有多大关系，所以我想在此先从《诗经》谈起。

《诗经》中有许多作品吟咏的与其说是"自然"，毋宁说是"自然物"。《诗经》中咏到的自然物是非常丰富的，这一点，自古以来就为人们所熟知，比如，《论语·阳货篇》说：

> 子曰："小子何莫学夫诗？诗，可以兴，可以观，可以群，可以怨。迩之事父，远之事君；多识于鸟兽草木之名。"

又如，吴陆机有专门解释毛诗中动植物的《毛诗草木鸟兽虫鱼疏》。《诗经》中吟咏了很多的自然物，这说明诗人对自然具有相当程度的关心。但是，这种关心，并不是后世那种对于自然美本身的关心。对于《诗经》的作者来说，提到自然物并非是为了吟咏自然，而是为了利用自然物进行所谓的"比兴"，诗中歌咏的主旨则别有所在，主要在于作者的"志"。也就是说，在中国古代，诗大抵被看作是人类的抒志之物。《尚书·尧典》的"诗言志"和《诗经大序》的"诗者志之所之也"二语，都鲜明地表达了这种看法。正如这些话所说的，《诗经》的诗，主要是陈述作者的想法的。

然而，我的意思并非是说诗人只借用自然物而不对自然表示出任何反应。正因为对自然界的风物景象有所感动，所以他们才利用了许多自然物。那么，他们是怎样捕捉自然，怎样表现自然的呢？

第一，他们对于自然已具有何种程度的审美意识呢？当然，还不能说他们是像后世那样以浓厚的审美意识来眺望自然的，但是，诗人对于自然似乎同样具有那种理应具有的鉴赏眼光。如：

桃之夭夭，灼灼其华。之子于归，宜其室家。（《周南·桃夭》）

诗人使用"夭夭"、"灼灼"这些重言，巧妙地表现了桃树繁茂、红花点缀的景象。可以想见，诗人正要歌咏娇美的处女，忽而看到了桃花，于是心中产生了感动。总之，其中捕捉到了桃花盛开之美。从这首诗可以推知，诗人对于美的鉴赏眼光是相当敏锐的。《诗经》毛《传》将这两句描写桃花的诗句与下面的言"志"句合在一起，称作"兴"。所谓"兴"，就是将"自然"给予之物与自己所求之物交融合一。自然给予人们以某种感动，人们接受自然给予的感动。然而，诗人对于自然美的感动，还是相当少的。又如：

喓喓草虫，趯趯阜螽。未见君子，忧心忡忡。（《召南·草虫》）

毛《传》认为此诗是"兴"，《诗集传》则认为是"赋"，说法各异。如果把它看作是"兴"，那么可以说诗人在"喓喓草虫"、"趯趯阜螽"这些自然物的活动中感到了某种触动。据古注说，诗人从草虫和阜螽的活动中感受到了夫唱妇随的行为；反过来也可以说，作者是为了追求夫唱妇随的行为才想到草虫和阜螽的。也就是说，诗人将自然给予之物与自己所求之物交融合一了。《诗经》的"兴"，一般都可以作如是观吧。就这一点而言，《诗经》的"自然"在诗中占有相当大的比重。不过，正如刚才谈到的，《诗经》中经常歌咏的自然，只是草木鸟兽虫鱼等具体的自然物的形状；而且，诗人着力捕捉并利用的，只是自然物的状态，而不是它的形状之美。除了下面几例之外，在此我就不多举例了：

摽有梅，其实七兮。（《召南·摽有梅》）

何彼襛矣，唐棣之华。（《召南·何彼襛矣》）

> 彼黍离离，彼稷之苗。（《王风·黍离》）

> 隰有苌楚，猗傩其枝。（《桧风·隰有苌楚》）

这些自然物，大都是身边的、日常的自然物，而不是在特地寻访幽邃的山水时所发现的罕见的自然物。而且，一般只有二句，描写甚为简洁，看不到细腻的技巧性描写。

如上所述，《诗经》中的自然，多被作了比兴式的运用。但是，当时也已经有了所谓的写景式的诗，虽说还处于萌芽状态。如：

> 葛之覃兮，施于中谷，维叶萋萋。黄鸟于飞，集于灌木，其鸣喈喈。（《周南·葛覃》）

> 东方明矣，朝既昌矣。匪东方则明，月出之光。（《齐风·鸡鸣》）

等等，整章都是写景。又如：

> 我徂东山，慆慆不归；我来自东，零雨其濛。果赢之实，亦施于宇。伊威在室，蟏蛸在户。町畽鹿场，熠燿宵行。不可畏也，伊可怀也。（《豳风·东山》）

虽说这是一首战士结束长年累月的远征，回到日夜思念的故乡以后，有感于故乡的荒芜而作的抒情诗，但其中却巧妙地穿插着荒芜景色的描写，从而更加深了诗人对于故乡的思念之情。

> 伐木丁丁，鸟鸣嘤嘤。出自幽谷，迁于乔木。嘤其鸣矣，求其友声。相彼鸟矣，犹求友声；矧伊人矣，不求友生。神之听之，终和且平。（《小雅·鹿鸣之什·伐木》）

此诗前半部分的写景非常出色，但当它被用来表现后半部分作者的"志"时，它的美便顿时减色不少。

> 昔我往矣，杨柳依依；今我来思，雨雪霏霏。行道迟迟，载渴载饥。我心伤悲，莫知我哀。（《小雅·鹿鸣之什·采薇》）

> 昔我往矣，黍稷方华；今我来思，雨雪载途。王事多难，不遑
> 启居。岂不怀归，畏此简书。（《小雅·鹿鸣之什·出车》）

二诗都是吟咏出征之苦的抒情诗，其中都穿插着写景。

> 春日迟迟，卉木萋萋，仓庚喈喈，采蘩祁祁。执讯获丑，薄言
> 还归。（同上）

此诗写战士在春光明媚、草木茂盛、鸟儿啼鸣的良辰出征归来，是一首
将明媚的春光与战士执"讯"获"丑"而归的快乐心情融汇交流的感情
移入的诗。

> 烨烨震电，不宁不令。百川沸腾，山冢崒崩。高岸为谷，深谷
> 为陵。哀今之人，胡憯莫惩。（《小雅·节南山之什·十月之交》）

此诗歌咏了天灾地变，并把它与恶政联系在一起。

> 凤凰鸣矣，于彼高冈；梧桐生矣，于彼朝阳。菶菶萋萋，雍雍
> 喈喈。（《大雅·生民之什·卷阿》）

据《诗集传》说，此诗或许是作为"比"来描写的，但把它看作是写景
大概也未尝不可吧。

> 旱既太甚，涤涤山川。旱魃为虐，如惔如焚。我心惮暑，忧心
> 如熏。群公先正，则不我闻。昊天上帝，宁俾我遁。（《大雅·荡之
> 什·云汉》）

此诗吟咏了旱魃的苛烈。

　　以上所举的，是《诗经》中以歌唱"自然"为主的作品。但是，
《诗经》中并没有出现后世那种歌咏山水之美或自然物之美的作品，纯客
观的写景诗不用说也没有出现。而且，像在后来的楚辞中所能看到的那
种感伤性的自然，在《诗经》中也是看不到的。《诗经》的诗中的自然，
大体上不得不说仍然是比兴式的。虽说如此，诗人却并不是全然没有审
美性的鉴赏眼光的。虽然诗人对自然作了比兴式的处理，但也不乏简洁

朴素地捕捉自然的作品，如上面所提到的《桃夭》和下面这二首诗：

> 我行其野，芃芃其麦。（《鄘风·载驰》）

> 瞻彼淇奥，绿竹猗猗。（《卫风·淇奥》）

但是，这些诗在《诗经》中仅占极小部分，且如上所述，诗人在捕捉自然时，对自然物的状态和样子更感兴趣。再举几个例子，如：

> 南有樛木，葛藟累之。（《周南·樛木》）

作者的眼光为"累"所吸引。又如：

> 螽斯羽，诜诜兮。（《周南·螽斯》）

作者注意的是"羽之多"。还有一点同样值得注意，那就是在《诗经》中，季节感尚未出现。关于这一点，后面将要谈到。

二

《诗经》是北方的韵文的代表，而南方的韵文的代表则必须举出楚辞。《诗经》中所表现的，大都是北方的自然和自然物；与此不同，楚辞中所描写的，主要是南方楚地的自然和自然物，而且表现得惊人的丰富。宋黄伯思的《翼骚序》，完全从楚地的角度来说明楚辞，他说：

> 屈宋诸骚，皆书楚语，作楚声，纪楚地，名楚物，故可谓之楚辞。若些、只、羌、谇、蹇、纷、侘、傺者，楚语也；悲壮顿挫，或韵或否者，楚声也；沅、湘、江、澧、修门、夏首，楚地也；兰、茝、荃、药、蕙、若、芷、蘅者，楚物也。（《直斋书录解题》引）

这里所列举的兰、茝、荃、药、蕙、若、芷、蘅等楚地的自然物，都是不见于《诗经》的楚地所特有的东西。又如宋吴仁杰的《离骚草木疏》中所详细说明的，楚辞中还能见到桂、椒、木兰等香木，江离、辟芷、兰、蕙、苏、杜衡、杜若、薜荔等香草。而且，如

> 纫秋兰以为佩。(《离骚》)

所说的，楚辞中还经常强调这些香草可以"为佩"，带在身上，这当然表示了作者身体的纯洁无瑕，但同时也说明了楚人中存在着这种风俗习惯。归根结蒂，把香木、香草与身体的纯洁无瑕联系在一起，为此而佩带它们，这本身便显示了楚人富于非现实空想的民族性。如《九歌·湘夫人》，对香木和香草结成的空想的住处作了动人的描写：

> 筑室兮水中，葺之兮荷盖。荪壁兮紫坛，播芳椒兮成堂。桂栋兮兰橑，辛夷楣兮药房。罔薜荔兮为帷，擗蕙櫋兮既张。白玉兮为镇，疏石兰兮为芳。芷葺兮荷屋，缭之兮杜衡。

就这样，用香木和香草造了一所屋子，作为两人同栖的住处。诗人特别注目于香木和香草，这表现了他们那非现实空想的自然观。《诗经》则与此不同，正如青木博士①在《支那文学艺术考·支那人的自然观》中已经指出的，《诗经》中所表现的草木，如荇菜、卷耳、蕨薇、芹、梅、栗、葛、麻之类，大多是可供食用、药用或制衣之用的生活必需品。也就是说，北方民族的自然观是现实的。

然而，和《诗经》一样，在楚辞中，也同样看不到关于自然和自然物之美的叙述。确实，楚辞歌咏了楚地特有的名山、大川、奇花、异草，酿出了不同于《诗经》的抒情氛围，但是，其目的却不是为了歌咏自然之美，而是为了抒发作者的情志。如屈原在《离骚》中所说的：

> 余既滋兰之九畹兮，又树蕙之百亩。畦留夷与揭车兮，杂杜衡与芳芷。冀枝叶之峻茂兮，愿俟时乎吾将刈。虽萎绝其亦何伤兮，哀众芳之芜秽。

看起来描写的似乎确实是田园风景，但其实仍然只是比喻。关于这个比

---

① 青木博士，即青木正儿（1887—1964），日本的中国文学研究者，前京都大学教授。主要著作有《支那文学概论》、《支那文学艺术考》、《中国近世戏曲史》、《清代文学评论史》等。——译者注

喻所说的内容，则众说纷纭，莫衷一是。倘从王逸注，则所谓香草萎绝，乃是比喻自己不能尽才却反被抛弃的遭遇。引起我注意的，是其开头关于香草的长长描写。当然，这种比喻性的自然描写在《诗经》中即已可以看到，并不怎么罕见，只是楚辞中的自然物与《诗经》中的自然物完全不同。

楚辞（屈原）中自然描写的特征，是它的抒情性与感伤性。让我们来看一下《九歌》（关于它的成立尚有疑问，现姑且把它当作是屈原的作品）。比如：

> 帝子降兮北渚，目眇眇兮愁予。袅袅兮秋风，洞庭波兮木叶下。
> （《湘夫人》）

以"袅袅兮秋风，洞庭波兮木叶下"的景色象征眺望帝子（湘夫人）而不见的忧愁心情。又如：

> 雷填填兮雨冥冥，猿啾啾兮狖（王逸本"狖"作"又"，此从《楚辞考异》一本）夜鸣。风飒飒兮木萧萧，思公子兮徒离忧。
> （《山鬼》）

也在自然描写中寓托了忧愁之情。

此外，屈原《九章》的：

> 入溆浦余僮佪兮，迷不知吾所如。深林杳以冥冥兮，猿狖之所居。山峻高以蔽日兮，下幽晦以多雨。霰雪纷其无垠兮，云霏霏其承宇。（《涉江》）

叙述了到达溆浦后的旅途之苦。

> 浩浩沅湘，分流汩兮。修路幽蔽，道远忽兮。（《怀沙》）

叙述了受到放逐没有归宿的思绪。

如上所述，感伤地眺望自然，以楚辞为始。在把自然作为抒发情志的手段来利用这一点上，楚辞和《诗经》没有什么不同，只不过楚辞更富于抒情性。而且，其中所抒发的感情，是从屈原的境遇中渗出的忧愁，这种忧愁的感情又被投影于自然。这是楚辞中自然描写的第一个特征。

楚辞中自然描写的另一个特征，是出现了游览性的描写：

> 朝发轫于苍梧兮，夕余至乎县圃。欲少留此灵琐兮，日忽忽其将暮。吾令羲和弭节兮，望崦嵫而勿迫。路曼曼其修远兮，吾将上下而求索。饮余马于咸池兮，总余辔乎扶桑。折若木以拂日兮，聊逍遥以相羊。（《离骚》）

> 朝发轫于天津兮，夕余至乎西极。凤凰翼其承旗兮，高翱翔之翼翼。忽吾行此流沙兮，遵赤水而容与。麾蛟龙使梁津兮，诏西皇使涉予。（同上）

> 上高岩之峭岸兮，处雌蜺之标颠。据青冥而摅虹兮，遂儵忽而扪天。吸湛露之浮源兮，漱凝霜之雰雰。依风穴以自息兮，忽倾寤以婵媛。冯昆仑以瞰雾兮，隐岷山以清江。惮涌湍之磕磕兮，听波涛之汹汹。（《九章·悲回风》）

这些诗句的背后，当然隐托着寓意，但是，其表面上所作的，却是游览性的描写，颇类于散文中的游记。

楚辞中自然描写的第三个特征，正如上述例子所表明的，是其中所表现的自然是空想的世界，梦中的世界，幻想的世界，神仙的世界。《诗经》的作者所眺望的，只是自己周围的现实的自然；与此不同，楚辞中所描写的，则是梦想的自然。传说是屈原所作的《远游》，就通篇充溢着关于在这种世界中游览的描写（从《远游》中所显示的游仙思想等来看，诚如陆侃如所指出的，把它当作屈原作品是有问题的，它更有可能是汉代游仙思想开始流行以后的产物）。这里试引其中的一节：

> 嘉南州之炎德兮，丽桂树之冬荣。山萧条而无兽兮，野寂漠其无人。载营魄而登霞兮，掩浮云而上征。命天阍其开关兮，排阊阖而望予。召丰隆使先导兮，问大微之所居。集重阳入帝宫兮，造旬始而观清都。朝发轫于太仪兮，夕始临乎于微闾。屯余车之万乘兮，

纷溶与而并驰。驾八龙之婉婉兮，载云旗之逶蛇。建雄虹之采旄兮，五色杂而炫燿。服偃蹇以低昂兮，骖连蜷以骄骜。

它先是描写了在天空中的游览，接着又详细地描写了上天以后所到的仙境。因此，它也可以说是一篇游记。倘要寻找后世游记的滥觞，则正如谢无量《楚词新论》所指出的，《远游》就是源头。那么，为什么会产生这种空想性的、幻想性的作品呢？这也许是由南方楚地的气候、风土所决定的吧。幻想性的风土，渐渐地使人们产生了超现实的想法，进一步使楚人形成了如《汉书·地理志》所说的"信巫鬼重淫祀"这样一种民族。因此，楚辞里描写了常人所难以相信的世界（《九歌》、《离骚》、《招魂》、《天问》）。这种世界，后来又演变成了神仙思想。

那么，楚辞的作者难道不是专为抒情而描写自然美的吗？像后世那种对于自然美和山水美本身的描写，在楚辞中可以说的确是一点都看不到的。还有那种把山水看作是唯一的、最好的地方来憧憬的崇仰，在楚辞中也是看不见的（朱子、姚际恒把《诗经》中《卫风·考槃》的"考槃在涧，硕人之宽。独寐寤言，永矢弗谖"看作是赞美隐遁的诗，但它毕竟不是赞美山水的诗）。

散见于楚辞的自然描写，仅有下面这几句：

石濑兮浅浅，飞龙兮翩翩。（《九歌·湘君》）

袅袅兮秋风，洞庭波兮木叶下。（《九歌·湘夫人》）

秋兰兮青青，绿叶兮紫茎。（《九歌·少司命》）

滔滔孟夏兮，草木莽莽。（《九章·怀沙》）

可以说，楚辞中对于罕见的南方自然物的利用，只是为了象征君子与小人、君与臣、洁白与丑恶等关系，而完全不是为了歌咏自然美。如上所说的诗人对于香草和香木的强烈爱好，正是这种态度的表现吧。只有《九章·橘颂》，对于自然物作了罕见的长篇描写，其中有些诗句，准确地捕捉了橘之美，成了后世咏物诗的始祖，如：

　　深固难徙，更壹志兮。绿叶素荣，纷其可喜兮。曾枝剡棘，圆
果抟兮。青黄杂糅，文章烂兮。精色内白，类可任兮。纷缊宜修，
姱而不丑兮。

对橘树的叶、花、实之美作了动人的歌唱。

　　一般认为是后人所作的《大招》，其中所表现的对美女的描写，虽说
与自然物无关，但同样是非常细腻的。

　　到了据说是屈原弟子的宋玉，开始出现了细腻的自然描写。一方面，
进一步加强了对自然的抒情性、感伤性眺望；另一方面，进一步发展了
见于《橘颂》的咏物倾向，使之向着写景诗的方向前进。

　　前一方面的例子，是《九辩》中关于秋的描写。正如后面将要提到
的，这可以看作是"悲秋"观念的起源：

　　悲哉秋之为气也，萧瑟兮草木摇落而变衰，憭慄兮若在远行。
登山临水兮送将归，泬寥兮天高而气清，寂寥兮收潦而水清。憯凄
增欷兮薄寒之中人，怆怳懭悢兮去故而就新，坎廪兮贫士失职而志
不平，廓落兮羁旅而无友生，惆怅兮而私自怜。燕翩翩其辞归兮，
蝉寂漠而无声。雁廱廱而南游兮，鹍鸡啁哳而悲鸣。独申旦而不寐
兮，哀蟋蟀之宵征。时亹亹而过中兮，蹇淹留而无成。

这是一篇将失职贫士的心境寄托于寂寥的秋景并展开的优秀的抒情诗。
如果说后来魏晋时代所能见到的那种抒情诗实际上是起源于这篇《九辩》
的，那大概也不算过言吧。其中尤为引起我们注意的，正如后面将要详
细叙述的，是秋的季节感的出现。后世的"悲秋"观念，实际上始于
《九辩》。而且从《九辩》以后，悲秋的季节感开始被频频利用。

　　其次，我们必须注意宋玉作品中出现的写景诗式的描写。如见于
《文选》卷十三的《风赋》形容风势道：

　　夫风生于地，起于青蘋之末，侵淫溪谷，盛怒于土囊之口。缘
泰山之阿，舞于松柏之下。飘忽淜滂，激飚熛怒。耾耾雷声，回冗

错迕。蹶石伐木，梢杀林莽。

与《九辩》相比，这段描写应该说是更为细腻的。而且，我觉得这段描写也不是以叙述其他什么为前提的，而是作者对风所作的保持一定距离的仔细观察和描写，可以说是一种客观式的描写。只是作者对于这风到底发生了多少感动，还是颇有问题的。此外，宋玉的《高唐赋》（《文选》卷一九）里，也出现了写景。其叙写水声：

> 登巉岩而下望兮，临大阺之稽水。遇天雨之新霁兮，观百谷之俱集。濞汹汹其无声兮，溃淡淡而并入。滂洋洋而四施兮，蓊湛湛而弗止。长风至而波起兮，若丽山之孤亩。势薄岸而相击兮，隘交引而却会。崪中怒而特高兮，若浮海而望碣石。砾磥磥而相摩兮，嶵震天之磕磕。巨石溺溺之瀺灂兮，沫潼潼而高厉。水澹澹而盘纡兮，洪波淫淫之溶㵧。奔扬踊而相击兮，云兴声之霈霈。

叙写鸟兽鱼虫的样子：

> 猛兽惊而跳骇兮，妄奔走而驰迈。虎豹豺兕，失气恐喙；雕鹗鹰鹞，飞扬伏窜。股战胁息，安敢妄挚。于是水虫尽暴，乘渚之阳。鼋鼍鳣鲔，交积纵横，振鳞奋翼，蜲蜲蜿蜿，中阪遥望。

叙写草木的样子：

> 玄木冬荣，煌煌荧荧，夺人目精。烂兮若列星，曾不可殚形。榛林郁盛，葩华覆盖。双椅垂房，纠枝还会。徙靡澹淡，随波闻蔼。东西施翼，猗狔丰沛。绿叶紫裹，丹茎白蒂。纤条悲鸣，声似竽籁。

都客观地叙写了自然的风景。虽说这些描写所形容的与其说是自然风景，还不如说是某种自然物，但是，从宋玉的《风赋》和《高唐赋》中，我们可以清楚地感受到那种面对自然物而试图叙述的作者的写生、写实精神。尽管这种写生、写景的态度早已见诸屈原的《橘颂》，但把它明确地表现出来的，则是宋玉。此外，宋玉还有一篇《神女赋》，对于人的美而不是自然物作了细腻的叙写。从这些赋来看，可以说宋玉已经基本上决定了此后汉魏六朝赋的特征。也就是说，产生"赋者铺陈也"这一解释的赋的特征，在宋玉的赋中就已经形成了。

不过，另一方面，试图客观地捕捉和叙写自然物的态度，在荀卿的赋中也可以看到。现在尚存的《赋篇》，包括《礼》、《知》、《云》、《蚕》、《箴》五个部分（据陶秋英《汉赋之史的研究》说，不应该把这五个部分作为独立的赋分割开来），明确地分别以这五者为对象，根据他的理智判断——叙写，因而可以说，作者采取的是一种客观地观照自然物的态度。尤其是对"云"、"蚕"之类自然物的捕捉，更是和写景、写实的精神有关。不过，它们到底是否曾促进过后世咏物赋和咏物诗的产生呢？这还有很大的疑问。刘大杰的《中国文学发展史》（上卷）认为，像汉代的《子虚赋》、《上林赋》、《羽猎赋》、《长杨赋》这样的写景赋，是从荀子发展而来的；但我认为它们毋宁说是从宋玉发展而来的。又，据钱穆的《先秦诸子系年》，荀子生活的年代与屈原约略同时而稍后，但我想荀子毕竟没有受过屈原的什么影响吧！

通过以上关于宋玉的叙述我们可以知道，宋玉是以客观的态度观照并描写自然的。但是，宋玉的这些作品，恐怕只是脑海中的想象物，书房里的玩意儿，而未必是真正为风声、雨声所感动而形诸笔端的东西。六朝时代那种因憧憬山水而叙写山水美的倾向，在宋玉的作品中更是一点影子都找不到的。

三

整个两汉凡四百二十年，郑振铎的《中国文学史》把这一时期称作"辞赋时代"。在此之前由屈原和宋玉开创的楚辞，影响了汉代文学，变成了辞赋。汉代的辞赋，正如我们在关于宋玉的部分所曾指出的，专门发展了铺陈叙事的一面。前汉的武帝时代，是辞赋臻于极盛的时代。有一种观点认为，虽说武帝好文，国家隆盛，但尔后的辞赋之体，却其实是由辞赋大家司马相如的出现而确定的。武帝以前，已经出现了陆贾、贾谊、枚乘等赋家；此后，又相继出现了与司马相如约略同时的庄忌、东方朔、枚皋、严助、吾丘寿王、朱买臣和稍后的王褒、刘向、杨雄等赋家。到了后汉，班固、张衡、冯衍、崔骃、傅毅、马融、王逸、蔡邕等赋家相继而起。不过，辞赋虽说是汉代文学的主流，但另一方面，也存在着以民歌为基础的乐府；此外，虽说五言诗的产生时期尚未能确定，但事实上至少在后汉末它也已经产生了。

　　这些辞赋、乐府和五言诗又是怎样描写自然的呢？

　　司马相如的《子虚》、《上林》二赋，不仅是汉代辞赋的代表作，而且也是汉代自然描写的代表作。据《汉书·司马相如传》说，由于《子虚赋》为武帝所留意，所以司马相如又接着作了《上林赋》。《子虚赋》述诸侯游猎之事，《上林赋》述天子游猎之事，赋中客观地描写了游猎场所的自然。以《子虚赋》为例，其中有这么一段关于楚七泽之一"云梦"的叙写：

　　　　云梦者，方九百里，其中有山焉。其山则盘纡岪郁，隆崇嵂崒；岑崟参差，日月蔽亏。交错纠纷，上干青云；罢池陂陀，下属江河。其土则丹青赭垩，雌黄白坿，锡碧金银；众色炫耀，照烂龙鳞。其石则赤玉玫瑰，琳珉昆吾，瑊玏玄厉，碝石碔砆。其东则有蕙圃，衡兰芷若，芎䓖菖蒲，茳蓠蘼芜，诸柘巴苴。其南则有平原广泽，登降陁靡，案衍坛曼。缘以大江，限以巫山。（《文选》卷七）

接着又叙述了"其高燥"、"其埤湿"、"其西"、"其中"①、"其北"、"其上"、"其下"等以及山川形势和物产；而这番叙述的目的，乃在于夸耀云梦泽的壮大。作者宛如从空中给云梦拍了一张照片，然后一一分辨照片中的"其山"、"其土"、"其石"，作出罗列性的、夸大的说明，把无名的草木表现成奇木异草，把常见的鸟兽表现成珍禽异兽。每一种表现都用美丽的字句来联缀，以娱悦读者的眼睛。分析性的、罗列性的说明，

---

① 《子虚赋》"其西"后接"其北"，"其中"云云，乃写"其西"之"涌泉清池"中所有之物，非方位之词也。——译者注

产生于对自然作客观的眺望的态度。这种态度认为，在眺望自然时，丝毫不应带有理应具有的感动。在某种意义上，《子虚赋》的自然描写，是对自然的一种非常冷冰冰的眺望方式。尽管作者用美辞丽句装饰了一个个具体事物，但这并不是为事物之美所感动的表现方法，而只是为了夸大地说明的表现方法。这样，作者对云梦的自然描写，就只是咏物的连续，而并没有将整体呈现于读者眼前。因而，挚虞《文章流别论》的评论："夫假象过大，则与类相远；逸辞过壮，则与事相违；辩言过理，则与义相失；丽靡过美，则与情相悖。"（《艺文类聚》卷五六）左思《三都赋序》的评论："于辞则易为藻饰，于义则虚而无征。且夫玉卮无当，虽宝非用；侈言无验，虽丽非经。"（《文选》卷四）也就当然会出现了。

但是，其中值得注意的是，《子虚赋》虽说是咏物的连续，却试图对整个云梦泽作自然描写；《上林赋》也同样试图描写整个上林苑，虽说其描写是罗列式的。像这种从《诗经》、楚辞中经常可见的对具体自然物的描写到对整个自然的描写的转变，是非常值得注意的。当然，这还不是后来的山水诗、咏物诗中所能见到的那种从整体描写中酿出情绪的表现方法，而只是咏物的重叠；然而，不管怎么说，作者想要客观地描写某种整体，这还是不容忽视的。

不过，这种自然描写，在《子虚赋》、《上林赋》之前其实就已经有了，这就是前汉枚乘的《七发》：

> 龙门之桐，高百尺而无枝。中郁结之轮菌，根扶疏以分离。上有千仞之峰，下临百丈之溪。湍流溯波，又澹淡之。其根半死半生，冬则烈风漂霰飞雪之所激也，夏则雷霆霹雳之所感也；朝则鹂黄鸱鸮鸣鸣焉，暮则羁雌迷鸟宿焉。独鹄晨号乎其上，鹍鸡哀鸣翔乎其下。
>
> （《文选》卷三四）

它并没有描写像"泽"那般广大的东西，而只是以"桐"为中心，描写了它周围的自然环境。但很明显，这种描写再往前发展，便形成了司马相如的《子虚赋》。《七发》的自然描写，并不是为了叙述对自然美的感受，而是为了作为叙述其他内容的手段，才被采用的。在这一点上，《子虚赋》和《上林赋》也是一样的。二赋并不是因直接接触自然而有所感受的作品，而是以夸示诸侯和天子的游猎为目的，以夸张地描写作为游猎背景的自然为手段的作品。可以说，作者对自然美等等并不具有多少感动。赞美山水、喜爱山水美的看法，更是一点影子也找不到的。此后，汉代辞赋中的自然描写，基本上都沿袭了司马相如赋的模式。杨雄的《甘泉》、《羽猎》、《长杨》、《河东》四赋，班固的《两都赋》，张衡的《二京赋》等等，都只不过是司马相如赋的流亚。

　　这种自然描写，尽管也可以说是关于整体的描写，但基本上还只是具体事物的说明的罗列，因而也可以说是咏物性的描写。被认为是所谓咏物赋的王褒的《洞箫赋》，在咏物方面作了更明确的描写。和司马相如赋一样，王褒此赋以洞箫为中心，从各个方面作了细致的开掘。可以说它已具有与后来的咏物诗相同的特点，并开了它们的先河。如其中叙写长着箫干的土地的情况道：

> 翔风萧萧而径其末兮，回江流川而溉其山。扬素波而挥连珠兮，声礚礚而澍渊。朝露清冷而陨其侧兮，玉液浸润而承其根。孤雌寡鹤娱优乎其下兮，春禽群嬉翔翔乎其颠。秋蜩不食，抱朴而长吟兮，玄猿悲啸，搜索乎其间。处幽隐而奥屏兮，密漠泊以猭猭。（《文选》卷一七）

但读了这段描写以后，我们也许会发现其中有着某种与司马相如赋稍稍不同的东西。司马相如发挥学者的本领，驱使智囊中的所有文字，以美辞丽句修饰自然，而不带任何感慨；而在王褒的自然描写中，则洋溢着某种优美的情绪。他所描写的，可以说是一种浪漫的自然，又可以说是一个空想的世界。司马相如的世界是对现实的夸张，而王褒则描绘了一个梦想的世界。读者因而会感到王褒的赋更为优美。不过，要说王褒对自然美有什么认识，那还是颇可怀疑的。

　　那么，汉代就果真没有任何观照自然而试作描写的作品了吗？其实还是有的，那就是后汉班彪的《北征赋》（关于此赋，在后面关于《述征记》的部分还要详细叙述）。它是后世游记（旅行记）的始祖。其笔致颇类《离骚》，而且表现也多借用屈原、宋玉的词汇。如关于高平县沿途的描写就是其例：

> 野萧条以莽荡，迥千里而无家。风猋发以漂遥兮，谷水灌以扬波。飞云雾之杳杳，涉积雪之皑皑。雁邕邕以群翔兮，鹍鸡鸣以唶唶。游子悲其故乡，心怆恨以伤怀。（《文选》卷九）

如最后二句所示，作者抒发了远离故乡的游子的悲哀，并带着这种悲哀眺望自然。因而，其中所表现的自然，可以说是感情移入的自然，而不是上述《子虚赋》中所表现的那种冷冰冰的自然。在旅途上，作者对萧条的自然产生了感动。这种自然描写，具有和日本的"道行文"① 相似的效果。这种感情移入的自然描写，如后面将要阐述的，是在魏晋诗歌中初露端倪并发展起来的。不过，见于《北征赋》的这种自然描写，在司马相如赋中也不是没有的，这就是《哀二世赋》：

> 登陂陁之长阪兮，坌入曾宫之嵯峨。临曲江之隑州兮，望南山之参差。岩岩深山之谾谾兮，通谷豁乎谽谺。汨减噏习以永逝兮，注平皋之广衍。观众树之塕薆兮，览竹林之榛榛。东驰土山兮，北揭石濑。弥节容与兮，历吊二世。（《史记·司马相如列传》）

与上述《子虚赋》一样，这也是奏上天子的作品；但是，以前赋作中那种夸耀自己学力的过分表现，在此赋中却显著地减少了。而且，因为不采用罗列式的、分析式的表现方法，所以也给读者带来了真实感。这也许是因为作者对实际景色作了观察、描绘的缘故吧！不过，要说在这篇作品中作者是自觉地以某种写实精神来描写自然的，那还是大可怀疑的。尽管这样，赋中描写了亲眼所见的自然，这还是值得注意的。

---

① 道行文，日本古代描写旅途风景和抒发旅情的韵文文体之一种，类似于我国的旅行记。——译者注

汉赋的另一个值得注意的特点，是出现了开魏晋鼓吹玄风的文学作品之先河的讴歌隐遁生活的辞赋，这就是后汉末张衡的《归田赋》。值得注意的是，这也是一篇汉赋中罕见的短赋，其内容也与其他辞赋不同：

> 　　于是仲春令月，时和气清。原隰郁茂，百草滋荣。王雎鼓翼，仓鹒哀鸣。交颈颉颃，关关嘤嘤。于焉逍遥，聊以娱情。尔乃龙吟方泽，虎啸山丘。仰飞纤缴，俯钓长流。触矢而毙，贪饵吞钩。落云间之逸禽，悬渊沉之鲂鳜。（《文选》卷一五）

李善注说："张衡仕不得志，欲归于田，因作此赋。"正如上引此赋所表明的，张衡赞美和描写了民间的田园生活和隐栖生活。在"时和气清"的仲春良辰，春草萌发，春鸟和鸣，这一切都使心灵感到快乐；上山射鸟，临河钓鱼，又别有一番滋味。这里所描写的自然，是一种愉快的平和的自然。作者虽然还没有迷恋上自然之美，但是已经感到了山中生活同样是快乐的。见于后来魏晋时代的那种赞美隐遁山水的思想，在此赋中已有了明确的表现。它当然开了后来各种"归田赋"的先河，而且也导出了晋王羲之的《兰亭序》、陶渊明的《归去来辞》。这篇作品是值得注意的，因为它第一次将山水和田园作为愉快平和的地方来描写。要问为什么当时会产生这样的作品，那不得不说是时代思潮的产物吧。据《后汉书》张衡本传，张衡卒于永和四年（139），享年六十二。那么，他主要仕宦于安帝、顺帝时期。当时，是历史上有名的宦官专横和政治黑暗的时代，是人心动摇怀疑、厌恶现实社会、为保全生命而盛行隐遁的时代。人们追求的思想支柱不是佛教，而是道家。也就是说，当时又是隐遁的、厌世的、道家的思潮渐渐成为时代思潮的时代。张衡也是浮沉于这种时代潮流中的人物之一，他的《归田赋》，还有《思玄赋》，都反映了这种时代思潮。

　　以上，我们考察了汉赋中所表现的自然。尽管作客观描写的作品相当丰富，但不能认为汉代赋家已具备了对于自然美的关心。在许多场合，汉代赋家只是利用自然描写来表达其他内容。而且，汉赋中所描写的自然，范围也仅限于游猎场所、宫苑和都邑等周围的山河，后代文学中所表现的山水等，在汉赋中是完全看不到的。因而可以认为，汉代人对于自然还没有什么特别明确的意识。

四

看一下现在所流传的汉代诗歌就可以发现，其中大部分作品是模拟《诗经》、楚辞的，以抒情为主，自然景物不过被用来作为表现感情的手段。直接描写自然景物并试图歌唱其美的作品几乎没有。其中唯一的写景诗是乐府《江南》：

> 江南可采莲，莲叶何田田，鱼戏莲叶间。鱼戏莲叶东，鱼戏莲叶西，鱼戏莲叶南，鱼戏莲叶北。（《乐府诗集》卷二六）

这是一首非常朴素的民谣，用了同样的句式，而只在语尾换用"东、西、南、北"四个字，大概是江南男女在采莲时歌唱的吧。通过这首诗，我们不仅能看出人们采莲时的快乐心情，也能看到鱼儿在青青铺展的莲叶中悠然往来的样子。正如《乐府解题》所说的："江南古辞，盖美芳晨丽景，嬉游得时。"（同上）

此外，则有前汉昭帝的《淋池歌》，抒发了秋日游玩的快乐。此诗见于《拾遗记》卷六及《古文苑》卷八：

> 秋素景兮泛洪波，挥纤手兮折芰荷，凉风凄凄扬棹歌。云光开曙月低河，万岁为乐岂云多。

此诗表现了秋高气爽的景致，在那个时代是非常罕见的；但它是否果真是昭帝之作，还是一个问题。此外，汉武帝那首有名的《秋风辞》，见于《文选》卷四十五，并未标明出处；但《乐府诗集》卷八十四则说出于《汉武故事》。如果真是出于《汉武故事》，那就不太可信据了。

> 秋风起兮白云飞，草木黄落兮雁南归。兰有秀兮菊有芳，携佳
> 人兮不能忘……欢乐极兮哀情多，少壮几时兮奈老何！

起首二句，描写了秋天的景物，简洁地捕捉了秋天之美，而且一直贯穿
到最后二句。

此外，《古诗十九首》中的不少作品，虽然也描绘了现实景物，但往
往是借景抒情，也就是说，是感情移入的描写。如：

> 明月皎夜光，促织鸣东壁。玉衡指孟冬，众星何历历。白露沾
> 野草，时节忽复易。秋蝉鸣树间，玄鸟逝安适。昔我同门友，高举
> 振六翮。不念携手好，弃我如遗迹……（《文选》卷二九）

诗人有感于秋天的景物，想起了弃自己而去的友人。正如朱筠所说的：
"大凡时序之凄清，莫过于秋；秋景之凄清，莫过于夜；故先从秋夜说
起。"（《古诗十九首说》）而且，前半部分歌唱了"萧条满目，失志人尤
易感也"（陈祚明《采菽堂古诗选》卷三）的秋景。也就是说，诗中所
描绘的是感伤性的秋，作者是感伤地观看自然的。正如上文已稍稍谈到
的，这种秋的季节感的出现，源于楚辞中宋玉的《九辩》；但在这个时期
的诗歌中，也已有了表现。关于这一点，我想在下一章中详加阐述——
虽然略嫌麻烦。

第一章　魏晋文学中所表现的自然与自然观

魏晋时代，自后汉献帝建安初年（196）至东晋末年，凡二百一十年①。这个时代可以说是六朝文学的培养期，各种各样的根在这个时代得到了培养，它们不断地生长，不久以后，开出了六朝文学之花。这里所提出的"自然"问题，就是在魏晋受到培养，在南朝开出山水诗之花的。在这种意义上，这个时代应该说是一个值得注目的时代。

虽然我们提的是"魏晋文学"，但下文引述的主要资料，是以诗为中心的。这是因为魏晋时代是五言诗开始昌盛的时代，因此，我们想看看魏晋的诗是怎样描写自然的。换言之，也可以说是想看看魏晋时期的"写景诗的展开"。但是，在这个时期，尚未出现完全的写景诗，因此，在考察魏晋诗中所表现的自然这一问题时，我们想同时考察魏晋人的自然观。

这里所说的"自然"，是与"人类"对立的、也就是自然界和自然现象这一意义上的自然。"自然"这个词，究竟是从何时开始被用于与"人类"对立的意义的呢？弄清楚这个问题，是很有意思的。不过，中国人也许并没有明确地把"自然"这个词理解为与"人类"对立的"自然"的意义吧。也许，他们认为人类本身说到底也是自然界的一部分，是"自然而然之物"；也许，他们认为森罗万象的大千世界就是自然。不过，不仅中国是这样，西洋的"Nature"一词的意义也正是这样。正如"Nature"后来开始被用于与人类对立的自然界、自然现象的意义一样，在中国，自然与人类之间也开始产生了某种程度的区别，尽管产生的时间还不能明确地判定。如陈江总的《修心赋》形容会稽龙华寺的幽邃景致说：

---

① 原文如此，实则应为二百二十余年。——译者注

菜丛药苑，桃蹊橘林。捎云拂日，结暗生阴。保自然之雅趣，
鄙人间之荒杂。（《陈书·江总传》）

他既然将"自然"视作"人间"的对立面，那么这个"自然"便使人感
到其意义是指自然界和自然物的。如上所述，我们还不能明确指出自然
是从何时起被区别于人间的；但据推测，这恐怕是从老庄思想盛行、隐
遁思想流行的魏晋时期开始的。笠原仲二氏[①]曾发表了《中国古代的自
然观念及其内容的展开》（《立命馆文学》第八四、八五号）这篇详细的
论文，认为自然界和自然现象意义上的自然概念产生于魏晋时代，我觉
得这是甚为妥当的看法。

"自然"的意义，可以作各种理解，但把它理解为"自然而然"和
"原始根本"则是不错的吧。《老子》第二十五章云：

人法地，地法天，天法道，道法自然。

所说的"自然"，就是这个意思。魏王弼对此发挥道：

自然，无义之言，穷极之辞也。

在阮籍的《通老子论》中，自然更被说成是道：

道者自然，《易》谓之太极，《春秋》谓之元，《老子》谓之道
也。（《文选》卷一一《游天台山赋》李善注）

信奉老庄思想的魏晋人似乎认为，置身于原始根本的状态便是无为自然；
最能合乎这种状态的是自然界而不是人类社会。因而他们认为，只有置
身于这种"自然"，才是最为理想的。在当时人的心目中，隐遁便是"置
身自然"吧！

这个时代，把人类社会以外的东西看作是最自然的东西。也就是说，
自然界这一概念这时已经成立。但是，当时却似乎还没有出现将人类社

[①]　笠原仲二（1908—1990），日本的中国哲学研究者，前立命馆大学名誉教授。主要著作
有《中国农村习惯调查》、《中国人的自然观与美意识》、《古代中国人的美意识》
等。——译者注

会与自然界作对比鲜明的使用的例子。

　　人们似乎只认为自然界的物质和现象是具有"自然"性质的东西，而不认为物质和现象本身即是自然：

　　　　有自然之丽草，育灵沼之清濑。（孙楚《莲华赋》，《艺文类聚》卷八二）

　　　　彼芳菊之为草兮，禀自然之醇精。（孙楚《菊花赋》，《艺文类聚》卷八一）

　　　　播匪艺之芒种，挺自然之嘉蔬。（郭璞《江赋》，《文选》卷一二）

丽草、芳菊、嘉蔬，都是具有自然性质的东西，都是语言本义上的自然物。我想，因为人们把人类社会以外的东西看作是最自然的东西，所以后来就把人类周围的环境叫作"自然"。但在魏晋时期，这样一种观念尚未确立。当时只不过是把人类社会以外的东西作为自然的东西来充分认识的。之所以如此，是因为如刚才所说的，人们在人类以外寻求老庄的无为自然，换言之，是因为憧憬环境的自然，这就表现为隐遁。它的影响，在文学上，表现为后来宋的山水诗；但在魏晋时代，它的影响还没有在文学上表现出来。关于它们之间的关系，在后面关于"兰亭"诗的部分还要详述。

　　那么，魏晋文学中所表现的自然又具有怎样的特色呢？特色之一，是"寄物陈思"的自然描写，即将感情、思想寄托于自然的表现方法。这可以上溯到《诗经》中的"兴"。但是《诗经》的"兴"中的自然描写所表现的，只是作为许多具体的现象事态被捕捉的自然；而在魏晋文学中，自然却是作为整体被捕捉的；而且，在这种自然之中，还寄托了作者的感情，换句话说，也就是"景中有情"。

　　在这种寄物陈思的自然描写之中，以在秋天的景物中寄托忧愁悲哀的感情者为最多见。也就是说，秋天的无限的寂寥之味，被作为文学的合适题材来捕捉。但是，这种描写，却并不是为了抒发秋天的无限的寂寥之味，而多半是为了借此抒发忧愁悲哀的感情。我认为，这是魏晋文学中所表现的自然的一个特色。

第一节 咏秋诗

一、"悲秋"诗——它的产生与固定

考察魏晋诗中所表现的自然时，首先值得注意的，是秋的季节感被作了各种各样的利用。一般说来，四季之中季节变化最为显著的，对人类感情的震撼最为强烈的，是春与秋。我想，在春与秋，无论是古今东西，不沉浸于某种思绪之中的人是没有的吧！在中国，古老的《淮南子》中，便有"春女思，秋士悲"（《缪称训》）之语，《诗经·豳风·七月》的郑《笺》中也有"春女悲，秋士悲，感其物化也"之语。只是男女分言恐是基于阴阳论的说法，不必拘泥。再往上溯，《诗经》中的：

> 春日迟迟，采蘩祁祁，女心伤悲，殆及公子同归。（《豳风·七月》）

歌唱了女子在春天的绵绵思绪。但这并不仅限于春女思和秋男悲。

正如我们在关于汉代诗歌的部分所曾指出的，在汉代诗歌中，秋的季节感即已被利用；但在魏晋时代，秋景被更经常地利用来表现悲哀、忧愁的感情。看一下这些诗歌，就会使人感到，那后世文学中的"悲秋"观念，不是已经在这时候被确立了吗？只是与秋的季节感相比，春的季节感还不太被利用。

如后面将要谈到的，宋谢灵运以"赏心"眺望自然，其结果，表现为所谓的山水诗。这种山水诗，换言之，也可以说成写景诗、叙景诗。但是它并非是由写景构成全篇的，在它的最后，必定要歌咏某种感慨。因而，它并不是像在后来的唐诗（如王维的诗）中所能见到的那种全篇写景的诗。但是，它毕竟也不是以情为主的抒情诗。谢灵运山水诗中景与情的关系，不同于过去那种景与情的关系，即由景生情或托情于景的

关系，而是景本身切断了与情的关系而呈现出来的。试举《初去郡》为
例来看看：

> 彭薛裁知耻，贡公未遗荣。或可优贪竞，岂足称达生。伊余秉
> 微尚，拙讷谢浮名。庐园当栖岩，卑位代躬耕。顾己虽自许，心迹
> 犹未并。无庸妨周任，有疾像长卿。毕娶类尚子，薄游似邴生。恭
> 承古人意，促装反柴荆。牵丝及元兴，解龟在景平。负心二十载，
> 于今废将迎。理棹遄还期，遵渚鹜修坰。溯溪终水涉，登岭始山行。
> 野旷沙岸净，天高秋月明。憩石挹飞泉，攀林搴落英。战胜臞者肥，
> 监止（“止监”何义门改“监止”，此从之）流归停。即是羲唐化，
> 获我击壤声。（《文选》卷二六）

上面这首诗，似作于谢灵运任永嘉太守二年后称疾去职归始宁墅时。诗
中首先表示了自己二十年来因依违于违心的官职而感到难受的心情，接
着描写了回乡途中所看到的景色，最后透露了自己解除精神束缚以后类
似击壤老人的心情。这首诗的主旨，在于辞去违心的官职；而其中所描
写的归乡途中的秋景“溯溪终水涉，登岭始山行。野旷沙岸净，天高秋
月明。憩石挹飞泉，攀林搴落英”云云，则可以看作是附属性的。但是，
附属的方法却与魏晋诗有着显著的差异。

　　譬如，同样是描写秋景的诗，魏文帝的《杂诗》即云：

> 漫漫秋夜长，烈烈北风凉。展转不能寐，披衣起彷徨。彷徨忽
> 已久，白露沾我裳。俯视清水波，仰看明月光。天汉回西流，三五
> 正从横。草虫鸣何悲，孤雁独南翔。郁郁多悲思，绵绵思故乡。愿
> 飞安得翼，欲济河无梁。向风长叹息，断绝我中肠。（《文选》卷
> 二九）

这是一首在旅途中想回到故乡的诗。这次旅行，依李善注，是指在枹中
的西征，但也有其他的说法，不过总之肯定是旅中思乡诗。在这首诗中，
怀念故乡的感情与秋夜有关。这首诗所欲说的，是“郁郁多悲思，绵绵
思故乡”，以及因归故乡无由而感叹自身的“向风长叹息，断绝我中肠”。

因而，置于此诗前部的秋夜写景"俯视清水波，仰看明月光。天汉回西流，三五正从横。草虫鸣何悲，孤雁独南翔"，乃是为了引出下面的"悲思"感情的。逆言之，也可以说是在写景之中寄托了"悲思"感情，即清陈倩父所谓的"景中情长"（《采菽堂古诗选》卷五）。对作者来说，既可以说他是以"悲思"来眺望秋夜的自然的，也可以说他是受引起这种悲哀感情的秋夜自然的触发而生出悲思的。不管怎么说，写景都不过是通向感情的桥梁。也就是说，写景本身不具有独立存在的价值，只是作为引起其他内容的东西而存在的。

让我们再来看上述谢灵运的诗。谢灵运诗的写景方式，与文帝的《杂诗》甚为不同。归始宁居道中的自然描写，颇似日本的"道行文"。只不过"道行文"大抵被认为是寄托感情的，而相比之下，谢灵运的自然描写中所寄托的感情在量上就比较的少。也许不能说一点都没有，但毕竟比较稀少。此外，引起下面这种情况的作用也不是全然没有的，尽管初看起来其作用很难看出，这就是这种自然描写本身也被认为是独立的存在。当然，它既然是诗中的一部分，那么，前后的联系也不是全然没有的。但是，它却不是为了表达其他内容的桥梁。也就是说，它乃是把自然作为自然来客观地眺望的。它当然也可以说是绘画性的。全面地推出这种自然描写的，是后来唐代的王维等人的诗。

就上述二诗来说，自然描写或是起表达其他内容的引出作用的，这可以说是抒情性的；或是不怎么起这种作用的，这可以说是写景性的。就前者来说，再以上述文帝的《杂诗》为例，秋夜的描写是和悲思的感情联系在一起的。也就是说，"秋"是与"悲"联系在一起的，秋成了带有悲哀感情的东西。这一点，从我们今天看来也许是不足取的。不过我想，由秋这个季节引起悲哀感情，乃是古今人情中不变的东西吧。然而，在文学中，利用秋这个季节，把它和悲哀的感情联系起来表现，也就是说，在文学中利用秋的无限的寂寥之味，以及这种利用方法的固定，实在是从魏晋时代开始的（我们后面还要详细讨论）。杜甫作《秋兴》八首和《悲秋》诗，宋代的欧阳修作《秋声赋》，都歌唱了"悲秋"之秋。对唐宋时代的人来说，秋即是悲哀，正如秋被说成是"悲秋"一样，秋已经成了必须悲哀地吟咏的东西。

在文学中，把秋作为悲哀之物来表现，以及这种表现的固定化，实际上是从魏晋之交开始的。那么，在魏晋时，秋的景色究竟是怎样被描写的呢？

利用秋的季节感，由秋景兴起悲哀与忧愁，又将悲哀与忧愁寄托于秋景，这种描写方法，在魏晋文学中到处可见。

在人类的各种忧愁感情之中，毕竟没有比对于死亡的忧愁更大的了。因而，悲悼死亡，不用说是很容易和秋的季节感联系在一起的。如魏文帝的《悼夭赋》，写自己因悲悼族弟的夭逝，而一边流着哀伤的眼泪，一边

> 步广厦而踟蹰，览萱草于中庭。悲风萧其夜起，秋气憯以厉情。仰瞻天而太息，闻别鸟之哀鸣。（《艺文类聚》卷三四）

赋中列举了秋夜的悲风、憯厉的秋气、别鸟的哀鸣，作为与悲悼夭折的感情相称的东西。又，晋张载的《七哀》诗云：

> 秋风吐商气，萧瑟扫前林。阳鸟收和响，寒蝉无余音。白露中夜结，木落柯条森。朱光驰北陆，浮景忽西沉。顾望无所见，惟睹松柏阴。肃肃高桐枝，翩翩栖孤禽。仰听离鸿鸣，俯闻蜻蜩吟。哀人易感伤，触物增悲心。丘陇日已远，缠绵弥思深。忧来令发白，谁云愁可任。徘徊向长风，泪下沾衣衿。（《文选》卷二三）

关于时令，赋中出现了秋天的黄昏、秋风、寒蝉、白露、落叶等典型的秋天的景物。不用说，这些都是引发哀感的景物。进而言之，使作者"哀"、"感伤"、"增悲心"的，乃是丘陇旁的松柏、高桐以及孤禽、离鸿、蜻蜩等。尤其是"孤"和"离"，更使作者感到哀愁。使作者思深、发白、泪沾衣衿的是什么呢？这就是"丘陇日已远"，就是悲悼人的死亡和感叹人类生命的短暂。这一点，倘将此诗与这组《七哀》诗的前一首

合起来阅读和考察的话，将更为明白。在这组《七哀》诗的前一首中，作者面对北邙山麓的累累坟墓，感到了人生的无常。这组《七哀》诗的后面一首，也就是本书所引的这一首，不妨看作是作者受秋景的感动而感到人生无常的诗，也可以说是一首景中有情的抒情诗。又，此诗可注意者，尤在"哀人易感伤，触物增悲心"这两句。特别是"触物增悲心"这种表现，是经常为魏晋诗人所采用的。"触物增悲心"的感情，在《诗经》的诗人身上也不是没有的吧；但是，明确地将这种感情歌唱为"触物增悲心"，清晰地在文学中表现，却是从魏晋时代开始的。而"增悲心"的"物"，则多半是秋天的景物。晋陶渊明的《挽歌》诗中也有这样的句子：

> 荒草何茫茫，白杨亦萧萧。严霜九月中，送我出远郊。四面无人居，高坟正嶣峣。马为仰天鸣，风为自萧条。幽室一已闭，千年不复朝。千年不复朝，贤达无奈何。向来相送人，各已归其家。亲戚或余悲，佗人亦已歌。死去何所道，托体同山阿。（《文选》卷二八）

这首诗中，并没有描写典型的秋景，但"严霜九月中"的表现，则显示了这是秋天。也就是说，此诗将送葬与秋联系了起来。当然，送葬不在秋天也可以，但诗人认为，和墓场相应的情景应该是秋天，因为诗人认为秋是悲哀的东西。

以上，我们看到，秋景是被与死及人生无常联系在一起的；与此相关，秋景更经常地被与"岁月移行"联系在一起。魏陈琳的《游览》诗云：

> 节运时气舒，秋风凉且清。闲居心不娱，驾言从友生。翱翔戏长流，逍遥登高城。东望看畴野，回顾览园庭。嘉木凋绿叶，芳草纤红荣。骋哉日月逝，年命将西倾。建功不及时，钟鼎何所铭。（《艺文类聚》卷二八）

从绿叶凋落、红叶纤谢的秋天景色中，兴起了日月流逝、年命衰老的内心感喟。在草木凋落之时，感到时间的推移和年命的衰老，这盖是古今人情之所同吧。而在魏晋的作品中，开始经常谈到这一点。如魏曹植的《愁思赋》（《初学记》卷三作《秋思赋》）云：

> 四节更王兮秋气悲，遥思恼怅兮若有遗。原野萧条兮烟无依，云高气静兮露凝衣。野草变色兮茎叶稀，鸣蜩抱木兮雁南飞。归室解裳兮步庭前，月光照怀兮星依天。□居（"居"上殆脱一字）一世兮芳景迁，松乔难慕兮谁能仙，长短命也兮独何怨。（《艺文类聚》卷三五）

在这首赋中，作者感到"秋气"是"悲"的，因而以这种感情来眺望秋天的景物。萧条的原野、变色的野草、鸣蜩、南飞雁等等，都成了表现萧条的秋的季节感的东西。由这些景物所触发的，是"松乔难慕兮谁能仙，长短命也兮独何怨"这一对于人类生命之短暂的感叹。又，晋左思的《杂诗》云：

> 秋风何冽冽，白露为朝霜。柔条旦夕劲，绿叶日夜黄。明月出云崖，皦皦流素光。披轩临前庭，嗷嗷晨雁翔。高志局四海，块然守空堂。壮齿不恒居，岁暮常慨慷。（《文选》卷二九）

看到秋景，尤其是绿叶的日夜变黄，作者感到了壮年的不能永驻。李善注"因感人年老，故作此诗"云云，正是这个意思。又，晋张载《秋》诗云：

> 灵象运天机，日月如激电。秋风兼夜戒，微霜凄旧院。嘉木殒兰圃，芳草悴芝菀。嘤嘤南翔雁，翩翩辞归燕……睹物识时移，顾己知节变。（《太平御览》卷二五）

"睹物识时移，顾己知节变"云云，"物"即指秋景。在草木黄落憔悴的时节，诗人感到了时月的推移和自己的衰老。晋石崇的《思归叹》云：

> 秋风厉兮鸿雁征，蟋蟀嘈嘈兮晨夜鸣。落叶飘兮枯枝竦，百草零兮覆畦垄。时光逝兮年易尽，感彼岁暮兮怅自愍。（《艺文类聚》卷二八）

也因秋天树叶的凋落而感到了日月的易逝。此外，晋苏彦的《秋夜长》以及晋的《白纻舞歌》等作品，也吟咏了因秋天草木的黄落这一景色而产生的年命衰老的感触。

以上，大都是吟咏由秋天草木黄落而感到时节变移及年命衰老的作品。作者所欲表达的主旨，似乎都是"睹物识时移，顾己知节变"这一点。因而，作为最适于知"时移"的秋天景色，诗人都吟咏了草木黄落的状态——只是表现各有不同。而且，除了这种草木黄落的表现之外，其他典型的秋天景物也受到了描写，如秋风、白露、雁、燕等。如果是夜的话，便会出现明月和星星。总之，它们都是作为表现秋的寂寥之味的代表而被意识到的。

其次，秋景也被与悲哀或忧愁的"念"、"思"、"怀"联系在一起。其中最常被提到的，是离别的思念和悲哀。睹秋景而思离人，这一结构最多。其中妻思夫的感情，又更经常地与秋景联系在一起。魏文帝的《寡妇》诗云：

> 霜露纷兮交下，木叶落兮凄凄（《艺文类聚》"凄凄"误作"萋萋"，此从《诗纪》）。候雁叫兮云中，归燕翩兮徘徊。妾心感兮惆怅，白日急兮西颓。守长夜兮思君，魂一夕兮九乖。怅延伫兮仰视，星月随兮天回。徒引领兮入房，窃自怜兮孤栖。愿从君兮终没，愁何可兮久怀。（《艺文类聚》卷三四）

此诗依序"友人阮元瑜早亡，伤其妻子寡居（《艺文类聚》作"孤寡"），为作是诗"语，乃是代阮妻诉说悲哀之作。诗中并没有特别说到秋天，但据其景物可以推知是秋天。凄凄秋景，使人起惆怅之情而感独身之悲。诗中的秋天景物，与过去的也没有什么大的不同，同样是典型的秋天景物。也就是说，这是一首有感于秋这一季节而思念亡夫的诗。又，同时文帝的《燕歌行》云：

> 秋风萧瑟天气凉，草木摇落露为霜，群燕辞归雁南翔。念君客游思断肠……明月皎皎照我床，星汉西流夜未央。牵牛织女遥相望，

尔独何辜限河梁。(《文选》卷二七)

这也是一首睹典型的秋天景物而思念客游的丈夫,并因而伤心断肠的诗歌。又,他的《于清河见挽船士新婚与妻别》诗(《艺文类聚》卷二九作徐幹诗)云:

> 与君结新婚,宿昔当别离。凉风动秋草,蟋蟀鸣相随。冽冽寒蝉吟,蝉吟抱枯枝。枯枝时飞扬,身体忽迁移。不悲身迁移,但惜岁月驰。岁月无穷极,会合安可知。愿为双黄鹄,比翼戏清池。(《玉台新咏》卷二)

也由典型的秋景而知岁月的推移,并由此而抒发了思夫之情。晋陆机的《燕歌行》也是这样:

> 四时代序逝不追,寒风习习落叶飞。蟋蟀在堂露盈墀,念君远游恒苦悲。君何缅然久不归,贱妾悠悠心无违。白日既没明灯辉,夜禽赴林匹鸟栖。双鸣关关宿河湄,忧来感物涕不晞。非君之念思为谁,别日何早会何迟。(《乐府诗集》卷三二)

秋天的景物,也就是"感物",兴起了对于远游的丈夫的思念之情。又,在《为周夫人赠车骑》诗中,也吟咏了对于远行的丈夫的思念:

> 日月一何速,素秋坠湛露。湛露何冉冉,思君随岁晚。对食不能餐,临觞不能饮。(《玉台新咏》卷三)

晋张协的《杂诗》云:

> 秋夜凉风起,清气荡暄浊。蜻蛚吟阶下,飞蛾拂明烛。君子从远役,佳人守茕独。离居几何时,钻燧忽改木。房栊无行迹,庭草萋以绿。青苔依空墙,蜘蛛网四屋。感物多所怀,沉忧结心曲。(《文选》卷二九)

这是一首"感"秋天之"物"、思君子行役、沉潜于忧愁的诗。"秋夜凉风起,清气荡暄浊。蜻蛚吟阶下,飞蛾拂明烛"的秋景,似乎和悲哀并没有什么关系；但因为是秋夜，所以其本身便已经使作者感到了寂寞。这种寂寞，与"君子从远役，佳人守茕独"的寂寞联系在了一起，也就是说，这是一种孤独的寂寞。以这种孤独的寂寞环视周围，"房栊无行迹，庭草萋以绿。青苔依空墙，蜘蛛网四屋"，所见便都是些使人忧伤的景致。不过，这首诗中出现的景物，与前面一些作品中的景物略有不同，"飞蛾拂明烛"与"房栊无行迹"的表现，作为秋天的景物，是以前的文学作品中所看不到的。

又，魏曹植的《离友》诗，表现了离别友人的寂寥感，也同样利用了秋景：

> 凉风肃兮白露滋，木感气兮条叶辞。临渌水兮登重基，折秋华兮采灵芝，寻永归兮赠所思。感离隔兮会无期，伊郁悒兮情不怡。
>
> （《艺文类聚》卷二九）

这首诗所直接歌唱的，是想要折秋华、采灵芝以赠所思念之人，并为友人的离别而沉湎于忧伤。——这一构思，并非始于此诗，乃是楚辞里就已经有的；后汉张衡的《四愁诗》也运用了同样的构思。其开头的秋景描写，可以看作是为了引出秋华而设的开场白；但是，也应该考虑到，"凉风肃兮白露滋，木感气兮条叶辞"的秋景，与"伊郁悒兮情不怡"是有关联的。

再次，是秋景与客中思念故乡之情或客中莫名忧伤之情的联系。上面已经举过的魏文帝的《杂诗》就是这样的诗。这是一首歌唱南征途中思归故乡的殷切之情的诗歌。诗人彷徨于秋夜，"展转不能寐"，那映入眼帘的清清的水波，皎洁的月光，天汉、三五之星，尤其是那草虫的悲鸣，孤雁的独翔，都越发增添了诗人那如涌的郁郁悲思和绵绵的思乡之情。诗人想要说的，是在诗的下半部分；前半部分的秋夜写景，则寄托了诗人殷切期望返回故乡的悲思。因而，这首诗也就理所当然地引出了陈倩父"景中情长"的评价。

此外，也有在从军的异境中不由自主地产生感慨与悲心的作品。魏王粲的《从军》诗云：

> ……白日半西山，桑梓有余晖。蟋蟀夹岸鸣，孤鸟翩翩飞。征夫心多怀，恻怆令吾悲。下船登高防，草露沾我衣……（其三）

> ……悠悠涉荒路，靡靡我心愁。四望无烟火，但见林与丘。城郭生榛棘，蹊径无所由。雚蒲竟广泽，葭苇夹长流。日夕凉风发，翩翩漂吾舟。寒蝉在树鸣，鹳鹄摩天游。客子多悲伤，泪下不可收……（其五）（《文选》卷二七）

这两首诗中，都看不到"秋"字；但由"蟋蟀"、"寒蝉"可以知道，这是秋的描写。在前一首诗中，作为"恻怆令吾悲"的"征夫心多怀"之情，描写了"蟋蟀夹岸鸣，孤鸟翩翩飞"的秋天景物。在后一首诗中，歌咏了战场的荒凉景象，把"日夕凉风发，翩翩漂吾舟。寒蝉在树鸣，鹳鹄摩天游"的秋景，与"客子多悲伤"联系了起来。"鹳鹄摩天游"这一表现，作为秋天的景物，并不是经常被用到的。

复次，正如已故斯波博士在《中国文学中的孤独感》中所指出的，有些作品为了表现孤独感而利用了秋这个季节。魏明帝的《步出夏门行》云：

> ……商风夕起，悲彼秋蝉，变形易色，随风东西。乃眷西顾，云雾相连，丹霞蔽日，彩虹带天。弱水潺潺，叶落翩翩。孤禽失群，悲鸣其间……（《乐府诗集》卷三七）

秋天的景物和孤独的寂寞被联系在了一起，我想，"孤禽失群"这一表现，是和作者的孤独感直接相通的。"丹霞蔽日"二句，作为秋天的描写，也是很罕见的。又，阮籍的《咏怀》诗云：

> ……是时鹑火中，日月正相望。朔风厉严寒，阴气下微霜。羁旅无畴匹，俯仰怀哀伤……（《文选》卷二三）

作者由"朔风厉严寒，阴气下微霜"的风景，感到了无畴匹的羁旅的寂寞。又，晋潘岳的《悼亡》诗，则由秋景感到了妻亡后孤独的悲哀：

……皎皎窗中月，照我室南端。清商应秋至，溽暑随节阑。凛
凛凉风升，始觉夏衾单。岂曰无重纩，谁与同岁寒。岁寒无与同，
朗月何胧胧。展转眄枕席，长簟竟床空。床空委清尘，室虚来悲风。
独无李氏灵，仿佛睹尔容。抚衿长叹息，不觉涕沾胸。沾胸安能已，
悲怀从中起。寝兴目存形，遗音犹在耳。上惭东门吴，下愧蒙庄子。
赋诗欲言志，此志难具纪。命也可奈何，长戚自令鄙。（同上）

悼念亡妻的心情，是由秋天的景色引起的。在凛凛的凉风中，虽有重纩，
却没有可与共着之人。作者只能看着朗月，为孤独的寂寞所袭倒。

以上这些作品，都是将秋与悲哀忧愁的感情联系起来考虑的；下面，
我们再不厌其烦地举几个例子。魏刘桢的《赠五官中郎将》诗云：

秋日多悲怀，感慨以长叹。终夜不遑寐，叙意于濡翰。明镫曜
闺中，清风凄已寒。白露涂前庭，应门重其关。四节相推斥，岁月
忽欲殚。壮士远出征，戎事将独难。涕泣洒衣裳，能不怀所欢。

（同上）

这首诗歌唱了"秋日多悲怀"，认为秋是悲哀的、感伤的东西。又，秋也
是悲哀地震撼着诗人感情的东西。魏阮瑀的《杂诗》云：

临川多悲风，秋日苦清凉。客子易为戚，感此用哀伤。揽衣起
踯躅，上观心与房。三星守故次，明月未收光。鸡鸣当何时，朝晨
尚未央。还坐长叹息，忧忧安可忘。（《艺文类聚》卷二七）

这首诗认为，因为是秋日，所以感到哀伤，就连吹来的微风，也使人感
到是悲风。也就是说，诗人在秋这个季节感到了哀伤。魏曹植的《赠白
马王彪》诗中，也感秋景而伤心：

踟蹰亦何留，相思无终极。秋风发微凉，寒蝉鸣我侧。原野何
萧条，白日忽西匿。归鸟赴乔林，翩翩厉羽翼……感物伤我怀，抚
心长太息……（《文选》卷二四）

认为秋景是"伤我怀"的。阮籍的《咏怀》诗中，在伤心的场合，也经

常利用秋景：

> 开秋兆凉气，蟋蟀鸣床帷。感物怀殷忧，悄悄令心悲……（《文选》卷二三）

> ……鸣雁飞南征，鹍鸡发哀音。素质由商声，凄怆伤我心。（同上）

都认为秋景是伤心的。

即使到了晋代，上述表现也经常可以看到。晋江逌的《咏秋》诗云：

> 祝融解炎辔，蓐收起凉驾。高风催节变，凝露督物化。长林悲素秋，茂草思朱夏。鸣雁薄云岭，蟋蟀吟深榭。寒蝉向夕号，惊飙激中夜。感物增人怀，凄然无欣暇。（《艺文类聚》卷三）

秋天也是作为悲哀之物被歌唱的。这样的例子，一一枚举似嫌啰嗦，现举其主要的作品如下。晋夏侯湛的《秋可哀》云：

> 秋可哀兮，哀秋日之萧条……

> 秋可哀兮，哀新物之陈芜……

> 秋可哀兮，哀良夜之遥长……（同上）

晋湛方生的《秋夜》云：

> 悲九秋之为节，物凋悴而无荣。（同上）

晋王嵩期的《怀秋赋》云：

> 哀时来之惨凄，悼秋气之可悲。（《太平御览》卷二五）

晋何瑾①的《悲秋夜》云：

> 欣莫欣兮春日，悲莫悲兮秋夜。伊之秋夜可悲，增沉怀于远情。（《艺文类聚》卷三）

---

① 《艺文类聚》卷三作"宋何瑾"。——译者注

由上述例子可以想见，秋已被普遍看作是悲哀之物，因而在这个时代的人们的诗文中，"悲秋"的概念已经被固定了。

如上所述，魏晋时代的人们从秋景中感到了时间的推移，感到了别离的哀愁；而在其深处的，则是对秋的悲哀感。这种悲哀感，已被有意识地揭诸文学。人们认为，在描写哀伤时，秋的描写是不能或缺的。也就是说，魏晋文人强烈地意识到了感伤性的秋，并在文学方面作了显著的利用。

那么，追本溯源，这种把秋作为悲哀之物来利用的表现是从何时开始的呢？正如我们在前面已曾指出的，这是从楚辞就已经开始的。现在，在叙述楚辞以前，我们先来看一下《诗经》里面是怎样描写秋的。

在《诗经》里面，如后来魏晋时所能见到的那种秋景描写，可以说是全然没有的。秋景描写的唯一例子，是《小雅·谷风之什·四月》：

> 秋日凄凄，百卉具腓。乱离瘼矣，爰其适归。

从毛《传》到朱子，此诗历来被解作是"兴"，恐怕事实也正是如此。也就是说，"秋日凄凄，百卉具腓"这种秋的状态，是"贪残之政行而万民困病"（郑《笺》）的比喻。因而，虽说这首诗中利用了秋的季节感，而且这种"秋日凄凄"的秋的季节感也为后世所蹈袭，却绝没有像后世那样移入"悲"的感情。也就是说，"悲秋"这一用法还是看不到的。

此外，秋季的自然物在《诗经》中也可以见到一些，但绝不能说是很多的。如《召南·草虫》云：

> 喓喓草虫，趯趯阜螽。未见君子，忧心忡忡。

其中的草虫，作为秋天的景物，经常出现在后来的诗歌中。《出车》郑《笺》云："草虫鸣晚秋之时。"因而，倘将这首诗解释为：见到喓喓鸣叫的草虫和趯趯跳动的阜螽，诗人便有感于晚秋而思念行役的君子，产生了忡忡的忧心（朱子正是这样解释的），那么，这首诗便成了表现因晚秋的景物而感到忧愁，也就是在景物中移入忧愁的感情的作品。但是倘据毛《传》，则这首诗是"兴"体，喓喓草虫和趯趯阜螽都与季节无关，只具有夫唱妇随的意味，意思是按照丈夫的要求出嫁，后面两句，则表现了出嫁途中女子的心情。这是疏家的解释。我不知道这两种说法哪一种更好，不过朱子的解释似乎略胜一筹。

又，《秦风·蒹葭》云：

> 蒹葭苍苍，白露为霜。所谓伊人，在水一方。

正如疏家所说的，"蒹葭苍苍，白露为霜"的时节是秋天，这么说，这首诗便似乎是有感于秋这个时节而思念远方之人的诗。朱子认为此诗是"赋"，前面两句是写秋水盛时。毛《传》当然认为此诗是"兴"体，苍苍然的蒹葭，至白露凝戾为霜则坚实可用，乃是比喻秦国之民得周礼以教之则服上，然后国兴。如果认为这是一首看见"蒹葭苍苍，白露为霜"的秋景而思念远方之人的诗歌，那么这首诗便和后来的诗中经常能够见到的那种睹秋景而思远人的忧愁的诗无异，只不过它不像后来的诗那样在秋景中着意移入忧愁之情。

即使尽可能将诗歌的内容按照我们的想法来解释，但能够被看作是在秋天产生忧愁的季节感并利用之的作品，在《诗经》中也只有以上二首。此外，《卫风·氓》的：

> 桑之未落，其叶沃若。于嗟鸠兮，无食桑葚。
>
> 桑之落矣，其黄而陨。自我徂尔，三岁食贫。

据郑《笺》说，前者是仲秋之事，后者是季秋之事，但诗中并没有特别利用这种季节感。又，《唐风·蟋蟀》云：

> 蟋蟀在堂，岁聿其莫。今我不乐，日月其除。

毛《传》认为，"蟋蟀在堂"是九月之事，也就是说，它不过是说晚秋岁晚之时的时间语而已。据郑《笺》说，是时农功已毕，正是可以行乐的时候。倘据此说，则晚秋成了没有农功的闲暇之时，不但不是悲秋，反而成了乐秋。关于这一点，小川环树博士①在《风与云》（东光，二）中曾这么说：

> 在《诗经》里，即便有叙述恋爱的季节春的忧虑的句子，却没有说到秋的悲哀的地方。人们似乎认为，秋天是五谷丰登、喜气洋洋、报赛神明、尽情欢乐的时节（这和其他国家是一样的），而悲哀则并不是伴随秋天的感情。

此说似乎参考了陈钟凡的《中国韵文通论》和葛兰言的《中国古代的祭礼与歌谣》②的说法。确如小川博士所说的，《诗经》的诗人，对秋这个时节，似乎并不抱有悲哀的感情；毋宁说，似乎是感到快乐的。这一点，从上面所引的《蟋蟀》也可以想象得出。又如《周颂》的《丰年》诗，也是所谓秋冬的丰年祭歌。又如《卫风·氓》的：

> 将子无怒，秋以为期。

似乎把秋天看作是结婚的时期。但是，婚姻的日期，毛、郑有春秋之别，这是义疏学论争的合适题目，可参看拙文《关于毛诗正义的论证的一个考察》（京都，《东方学报》第十五册第一分册）。

　　秋这个季节，是五谷收毕的农闲期，也是结婚的时期，这我是完全同意的。因而不难想象，对古代人来说，秋季是一个快乐的季节。然而，尽管这样，映入眼帘的秋天景物，却不全都是使人感到快乐的。有意识地感受季节的变化，见到草木的黄落，感情便受到触动，这是古今东西不变的人情吧。只不过《诗经》的诗人对此没有充分利用罢了。尽管在具体的事态上曾有过利用，但对于整个秋的事态，却是没有什么意识的

---

① 小川环树（1910—1993），日本的中国文学研究者，前京都大学名誉教授。主要著作有《唐诗概说》、《风与云——中国文学论集》、《中国小说史研究》等。——译者注

② 葛兰言（Marcel Granet，1884—1940），法国的中国社会研究者，*Fêtes et Chansons anciennes de la Chine*（《中国古代的祭礼与歌谣》）为其博士论文，1919年初版于巴黎。日本有内田智雄的日译本《支那古代の祭礼と歌谣》（弘文堂书房，1938年）。——译者注

吧。刚才所举的《草虫》、《蒹葭》等诗，也只是考虑了具体的事态，而没有将秋这个季节置于脑中。《氓》、《鸿雁》等诗也可作如是观。《小雅》的《四月》似乎是有关整个秋天的表现，但也同样只是说了具体的事态。因而，《诗经》的诗人大都只注意具体的事态，而没有将季节和感情融洽地联系在一起。譬如，衬托忧愁感情的，就并不仅限于秋天的事象，此外如：

> 泛彼柏舟，亦泛其流。耿耿不寐，如有隐忧。微我无酒，以敖以游。（《邶风·柏舟》）

> 有狐绥绥，在彼淇梁。心之忧矣，之子无裳。（《卫风·有狐》）

> 彼黍离离，彼稷之苗。行迈靡靡，中心摇摇。知我者谓我心忧，不知我者谓我何求。悠悠苍天，此何人哉！（《王风·黍离》）

诗人捕捉了各种各样的事态以作为忧愁的象征。

由此看来，"悲秋"这个季节的感情，可以认为在《诗经》中尚未得到表现吧。另一方面，关于春天，《诗经》中也可以见到诸如

> 有女怀春，吉士诱之。（《召南·野有死麕》）

这样的诗句，正如小川博士所说的，诗人在春天里寄托了忧虑之情。也就是说，整个春天的季节感已经被利用了。如《豳风·七月》的

> 春日迟迟，采蘩祁祁。女心伤悲，殆及公子同归。

便是如此。此诗盖写了女子有感于春天这个季节而思念男子的伤悲。毛《传》、郑《笺》更认为女子有这种本性：

> 春女悲，秋士悲，感其物化也。（毛《传》）

> 春女感阳气而思男，秋士感阴气而思女，是其物化所以悲也。（郑《笺》）

这只是中国人所特有的阴阳二元论的解释，"其物化所以悲也"一句，没有春秋男女之别。男在春亦思，女在秋亦悲。关于这一点，上文已经谈

过了。只是《诗经》中能够见到春思，却没有表现秋悲。秋悲的得到表现，是在下面将要谈到的楚辞中。也就是说，在楚辞中，那被《诗经》的诗人作为具体的事态现象来感受的东西，开始被感到是全体中的一部分和全体性质之一部的表现。如：

> 苕之华，芸其黄矣。心之忧矣，维其伤矣。（《小雅·鱼藻之什·苕之华》）

诗人以苕华之黄喻国衰，并为之感到忧伤。但是，在这里，草木的凋落并不是作为秋天的事象被强烈地意识到的，而是被直接和忧伤联系了起来。把草木黄落看作是秋天的现象，看作是秋天这个季节的性质的一种表现，从而悲悼秋天或感到秋天是悲哀的，这实际上是从楚辞开始的。

在楚辞中，屈原的《离骚》里尚未出现感到秋天是悲哀的这种感情。《离骚》中有这么几句：

> 日月忽其不淹兮，春与秋其代序。惟草木之零落兮，恐美人之迟暮。

仅仅是把美人的迟暮和草木的零落联系在一起，与《诗经》的用法没有什么太大的不同。

到了《九歌》和《九章》（暂且不论它们是否为屈原所作），秋这个季节出现了。这便是在序章中也曾引用过的《九歌·湘夫人》的诗句。尧女娥皇、女英（朱子认为只是女英）降于湘水之渚，此时她们的神态是"目眇眇兮愁予"。关于这一句，有各种解释，但令人信服的解释却看不到。朱子解"眇眇"为"好貌"，认为此句的意思是望神的好貌而不见，使我发愁；但依洪兴祖之说，则"眇眇"为"微貌"，意思是眯细了眼望却望不见。不管怎么解释，反正是引起愁绪的意思。而把此时的写景表现为"袅袅兮秋风，洞庭波兮木叶下"，则正是把忧愁的感情寄托于景中。因而，作者感到秋风是"袅袅"的，在"洞庭波兮木叶下"中，作者隐隐感到有某种震撼心灵的东西，尽管还未必是"悲秋"。又，《九章》云：

> 乘鄂渚而反顾兮，欸秋冬之绪风。步余马兮山皋，邸余车兮方
> 林。（《涉江》）

倘据王逸注，则为"言己登鄂渚高岸，还望楚国，向秋冬北风，愁而长
叹，心中忧思也"之意，秋冬的绪风被与忧愁的思绪联系了起来。到了
《九章·抽思》，甚至连"悲秋"这个合成词也能看到了：

> 心郁郁之忧思兮，独永叹乎增伤。思蹇产之不释兮，曼遭夜之
> 方长。悲秋风之动容兮，何四（"四"原作"回"，据《楚辞灯》
> 说，"回"字为"四"之误，意谓四方极处无处不动，此从之）极
> 之浮浮。数惟荪之多怒兮，伤余心之忧忧。

诗人悲哀于秋风的摇动草木，变其颜色，天下的一切都被摇动了。这两
句又上接"郁郁之忧思"，遂将忧思之情移入了"秋风之动容"。

更清晰地表现这种悲秋的感情，并给予后世文学以更强有力的影响
的，正如序章中也曾谈到的，乃是据说是屈原弟子宋玉所作的《九辩》。

《九辩》是一首"惆怅兮而私自怜"（借用已故斯波博士的话来说，
就是"自己怜惜自己的孤独"），并将这种孤独感寄托于秋这一自然的诗
歌。"悲哉秋之为气也"这句开头的话，便已如实地显示了作者对于秋这
个季节的季节感。在此前的《九章》中，也可以看到以秋天为悲哀的感
情；但清楚地说出秋天是悲哀的，却以宋玉为嚆矢。而且，认为悲哀的
原因在于草木的"摇落"和"变衰"，这似乎是古今东西不变的人情。
作者之所以感到秋天是悲哀的，乃是由于他具有悲哀的感情；而作者的
悲哀，如刚才说过的，乃是由孤独感引起的。这种由孤独感引起的悲哀，
使人感到秋天是悲哀之物。而且，作者又进一步用其他感情来比喻这种
悲哀，他说"在远行"、"登山临水"、"送将归"等，用在旅途上、送人
回故乡来比喻那种寂寞。用后世的话来说，作者似乎是以感伤性的感情
来看秋天的。在这一意义上，小川博士把由楚辞开始的汉代文学看作是
与《诗经》形成对比的感伤文学的观点，便诚然是值得倾听的。作者怀
着孤独的寂寞眺望秋天的景物，便感到"天高而气清"是"沉寥"的，

"收潦而水清"是"宗廖"的。又感到"蝉宗漠而无声"、"憯凄增欷"、"怆怳扩悢"、"惆怅"等词语所表达的，也不是恸哭沉痛的悲哀，而是在其背后具有孤独的寂寞的悲哀。《九辩》接着又歌唱道：

> 皇天平分四时兮，窃独悲此凛秋。白露既下百草兮，奄离披此梧楸。去白日之昭昭兮，袭长夜之悠悠。离芳蔼之方壮兮，余萎约而悲愁。

同样歌唱了"悲秋"，而触动这种悲哀感情的现象，则是由草木的黄落引起的。因为倘以人类作类比，则草木的黄落正意味着从壮年到老年的变化。秋天过后是冬天，当然会使人有"岁忽忽而遒尽兮，恐余寿之弗将"的感慨了。在这里，秋天的景色使人感到生命的短暂。因秋天的景色而感到孤独的寂寞，感到生命的短暂，这也是此前所未见的。又，在《诗经》中，秋天的景物不是作为秋这个季节，而是作为具体的事象被捕捉的；而在楚辞中，秋这个季节成为引人注意的问题，具体的景物则是作为秋天的特征而受到表现的。前者是作为具体之物受到捕捉的，与此不同，后者乃是作为整体受到捕捉的。因而，在前者中没有出现作为整体的季节感，而在后者中这种季节感却出现了。为什么二者间会出现这种差异呢？关于这一点，小川博士已经作了详细的分析；但是，换个角度考虑，也许也是由于时代的差异而造成的吧。也就是说，《诗经》中诗人的自然观是非常朴素的，诗人捕捉的与其说是春夏秋冬这些季节，毋宁说是身边的具体的事态。当然，《诗经》中诗人用了春夏秋冬这些字，由此可见，他们是知道四季的区别的；但是，他们的捕捉方式是极为粗略的，是"秋日凄凄"、"春日迟迟"这样一些粗糙的表现。反之，具体景物的描写却远为细腻。由此可见，作为整体的季节，不是尚不太为他们所意识到吗？楚辞则具有比《诗经》更为进步的自然观，它能够从整体上捕捉秋天的特征。这是时代的差异造成的。套用一个已被说滥了的说法，这也是南北人情的差异造成的。而且，这种差异之所以出现，归根结蒂也是由于土地的差异。也就是说，气候、风土的不同，导致了上述的差异。

此外，还值得注意的，是楚辞中所表现的自然物。

《诗经》中可以明确知道的秋天景物，只有"秋日凄凄，百卉具腓"，此外大都只是从后世的秋天景物推测出来的。只是，《豳风·七月》里，按月叙说了该月的景物和节日，不用说，这是最古的"月令"了。下面我们试着列举一下其中有关自然物的部分：

七月：鸣鵙、蟋蟀在野、亨葵及菽、食瓜。

八月：萑苇、其获、蟋蟀在宇、剥枣、断壶。

九月：蟋蟀在户、叔苴、采荼薪樗、肃霜。

这是豳地（今陕西邠县）的景物和年中行事。不妨认为，其中所出现的动植物，与当时北方一般的秋天景物多少是有点关系的。然而，看一下其他的诗，出现这首《七月》中的景物的，只有《唐风·蟋蟀》的"蟋蟀在堂"和《秦风·蒹葭》的"白露为霜"等少数几处。此外，作为也见于后来魏晋文学中的秋天景物，还能见到《小雅》的《鸿雁》的"鸿雁于飞"。总而言之，秋天的景物很是罕见。这意味着什么呢？这说明秋天的景物尚没有吸引诗人的眼光。即使说诗人的眼光已经为秋天的景物所吸引，那么也正如刚才所说的，诗人所意识到的似乎毕竟只是具体事物本身，而非秋天这一现象。

另一方面，由刚才所举过的例子也可以明白，楚辞中的秋天景物，有《九歌》中的秋风，《九辩》中的燕、蝉、雁、鹍鸡、蟋蟀、白露、梧楸等等。倘和《诗经》中的秋天景物作一比较，便可看出它们之间是全然不同的，两者共同的只有蟋蟀和雁。又，《豳风·七月》的"九月肃霜"，在《九辩》中作"冬又申之以严霜"，成了冬天的事情。这种差异，恐怕是由土地的南北造成的。然而，虽说后来魏晋文学中所表现的秋天景物与楚辞中的颇为接近，但更接近的却是《月令》。

现存的记载四季景物的著作中，有据说是周代作品的《夏小正》

和《逸周书》中的《时训解》（青木博士的《支那文学艺术考》中的《支那人的自然观》一文，对它们作过更详细的阐述）。在秦代还有《吕氏春秋》及据说是拼合其十二纪篇首而成的《礼记·月令》。将它们试作一番比较，则正如青木博士所说的，《夏小正》与《时训解》较为接近。然而，《时训解》与《月令》更为接近。可以认为，魏晋以后文学中所表现的秋天景物，绝大部分是和《月令》一致的。试举《月令》如下：

孟秋：凉风至、白露降、寒蝉鸣、天地始肃、农乃登谷；

仲秋：盲风至、鸿雁来、玄鸟归、群鸟养羞、日夜分、雷始收声、蛰虫坯户、杀气浸盛、阳气日衰、水始涸；

季秋：鸿雁来宾、爵入大水为蛤、鞠有黄华、豺乃祭兽戮禽、霜始降、草木黄落、蛰虫咸俯在内、皆墐其户。

再试举吟咏秋天的代表作晋潘岳的《秋兴赋》如下：

……彼四感之疢心兮，遭一途而难忍。嗟秋日之可哀兮，谅无愁而不尽。野有归燕，隰有翔隼。游氛朝兴，槁叶夕殒……庭树槭以洒落兮，劲风戾而吹帷。蝉嘒嘒而寒吟兮，雁飘飘而南飞。天晃朗以弥高兮，日悠阳而浸微。何微阳之短晷，觉凉夜之方永。月朣胧以含光兮，露凄清以凝冷。熠燿粲于阶闼兮，蟋蟀鸣乎轩屏。听离鸿之晨吟兮，望流火之余景……耕东皋之沃壤兮，输黍稷之余税。泉涌湍于石间兮，菊扬芳于崖澨。澡秋水之涓涓兮，玩游鲦之潎潎……（《文选》卷一三）

由上可见，除"翔隼"与"游鲦"之类为过去所未见的若干景物外，其余大都不出《月令》景物的藩篱。这也可以说是当时所有作品所共有的现象。那么，为什么魏晋以后的文学作品在描写秋天时常会出现《月令》式的景物呢？这大概是因为在描写秋天时，代表秋天的景物已经在当时人的头脑中固定了，所以不织入这些景物，便不成其为秋天描写。因此，与其说是直接接触描写了秋天本身的景物，还不如说是对秋作了观念性的描写。正如在俳偕岁时记①中秋天的季题是被规定了的一样，可以认为，秋天的季题在魏晋时也是被预先决定了的。那么，为什么这样被固定呢？其主要的原因，是由于当时人并不是想要吟咏秋天本身，而是要借描写秋天来叙述其他内容。也就是说，魏晋人的描写秋天，不是为了寻求秋天的美丽，而是为了借此抒发自己的感情。因而其中所表现的，便不是秋天的美景，而只是代表秋天的《月令》式的景物。因为他们认为，《月令》式的景物代表了秋天，而通过对这种景物的歌咏，便可以兴起自己的悲哀感情。

汉代受楚辞的影响，在它的辞赋中，出现了与悲哀和忧愁有关联的秋景。刘向的《九叹·逢纷》云：

> 白露纷以涂涂兮，秋风浏以萧萧。身永流而不还兮，魂长逝而常愁。（《楚辞》卷一六）

其中上面两句秋景起着引出下面两句忧愁的作用。王褒《九怀·蓄英》的秋景：

> 秋风兮萧萧，舒芳兮振条。微霜兮眇眇，病殀兮鸣蜩。玄鸟兮辞归，飞翔兮灵丘。（《楚辞》卷一五）

也是下文歌咏屈原忧恨的"身去兮意存，怆恨兮怀愁"的引子。王逸《九思·哀岁》的：

> 旻天兮清凉，玄气兮高朗。北风兮潦冽，草木兮苍唐。蚑蛷兮嗺嗺，蜙蛆兮穰穰。岁忽忽兮惟暮，余感时兮凄怆。（《楚辞》卷一七）

---

① "每首俳句必须有一个季题，季题就是与四季有关的题材，范围极广，举凡与春夏秋冬四时变迁有关的自然界现象及人事界现象都包括在内……把季题汇为一编的书称为'岁时记'，内容一般是先列一个季题，然后将吟咏此题的古今佳句附录其下，类似我国的'诗韵'。"（彭恩华《日本俳句史》，上海，学林出版社，1983年，第2页）——译者注

也在近岁暮之时感其时而怀悲思。这种望秋景而感岁暮的"感时"，经常出现在后来的诗文中。魏繁钦的《愁思赋》：

> 何旻秋之惨凄，处闲夜而怀愁。潜白日于玄阴，翳朗月于重幽。零雨濛其迅集，潢淹（"淹"盖"潦"之讹）汩以横流。听峻阶之回雷，心沉切以增忧。嗟王事之靡盬，士感时而情悲。（《艺文类聚》卷三五）

也感秋时而抱悲思。

汉代的诗歌里面，也时不时出现秋景。序章已经引用过的据说是汉武帝所作的《秋风辞》中的秋景：

> 秋风起兮白云飞，草木黄落兮雁南归。

也起着引起结句"少壮几时兮奈老何"的作用吧。也就是说，作者因草木的黄落而感到了自己的年老。这也是和忧愁的感情相通的。

《古文苑》中，收有作为李陵之作的《录别》诗八首，其中的一首，通过歌咏悲秋而兴起了游子的思乡之情。但据章樵注，此乃拟作，因而不能当作汉代诗歌来例举。

此外，还有在序章中也曾引用过的《古诗十九首》中的《明月皎夜光》诗及

> ……回风动地起，秋草萋以绿。四时更变化，岁暮一何速……

等诗。《明月皎夜光》作为叙写秋景的诗，尽管古老，却很齐整。不过，因为诗中有"孟冬"字样，所以李善解释和证明说，汉历与夏历有所不同；此外，诸家异说纷纭。但是，其为秋天的描写却是无疑的。倘从《选诗补注》，以"冬"字为"秋"字之误，则更为清楚了，但现在还不能断言。这首诗想说"时节忽复易"，便首先引出秋景，再由秋天的夜景而兴发某些感慨。这不是高兴、快乐的感慨，而是回想起旧友舍己而去的感慨。

由秋景而感到时间的推移，因而引出某些忧愁的感慨，这也是以后

的诗中经常能够见到的。"回风动地起"诗的情况也是这样。诗人看到了秋景，便感到了"岁暮一何速"，即感到了时间的推移。感到时间的推移，也就是知晓人类生命的推移；对人类而言，这是一种沉重的忧愁。此外，还有"秋"与"愁"联系得更为清楚的诗歌，见于被称作"古歌"的作品中：

> 秋风萧萧愁杀人，出亦愁，入亦愁。胡地多飙风，树木何萧萧。离家日趋远，衣带日趋缓。心思不能言，肠中车轮转。（《太平御览》卷二五）

这首"古歌"，明确地把"秋"与"愁"联系了起来。这种看法进一步普遍化和固定化以后，便产生了"秋，愁也"的解释。见于这时期的作品《春秋繁露·阳尊阴卑》的"秋之为言犹湫湫也"的解释便是这样；又《广雅·释诂四》的"秋，愁也"的解释也是这样。于是秋便和忧愁悲哀有了切不断的关系。尽管从刚才也曾列举过的《诗经》的"秋日凄凄"和《庄子·大宗师篇》的"凄然似秋"等语中也能看出把秋看作是忧愁之物的倾向，但这种倾向在文学上获得清晰的表现却是宋玉以后的事。经汉魏，至晋代，秋与忧愁悲哀已经确立了切不断的固定关系。关于这一点已如上所述。

二、秋景描写

但是，有必要再置一言的是，不与忧愁悲哀联系在一起的秋季也曾被吟咏过。关于汉昭帝的《淋池歌》，序章中也曾谈到过，这首《淋池歌》及汉灵帝的《招商歌》：

> 凉风起兮日照渠，青荷昼偃叶夜舒。惟日不足乐有余，清丝流管歌玉兔，千年万岁嘉难逾。（《古文苑》卷八）

等诗中所表现的秋景，绝不是和忧愁悲哀有关的秋景，而是和游乐欢乐有关的秋景。这种歌咏秋景的方式，在魏晋以后仍然能够见到。但是，和忧愁悲哀的秋景相比，这种秋景描写甚为少见。

正如刚才也曾谈到的，映入魏晋文人眼帘的秋天，大都是悲哀的秋天；他们的秋天描写，也是联系忧愁悲哀来表现的。但是，魏晋文学中的秋天描写，并非全都是悲秋性的描写。而且，魏晋文人也并非谁都感到秋天是悲哀的。譬如，晋潘尼的《七月七日侍皇太子宴玄圃园》诗云：

> 商风初授，辰火微流。朱明送夏，少昊迎秋。嘉木茂园，芳草被畴。于时我后，以豫以游。（《艺文类聚》卷四）

其中所表现的秋天景物，是"嘉木"，是"芳草"，而绝不是悲秋。而且，秋天被认为是适于"豫游"的季节。

又，张翰在洛时，见秋风起，思念故乡，感叹而作诗：

> 秋风起兮佳景时，吴江水兮鲈鱼肥。三千里兮家未归，恨难得兮仰天悲。（《诗纪》卷三九）

把秋看作是"佳景时"。

又，谢琨（是否是晋人不清楚①）的《秋夜长》云：

> 秋夜长兮，虽欣长而悼速。送晨晖于西岭，迎夕景于东谷。夜既分而气高，风入林而伤绿。燕翩翩以辞宇，雁邕邕而南属。（《艺文类聚》卷三）

作者欣悦于秋夜之长。又，其写景是对比性和客观性的。

又，把秋天看作是好季节而积极地喜爱的，乃是陶渊明。如"秋菊有佳色，裛露掇其英"（《饮酒》七），"采菊东篱下，悠然见南山"（《饮酒》五），陶渊明喜爱菊花，也非常热爱菊花背后的秋季。《和郭主簿》诗云：

> 和泽周三春，清凉素秋节。露凝无游氛，天高风景澈。陵岑耸逸峰，遥瞻皆奇绝。芳菊开林耀，青松冠岩列。怀此贞秀姿，卓为霜下杰。衔觞念幽人，千载抚尔诀。检素不获展，厌厌竟良月。

---

① 《艺文类聚》卷三作"宋谢琨"。——译者注

把有芳菊、青松的凉秋当作良辰来喜爱。在《酬刘柴桑》诗中，诗人抒发了在"知已秋"、"新葵郁北牖，嘉穟养南畴"的秋天，因"今我不为乐"而想要"良日登远游"的愿望。他所见到的秋景，都是清凉新鲜的秋景。《辛丑岁七月赴假还江陵夜行涂口》诗的：

> ……叩枻新秋月，临流别友生。凉风起将夕，夜景湛虚明。昭昭天宇阔，晶晶川上平……

《戊申岁六月中遇火》诗的：

> ……迢迢新秋夕，亭亭月将圆……

《九日闲居》诗的：

> ……露凄暄风息，气澈天象明。往燕无遗影，来雁有余声……

等等，都是这样。

又，看到秋天的景色，便感到时间的推移，并感叹人生的短暂，如上所述，这是魏晋时期的诗人所经常提到的，但在陶渊明那里，却看不到任何忧愁悲哀的感情。《己酉岁九月九日》诗咏道：

> 靡靡秋已夕，凄凄风露交。蔓草不复荣，园木空自凋。清气澄余滓，杳然天界高。哀蝉无留响，丛雁鸣云霄……

虽然下面又接着唱道："自古皆有没，念之中心焦。"却似乎并没有在秋景中渗入悲哀忧愁的感情。

进一步观察这种不和悲哀忧愁联系在一起的秋景，便能看到对秋景作客观性的、照相式的歌咏的作品。其中最早的要数魏武帝的《观沧海》吧：

> 东临碣石，以观沧海。水何淡淡，山岛竦峙。树木丛生，百草丰茂。秋风萧瑟，洪波涌起。日月之行，若出其中；星汉灿烂，若出其里。幸甚至哉，歌以咏志。（《宋书·乐志》）

这是临碣石观沧海的写景，恐怕是魏晋南北朝最早的写景诗吧！魏刘桢的《赠五官中郎将》诗云：

> 凉风吹沙砾，霜气何皑皑。明月照缇幕，华灯散炎辉。赋诗连篇章，极夜不知归……（《文选》卷二三）

由"凉风"、"霜气"的表现来看，这盖是写秋天的作品。果真如此，则这首诗描写了月光下爽快的秋夜。

又，晋张协的《杂诗》云：

> 金风扇素节，丹霞启阴期。腾云似涌烟，密雨如散丝。寒花发黄采，秋草含绿滋。闲居玩万物，离群恋所思……（《文选》卷二九）

尽管作者在看秋景时也许感到了"闲居"与"离群"，但在其秋天描写中，却没有任何悲秋性的东西，而是写景性的。

又，陆机的《拟明月皎夜光》云：

> 岁暮凉风发，昊天肃明明。招摇西北指，天汉东南倾。朗月照闲房，蟋蟀吟户庭。翻翻归雁集，嘒嘒寒蝉鸣……（《文选》卷三〇）

也可以说是写景性的。

到了潘岳的《河阳县作》，能够看到更为出色的写景：

> 日夕阴云起，登城望洪河。川气冒山岭，惊湍激岩阿。归雁映兰畤，游鱼动圆波。鸣蝉厉寒音，时菊耀秋华……（《文选》卷二六）

这种描写，是可以和后来谢灵运的山水诗媲美的。潘岳的这首《河阳县作》及另一首《在怀县作》，与陆机的《赴洛道中作》一起，在《文选》中被置于"行旅"诗的开头，这盖表明它们是行旅纪游诗的开创之作。

稍后，晋孙绰的《秋日》诗：

> 萧瑟仲秋日（《艺文类聚》"日"误作"月"，此从《诗纪》），飙唳

风云高。山居感时变，远客兴长谣。疏林积凉风，虚岫结凝霄。湛露洒庭林，密叶辞荣条。抚叶悲先落，攀松美后凋。（《艺文类聚》卷三）

悲秋的气息有是有，但是作者并未感到悲哀，因而这首诗可以说也是写景性的。

又，误入《陶渊明集》的顾恺之的《神情》诗：

春水满四泽，夏云多奇峰，秋月扬明辉，冬岭秀寒松。（同上）

也是适合他那画家身份的写景诗。其他的例子不遑枚举，在此仅想补充一点，即曹毗的《秋兴赋》（《初学记》卷三）也是写景性的赋。

以上，我们论述了主要是有关秋天的写景诗。但是，和利用秋景的抒情诗相比，这种写景诗却要少得多。这显示了秋景与忧愁悲哀的感情的联系是多么的密切。与此同时，尽管数量很少，但描写秋天景色的客观性的写景诗也能够看到，这说明当时存在着一股细小然而不绝的写景诗之流，这股涓涓细流不久流入了宋，遂成为山水诗的洪流。

第二节　写　景　诗

在上一节的最后，我们简要地说到了以秋景描写为中心的写景诗之流；魏晋时代，是开启后来南朝歌咏山水的写景诗先河的时代。不过，正如上文所言，说是写景诗，但完全的写景诗尚未出现，只不过是在诗中插入了客观性的写景句而已。但尽管如此，眺望自然而模写其美的尝试，却毕竟是从魏晋时代开始的。

一、行游与自然

魏晋时代所能见到的写景性诗句，始于建安（196—219）诗人的作品。曹操首先有了全篇写景的《观沧海》。这首诗描写了在碣石所看到的沧海的壮阔景色，可以说是整个魏晋六朝最早的写景诗。但就这一时期的诗风而言，这是一首特别的诗。但是，曹操有着这种眺望和模写自然的写实的倾向，这一点从《步出夏门行》的《冬十月》中也能看出来：

> 孟冬十月，北风徘徊。天气肃清，繁霜霏霏。鹍鸡晨鸣，鸿雁
> 南飞。鸷鸟潜藏，熊罴窟栖。（《宋书·乐志》）

又，叙述行旅与征役之苦的《苦寒行》（《乐府诗集》卷三三作魏文帝
作）云：

> 北上太行山，艰哉何巍巍。羊肠坂诘曲，车轮为之摧。树木何
> 萧瑟，北风声正悲。熊罴对我蹲，虎豹夹路啼。溪谷少人民，雪落
> 何霏霏。（《文选》卷二七）

很好地表现了翻越太行山的艰难，并穿插描写了周围的风景。根据这些
诗，可以认为曹操已经具备了写实之才。

但是，建安文学的一个巨大特色，乃是歌唱了邺下文人的行乐与游
览生活。因而，在建安诗歌中，出现了对于作为行乐与游览环境的自然
的描写。我们可以知道，他们对于作为行乐与游览场所的自然是颇为热
爱的。魏文帝的《与朝歌令吴质书》最好地反映了他们的游乐活动：

> 每念昔日南皮之游，诚不可忘。既妙思六经，逍遥百氏。弹棋
> 间设，终以六博。高谈娱心，哀筝顺耳。驰骋北场，旅食南馆。浮
> 甘瓜于清泉，沉朱李于寒水。白日既匿，继以朗月。同乘并载，以
> 游后园。舆轮徐动，参从无声。清风夜起，悲笳微吟。乐往哀来，
> 怆然伤怀。（《文选》卷四二）

据李善注，南皮即勃海郡南皮县。这也可以说是一篇写景文，贵公子们
在南皮的游乐活动被描写得历历在目。

又，在文帝的《与吴质书》中，缅怀了昔日一同游乐而现在已经去
世的陈琳、应场、刘桢等人，其中这样说道：

> 昔日游处，行则连舆，止则接席，何曾须臾相失。每至觞酌流
> 行，丝竹并奏，酒酣耳热，仰而赋诗。当此之时，忽然不自知乐也。
> （同上）

可以想象，以曹氏家族为中心的邺下文人的集会是如何的兴盛！他们的集会又是多么快乐的游玩！这样，他们在庭园或在郊外游玩的快乐，便被表现为诗歌；作为他们游览场所的自然，也开始受到美丽的描绘。我想，这些诗歌，也可以说是游览诗，它们开了后来山水诗的先河。《文选》将文帝的《芙蓉池作》置于"游览"诗的开头，不是没有理由的。其诗云：

> 乘辇夜行游，逍遥步西园。双渠相溉灌，嘉木绕通川。卑枝拂羽盖，修条摩苍天。惊风扶轮毂，飞鸟翔我前。丹霞夹明月，华星出云间。上天垂光彩，五色一何鲜。寿命非松乔，谁能得神仙。遨游快心意，保己终百年。（《文选》卷二二）

歌咏了夜间乘辇行游西园的情况，对映入眼帘的风景作了美丽浪漫的描绘。在歌咏他和兄弟一起行游玄武陂的《于玄武陂作》诗中，文帝又咏道：

> 兄弟共行游，驱车出西城。野田广开辟，川渠互相经。黍稷何郁郁，流波激悲声。菱芡覆绿水，芙蓉发丹荣。柳垂重荫绿，向我池边生。乘渚望长洲，群鸟谨哗鸣。萍藻泛滥浮，澹澹随风倾。（《艺文类聚》卷九）

描绘了行游时映入眼帘的美丽的自然。

到了曹植，对行游的自然作了更为美丽而浪漫的描绘。如《公宴》诗：

> 公子敬爱客，终宴不知疲。清夜游西园，飞盖相追随。明月澄清景，列宿正参差。秋兰被长坂，朱华冒绿池。潜鱼跃清波，好鸟鸣高枝……（《文选》卷二〇）

《侍太子坐》诗：

> 白日曜青春，时雨静飞尘。寒冰辟炎景，凉风飘我身……（《艺文类聚》卷三九）

《情诗》：

> 微阴翳阳景，清风飘我衣。游鱼潜绿水，翔鸟薄天飞……（《文选》卷二九）

《芙蓉池》诗（《艺文类聚》无题，此从《诗纪》）：

> 逍遥芙蓉池，翩翩戏轻舟。南杨栖双鹊，北柳有鸣鸠。（《艺文类聚》卷九）

等等，都是这样的作品。比起对自然本身的憧憬来，他们似乎对行游于自然之中的氛围更感快乐。因而，作为行乐场所的自然，是作为快乐美丽的东西映入眼帘的。在观看作为行乐场所的自然这一点上，他们与后面将要叙述的兰亭诗人也有相通之处。但是，魏邺下诗歌中的自然，只不过是庭园或有限的郊外；而兰亭诗人所认为的自然，则是更为广阔的山水。兰亭诗人在自己的诗中吹进了玄理；建安的行乐诗人又在自己的诗中吹进了什么呢？这就是上文已经引过的"乐往哀来"（《与朝歌令吴质书》）的悲观人生观，就是"寿命非松乔，谁能得神仙"（《芙蓉池作》）的人生无常观。在这种行乐的背后，他们常常悲哀人生，感叹人生无常。曹操《短歌行》的"人生几何，譬如朝露"，曹丕《善哉行》的"人生如寄，多忧何为"等等，都不必枚举了吧。自建安诗人以后，这种感慨的话语举不胜举。这样，在他们中间产生想要及时行乐以解除人生的悲哀与忧愁的享乐思想，也就是理所当然的了。解除忧愁的办法之一，便是喝酒。"何以解忧？惟有杜康"（曹操《短歌行》），"别易会难，各尽杯觞"（曹植《当来日大难》），"斗酒多为乐，无为待来兹"（应璩《百一》诗）等等，都是这样。

另一个办法，是在庭园或郊外的自然中寻求快乐。"策我良马，被我轻裘，载驰载驱，聊以忘忧"（曹丕《善哉行》），"投筋罢欢坐，逍遥步长林"（陈琳《游览》诗）等等，都是这样。为了忘忧而在自然中行乐，与后来兰亭诗人为了"散怀"而在山水中游玩是非常相似的。

通过在自然中行游和在庭园池畔举行快乐的宴会，他们开始喜爱自

然和鉴赏自然美，上述各诗便是这时的作品吧。此外，还可以看到许多
这方面的诗，如陈琳的《游览》诗：

> ……翱翔戏长流，逍遥登高城。东望看畴野，回顾览园庭。嘉
> 木凋绿叶，芳草纤红荣。（《艺文类聚》卷二八）

又《宴会》诗：

> 凯风飘阴云，白日扬素晖。良友招我游，高会宴中闱。玄鹤浮
> 清泉，绮树焕青葱。（《艺文类聚》卷三九）

王粲的《杂诗》：

> 日暮游西园，冀写忧思情。曲池扬素波，列树敷丹荣。（《文选》
> 卷二九）

又《杂诗》：

> 吉日简清时，从君出西园。方轨策良马，并驱厉中原。北临清
> 漳渚，西看柏阳山。回翔游广囿，逍遥波水间。（《艺文类聚》卷
> 二八）

又《杂诗》：

> 列车息众驾，相伴绿水湄。幽兰吐芳烈，芙蓉发红晖。百鸟何
> 缤翻，振翼群相追。投网引潜鲤，强弩下高飞。白日已西迈，欢乐
> 忽忘归。（同上）

刘桢的《公宴》诗：

> ……月出照园中，珍木郁苍苍。清川过石渠，流波为鱼防。芙
> 蓉散其华，菡萏溢金塘。灵鸟宿水裔，仁兽游飞梁。华馆寄流波，
> 豁达来风凉……（《文选》卷二〇）

又《赠徐幹》诗：

> 步出北寺门，遥望西苑园。细柳夹道生，方塘含清源。轻叶随

风转，飞鸟何翻翻。(《文选》卷二三)

等等，都是这样。又，由以上例子可以知道，建安诗人的自然描写，明显地使用了对句，表现也更加雕琢。可以认为，这种在自然描写中使用对句的雕琢法，是建安文学的另一个特色，它也开了后来南朝山水诗的表现的先河。

二、阮籍与嵇康的诗

建安以后，以魏的正始为中心，诗坛上出现了所谓的"竹林七贤"；但从写景诗方面来看，却没有出现值得重视的作品。正始年间（240—248），是清谈的流行期和老庄思想的蔓延期。《文心雕龙·明诗篇》评论这一时期诗歌的特征道："乃正始明道，诗杂仙心，何晏之徒，率多浮浅。唯嵇志清峻，阮旨遥深，故能标焉。""诗杂仙心"这一句还有问题，但盖如黄叔琳、范文澜所说的，意思是"以老庄为宗"吧！正始之诗，大抵赞美玄风，而并不着眼于环境的自然。其中多少接触到自然景物的，乃是阮籍与嵇康的诗。阮籍的《咏怀》八十二首中，是处处穿插着自然与自然物的描写。不过，它们大抵不过是比兴式的描写，乃是为了述"怀"而被利用的。倾注感情眺望自然的作品只有一首：

> 夜中不能寐，起坐弹鸣琴。薄帷鉴明月，清风吹我衿。孤鸿号外野，翔鸟鸣北林。徘徊将何见，忧思独伤心。(《文选》卷二三)

其中的自然描写，也只是为了叙述伤心之忧思而设的背景，而不是像建安诗人那样，直接接触自然美，对它充满热爱，并试图描写之。但是，在此值得注意的，是《晋书·阮籍传》所说的："或闭户视书，累月不出；或登临山水，经日忘归。博览群籍，尤好庄老。"也就是说，尽管《晋书》是后来的资料，但其中初次出现了"登临山水"这个词。这是一个不能轻易放过的词。如果这个词可以信赖的话，那么，它可以看作是后来经常能够见到的那种"爱好山水"思想的开端。这里所说的"登临山水"，意思乃是指因为喜欢老庄思想，故而喜欢超脱尘俗的"山水"，以致因登临这样的山水而忘归，而并不是指因为爱山水之美而进入山水。另一方面，阮籍的登临山水，又是和隐遁思想相通的。后汉以来所产生的隐遁思想，受老庄思想的启发，转变成进入山水的实际行动。进入山水，一方面接近老庄，另一方面，也开始意味着隐遁。关于前者，我们将在后面的"兰亭"诗部分说明；关于后者，我们将在接着的"招隐"诗项作更为详尽的说明。不过，这种隐遁山水思想的渐渐蔓延，即从这个时代嵇喜的话中也能看出，他的《答嵇康》诗云：

> 达人与物化，世俗安可论。都邑可优游，何必栖山原。

这是对于只隐遁于山水的行为的非难。这种非难的出现，说明了隐遁山水的渐渐盛行。但是，尽管有这种非难，着眼于山水的隐遁思想，此后却仍然逐渐地形成了强大的潮流。而且，不久以后，终于表现为山水诗。

嵇康的诗，承袭《诗经》的四言形式，显得古色古香；而且，还经常采用《诗经》的句子。因而，其中所表现的自然，可以说是《诗经》风格的自然。如《赠秀才入军》诗：

> 轻车迅迈，息彼长林。春木载荣，布叶垂阴。习习谷风，吹我素琴。咬咬黄鸟，顾畴弄音……（其二）

> 浩浩洪流，带我邦畿。萋萋绿林，奋荣扬晖。鱼龙瀺灂，山鸟群飞。驾言出游，日夕忘归……（其三）（《文选》卷二四）

《酒会》诗：

> 淡淡流水，沦胥而逝。泛泛柏舟，载浮载滞。微啸清风，鼓楫容裔。放棹投竿，优游卒岁。（其一）（鲁迅校《嵇康集》）

等等，都是这样。"习习谷风"、"咬咬黄鸟"、"萋萋绿林"、"泛泛柏舟"、"载浮载滞"等等，都或是《诗经》的原句，或是据《诗经》的句子而作的诗句。由"驾言出游，日夕忘归"、"放棹投竿，优游卒岁"等诗句可以看出，他和阮籍一样，也是一个爱好游览自然的人。当然，不言而喻，这是因为其背后有着"流咏太素，俯赞玄虚"（《杂诗》）、"游心于玄默"（《秋胡行》）、"托好老庄，贱物贵身，志在守朴，养素全真"（《幽愤》）的赞美老庄的思想。但是，游览山水的自然描写却尚未完全出现，也就是说，涉及山水美的作品尚未能看到。

三、仙境与行旅的自然

晋代初期，即以武帝太康年间（280—289）为中心的时代，是《诗品》所谓"三张、二陆、两潘、一左"活跃的时代。这个时代的诗中所表现的自然描写的特色，就形式方面来看，首先是继承并发展了建安诗华丽雕琢的一面。换言之，在这时期的自然描写中，能够看到骈俪性的特色。张华的《杂诗》：

> 逍遥游春空（"空"一作"宫"，此从《玉台新咏考异》），容与绿池阿。白蘋齐素叶，朱草茂丹华。微风摇茝若，层波动芰荷。荣彩曜中林，流馨入绮罗……（《玉台新咏》卷二）

对于在春天的池畔游乐时映入眼帘的自然美，使用对句作了美丽的描写。《诗品》中"其体华艳，兴托不奇。巧用文字，务为妍冶"的评论，盖即是针对这种自然描写而发的吧！

在张协的《杂诗》十首中，可以看到更为雕琢的自然描写：

> 朝霞迎白日，丹气临汤谷。翳翳结繁云，森森散雨足。轻风摧劲草，凝霜竦高木。密叶日夜疏，丛林森如束……（其四）

几乎全部采用对句来描写岁暮早晨的风景。又：

> 结宇穷冈曲，耦耕幽薮阴。荒庭寂以闲，幽岫峭且深。凄风起东谷，有渰兴南岑。虽无箕毕期，肤寸自成霖。泽雉登垄雊，寒猿拥条吟。溪壑无人迹，荒楚郁萧森。投耒循岸垂，时闻樵采音……（其九）（《文选》卷二九）

描写了隐遁地的风景，同样大都是以对句来构成的。隐遁地的自然描写，是从这个时代开始的；而且，这种描写，和后来的山水诗是直接相连的。

在这两点上，这首诗是特别值得注意的。

第二个特色是抒情性。正如这个时代的陆机在《文赋》中所说的："诗缘情而绮靡，赋体物而浏亮。"（《文选》卷一七）这时候的诗，被认为是以情为主的东西，因而，各种写景大都被与某种程度的情联系在了一起。关于这一点，我们已经在"悲秋"诗项作了阐述；其中所举张载的《七哀》诗、张协的《杂诗》等作品，也最明显不过地显示了这一点。

以上是从表现形式方面来看的特色，接着我们再从内容方面来看。第一个特色，是仙境的自然得到了描写。对仙境的描写，是从楚辞的《离骚》、《远游》开始的。随着神仙思想的发达，在魏时产生了文帝的《折杨柳行》，曹植的《升天行》、《远游篇》、《仙人篇》等作品。尤其是在曹植的诗中，可以看到名叫"游仙"的作品，我想它开了后来"游仙"诗的先河。其中的《升天行》等诗，尝试描写仙境的自然，是很值得注意的作品。这种游仙世界的描写，为稽康所继承，又为太康诗坛所继承。张华、何劭、张协等人即其作者。尤其是在张协的《游仙》诗中，描写了仙境的自然：

> 峥嵘玄圃深，嵯峨天岭峭。亭馆笼云构，修梁流三曜。兰葩盖岭披，清风缘隙啸。（《艺文类聚》卷七八）

这种仙境描写，为接着的郭璞所继承。但是它所描写的，大抵只是想象的世界，而不是真正的自然美。

第二个特色，是行旅诗的出现。在行旅诗中，描写了道中的自然。我想，后来谢灵运的行旅诗等等，恐怕就是受这个时代的行旅诗影响的产物。《文选》卷二十六设"行旅"类，收入了这个时代的陆机、潘岳、潘尼等人的诗。陆机的《赴洛道中作》云：

> ……行行遂已远，野途旷无人。山泽纷纡余，林薄杳阡眠。虎啸深谷底，鸡鸣高树巅。哀风中夜流，孤兽更我前……（其一）

> 远游越山川，山川修且广。振策陟崇丘，案辔遵平莽。夕息抱影寐，朝徂衔思往。顿辔倚嵩岩，侧听悲风响。清露坠素辉，明月

一何朗。抚几不能寐，振衣独长想。（其二）

这种作于道中的移动描写的表现形式，在"游仙"诗中即已可以看到；但"游仙"诗所描写的是想象的世界，而行旅诗所表现的却是亲眼所见的现实的世界。到了潘岳和潘尼，更为细腻地描写了道中的景色：

日夕阴云起，登城望洪河。川气冒山岭，惊湍激岩阿。归雁映兰畤，游鱼动圆波。鸣蝉厉寒音，时菊耀秋华……（潘岳《河阳县作》）

……朝想庆云兴，夕迟白日移。挥汗辞中宇，登城临清池。凉飙自远集，轻襟随风吹。灵圃耀华果，通衢列高椅。瓜瓞蔓长苞，姜芋纷广畦。稻栽肃仟仟，黍苗何离离……（潘岳《在怀县作》）

前者的风景使人想起谢灵运的山水诗，后者的风物使人想起陶渊明的田园诗。

南山郁岑崟，洛川迅且急。青松荫修岭，绿蘩披广隰。朝日顺长途，夕暮无所集。归云乘幰浮，凄风寻帷入……（潘尼《迎大驾》）

也是使人想起谢灵运的山水诗的自然描写。

第三个特色，是对作为隐遁地的山水的描写。左思的《招隐》诗即其代表。关于这一点，我们将在下项详述。描写作为隐遁地的山中的幽邃自然的潮流，不久就变成了山水诗的洪流。不管怎么说，"招隐"诗的出现，毕竟是这个时代的特色，以后是看不到的。"招隐"诗究竟是怎样的一种诗呢？如果我们把它搞清楚了，我们就能窥见这个时代的思想和文学倾向之一斑，就能看到后来文学的发展方向。

四、"招隐"诗

关于六朝的"招隐"诗，当时也许有不少，但是现存的资料却非常之少。现存的张华、张载、左思、陆机、闾丘冲、王康琚的作品，都是晋代的作品。但是，六朝时也许作得更多。之所以这么说，是因为陈伏知道有《赋得招隐》诗，隋王由礼有《赋得岩穴无结构》诗（左思《招隐》诗中的一句）。据此可知，左思的《招隐》诗等在当时是广受传诵的。倘如此，则不能断言六朝时连一首"招隐"诗也没有出现。然则"招隐"诗是突然产生的吗？

当我们追溯"招隐"这个词的来源时，我们遇到了见于楚辞的、据说是汉代淮南小山所作的《招隐士》。不过，《招隐士》与后来的招隐诗一看就是大异其趣的。这里我想首先对"招隐"这个词本身作一番检讨。

《招隐士》王逸序云：

> 招隐士者，淮南小山之所作也……小山之徒，闵伤屈原，又怪其文升天乘云，役使百神，似若仙者，虽身沉没，名德显闻，与隐处山泽无异，故作招隐士之赋，以章其志也。

据上述王逸的说明，作者是淮南小山之徒；但据《文选》卷三十三，则为刘安所作。因为现在不欲在此考证作者，所以无论是谁作的都没有关系，暂且把它当作是以刘安为中心的文人群中某人的作品来论述吧（就此意义而言，昭明太子也许正是以刘安作为代表的吧）。下面所要阐明的是，人们因为同情屈原，把屈原看作是隐士，所以作了这篇《招隐士》。也就是说，所谓招隐士，意思乃指招唤隐士屈原。"招"是《招魂》的"招"，《大招》的"招"。王逸在《招魂序》中说明"招"道："招者，召也，以手曰招，以言曰召。"这就是说，所谓"招"，乃是以手招呼的意思。又，《招隐士》的内容，事实上也是要从山林中叫出隐士。这个隐士是否是屈原，从《招隐士》本身难以看出，且后人对此也多有怀疑，故隐士是否是屈原，现在姑置不论。这篇文章首先叙述了隐士隐栖的山谷幽深险阻的样子，认为这不是君子住的地方（王逸与朱子的解释有所不同，但大纲无异，朱子之说似更为条理分明，故今从朱子的解释）。山中所住的猿狖虎豹，都不会成为贤者的朋友。尽管如此，隐士却还不归来，即"王孙游兮不归，春草生兮萋萋"。作者又进而叙述了山林倾危、草木茂盛的样子，以及麋鹿虎儿的横行，而后联结到了：

> 攀援桂枝兮聊淹留，虎豹斗兮熊黑咆，禽兽骇兮亡其曹。王孙兮归来，山中兮不可以久留。

也就是说，因为隐士无意归来，所以作者一再叙述难以居住的山中的样子，最后招唤道："王孙兮归来，山中兮不可以久留。"最后的这两句话，最好不过地表现了"招隐士"的题意。也就是说，所谓"招隐士"，就是"招唤""隐士"（王孙）归来，与《招魂》的"魂兮归来"和《大招》的"魂乎归徕"相同。

上述《招隐士》是否是同情苦闷于山泽的屈原并想要救他出来的作品，现在姑置不论（王夫之认为此文与屈原无关，是淮南王为召致潜伏山谷之士而作的），其中所描写的隐士所隐遁的山林，不是被描写成快乐的场所，而是被看作是充满痛苦的地方。而且，隐栖本身也不受赞美。换言之，隐栖山泽受到了否定。进言之，作者似乎还认为，比起飞遁山泽来，世俗社会更好。这些问题，后面将再作论述。

继承这篇《招隐士》的传统的，是晋代出现的"招隐"诗。张华的二首诗、张载的一首诗、左思的二首诗、陆机的三首诗、闾丘冲的一首诗、王康琚的一首诗，便是"招隐"诗。又，王康琚还有一首《反招隐》诗。

我想，现存以"招隐"为题的诗歌，就只有以上这些了吧。《文选》卷二十二设"招隐"与"反招隐"类，虽说一共只收了四首诗，但登载这些诗本身，便显示了与"招隐"有关的诗的存在是不容忽视的。

上述作者，似全是同时代人。张华、张载、左思、陆机诸人，如梁钟嵘"太康中，三张、二陆、两潘、一左"（《诗品》）所说的，都是活跃于晋太康时的人物。他们相互之间都有交友关系，这看一下他们在《晋书》中的本传便可以明白。他们四个人一起作"招隐"诗，这本身也值得注意。闾丘冲无传，生卒年不详，但《晋书·礼志》载有闾丘冲关于孝怀帝即位后不久成为话题的武帝杨悼皇后服制问题的奏议，又据《孝怀帝纪》"永嘉五年六月丁酉"条所说的来看：

> 刘曜、王弥入京师，帝开华林园门，出河阴藕池，欲幸长安，为曜等所追及。曜等遂焚烧宫庙，逼辱妃后，吴王晏、竟陵王楙、尚书左仆射和郁、右仆射曹馥、尚书闾丘冲、袁粲、王缉、河南尹

刘默等皆遇害。

他似为怀帝永嘉时人。倘如此，则多半不离上述四人的活跃时代。我想，毋宁说他的前半生是与四人同时的吧。关于王康琚，李善也只注道："《古今诗英华》题云：'晋王康琚。'然爵里未详也。"毫无线索可寻。《艺文类聚》卷三十六载招隐诗，依次为张华、张载、左思、陆机、闾丘冲、王康琚，基本上可以看作是依时代先后排列的，由此也可以认为，王康琚是最迟出世的。但就其作《反招隐》诗来看，可以说他也是一个生活于招隐诗流行时代的人物。

一看以上所举这些人的招隐诗，便使我们觉察到，诗题确实还是"招隐"这个词，但其内容却似乎与《招隐士》的招唤隐士略异其趣了。"招隐士"这个词，首先被左思的诗所使用：

> 杖策招隐士，荒途横古今。岩穴无结构，丘中有鸣琴。白雪停阴岗，丹葩曜阳林。石泉漱琼瑶，纤鳞亦浮沉。非必丝与竹，山水有清音。何事待啸歌，灌木自悲吟。秋菊兼糇粮，幽兰间重襟。踌躇足力烦，聊欲投吾簪。（《文选》卷二二）

此外，也被王康琚的诗所使用：

> 登山招隐士，寒裳蹑遗踪。华条当圃室，翠叶代绮窗。（《艺文类聚》卷三六）

前者写为招唤隐士而杖策寻访，后者写为招唤隐士而登山寻访。在"招唤"这一点上，与楚辞的"招"没有任何不同。只是就其内容来看，"招"的内容与背后的意义，楚辞是就对方而言的"归来"，这里则都是作者的"招唤"行动。前者是作者在山居之外，后者则是作者走入了山居之中。前者是让对象向自己而来，后者则是使自己向对象而去。也就是说，左思及王康琚诗中的"招"，已经接近楚辞性意思的极限，是楚辞性的"招"所不能完全涵盖的。之所以这么说，《文选》刘良注的解释："苦思天下混浊，故将招寻隐者，欲以退不仕。"说明了这一点。也就是说，这显示了

"招隐"已开始向"寻隐"的方向转变。清张玉毂将"招"直接解释为"寻也"，虽说有点过分，却揭示了其背后的倾向，是甚有意思的。"招隐"背后的想法，从"招唤"向"去招"的方向不断变化。从其内在方面来看，是去寻找对方。因而，"招隐"原有的界限被打破了，而变化为"寻隐"这一表现。陆机的下面这首诗所说的，便正是这样：

> 驾言寻飞遁，山路郁盘桓。芳兰振蕙叶，玉泉涌微澜。嘉卉献时服，灵木进朝飧。寻山求逸民，穷谷幽且遐。清泉荡玉渚，文鱼跃中波。（同上）

这恐怕已经是《招隐士》的表现中所未曾出现过的东西了，它变成了"寻飞遁"、"求逸民"的表现。严格地说，这不是"招隐"，而是"寻隐"。还有一种招隐诗，如后面将要谈到的张华的诗，与"招"已毫无关系，而只是叙述"隐"。这种场合的"招隐"诗，完全可以说成是"隐遁"诗。如隋孔德绍的《南隐游泉山》诗说：

> 名山狎招隐，俗外远相求。还如倒景望，忽似阆风游。（《诗纪》卷一三六）

也就是说，"招隐"变成了"隐遁"；或说得更为极端一些，也许简直变成了登山之类的轻松含义。当然，在这种场合，在名山招隐这一意义上，也可以认为招隐的主语是名山；但是，在那种情况下，"招"字的意思是否很重呢？

以上，我们阐述了"招"这个词的含意从招唤隐到去招隐到去寻隐到隐遁的不断变化；下面，我们想就招隐诗的内容来稍作考察①。张华的

---

① 陈伏知道的《赋得招隐》诗云："招隐访仙楹，丘中琴正鸣。"这个"招隐"，当解释为为招隐而寻访，这是没有问题的；但是，如果把它理解为"为隐所招"又怎么样呢？之所以这么说，是因为晋以后毋宁说是隐所吸引才是现实的。这么看来，左思、王康琚的"招隐士"也不是不能理解为"为隐士所招"的。只是我们不知道这方面的用例。《庄子·徐无鬼篇》的"招世之士兴朝，中民之士荣官"的"招世"，有各种解释，但不也可以理解为"为世所招"吗？见于《晋书·纪瞻传》的纪瞻的对策"夫成功之君，勤于求才；立名之士，急于招世"，其中的"招世"，便很明确是"为世所招"之意。

《招隐》诗云：

> 隐士托山林，遁世以保真。连惠亮未遇，雄才屈不伸。栖迟四野外，陆沉背当时。循名掩不著，藏器待无期。羲和策六龙，骈节越崎嵚。盛年俯仰过，忽若振轻丝。（《艺文类聚》卷三六）

描写了因不遇而托身山林的隐士的自我感慨，而招隐的"招"则根本没有涉及到。魏阮瑀的《隐士》诗云：

> 四皓潜南岳，老莱窜河滨。颜回乐陋巷，许由安贱贫。伯夷饿首阳，天下归其仁。何患处贫苦，但当守明真。（同上）

赞美了古代的逸民和隐士，主张守真。但是，这首隐士诗与上述张华的招隐诗有什么本质上的差异吗？二者都可以说是歌咏隐士的诗。也就是说，由张华这首诗是不能说明"招"的；要从这首诗联想到楚辞的《招隐士》，那就更为困难了。晋代招隐诗的"招隐"一词的产生，似乎是出典于楚辞的《招隐士》的；但在内容方面，二者似乎根本没有什么关系。张华的诗中还可注意的，是对于"隐"的看法。一方面，诗人具有"遁世以保真"的积极态度；但另一方面，又说"雄才屈不伸"，"循名掩不著，藏器待无期"，对于世俗依恋不舍。这是为什么呢？不过，这种对待隐显的双重态度，似乎是古已有之的。《论语·季氏篇》的"隐居以求其志，行义以达其道"，《孟子·尽心篇上》的"古之人，得志，泽加于民；不得志，修身见于世。穷则独善其身，达则兼善天下"，都是这样。在表面上，它们都赋予"隐"、"显"以同等的价值，但是，在内心里，却当然有着对于"显"的强烈执著。问题是，在张华的诗中，对于"隐"的不满（即对于"显"的期待）与对于"隐"的憧憬（即对于"显"的逃避）都是很强烈的吗？这一时里还不能断定。但是从"保真"与"陆沉"等语来看，不得不说作者是更多地受支持"隐"的老庄思想的影响的。如果真是这样，那么向赞美隐遁的方向的启行，难道不正是从此诗开始的吗？也就是说，可以看到"隐"的比重比"显"的比重增加了。

到了张载的《招隐》诗，便说：

> 去来捐时俗，超然辞世伪。得意在丘中，安事愚与智。（同上）

很明确地显示了赞美"隐"的方向。诗人想要超然而弃世俗，认为只有在"丘中"才有"得意"。这是很明确的肯定栖迟山中的态度，与《庄子·外物篇》的"大林丘山之善于人也，亦神者不胜"的想法完全一致。其中可以看到的，与其说是对于"显"的执著，毋宁说是对于"隐"的憧憬。因而，类似楚辞的《招隐士》的那种想法是丝毫也看不出来的。

如上所述，到了左思，开始说"杖策招隐士"，在诗中出现了"招隐士"一词；但是诗的内容，却是隐士所栖迟的山居的写景，是"非必丝与竹，山水有清音。何事待啸歌，灌木自悲吟"的对于山水的赞美。这也是对于住在这种境地的隐士的赞美。而且他更说"聊欲投吾簪"，表达了想要隐遁的愿望。不久，这种愿望实现了，因此第二首诗说：

> 经始东山庐，果下自成榛。前有寒泉井，聊可莹心神。（《文选》卷二二）

叙述了东山的隐居生活的快乐。倘用以上二诗来为招隐诗下定义的话，那么招隐诗就是一种在仙境中寻找隐士，自己也渴望成为隐士的歌唱隐遁生活的诗。很明显，其方向与楚辞的想要招出隐士的《招隐士》是相反的。

陆机的《招隐》诗也与左思的第一首诗全然相同，想要寻访住在美丽的仙境的幽人，并说：

> 至乐非有假，安事浇醇朴。富贵苟难图，税驾从所欲。（同上）

不用说，这也是老庄式的赞美隐遁的作品。因而，其中所描写的山水，不是像楚辞的《招隐士》中所描写的那种不愉快的山水，而是"山溜何泠泠，飞泉漱鸣玉"的快乐的山水，即所谓的仙境。

但另一方面，也有否定隐遁于这种仙境的《招隐》诗，闾丘冲的《招隐》诗就是这样：

> 大道旷且夷，蹊路安足寻。经世有险易，隐显自存心。嗟哉岩岫士，归来从所钦。（《艺文类聚》卷三六）

明确地否定了"蹊路"即隐遁山林，而说"隐显自存心"，与《庄子·缮性篇》的"虽圣人不在山林中，其德隐矣。隐，故不自隐"的想法完全一致。而且诗中还说，"嗟哉岩岫士，归来从所钦"，否定隐身山林的隐遁，劝人作精神性的隐遁。其中最可注意的，是"嗟哉岩岫士，归来从所钦"的表现。这正是楚辞式的表现，我们从中再次看到了"招隐"诗与楚辞的《招隐士》的关联。也就是说，可以认为"招隐"诗是从《招隐士》发展而来的。但是，流动于这首诗中的，却不是像楚辞那样的否定"隐"的思想，而是肯定"隐"的思想。更有意思的是王康琚的《反招隐》诗，和间丘冲的诗一样，它也否定隐遁山林：

> 小隐隐陵薮，大隐隐朝市。伯夷窜首阳，老聃伏柱史。

认为这种小隐（隐遁山林），充满了"凝霜凋朱颜，寒泉伤玉趾"的肉体痛苦。但是，

> 归来安所期，与物齐终始。（《文选》卷二二）

又呼唤着"中林之士"。这和间丘冲诗全然相同，也是楚辞式的。与楚辞不同的只是它们都肯定以老庄为背景的"隐"，渴望老子式的隐于朝市的大隐，也就是说，这是形而上的"隐"，小隐则当然是形而下的"隐"。这首《反招隐》诗，是间丘冲的《招隐》诗的延续，二者在本质上没有任何不同，只不过王康琚的诗明确地提出了"反招隐"而已。我想，这种"反招隐"诗的出现，当然是对满足于隐遁山林的"招隐"诗的反动；进言之，也可以认为是对当时盛行的隐遁山林思想的反动，而并不是只将矛头直指"招隐"诗的。因为"招隐"诗被看作是隐遁山林思想的代表，因而间、王才以"反招隐"为名。如前面已经举过的张协的《杂诗》，便是王康琚所要

"反"的：

> 结宇穷冈曲，耦耕幽薮阴。荒庭寂以闲，幽岫峭且深。

王康琚不正是以这种吟咏山居、歌唱"养真尚无为，道胜贵陆沉"的诗为对象来考虑的吗？在这种场合，作者头脑中的"招隐"，恐怕只有隐遁之类的意思①吧。

　　以上，我们考察了晋代的"招隐"诗，寻求了它和楚辞的《招隐士》的关联，并大致认识了二者间的关系。但是，为什么二者间会如此大相径庭呢？过去从未有人对此作过明确的解释。楚辞的《招隐士》中，原本是看不到赞美隐遁的思想的。它认为山泽是苦难的世界，因而呼唤苦吟者"归来"。然而，要说它是像"反招隐"诗那样劝苦吟者回到现实社会中来"大隐"，则也不是这样。也就是说，《招隐士》感到这个俗世比超俗的世界更为快乐。这种想法，与这时代的思潮有怎样的关系呢？第一，与《招隐士》的作者有关的《淮南子》又怎样呢？《淮南子》中，使人感到充斥着老子的气息，但其中看不到对于隐遁的积极鼓吹。其中所说的"隐"，都是"藏无形，行无迹"，"圣人揜明于不形，藏迹于无为"，"荣而不显，隐而不穷"（《诠言训》）的无为自然的"隐"，却一点也没有涉及在现实和山野里的隐遁。它所希望的，毋宁说是没有隐人逸民的政治（《泰族训》）。东方朔的《非有先生论》中所能见到的想法也与此相同，其中虽说也确实能够见到对于逸民的赞美，却没有积极地赞美隐遁。它所希望的，毋宁说是野无遗贤的政治。它认为，政治如果黑暗，人们就会避害全身，因此，隐遁的动机产生于政治的黑暗。与晋代为"隐"而"隐"、憧憬"隐"居的思潮相比，在这个时代，虽说老

---

① 详细地调查"反招隐"诗，可以看出流动于其背后的精神是另一种东西，其构成是非常楚辞式的。在这种意义上，所谓"反"，就是复返于继承楚辞传统的正统的招隐诗吧。也就是说，"反"是"反正"、"反真"、"反自然"的"反"。不过，如果认为"反招隐"的题名乃是模仿杨雄的《反离骚》的话，那么，它也有反对之意，正如《乐府古题要解》所说的："晋王康琚反其致，谓之反招隐。"只是日本旧训或把"反招隐"读作"仿～"（九条家藏《文选》、宽永版《文选》）。所谓"仿"，意思是指模仿正统的招隐诗吧？附带提一下，《类聚名义抄》中也将"反"解释为"本"、"习"。

庄思想已经流行，但老庄与"隐"尚未融合，因而只能见到朴素的"隐"的想法。这样看来，《招隐士》写作时代的"隐"，可以说既未具有老庄思想的背景，作为隐遁思想也尚未充分成熟。因而，如果在《招隐士》中看不到后世那种隐遁思想，那应该说也是必然的。也就是说，《招隐士》的作者因为置身于安定的社会，所以认为这个社会是更为快乐的。近人王瑶说，汉帝国社会安定，能得到优厚的利禄，是儒教的一统天下，道家思想尚未勃兴，因而没有逃避的必要，枯槁憔悴的隐居之类也就没有什么值得羡慕的地方。他又认为，陆机《招隐》诗对于隐士的赞美，是由汉末以来社会形势的不安定和道家思想的抬头所决定的（《中古文人生活·论希企隐逸之风》）。这虽说只是概略的说法，但我想是正确的。后汉末至晋代，社会形势的无穷变化，使人们产生了厌世思想，它一旦与老庄思想结合，就变得更为深入人心了，并发展成了所谓的隐遁思想。如果这时候出现了继承《招隐士》系统的诗，那么当然会改变原来的样子，而朝着"招隐"诗的方向发展。问题只在于，如果说楚辞的《招隐士》是淮南王所作的，那么，从《招隐士》到晋初大约四百年间，何以没有嗣作，而突然为晋代的"招隐"诗所继承呢？情况完全难以了解。晋代的"招隐"诗，也许是突然产生的。之所以这么说，是因为调查一下《后汉书·逸民传》等就可以知道，其中经常谈到招聘隐士之事。因而，当然不妨继续吟咏这种旨趣的《招隐士》。在这个阶段，由于现实社会尚有希望，所以能够劝隐士归来。而后汉末以后乱离的社会形势，已变得不能再劝隐士归来了。这样，便产生了赞美隐士的风潮。过去一直试图吸引隐士的人们，现在却为了吸引隐士而自己前往，甚或反而为隐士所吸引，去寻找山栖之居。这就是左思的"杖策招隐士"等及陆机的"驾言寻飞遁"等所反映的。在这个阶段，隐士的比重开始比现实社会重了，作者也因而憧憬隐士的境遇并想要成为隐士。因而，其中所描写的，或是令人憧憬的仙境（陆机、左思），或是隐士本身的事情，而与"招"开始没有任何关系了（张华、张载）。

　　以上，我们清理了从《招隐士》到"招隐"诗的脉络。此外，还有若干点值得考虑。"招隐"诗诸作，几乎是同时出现的，尤其是张华、张载、左思、陆机等人，全是同时代人，相互之间都有交游关系，而且都作了《招隐》诗，其间是否有某种横向的关系？现在没有资料可以证明。要之，这种同时出现的现象，不用说，说明了隐遁思想的风靡，显示了老庄思想的流行，更意味着社会形势的不安定。但是，尽管这种不安状态此后仍然持续着，隐遁思想也绝没有衰退，但"招隐"诗却忽然像是销声匿迹了，这又是为什么呢？盖是因为"招隐"诗虽说此后并不是全然没有，但却衰微得传不到现在了吧。那么，其衰微的原因究竟是什么呢？

原来，"招隐"诗的本体乃是吟咏招隐士之事，对于隐逸生活的描写和赞美，则已经脱离了其本旨。也就是说，题目与内容的脱节，使得以"招隐"为名的诗逐渐消失了。这是第一个原因。第二个原因与第一个原因有关，即对于隐逸生活的描写，已开始用其他题目来进行了。也就是像在宋谢灵运的作品中所能见到的那样，诗人开始根据诗的内容来决定诗题，并且更为具体。如谢灵运的《斋中读书》诗云：

> 虚馆绝诤讼，空庭来鸟雀。卧疾丰暇豫，翰墨时间作。（《文选》
> 卷三〇）

像这首描写悠悠自适的隐遁生活的诗，现在已经不能再叫做"招隐"诗了。又如他的《从斤竹涧越岭溪行》诗云：

> 川渚屡径复，乘流玩回转。苹萍泛沉深，菰蒲冒清浅。（《文选》
> 卷二二）

这种山水描写，与左思、陆机诗中的山居描写，意境全然相同，只不过谢灵运诗的描写更为具体细腻而已。但是，山水描写的发达，却使诗人不能再把它叫做"招隐"诗了。也就是说，在另一方面，我想"招隐"诗已经蜕变成了山水诗。换言之，也可以说山水诗的源头，是滥觞于"招隐"诗的。"招隐"诗消失的第三个原因，是自曹植起即已能见到的"游仙"诗的出现。曹植的《游仙》诗，描写的是"东观扶桑曜，西临弱水流。北极登玄渚，南翔陟丹邱”的仙境；但到了晋代的郭璞，则说：

> 京华游侠窟，山林隐遁栖。朱门何足荣，未若托蓬莱。临源挹
> 清波，陵岗掇丹荑。灵溪可潜盘，安事登云梯。漆园有傲吏，莱氏
> 有逸妻。进则保龙见，退为触藩羝。高蹈风尘外，长揖谢夷齐。
> （《文选》卷二一）

自钟嵘以来，对于这首诗便有仙味少的批评，但是这首《游仙》诗与左
思的《招隐》诗等难道有什么本质上的差异吗？我想，也就是说，游仙
与隐栖已变得难以区别了，它们开始被融合到了一起。在“游仙”诗里
面，“招隐”诗换了一种样子继续存在下去①。

五、从玄言诗到山水诗

1. 孙绰、许询与殷仲文、谢混

在所谓的永嘉之乱（311）以后南渡的东晋（317—420）的文学，被
评论为“诗必柱下之旨归，赋乃漆园之义疏”（《文心雕龙·时序篇》），
“孙绰、许询、桓、庾诸公，诗皆平典，似《道德论》，建安风力尽矣”
（《诗品》），这些评论都是不太美妙的。事实上，现存的诗中，有很多是
所谓的“玄言诗”，即讴歌老庄思想的诗；而在太康时代好不容易发展起
来的雕琢的写景诗，则似乎很难举出。但是，如果我们注意观察一下，
则一定能觉察到，由这种玄风诗所培植起来的下一个时代所谓“山水诗”
（即歌唱山水的诗）的萌芽，已在到处破土而出。就这一点而言，这个东
晋时代应该说是一个非常重要的时期。

中国所谓的写景诗，究竟是在何时产生的呢？尽管在细节方面还有
种种分歧，但不管怎么说，大致上将后面将要叙述的刘宋的谢灵运作为

---

① 据认为是代替了“招隐”诗的“游仙”诗，似乎也没有一直存在下去。陈周宏让的无
名诗描写自己寻访名岳，看到某岩里有座茅屋，而后说：“一士开门出，一士呼我前。
相看不道姓，焉知隐与仙。”（《艺文类聚》卷三六）认为在头脑中所作的“隐”与
“仙”的区别，在现实中是难以分清的。当时人对于隐栖与游仙是谁都能明确地区别的
吗？这还是很可怀疑的。

写景诗的开创者，则无论是谁都不会有异议的。但是，谢灵运的诗并非是如王维的诗中所能见到的那种通篇描写山水的作品。他的诗，是在一篇之中的几个地方插入客观性的山水描写，有时候则山水描写也往往成为全诗的主体；但在其描写中，看不到过去所能见到的那种比兴式的用法。

谢灵运赴永嘉太守任时所作的《过始宁墅》诗，是一首有名的诗：

> 山行穷登顿，水涉尽洄沿。岩峭岭稠叠，洲萦渚连绵。白云抱幽石，绿筱媚清涟。葺宇临回江，筑观基曾巅。（《文选》卷二六）

作于称疾去太守职回故乡时的《初去郡》诗，也是一首有名的诗：

> 理棹遄还期，遵渚鹜修坰。溯溪终水涉，登岭始山行。野旷沙岸净，天高秋月明。憩石挹飞泉，攀林搴落英。（同上）

在他的诗中，优秀的写景诗句不胜枚举。关于这一点，铃木豹轩博士[1]在《山水文学与谢灵运》（《支那文学研究》）中已经指出。这种写景诗，后来得到了进一步的发展，而最早指出当时诗歌的趋势是朝向这种写景诗方向这一点的，正是梁的刘勰：

> 宋初文咏，体有因革。庄老告退，而山水方滋。（《文心雕龙·明诗篇》）

关于"庄老告退，而山水方滋"，有种种解释，在此我们想用"以庄老玄理写的诗消失了，而山水描写的诗，也就是写景诗，开始盛行"这种解释。庄老与山水的关系后面将要叙述，清代的王渔洋把谢灵运看作是山水诗盛行的滥觞：

> 诗三百五篇，于兴观群怨之旨，下逮鸟兽草木之名，无弗备矣，独无刻画山水者；间亦有之，亦不过数篇，篇不过数语，如"汉之

---

[1]　铃木豹轩（1878—1963），名虎雄，日本的中国文学研究者，前京都帝国大学教授。主要著作有《支那文学研究》、《支那诗论史》、《赋史大要》、《陆放翁诗解》、《陶渊明诗解》等。——译者注

广矣"、"终南何有"之类而止。汉魏间诗人之作，亦与山水了不相
及。迨元嘉间，谢康乐出，始创为刻画山水之词，务穷幽极渺，抉
山谷水泉之情状，昔人所云"庄老告退，而山水方滋"者也。宋齐
以下，率以康乐为宗。至唐王摩诘、孟浩然、杜子美、韩退之、皮
日休、陆龟蒙之流，正变互出，而山水之奇怪灵闷，刻露殆尽；若
其滥觞于康乐，则一而已矣。（《带经堂诗话》卷五）

唐人以谢灵运为宗固是事实，但倘要寻找山水诗的真正滥觞，那么在谢
灵运之前，其萌芽便不是已经有了吗？比如，近人范文澜认为，山水诗
起于东晋之初的庾阐等人（《文心雕龙·明诗篇》注）。的确，庾阐的诗
里，有些作品令人想起山水诗；但是，难道就没有更积极的以山水诗为
目标的作品了吗？

梁沈约的《宋书·谢灵运传论》中，可以见到如下一段话：

有晋中兴，玄风独振，为学穷于柱下，博物止乎七篇，驰骋文
辞，义单乎此。自建武暨乎义熙，历载将百，虽缀响联辞，波属云
委，莫不寄言上德，托意玄珠，道丽之辞，无闻焉尔。仲文始革孙
许之风，叔源大变太玄之气。

也就是说，东晋时代，老庄思想风靡一世，文辞全都宣扬老庄思想，正
经的文辞反而看不到了。制作这种赞美老庄的文辞的代表人物，是孙绰
和许询；而改革这种风习的，则是殷仲文和谢混。梁萧子显的《南齐
书·文学传论》，虽说没有谈到孙绰，但也表达了大致相同的见解：

江左风味，盛道家之言，郭璞举其灵变，许询极其名理。（殷）
仲文玄气，犹不尽除；谢混情新，得名未盛。

所谓"许询极其名理"，就是说与倡导老庄玄理有关。"仲文玄气，犹不
尽除"，是说他已经朝向了改革的方向。至于谢混，则认为他有了新的变
化。那么，对于东晋一代文学差不多全是受老庄玄风支配这一点，当时
六朝人是众口一词的。梁钟嵘说：

　　永嘉时，贵黄老，稍尚虚谈。于时篇什，理过其辞，淡乎寡味。
爰及江表，微波尚传。孙绰、许询、桓、庾诸公，诗皆平典，似
《道德论》，建安风力尽矣。（《诗品序》）

梁刘勰也说：

　　中朝贵玄，江左称盛。因谈余气，流成文体。是以世极迍邅，
而词意夷泰。诗必柱下之旨归，赋乃漆园之义疏。故知文变染乎世
情，兴废系乎时序。（《文心雕龙·时序篇》）

认为西晋以来玄学隆盛的结果，不外是诗赋都鼓吹老庄思想。据《诗品》
评论，其结果则是孙绰、许询、桓、庾诸公的诗皆平典如魏何晏的《道
德论》。更详细地透露其间消息的，是宋檀道鸾的《续晋阳秋》：

　　（许）询有才藻，善属文。自司马相如、王褒、扬雄诸贤，世尚
赋颂，皆体则诗骚，傍综百家之言。及至建安，而诗章大盛。逮乎
西朝之末，潘（岳）、陆（机）之徒，虽时有质文，而宗归不异也。
正始中，王弼、何晏好庄老玄胜之谈，而世遂贵焉。至过江，佛理
（《困学纪闻》卷一三翁注引何义门之说云："佛理疑当为玄理。"）
尤盛。故郭璞五言，始会合道家之言而韵之。（许）询及太原孙绰转
相祖尚，又加以三世之辞，而诗骚之体尽矣。询、绰并为一时文宗，
自此作者悉体之。至义熙中，谢混始改。（《世说新语·文学篇》注。
《文选》卷五一注引《续晋阳秋》与此文稍异）

这是与晋代时间最近的资料，从这一点来说，盖是正确的吧。只是据此
记述，老庄、佛理、道家三者间的关系还不够明确；而许询、孙绰不仅
好尚玄理，而且也杂以佛理，这是新的讲法。从孙绰的作品中有叙述佛
理的《喻道论》（《弘明集》卷三）来看，我想他的诗中也是混有佛理
的，但在现存的诗中，却看不出这一点。有关许询的资料同样很少，因
此更不清楚。谢混则改变了这种风气。

　　总结以上所说，是以孙绰、许询为代表的玄言诗，被殷仲文、谢混

改变了。但是为了寻觅这种转变的轨迹，就有必要进一步详细究明孙绰、许询的诗究竟是怎样的诗，而殷仲文、谢混歌咏的又是什么这些问题。

关于孙绰，据《晋书·孙楚传》说："字兴公，博学善属文，少与高阳许询俱有高尚之志。居于会稽，游放山水，十有余年，乃作《遂初赋》以致其意。"说他自年轻时起即有超俗之志，好游山水。又据《遂初赋序》说：

> 余少慕老庄之道，仰其风流久矣。却感於陵贤妻之言，怅然悟之。乃经始东山，建五亩之宅，带长阜，倚茂林，赳与坐华幕击钟鼓者同年而语其乐哉！（《世说新语·言语篇》注）

也就是说，他自年轻时起就是一个老庄的信奉者，因受其影响而渴望隐遁，这篇赋似乎便是"欲遂初志"之作吧。关于这篇赋，《世说新语·言语篇》说："孙绰赋《遂初》，筑室畎川，自言见止足之分。"似乎他认为只有隐遁山野，才能够领会自己的本分。但是，这种想法，却并不是只有孙绰才有的想法，而是当时人士多多少少必定抱有的想法。在玄风大盛的东晋，隐遁思潮当然也是很盛行的。从下面这个例子可以看出，孙绰认为只有隐遁山林才是最高尚的事情：

> 尝鄙山涛，而谓人曰："山涛吾所不解，吏非吏，隐非隐，若以（李）元礼门为龙津，则当点额暴鳞矣。"（《晋书·孙楚传》）

他以山涛的"隐"为非，否定了山涛式的"朝隐"，从中可以看出他崇拜隐遁的倾向。在这种隐遁思潮背后起作用的，是老庄思想。当时人士亦多为老庄思想的信奉者。在这些人中间，孙绰是一个公认的老庄信奉者。《世说新语·品藻篇》载，简文帝询问孙绰有关当时名士的人物评论，问到他对于自己的评论，他回答说：

> 下官才能所经，悉不如诸贤；至于斟酌时宜，笼罩当世，亦多所不及。然以才，时复托怀玄胜，远咏老庄，萧条高奇，不与时务经怀，自谓此心无所与让也。

孙绰认为，在托思玄学、将老庄之旨咏入诗歌方面，是没有人能胜过自己的。同《品藻篇》又云：

> 孙兴公、许玄度皆一时名流。或重许高情，则鄙孙秽情；或爱孙才藻，而无取于许。

似乎他是一个与许询并称的人，又是一个虽然渴望隐遁，但也留恋世俗的人。但是，在文才方面他是具有自信的，正如《品藻篇》中所说的：

> 支道林问孙兴公："君何如许掾（询）？"孙曰："高情远致，弟子早已服膺；一吟一咏，许将北面。"

"一吟一咏"盖即上面所说的"远咏老庄"吧，对自己这方面的才能，他是非常强调的。关于文才卓异冠于当时这一点，从《晋书》本传的"温、王、郗、庾诸公之薨，必须绰为碑文，然后刊石焉"的记载也可看出来。

从现存的他的诗文来看，正如他的"远咏老庄"一语所说的，其中到处洋溢着老庄趣味。作为他的代表作，可以举《游天台山赋》（《文选》卷一一），这篇赋据《世说新语·文学篇》说：

> 孙兴公作《天台赋》成，以示范荣期，云："卿试掷地，要作金石声。"范云："恐子之金石，非宫商中声！"然每至佳句，辄云："应是我辈语！"

可窥见其自信之程度。据《文选》李周翰注说：

> 孙绰为永嘉太守，意将解印以向幽寂。闻此山神秀，可以长往，因使图其状，遥为其赋。

如果此注可信，则《游天台山赋》似乎乃是看图而作的空想之作。首先，其序云：

> 天台山者，盖山岳之神秀者也。涉海则有方丈、蓬莱，登陆则有四明、天台，皆玄圣之所游化，灵仙之所窟宅。

认为只有这种地方才是最适合自己隐遁的地方，表达了"方解缨络，永托兹岭"，想要隐于其中的愿望。

这篇赋中所歌咏的，是玄风与神仙；更可注意的，是其中混杂了佛理。出典于《老子》的话有：

> 太虚辽廓而无阂，运自然之妙有。

> 释域中之常恋，畅超然之高情。

关于神仙的话有：

> 仍羽人于丹丘，寻不死之福庭。

> 双阙云竦以夹路，琼台中天而悬居。朱阙玲珑于林间，玉堂阴映于高隅。

> 王乔控鹤以冲天，应真飞锡以蹑虚。

出典于《庄子》的话有：

> 于是游览既周，体静心闲。害马已去，世事都捐。投刃皆虚，目牛无全。

关于佛教的话有：

> 散以象外之说，畅以无生之篇。

> 释二名之同出，消一无于三幡。

也就是说，老、庄、佛的思想当然都被咏入了赋中，而正如刚才所引《续晋阳秋》所指出的，这些思想也出现在诗里。因此，所谓的"又加以三世之辞"，恐怕是说又加进了佛理吧。

他对于佛教的关心，从他将名僧收入《至人高士传赞》及作《名德沙门论》和《道贤论》等也可看得很清楚，而其中更好地阐发佛理的，是《喻道论》。其中云：

> 夫佛也者，体道者也。道也者，导物者也，应感顺通，无为而

无不为者也。无为，故虚寂自然；无不为，故神化万物。

用老庄之道来说明佛理。接着又说：

> 周（公）、孔（子）即佛。佛即周、孔。盖外内名之耳。故在
> 皇为皇，在王为王。佛者梵语，晋训觉也。觉之为义，悟物之谓，
> 犹孟轲以圣人为先觉，其旨一也。（《弘明集》卷三）

认为佛理与周公、孔子之教是全然相同的；又赞美佛说，认为俗人实在
不识方外之妙趣，寰中之玄照。这些观点中所体现的，大抵是老庄式的
佛教观，可以说同样是一种老庄赞美论。他在《道贤论》中，以当时的
七僧比竹林七贤，以当时名僧支遁比向秀，认为他们之间的类似点就在
于"雅尚庄老"这一点上。

　　一般说来，在当时的老庄信奉者看来，佛理颇近于玄学的哲理，而
当时的僧侣看起来也很超俗，这就是当时的老庄思潮与佛理接近的原因；
又从僧侣方面来说，也可以说同样的话，即由于他们各自所奉的佛法与
老庄（或易）的思想比较相似，所以也开始研究对方。这样一来，老庄、
佛、儒三教的思想当然会混合起来。

　　以上，我们概观了孙绰的思想。然则他的想法是怎样表现在他的诗
中的呢？

　　在他的诗中，最强烈地表现玄风的，首先应该举《赠谢安》诗：

> 缅哉冥古，邈矣上皇。夷明太素，结绀灵纲。不有其一，二理
> 曷彰。幽源散流，玄风吐芳。芳扇则歇，流引则远。朴以雕残，实
> 由英蕣（原文"蕣"误作"前"）……（《文馆词林》卷一五七）

同时也不能忘了《答许询》诗：

> 遗荣荣在，外身身全。卓哉先师，修德就闲。散以玄风，涤以
> 清川。或步崇基，或恬蒙园。道足匈怀，神栖浩然。（同上）

都是赞美老庄境界的诗，前者慕上古朴质之风，后者慕先师之德，不用
说，都是鼓吹老庄思想的诗。

此外，还有《秋日》诗：

> 萧瑟仲秋日，飙唳风云高。山居感时变，远客兴长谣。疏林积凉风，虚岫结凝霄。湛露洒庭林，密叶辞荣条。抚叶悲先落，攀松羡后凋（《艺文类聚》卷三"菌"作"叶"，"郁"作"攀"，此从之）。垂纶在林野，交情远市朝。澹然古怀心，濠上岂伊遥。（《诗纪》卷四二）

认为只有"澹然古怀心，濠上岂伊遥"才是自己的本心，可知他日夜醉心于接近老庄思想。

但是，这首诗中有一点很值得注意，即在这首《秋日》诗中，罕见地描写了秋日山居的风景。虽说它与后来的诗相比还显得非常粗糙，但不管怎么说已经着眼于自然风景了。在玄风诗中，为什么会出现这种描写呢？这是很有意思的问题。关于这一点，将在接着的关于"兰亭"诗的部分阐明。

其次，关于许询，据《续晋阳秋》记载："许询字玄度，高阳人，魏中领军允玄孙。总角秀惠，众称神童。长而风情简素。司徒掾辟，不就。早卒。"（《世说新语·言语篇》注）又据《晋中兴士人书》记载："许询能清言，于时士人皆钦慕仰爱之。"（同上）似乎也是一个追随时代风潮的清谈家，而且是一个有力的清谈家。和他交好的人士，有刘惔、王羲之、孙绰、谢安、王修、王濛、支道林、简文帝等人，都是当代的一流名士，而且也都是清谈家。在这些人中间，他和他的清谈都被"钦慕仰爱"。他与刘惔的交友，则尤为密切。"许玄度停都一月，刘尹（惔）无日不往，乃叹曰：'卿复少时不去，我成轻薄京尹！'"（《世说新语·宠礼篇》）又，"刘尹云：'清风朗月，辄思玄度。'"（《世说新语·言语篇》）都说明了这一点。又如，"支道林、许掾（询）诸人共在会稽王（简文）斋头。支为法师，许为都讲（注：《高逸沙门传》曰："道林时讲《维摩诘经》。"）。支通一义，四坐莫不厌心；许送一难，众人莫不抃舞。但共嗟咏二家之美，不辩其理之所在"（《世说新语·文学篇》）云云，也是显示许询擅长清谈的一条资料。又如，"孙兴公、许玄度共在白楼亭，共商略先往名达。林公既非所关，听讫云：'二贤故有才情。'"（《世说新语·赏誉篇》）也显示了他是一个清谈家。而支持这种清谈家思想的，不用说是老庄思想，许询和孙绰一样，也是老庄的崇拜者。《世说新语·文学篇》记载：

> 支道林、许（询）、谢（安）盛德，共集王（濛）家。谢顾谓诸人："今日可谓彦会，时既不可留，此集固亦难常。当共言咏，以写其怀。"许便问主人有《庄子》不？正得《渔父》一篇。

在名士的集会上，首先引起注意的是《庄子》。而且，有意思的是，在"言咏以写其怀"的场合，也要选用《庄子》，而且，其选择者正是许询。从这个故事可知，许询对《庄子》寄予了强烈的关心。

具有对老庄的关心，在另一方面，便也会具有隐遁思想。正如上述《续晋阳秋》所说的，当他受司徒掾之辟时，不就而卒。他的住所，也如当时的隐遁者一样，"隐在永兴南幽穴中"（《世说新语·栖逸篇》）。又据《太平寰宇记》卷九十六说："《汉书·地理志》云：'萧山，潘泉出焉。'晋许询常登此山，凭林构室。"又说："许玄度岩在（萧山）县西南八十里。孔灵符《地志》言，晋征士高阳许询幽居之所。"则他也曾在那里幽居过吧。这个隐遁者也好"游山水"：

> 许掾好游山水，而体便登陟。时人云："许非徒有胜情，实有济胜之具。"（《世说新语·栖逸篇》）

据上述记载，他似乎不仅爱好游览山水，而且身体也适于并善于登山。《晋中兴书》云：

> （谢）安先居会稽，与支道林、王羲之、许询共游处。出则渔弋山水，入则谈说属文，未尝有处世意也。　（《世说新语·雅量篇》注）

可见他是经常与谢安、支道林、王羲之等志同道合者一起游览山水的。

在与老庄、隐遁和山水有关的许询的作品中，也和在孙绰的作品中一样，理所当然地可以见到玄风诗。

据前引《续晋阳秋》说，"询、绰并为一时文宗"，则许询与孙绰都为当时的第一流文人。而且，他的诗既是玄风诗，又是混杂佛理的诗。当时简文帝也称赞他说：

> 玄度五言诗，可谓妙绝时人。（《世说新语·文学篇》）

而且他们还是深交：

> 许掾尝诣简文，尔夜风恬月朗，乃共作曲室中语。襟怀之咏，偏是许之所长，辞寄清婉，有逾平日。简文虽契素，此遇尤相咨嗟，不觉造膝，共叉手语，达于将旦。（《世说新语·赏誉篇》）

正如《世说新语·品藻篇》所引的，他与"劲敌"孙绰似乎难决优劣；但是作为人物，许询似乎占了上风。孙绰自己评论许询道：

> 高情远致，弟子早已服膺；一吟一咏，许将北面。（《世说新语·品藻篇》）

在诗歌方面，孙绰自认占有上风。那么，与孙绰的诗并称，且有"五言妙绝"之称的许询的诗，到底又怎样呢？

他的作品现存甚少。铭存有《黑白麈尾铭》二首。《黑麈尾铭》说："通彼玄咏，申我先子。"（《北堂书钞》卷一三四）《白麈尾铭》说："君子运之，探玄理微。"（同上）从这些话来看，二者都是和老庄玄风有关的铭。诗歌方面，现存的只有《竹扇》诗。这是所谓的咏物诗：

> 良工眇芳林，妙思触物骋。葳（"葳"恐是"蔑"之误）疑秋蝉翼，团取望舒景。（《艺文类聚》卷六九）

只凭这首诗，是不能窥见他的"妙绝"的五言诗的。更能体现他的特色的，是《文选》所收江淹《杂体》诗《孙绰》李善注所引仅存二句的《农里》（足利学校本、宽文版本"里"作"理"）诗：

> 叠叠玄思得，濯濯情累除。

很明显，这是一首赞美玄风的诗。我想，虽说不能仅凭此二句以律全体，但在他的作品中，与此类似的玄风诗一定是很多的。由此看来，可以认为他在赞美玄风方面是"五言妙绝"的吧。关于这一点，明代的胡应麟是这么看的：

> 《世说》甚重许玄度，而不谓能诗。孙兴公云："一吟一咏，许当北面。"然询诗有"青松凝素髓，秋菊落芳英"，俨是唐律。又晋人称玄度五言妙绝，则许当亦文士，非止清谈者。（《诗薮》外编卷二"六朝"）

他没有提到玄风的内容，而只是指出了其诗近于唐律的音律方面的特色。虽说许询的诗中确实能够看出这一点，但为当时所重视的内容，难道不正是歌唱玄风并巧妙地歌唱玄风吗？孙绰在《答许询》诗中这样称赞许询的诗：

> 贻我新诗，韵灵旨清。粲如挥锦，琅若叩琼。

也正是在玄风诗这一意义上称赞的吧。

以上，我们看了孙绰、许询二人的诗。他们的主要作品似乎都是赞美玄风的玄言诗。据说殷仲文和谢混变革了这种诗风，那么，他们究竟是怎样变革的呢？

殷仲文，据《晋书》本传说，因于义熙三年（407）起兵谋反，而为刘裕所杀。关于谢混，据《晋书》本传说，由于党同刘毅，而于义熙八年（412）为刘裕所诛。由于他们两人都是在义熙中被杀的，所以梁钟嵘把他们看作是义熙中诗人：

> 晋宋之际，殆无诗乎！义熙中，以谢益寿、殷仲文为华绮之冠，殷不竞矣。（《诗品》下）

这种说法无疑是正确的。据下面这段话，可知两人之间的关系：

仲文素有名望，自谓必当朝政，又谢混之徒畴昔所轻者，并皆
比肩，常怏怏不得志。（《晋书·殷仲文传》）

据此看来，两人的交友关系似乎不太密切。倘将此二人看作是义熙初年
的诗人，则他们上距孙绰、许询有四五十年的距离。孙绰的生卒年不太
清楚，但从他所作永和九年（353）兰亭修禊后序来看，或许当时是他文
名最高之时。许询的生卒年也不清楚，但不用说他是与孙绰同时的人。
从永和九年到义熙初年约有五十二年，因而可以认为，从孙、许活跃的
时代到殷、谢的晚年，约有四五十年的距离。

据《晋书》本传记载，殷仲文"少有才藻，美容貌"，又"善属文，
为世所重"。桓玄的九锡文便为仲文所作。《世说新语·文学篇》注引
《续晋阳秋》云："仲文雅有才藻，著文数十篇。"《隋书·经籍志》著录
《晋东阳太守殷仲文集七卷》。关于他的文才，《晋书》本传记载：

谢灵运尝云："若殷仲文读书半袁豹，则文才不减班固。"言其
文多而见书少也。

但其作品却流传甚少，现存的文只有《解尚书表》（《文选》卷三八、
《晋书》本传、《艺文类聚》卷五四）一首，诗只有《南州桓公九井作》
（《文选》卷二二）、《送东阳太守》（《艺文类聚》卷二九）这二首。

关于谢混，《晋书·谢安传》云："少有美誉，善属文。"《世说新
语·言语篇》注引《晋安帝纪》云："文学砥砺立名。"《隋志》著录
《晋左仆射谢混集三卷》。关于他的才能，《世说新语·排调篇》注引
《续晋阳秋》云：

初，帝（孝武）为晋陵公主访婿于王珣，珣举谢混云："才不及
真长，不减子敬。"帝曰："如此，便已足矣！"

认为他位于自认清谈第一流的刘惔（真长）与"风流一时之冠"的王子
敬（献之）之间。后来，宋高祖刘裕也这样惋惜他的风流：

及宋受禅，谢晦谓刘裕曰："陛下应天受命，登坛日恨不得谢益

寿（混小字）奉玺绂。"裕亦叹曰："吾甚恨之，使后生不得见其风流！"（《晋书·谢安传》）

他的作品也甚少，现存的只有见于《宋书·礼志》的《殷祭议》，以及《游西池》（《文选》卷二二）、《送二王在领军府集》、《诫族子》这三首诗。

我们下面来看一下殷、谢二人的诗。殷仲文的《南州桓公九井作》及谢混的《游西池》这二首诗，均收于《文选》卷二十二"游览"部。它们被收入"游览"部，意味着编者昭明太子是把这两首诗看作游览诗的。据《文选》，"游览"诗始于魏文帝的《芙蓉池作》，接着是殷、谢之作。再下面是谢惠连、谢灵运之作。它们都是广义的游览于自然环境的诗。从这个观点来看，上述孙、许的诗，就很难说是"游览"诗。昭明太子把殷仲文、谢混的这二首诗举为"游览"诗，说明这二首诗是有特色的，也显示了他们两人作为诗人的方向。也就是说，殷仲文、谢混是作为"游览"诗人而显示其名声的。正是在这一点上，我们必须注意他们与上述孙、许的差异。《南州桓公九井作》云：

> 四运虽鳞次，理化各有准。独有清秋日，能使高兴尽。景气多明远，风物自凄紧。爽籁警幽律，哀壑叩虚牝。岁寒无早秀，浮荣甘夙陨。何以标贞脆，薄言寄松菌。哲匠感萧晨，肃此尘外轸。广筵散泛爱，逸爵纤胜引。伊余乐好仁，惑祛吝亦泯。猥首阿衡朝，将贻匈奴哂。

《游西池》云：

> 悟彼蟋蟀唱，信此劳者歌。有来岂不疾，良游常蹉跎。逍遥越城肆，愿言屡经过。回阡被陵阙，高台眺飞霞。惠风荡繁囿，白云屯曾阿。景昃鸣禽集，水木湛清华。褰裳顺兰沚，徙倚引芳柯。美人愍岁月，迟暮独如何。无为牵所思，南荣诚其多。

前者叙述了在南州桓玄九井的游览，其中看不到在魏文帝的《芙蓉池作》

等诗中已经能够见到的那种贵族生活的优游享乐的描写，也看不到在后来谢灵运等人的作品中所能见到的那种游览山水的描写。但是如果把它和上述孙绰、许询之作相比，则可以说它仍是游览诗，全然没有老庄玄风的气息。而且，值得注意的是，其中虽说还很少，却已经有了自然描写，即"景气多明远，风物自凄紧。爽籁警幽律，哀壑叩虚牝"是也。

到了谢混，自然描写就更为明显了。《游西池》诗叙述了在西池的游览，也吟咏了想与朋友同游的愿望。它的写景，如"逍遥越城肆，愿言屡经过"以下八句所表现的，比殷仲文的诗更为详细。

然则可以把这种以游览为主题的写景性表现看作是对于玄言诗的变革吗？殷仲文还有《送东阳太守》诗，谢混还有《送二王在领军府集》诗及《诫族子》诗。在这些诗中，都看不到像孙绰与许询的作品中所能见到的那种赞美玄风的内容。在这一点上，《续晋阳秋》的"至义熙中，谢混始改"之说及《宋书·谢灵运传论》的"仲文始革孙许之风，叔源大变太玄之气"之论都是正确的。但是，排除玄风以后，他们的诗歌又向什么方向发展呢？这从他们现存的诗里很难充分把握。成为线索的只是如上所说的《文选》将二人之诗作为"游览"诗来刊载这一点。至少，昭明太子是把二人的诗看作是游览性诗而不是玄风性诗的。在孙绰和许询的作品中，也许并非没有游览性诗吧，但尽管如此，昭明太子却从游览诗的角度来提出殷仲文与谢混，这不正表明必须从这个角度来看二人作品的特色吗？在以游览为主题的场合，具有游览的特色，可以说也就具有了描写经常与游览相伴随的自然的特色。近人郭伯恭在《魏晋诗歌概论》中列举殷仲文与谢混上述二诗后说：

> 这里写景的成分已充实了，所谓大变谈玄说理之风者即在此。从此以后，写景之作出现于诗坛，而谈玄说理之作，则复销声匿迹了。

这种说法，大致上是可以同意的。但是，这只是大致的说法，我并不认为以上二诗中的写景是特别鲜明的。也就是说，光凭这二首诗，是难以看出从玄言诗过渡到写景诗这一显著变化的。从中所能看到的，是脱离过去在孙绰、许询的诗中所能看到的那种抽象地阐说玄理的方向，明确地转向具体的描写。抽象的玄理描写一旦去除，留下来的就必然是具体的山水描写，也就是如刘勰所说的："庄老告退，而山水方滋。"事实也正是这样。为什么会这样呢？下面我们想以"兰亭"诗为例来看看。

2."兰亭"诗

晋王羲之与志同道合者宴集于会稽山阴的兰亭，据《晋书·王羲之传》载所谓的《兰亭序》，时间是在"永和九年，岁在癸丑"（即东晋穆帝之世）的"暮春之初"（即所谓的三月三日上巳节），地点是在"会稽山阴之兰亭"（《艺文类聚》卷四无"山阴"二字）。兰亭周围的环境，是使当时文人王子敬赞叹不已的"从山阴道上行，山川自相映发，使人应接不暇。若秋冬之际，尤难为怀"（《世说新语·言语篇》）的风景，是使当时画家顾恺之为之感动的"千岩竞秀，万壑争流，草木蒙笼其上，若云兴霞蔚"（同上）的景物。关于兰亭，《水经·渐江水注》云："浙江又东与兰溪合，湖南有天柱山，湖口有亭，号曰兰亭。亦曰兰上里。太守王羲之、谢安兄弟数往造焉……太守王廙之，移亭在水中，晋司空何无忌之临郡也，起亭于山椒。极高尽眺矣，亭宇虽坏，基陛尚存。"据孙绰《三日兰亭诗序》（《艺文类聚》卷四）"以暮春之始，禊于南涧之滨"之语，兰亭当在当时的郡邑山阴之南。

在此宴集的第一个目的是"修禊事也"。"禊"具体指什么仪式不太清楚，《文选》所收颜延年《三月三日曲水诗序》李善注这么说：

> 《风俗通》曰：《周礼》，女巫掌被除岁时疾病。禊者絜也，于水上盥絜也。巳者祉也，邪疾已去，祈介祉也。《韩诗》曰：三月桃花水之时，郑国之俗，三月上巳，于溱洧两水之上，执兰招魂，被除不祥也。

据此，古时"禊"的目的似是"被除不祥"。《续汉书·礼仪志上》所说的：

> 是月上巳，官民皆絜于东流水上，日洗濯祓除，去宿垢，疢为
> 大絜。

意思也相同。这句在《初学记》卷四中被引作：

> 三月上巳，官民并禊饮于东流水上。

称作"禊饮"，则又加之以饮。《后汉书·周举传》云：

> 六年三月上巳日，（梁）商大会宾客，宴于洛水。举时称疾不
> 往。商与亲昵酣饮极欢，及酒阑倡罢，继以薤露之歌，坐中闻者，
> 皆为掩涕。

重点在于宴会。《太平御览》卷三十引《续汉志》也说：

> 上巳，大会宾从于薄落津。

据这些资料来看，"禊"似乎与"祓除不祥"已经没有关系了。也就是
说，它从宗教性的礼仪性的仪式，变成了宴游的仪式。在后汉张衡的
《南都赋》中，可以看到关于三月上巳日的叙述：

> 于是暮春之禊，元巳之辰，方轨齐轸，祓于阳濒。朱帷连网，
> 曜野映云，男女姣服，骆驿缤纷。致饰程蛊，偠绍便娟，微眺流睇，
> 蛾眉连卷。（《文选》卷四）

这令人仿佛想见男女盛装参加的盛大祭礼。但是，到了晋成公绥的《洛
禊赋》，游戏性的色彩却更为浓厚了：

> 考吉日，简良辰，祓除解禊，同会洛滨。妖童媛女，嬉游河曲，
> 或振纤手，或濯素足。临青流，坐沙场，列罍樽，飞羽觞。（《艺文
> 类聚》卷四）

阮瞻的《上巳会赋》所说的也同为游戏性的：

> 临清川而嘉宴，聊暇日以游娱。荫朝云而为盖，解茂树以为庐。
> （《太平御览》卷三〇）

又，间丘冲的《三月三日应诏》诗中所表现的也以游乐为主，虽然其中也说"濯故洁新"云云：

> 暮春之月，春服既成。升阳土润，冰焕川盈……临川（《初学记》卷四、《太平御览》卷三〇"川"作"池"）氾盥，濯故洁新。俯镜清流，仰睨天津。蔼蔼华林，严严景阳。业业峻宇，奕奕飞梁……浩浩白水，泛泛龙舟。皇在灵沼，百辟同游。击櫂清歌，鼓枻行酬（《初学记》、《太平御览》"酬"作"讴"）。闻乐咸和，具醉斯柔。（《艺文类聚》卷四）

是以"击櫂清歌，鼓枻行酬"的游乐为主的。这种从礼仪的仪式到游乐的仪式的转变，唐代萧颖士已在《蓬池禊饮序》中指出：

> 禊，逸礼也，郑风有之……晋氏中朝，始参燕胥之乐；江左宋齐，又间以文咏。风流遂远，郁为盛集焉。

在燕乐中更间以文咏，后述的兰亭集会便是其滥觞吧。

"禊"之变成宴游性的，征诸当时的诗文也能明白；但"禊"的本来意义，却似乎已经被遗忘了。据《文选》所收的《三月三日曲水诗序》李善注引《续齐谐记》云，晋武帝曾问尚书郎挚虞："三月曲水，其义何？"（《初学记》卷四、《艺文类聚》卷四"月"作"日"，又"何"下有"指"）这一质问说明，"禊"的本来意义已经为人们所遗忘，盛行的则是次要意义的宴游。但是，在回答时，和挚虞赋予"禊"以"祓除不祥"的意义不同，尚书郎束皙只说明了"流觞曲水"的起源，一点也没有涉及"祓除不祥"的禊事。这件事说明，"禊事"和"流觞曲水"被认为是全然不同的事。或者也许是这样。但是，换一个角度来看，"祓除不祥"的"禊事"，当时完全是被附带举行的，而实际上主要举行的乃是"曲水流觞"。也就是说，"禊饮"的"饮"，似乎已经变成了首要意义。因而，也可以认为束皙的话正是说明了这一点。

最好地表现这种游戏性的"禊"的，是下面这个例子。《世说新语·言语篇》注引《竹林七贤论》云：

王济诸人尝至洛水解禊事。明日，或问济曰："昨游有何语议？"

《言语篇》本文记载了王衍（而不是王济）的回答：

诸名士共至洛水戏。还，乐令（广）问王夷甫曰："今日戏乐乎？"王曰："裴仆射（颜）善谈名理，混混有雅致；张茂先论《史》、《汉》，靡靡可听；我与王安丰说延陵、子房，亦超超玄箸。"

据此，洛水的"解禊事"，是被作为"戏"来意识的。"戏"是什么呢？这也是一个问题，但不会是指仪式性的事吧。《搜神后记》云："三月三日，（卢）充临水戏，遥见水边有犊车，乃往开车户，见崔女与三岁儿共载。"（卷六）也全没有意识到禊事之类事情，而是将三月三日作为"戏"来考虑的。正因为"禊"被认为是"戏"，所以乐广当然会发出"乐乎"的疑问。如果"禊"不是"戏"，而是宗教性的礼仪性的仪式，那么乐广就不会发出"乐乎"这种疑问了吧。有意思的是，在《世说新语·言语篇》的上述记载中，具体显示了"戏"的内容。据王衍的回答，是裴颜的"谈名理"，张华的"论《史》、《汉》"，王戎、王衍的"说延陵、子房"，这些都是谈论。而且谈论的方法也理所当然地受到了注意。也就是说，这也可以看作是一种当时的清谈的资料。据此，不妨认为禊事是游戏性的，是清谈性的。倘考虑到当时清谈的流行，则在禊事的游戏性内容中加入清谈，便也是理所当然的事了。后汉杜笃的《袚禊赋》，叙述了贵族富商的盛宴，更进而及于隐逸和儒生：

若乃隐逸未用，鸿生俊儒，冠高冕，曳长裾，坐沙渚，谈诗书，咏伊吕，歌唐虞。（《艺文类聚》卷四）

所谓的"谈诗书"，和上述的清谈不同，乃是谈论圣贤之道的意思吧。但是，其中也能看到游戏性的禊事。

距上述洛水禊事约七八十年后的兰亭禊事，不用说，也是"流觞曲水"的。也就是说，是流杯曲水的宴饮，而与禊事的本来意义没有什么关系。其特色，是以"一觞一咏，亦足以畅叙幽情"（王羲之《兰亭

序》）为目的，而新加上作诗之事。众所周知，后世以此为范，每逢三月
三日举行曲水宴，如宋文帝元嘉十一年三月丙申的乐游苑禊饮（《文选》
颜延年《三月三日曲水诗序》李善注引裴子野《宋略》）、南齐武帝永明
九年三月三日的芳林园禊宴（《南齐书·王融传》）等等，都是这样。
又，当时颜延年和王元长的《三月三日曲水诗序》，后来都被收入了
《文选》。

在此兰亭集会中所能见到的，是流觞之饮，是作诗，是非常游戏性
的禊事，即其诗中所表现的：

> 因流转轻觞。（孙统）

> 连濫觞舟。（孙绰）

> 泛泛轻觞。（华茂）

> 激水流芳醪。（袁峤之）

> 零觞飞曲津。（徐丰之）

即是这样，又如：

> 吟咏曲水濑。（王肃之）

> 携笔落云藻。（孙绰）

也是这样。

以上，我们谈了兰亭宴集的时间、地点、目的，内容。那么，集于
兰亭的都是怎样的一些人呢？《世说新语·企羡篇》注引《临河叙》云：

> 故列序时人，录其所述。右将军司马太原孙承（原文"承"误
> 作"丞"）公等二十六人，赋诗如左；前余姚令会稽谢胜（《云谷杂
> 记》作"前余杭令谢藤"）等十五人不能赋诗，罚酒各三斗。

可见共有四十一人参加。宋黄伯思的《跋唐人书兰亭诗后》云：

> 魏正始中，务谈玄胜。及晋渡江，尤宗佛理。故郭景纯始合道

家之言而韵之，孙兴公、许玄度转相祖尚，又加以三世之辞，而诗
骚之体尽矣。今山阴修禊诸贤诗体正尔。然皆寄尚萧远，轶迹尘外，
使人怀想深。顷见晋人一帖，云三日诗文，既佳兴趣高，览之增诸
怀。年少作各有心，正谓此诗也。是时，与集者四十有一人，今存
者二十有六而已。此卷虽唐人书，故自不凡，亦可珍录。政和元年
十一月戊寅，观于右军褉堂。（《东观余论》卷下）

据此可知，四十一人中，存诗者仅二十六人，与《临河叙》是一致的。

然而，唐何延之的《兰亭记》却云：

以晋穆帝永和九年暮春三月三日，尝游山阴，与太原孙绰兴公、
广汉王彬之、并逸少（之子）凝、徽、操之等四十有一人，修祓禊
之礼。（《太平御览》卷七四八）

唐张彦远的《法书要录》卷三也说①：

以晋穆帝永和九年暮春三月三日，尝（原文"尝"误作"宦"）
游山阴，与太原孙统承公、孙绰兴公、广汉王彬之道生、陈郡谢安
安石、高平郗昙重熙、太原王蕴叔仁（《兰亭考》及《诗纪》"王
蕴"作"王蕴之"，《淮海集》"叔仁"作"发仁"）、释支遁道林、
并逸少子凝、徽、操之等四十有一人，修祓禊之礼。

都是合王羲之为四十二人。宋秦观的《书兰亭叙后》意思也相同：

兰亭者，晋右将军会稽内史瑯琊王羲之逸少所书诗序也。右军
以穆帝永和九年三月三日，与太原孙统承（原文"承"误作"丞"）
公、孙绰兴公、广汉王彬之道生、陈郡谢安安石、高平郗昙重熙、
太原王蕴发仁、释支遁道林、及其子凝之、徽之、操之等四十有一
人，修祓禊于山阴之兰亭，酒酣赋诗。（《淮海集》卷三五）

宋姚宽的《西溪丛语》卷上，则加入王右军而明记为四十二人：

---

① 以下所引亦何延之《兰亭记》语。——译者注

东坡《和陶诗》云："再游兰亭，默数永和。"考兰亭之会，自右军、谢安凡四十二人。

说得更为具体清楚的，是宋张淏的《云谷杂记》卷一：

予尝得兰亭石刻一卷，首列羲之序文，次则诸人之诗，末有孙绰后序。其诗四言二十二首，五言二十六首。自羲之而下，凡四十有二人。

成两篇者十一人：右将军王羲之、瑯琊王友谢安、司徒左西属谢万、左司马孙绰、行参军徐丰之、前余杭令孙统、前永兴令王彬之、王凝之、王肃之（以下仅举与《兰亭考》比较而有异同的姓名。"王肃之"作"王宿之"）、王徽之、陈郡袁峤之。

成一篇者一十五人：散骑常侍郗昙、行参军王丰之、前上虞令华茂、颍川庾友、镇军司马虞说、郡功曹魏滂、郡五官谢绎（"谢绎"作"谢怿"）、颍川庾蕴、行参军曹茂之、徐州西平曹华、荥阳柏伟（"柏伟"作"桓伟"，《诗纪》亦同）、王玄之、王蕴之、王涣之、前中军参军孙嗣。

一十六人诗不成，各罚酒三觥：侍郎谢瑰、镇国大将军掾卞迪、行参军事印丘旄（"丘旄"作"丘髦"）、王献之、行参军杨模（"杨模"作"羊模"）、参军孔炽、参军刘密、山阴令虞谷、府功曹劳夷、府主簿后绵、前长岑令华耆、府主簿任凝（"任凝"作"任儗"）、前余杭令谢藤（"谢藤"作"谢胜"。《世说新语注》引亦同）、任城吕系、任城吕本、彭城曹谭（"曹谭"作"曹礼"）。

诸诗及后序文多不载，姑记作者姓名于此，庶览者知当世一觞一咏之乐云。

据此所记，四十二人的姓名清清楚楚，虽说职官姓名多少有些异同，但它与宋桑世昌《兰亭考》卷一所载所谓的《兰亭集》是一致的。

《兰亭考》所载，与《云谷杂记》相同，先列王羲之的《兰亭修禊序》，接着是诗，自右将军会稽内史王羲之，至陈郡袁峤之，云："已上十一人，各成四言五言诗一首。"接着，自散骑常侍郗昙至王涣之，云："以上一十五人，一篇成。"接着，从侍郎谢瑰至彭城曹礼，云："已上一十六人，诗不成，罚酒三巨觥。"其间顺序，与《云谷杂记》多少有些不同，但作四十二人则是一样的。又，其末有孙绰的《后序》，这也是一样的。其最后注记云："乾道二年十月二十七日，宏福寺沙门怀仁集写晋王右军书。"乾道是南宋孝宗的年号。此外，作四十二人的，尚有宋周密的《兰亭诗》：

> 永和兰亭禊饮，集者四十二人，人各赋诗。自右军而下十一人，各成两篇。郗昙、王丰而下十五人，各成一篇。然亦不过四言两韵或五言两韵耳。诗不成而罚觥者，十有六人。然其间如王献之辈，皆一世知名之士，岂终日不能措一辞者……（《齐东野语》卷一九）

其中也说作两篇者十一人，作一篇者十五人，罚觥十六人，凡四十二人。从以上资料来看，大抵从唐宋开始作四十二人。倘与上述四十一人说比较，则诗的作者数没有变动，"诗不成"者则增加了一人。从最古的资料《世说新语注》明确记载"不能赋诗"者十有五人来看，大概是到了唐代以后，"诗不成者"被追加了一人吧。但是，这个人是通过怎样的途径增加的？增加的又是哪一个人？则不清楚。从以上资料来看，还可以明白一点，倘综合《世说新语注》、《云谷杂记》及《兰亭考》所载来考察，则赵宋流传的所谓《兰亭集》的样子，盖至少是像《兰亭考》所载的那样吧。只是在《世说新语注》中，没有区别作两篇者与作一篇者，因而《兰亭集》的原形，似乎与赵宋流传的多少有些不同。《诗纪》将作两篇者与作一篇者混在一起，这种形式盖保存了当初的原貌吧。

还有一个问题是《云谷杂记》的记载："其诗四言二十二首，五言二十六首。"又记载："成两篇者十一人，成一篇者一十五人。"这和《兰亭考》所载的《兰亭集》当然是一致的。但是，在《兰亭考》中，作两篇者是四言五言各一首，即四言十一首，五言十一首，作一篇者是四言三首，五言十二首，计四言十四首，五言二十三首，与《云谷杂记》不合。也就是说，《云谷杂记》的计算与《兰亭集》是不合的。也许大致可以把"二十二"及"二十六"看作是"十四"及"二十三"之误；但是，问题果真可以如此简单地解决吗？如果假定《云谷杂记》的数字不误，那么要作出前后不相矛盾的解决，问题就在于"首"与"篇"字的解释了。也就是说，如果认为"篇"与"首"的意思是一样的，那么解决就是困难的。我想，正如《诗经》的诗篇一样，所谓"篇"，乃是由若干章（即若干首）构成的。比如，我们假定王羲之作了四言诗一篇、五言诗一篇，而其中的每一篇可以认为都是由若干章（若干首）构成的，这样，就成了四言若干首、五言若干首。"首"的总计，当然就成了四言二十二首、五言二十六首。那么，现在所流传的兰亭诗，倘将各人所作的看作是篇而不是首，则是否可能将它们再分成若干首呢？现在的兰亭诗，合四言五言，共有八句四韵十五首，四句二韵二十二首。因而，如果假定四韵诗可以作为两首诗来计算，那么，也许总数能够接近二十二首、二十六首的数字了。但是，现在所传的四韵诗是不可能分成二首的。其次可以考虑的是，在现在所传的诗之外，《云谷杂记》的著者张昊还看到了一些诗，这也是可以想象的。但是，这些诗当然是在载于《兰亭考》之前即已经没有了的。我之所以这样考虑，是因为《法书要录》卷十"右军书记"在登载《兰亭序》后，接着登载了五首据说是兰亭诗的作品。即：

（阙）缠利害。未若任所遇，逍遥良辰会。（其一）

三春启群品（五字草），寄畅在所因。仰眺望天际，俯瞰绿水滨。寥朗无涯观，寓目理自陈。大矣造化功，万殊莫不均。群籁虽参差，适我无非新。（其二）

猗欤二三子，莫非齐所托。造真探元退，涉世若过客。前世非所期，虚室是我宅（自"前"字至"宅"字注）。远想千载外，何必谢曩昔。相与无所与，形骸自脱落。（其三）

鉴明去尘垢，止则鄙都生。体之周未易，三觞解天形。方寸无

停主，务伐将自平。虽无丝与竹，元泉有清声。虽无啸与歌，咏言有余馨。取乐在一朝，寄之齐千龄。（其四）

合散固有常，修短定无始。造新不暂停，一往不可起。于今为神奇，信宿同尘滓。谁能无慷慨，散之在推理。言立同不折，河清非所俟。（其五）（学津讨原本）

宋桑世昌在《兰亭考》卷十中也依据《法书要录》登载了以上五首诗，但是多少有些不同。首先，作为"二王书语中，有兰亭诗云"，收入了《法书要录》的"其一"阙诗的原形：

悠悠大象运，轮转无停际。陶化非吾匠，去来非吾制。宗统竟安在，即顺理自泰。有心未能悟，适足缠利害。未若任所遇，逍遥良辰会。（其一）（元章云：王仲孜收兰亭诗一卷，"悠悠大象运"，殆是一种分开。）

自"悠悠"至"适足"，当然是《法书要录》中所阙的；而且值得注意的是，这些诗被看作是"兰亭诗"。最值得注意的是《法书要录》的第二首。即上述"仰眺望天际"以下，是现在所流传的王羲之的"兰亭"诗。因而，如果《法书要录》可信，则这五首五言诗无疑都是王羲之的兰亭诗。而且，在被收入最初的《兰亭集》时，这五首诗也许是被看作一篇的。我想，在"列叙时人，录其所述"的王羲之记录的《兰亭集》中，像上述这种包含数首的"一篇"肯定还有。张淏看到的石刻，偶或是四言二十二首，五言二十六首吧。我之所以认为原来所作的诗与现在流传的诗之间是有变化的，是因为现在所流传的诗都是四句或八句，太嫌整齐了一点。看《法书要录》所载的五首诗，都是十句或十二句的。我也不认为从当时的诗中可以看出具有特别强烈的四句或八句的倾向。我怀疑这是经过后人某种程度的编纂加工的。

以上，我们从《云谷杂记》的篇首问题，谈到了《兰亭集》的原形问题。此外，还有一个问题，那就是孙绰《后序》结尾的一段话：

耀灵纵辔，急景西迈。乐与时去，悲亦系之。往复推移，新故相换。今日之迹，明复陈矣。原诗人之致兴，谅歌咏之有由。文多不载，大略如此。所赋诗亦裁而缀之，如前四言五言焉（《兰亭考》"纵"作"促"，"复"作"旦"，"歌咏"倒）。（《诗纪》卷四三）

这段话甚难理解。"文多不载，大略如此"的"文"，很明显是与下面的诗相对的词。所谓"多不载"，是在引用时由于引文太长而不加引用时所说的话。也就是说，可以认为，在这次兰亭集会上，另外还作有文，但是由于文字太多了，所以集中就不登载了，此时所作的诗文的样子，大致像上面的一样——这么理解"大略如此"，才稍稍可通；如果把"文多不载，大略如此"看作是指孙绰《后序》本身而言的，那就不能理解了。《后序》接着又记载："所赋诗亦裁而缀之，如前四言五言焉。"这是说与文相对，"诗亦"是经过编纂加工的。所谓"裁而缀之"，具体何指不太清楚，但至少似乎是说将原作加工改排。改排的形式则是"如前四言五言"，看现在的《兰亭考》所载，作两篇者都是四言排列于前，五言排列于后，所谓"如前四言五言"，说的便是这种排列方式吗？抑或仅是说"像上述的四言五言诗一样"呢？如果刚才所说的将王羲之的五首诗只割载一首便是"裁而缀之"，那么至少这种解释是很容易理解的。但如果这样解释，则上述有关《云谷杂记》的篇首的解释就不能成立了。不管怎么说，据孙绰《后序》来看，兰亭集会时所作的诗文是经过改动而编纂为《兰亭集》的。《兰亭考》所载的《兰亭集》是否就是孙绰所编的《兰亭集》，以及《云谷杂记》的诗的篇首问题，从孙绰《后序》的记述来看，都是很成问题的。（如果把"文多不载"以下看作是后人的注记，那么"文多不载，大略如此"的意思便是很清楚的。不过，孙绰之文结束于"谅歌咏之有由"是不够稳妥的。）

　　这次"群贤毕至，少长咸集"的盛大的兰亭集会，日子是"天朗气清，惠风和畅"，景物是"此地有崇山峻岭，茂林修竹，又有清流激湍，映带左右"（王羲之序），"高岭千寻，长湖万顷"（孙绰序）。当日置身于这目的、时间、地点都全然一致的条件下的人们，又是怎样吟咏那天的风物的呢？

兰亭的诗人们，将是日的集会看作是"游"。虽然序里也说"修禊事也"，但其中看不到像过去所举行的那种宗教性礼仪性的禊事。"祓除不祥"之事，在诗人的口中也没有受到强调。毋宁说，他们似乎已经把"祓除不祥"性的禊给忘了。不妨认为，其中的"禊"即是"游"。虽说如上所述，这种想法并非是从他们开始的，但他们在兰亭诗中歌唱道：

> 今我欣斯游，愠情亦暂畅。（桓伟）

> 今我斯游，神怡心静。（王肃之）

> 嘉会欣时游，豁尔畅心神。（同上）

> 嘉宾既臻，相与游盘。（袁峤之）

都把这次集会看作是"游"，而根本不表现"禊"。全部的诗都清清楚楚地显示了他们对于"游"的浓厚兴趣。这种"游"，是"流觞曲水"的游，是"一觞一咏"的游，也是"乃席芳草，镜清流，览卉木，观鱼鸟"（孙绰序）的游，也是"临川欣投钓"（王彬之）的游。这种游的结果，据说是"足以极视听之娱，信可乐也"（王羲之序），更能够"畅叙幽情"，发散平素因受压抑而不能得畅的幽情，由此而感到欣悦。刚才已经引过的：

> 嘉会欣时游，豁尔畅心神。（王肃之）

所说的便是这样。又：

> 散豁情志畅，尘缨忽已捐。（王蕴之）

所说的也是这样。"畅心神"也好，"情志畅"也好，不用说，都是与"尘缨"相反的，或与孙绰的《游天台山赋》的"释域中之常恋，畅超然之高情"相当。"幽情"也好，"超然之高情"也好，结合时代思想来考虑，不用说都是与老庄思想相通的想法。他们常以老庄之心为心，志在达到老庄的境界。孙嗣的诗就说明了这一点：

　　望岩怀逸许，临流想奇庄。谁云真风绝，千载挹余芳。

这种心境就是"超然之高情"，就是"幽情"。吟咏这种"超然之高情"和"幽情"的诗，便是玄理诗，便是玄风、玄言诗。正如王应麟所说的，"兰亭"诗里这种诗是很多的：

　　愚谓东晋玄虚之习，诗体一变，观兰亭所赋可见矣。（《困学纪闻》卷一三）

然则这种受到吟咏的畅超俗之情，似乎是"游"的最大目的。而最后达到的境界，就是王肃之所说的"今我斯游，神怡心静"的境界，就是孙绰《游天台山赋》所说的"于是游览既周，体静心闲，害马已去，世事都捐"的境界。这种境界，完全是以老庄为目标的无为自然和虚静的世界，也是为当时人士所共同憧憬与追求的世界。

　　然则为了"畅叙幽情"或"畅超然之高情"，他们希望置身于怎样的环境中呢？下面这些诗句，清楚地表示了这一点：

　　乃携齐契，散怀一丘。（王羲之）

　　散怀山水，萧然忘羁。（王徽之）

其中说到了"散怀"。正如孙绰的《游天台山赋序》也说过的：

　　方解缨络，永托兹岭，不任吟想之至，聊奋藻以散怀。

乃是要发散某种受到压抑的怀抱吧。换言之，是要发散并满足平素渴望满足的怀抱吧。如果是这样，那么它和"畅叙幽情"、"畅超然之高情"也是相通的，也就是"豁尔畅心神"（王肃之）、"寄畅须臾欢"（虞说）、"恰情亦暂畅"（桓伟）、"消散肆情志，酣畅豁滞忧"（王玄之）之意。郭璞《游仙》诗的"放情陵霄外"，与"散怀"也是相通的吧。为了"散怀"，他们认为什么场所是最合适的呢？据上述例子可知，就是"一丘"、"山水"，还有"山林"（曹茂之）、"林丘"（谢安）。也就是说，他们认为"山水"是"散怀"的场所：

> 凡我仰希，期山期水。（孙统）

> 地主观山水，仰寻幽人踪。（同上）

这种对于山水的关心，并非是从此时才开始的。孔子的"知者乐水，仁者乐山"（《论语·雍也篇》）一语，过去也是被抽象地认识的；但是，只是到了"兰亭"时代，此语才被具体地认识，而非抽象地认识。正是在这个时代，山水才成了和自己切身相关的东西。人们开始具体地把山水看作是"散怀"的场所。其最好的例子，便是孙绰的《后序》中的一段话（《兰亭考》所载及《诗纪》所载孙绰序中无此语）：

> 屡借山水，以化其郁结。永一日之足，当百年之溢。（《艺文类
> 聚》卷四）

诗人想要化去和畅发郁结。也就是说，这是和"畅叙幽情"、"畅超然之高情"相通的。作者把"山水"看作是"化其郁结"的媒介物。孙绰的这段话，最好地表现了当时人士的自然观，是非常值得注意的。

以山水为乐的态度，在如上所述孔子的话中也已经有了。但是，"借山水以化其郁结"，则目的是"化郁结"，其结果，是得到满足，得到快乐与欣悦，而"山水"不过被看作是达到这一目的的桥梁。也就是说，人们还不是直接从眺望山水中得到满足，得到快乐与欣悦。产生这种想法的原因，不用说是崇尚虚静的老庄思想。人们认为，想要达到老庄的境界，其最好的方法，便是进入山水。进入山水以后，便能远离俗尘，进入虚静无欲的状态，达到玄理。他们是把山水作为到达老庄的场所来认识的。这种想法，也见于孙绰的《庾亮碑文》：

> 公雅好所托，常在尘垢之外。虽柔心应世，蠖屈其迹，而方寸
> 湛然。固以玄对山水。（《世说新语·容止篇》注）

这种"以玄对山水"的态度便是这样。这种山水观的另一种表现，便是"借山水以化其郁结"。也就是说，对于当时人士来说，当然是在与老庄

的关联上持有对自然的关心的。当时人士对于山水的强烈爱好，具有上述这种意义。从《晋书》中，可以看到许多爱好山水的事例：

> 祜乐山水，每风景，必造岘山，置酒言咏，终日不倦。（《羊祜传》）

> 或登临山水，经日忘归。（《阮籍传》）

> 家于会稽，性好山水……居职不留心碎务，纵意游肆。名山胜川，靡不穷究。（《孙统传》）

> 游放山水，十有余年。（《孙绰传》）

> 放志田园，好游山水。（《桓祕传》）

> 出则渔弋山水，入则言咏属文。（《谢安传》）

> 羲之既去官，与东土人士尽山水之游，弋钓为娱。（《王羲之传》）

> 遂携其同志遍游名山焉。（《许迈传》）

> 少爱山水，尚嘉遁。年十三，每游山林，弥旬忘反。（《郭文传》）

> 好游山泽，志存遁逸。尝采药至衡山，深入忘反。（《刘驎之传》）

但这并不是后世那种以鉴赏山水为目的的爱好；在其背后，有着老庄思想的影子。如上例郭文、刘驎之的山水观，便很明显是以隐遁为目的来看待山水的。众所周知，隐遁思想与老庄思想是互为表里的，老庄思想展开为隐遁思想。隐遁思想与神仙思想也有关联，具体表现为"采药"。这即从上例的《刘驎之传》也可明白，而从支遁的《八关斋诗序》则可以看得更为明白：

> 余既乐野室之寂，又有掘药之怀，遂便独住。于是乃挥手送归，有望路之想；静拱虚房，悟外身之真；登山采药，集岩水之娱。遂

援笔染翰，以慰二三之情。（《广弘明集》卷三〇上）

如上所述，当时人士是为了畅叙幽情、畅超然之高情、化郁结而进入山水的，又是为了隐遁、采药而进入山水的。而且，他们渐渐地开始触及山水之美，从中感到快乐。庐山诸道人的《游石门诗序》云：

释法师以隆安四年仲春之月，因咏山水，遂杖锡而游。时交徒同趣三十余人，咸拂衣晨征，怅然增兴。（《诗纪》卷四七）

"咏山水"正是"借山水"的进一步发展，不久，便发展到了谢灵运的"山水性之所适"（《游名山志序》）。

要之，兰亭诗人是为了"散怀"而想到山水的。因而，在他们的作品中，便很少有为山水美而感动的诗。他们的爱好山水，只是为了达到老庄，为了隐遁，为了化解郁结。虽然他们具有对山水的关心，但表现出来的诗歌，却是一味讴歌老庄思想的玄风诗。倘要举若干例子，则除了刚才已经举过的孙嗣的诗以外，还可以再举如下各诗：

庄浪濠津，巢步颍湄。冥心真寄，千载同归。（王凝之）

先师有冥藏，安用羁世罗。未若保冲真，齐契箕山阿。（王徽之）

都是赞美老庄的玄风诗。这种诗在"兰亭"诗中随处可见。他们在风光明媚的兰亭游玩，却写出了这种玄风诗，正好说明了他们山水观的倾向。

在兰亭诗中，还有一点值得注意，即表现的巧拙暂且不去管它，此时已经出现了直叙自然景物的诗。也就是说，此时已经出现了写景诗式的诗——尽管还不是严格的写景诗。自《诗经》以来，大多数诗都是以情为主、以景辅之的。也就是说，比兴式的诗是诗歌的主流。尽管偶尔也有曹操的《碣石篇》这样的写景诗，但是这种作品毕竟为数极少，自然大抵只是用来叙述其他东西的媒介物。当然，这些诗人并不是没有接触美丽的自然的机会的。但是，即使他们有众多的接触的机会，但如果在接触时没有眺望山水美的眼光，也没有积极吟咏山水美的心灵，那么，就不会产生所谓的山水诗。不过，领会山水美的眼光，并不是一朝一夕就能产生的。如果永远没有置身于山水的机会，那么领会山水美的眼光也就永远不会打开。在这一点上，兰亭诗人又如何呢？

> 伊昔先子，有怀春游。契兹言执，寄傲林丘。森森连岭，茫茫原畴。迴霄垂雾，凝泉散流。（谢安）

> 肆眺崇阿，寓目高林。青萝翳岫，修竹冠岑。谷流清响，条鼓鸣音。玄崿吐润，霏雾成阴。（谢万）

> 司冥卷阴旗，句芒舒阳旌。灵液被九区，光风扇鲜荣。碧林辉翠萼，红葩擢新茎。翔禽抚翰游，腾鳞跃清泠。（同上）

> 地主观山水，仰寻幽人踪。回沼激中逵，疏竹间修桐。因流转轻觞，冷风飘落松。时禽吟长涧，万籁吹连峰。（孙统）

> 流风拂枉渚，停云荫九皋。莺语吟修竹，游鳞戏澜涛。携笔落云藻，微言剖纤毫。时珍岂不甘，忘味在闻韶。（孙绰）

> 林荣其郁，浪激其隈。泛泛轻觞，载欣载怀。（华茂）

> 松竹挺岩崖，幽涧激清流。消散肆情志，酣畅豁滞忧。（王玄之）

> 丹崖竦立，葩藻映林。绿水扬波，载浮载沉。（王彬之）

以上诸例，绝不能说是巧妙的写景诗吧。不过值得注意的是，其中可以看到直叙自然的描写。这些描写，不是为了通过吟咏自然来兴起其他的内容，而是受美丽的自然的触发，试图积极地吟咏自然。兰亭的诗人们是为了散怀而选择山水的。他们的散怀，则表现为游乐。适于游乐的山水，不用说是美丽的佳山水。不言而喻，当他们在美丽的山水中不停地游玩时，他们的心灵便会在不知不觉间受到山水美的触发。这种受到触发的心灵，开始转向想要吟咏山水的方向，这样，就出现了吟咏自然的写景诗。这一点，在魏时诗人的作品中就已经表现得很明显了。邺下诗人的行乐，表现为描写自然的游览诗（如曹植的《公宴》诗、《侍太子坐》诗、《芙蓉池》诗，王粲的《杂诗》等都是游览诗）。兰亭人士爱好作为散怀场所的山水，同时也开始爱好美丽的山水。强调散怀时，便表现为玄风诗；着眼于美丽的山水时，便表现为山水诗。这二者初看起来似乎是矛盾的，但实际上它们同是以山水为基础的。在兰亭诗中，同时表现了这立于同一基础的二者，这是非常值得注意的。正如"庄老告退，而山水方滋"所说的，庄老与山水是同时出现的。虽说在兰亭诗中是前者重而后者轻，但不久以后就变得前者轻而后者重了。二者比重的这一变化，是宋谢灵运以后的事。也就是说，"庄老告退"以后，不久就当然是"山水方滋"了。

3. 山水诗的萌芽

以上，我们以兰亭诗为例，考察了从玄言诗到山水诗的过渡。如上所述，虽说这个时代是玄言诗盛行的时代，但如果注意观察，我们便能够觉察到，像散见于"兰亭"诗里的那种山水诗的萌芽，已在到处萌发；描写山水美的作品，也已经出现。如庾阐的《三月三日临曲水》诗便是这样。此诗描写了清净的河流，吟咏道：

> 暮春濯清汜，游鳞泳一壑。高泉吐东岑，迥澜自净荥。临川叠曲流，丰林映绿薄。轻舟沉飞觞，鼓枻观鱼跃。（《艺文类聚》卷四）

又如《采药》诗，罕见地对瀑布的飞泻作了美丽的形容：

> 采药灵山嵚，结驾登九嶷。悬岩溜石髓，芳谷挺丹芝。泠泠云珠落，漼漼石密滋。鲜景染冰颜，妙气翼冥期。霞光焕藿靡，虹景照参差。椿寿自有极，槿花何用疑。（《诗纪》卷四二）

又如，在误入《陶渊明集》的顾恺之的《神情》诗中，也描写了清丽的山水，令人想起他的山水画：

> 春水满四泽，夏云多奇峰，秋月扬明辉，冬岭秀寒松。（《艺文类聚》卷三）

又如湛方生的《还都帆》诗，吟咏了白沙青松的湖畔：

高岳万丈峻，长湖千里清。白沙穷年洁，林松冬夏青……（《艺
文类聚》卷二七）

《天晴》诗，吟咏了晴天的江渚：

屏翳寝神辔，飞廉收灵扇。青天莹如镜，凝津奕如研。落帆
修江湄，悠悠极长眄。清气朗山壑，千里遥相见。（《初学记》
卷二）

为什么会出现这种吟咏山水的写景诗呢？如上所述，这种写景之流，后
来在谢灵运这个大诗人手里变成了主流；而这个时代的山水诗，可以说
仅是微弱的支流。此外，在这个时代，还出现了一个与吟咏山水的主流
不同的支流，那就是陶渊明的田园诗。如果依广义来理解山水诗，则陶
渊明也许也是一个山水诗人；但是比起山水来，陶渊明更多地吟咏田园
风景与田园生活。就这一点而言，可以把他称为田园诗人，可以把他的
诗看作是与山水诗不同的支流。但是从写景诗的角度来看，不用说陶诗
也能归入其中。

六、田园诗人陶渊明

陶渊明是由晋入宋的人。据《宋书·隐逸传》说，他卒于宋文帝元
嘉四年（427），享年六十三岁（卒年还有疑问。享年也有梁启超、游国
恩的五十六岁说和古直的五十二岁说，此姑从《宋书》），这样，他应生
于东晋哀帝兴宁三年（365）。与他并称的山水诗人谢灵运，据《宋书》
本传说，生于东晋孝武帝太元十年（385），卒于宋文帝元嘉十年（433），
享年四十九岁。两人生活于同一时代，但一个被称作田园诗人，一个被
称作山水诗人，各开一大宗门。而正如他们作了不同方向的诗一样，他
们的性格及一生也是完全不同的。

关于陶渊明的生涯，详见近人张芝的《陶渊明传论》或吉川幸次郎
博士的《陶渊明传》。看了《陶渊明集》以后，强烈地吸引我们的眼光
的，是"久在樊笼里，复得返自然"（《归园田居》）这一述怀之辞。这

是流自内心的述怀。看他的诗可知，他自年轻时起，似乎即已有了这种想要返回"自然"、超脱世俗烦杂的心灵。"少无适俗韵，性本爱丘山"（《归园田居》）云云，便说明了这一点。但有时为了生活不得不仕宦："畴昔苦长饥，投耒去学仕。"（《饮酒》）但是他又辞去了官职，在似乎是叙述此时之事的《归去来辞》中，他历历分明地描写了自己返回故乡时的喜悦之情。

另一方面，谢灵运出身于当时被并称为"王谢"的豪族，是地主阶级之一员。和他相比，陶渊明虽说出身名门，却不过仅在柴桑略有土地，勉强可过日子而已，可以说接近庶民阶级。谢灵运也辞去了官职，不断地想要归隐，说："负心二十载，于今废将迎。"（《初去郡》）但联系他的进退出处来看，这些话听起来像是没有实感的空洞之辞，其中似乎看不到像陶渊明的作品中所能见到的那种发自心灵的对于辞去官职的喜悦。谢灵运与陶渊明不同，即使在新朝宋也曾出仕。但是，他对于仕宦似乎经常抱有不满。这种不满，成了促使他走向山水游览的一大原因。对于"因父祖之资，生业甚厚，奴僮既众"（《宋书》本传）的他来说，即使在隐栖中，生活也不会感到困难。正因为这样，他才能够悠然地游览山水。使他作出那种山水诗的，虽说是他的文才，也可以说是他经济方面的富裕。可以说，山水诗一般是由贵族阶级的趣味所产生的。因此，陶渊明的不曾隐遁山水，以山水美为乐，虽说是他的性格使然，也是因为生活不够富裕之故。同样地，虽说他也渴望隐栖，却不得不为了生活而回到生活之基的田园。这样，他的诗才，便使他开始歌咏起这种田园生活来。借已故斯波六郎博士的话来说，他的诗是"把自己的生活本身作为诗来观照的生活文学"（《陶渊明诗译注》）。不过，陶渊明的"返自然"的想法也好，谢灵运的"爱好山水"的想法也好，实际上都是植根于老庄思想和隐遁思想，受当时时代思潮影响的想法。就这种意义而言，两人的想法是立足于同一基础上的。他们一个着眼于田园，一个着眼于山水，这不能不说是由两人性格及经济方面的原因所决定的。正因如此，在后来六朝的贵族文学中，山水文学欣欣向荣，而庶民性的田园文学则没有出现。倒是到了唐代，陶渊明才似乎得到了继承。

在陶渊明的诗里，也有吟咏田园风景以外的自然的作品，但以围绕田园生活、吟咏田园的自然美、洋溢着田园情绪的作品为最多。看他的田园诗，有宛如在看米勒的绘画《晚钟》、《拾落穗》[①] 的感觉。在晚钟中祈祷的农夫背后的夕景之美，拾取落穗的田野之美，便是陶渊明的田园诗中的自然。正如米勒的绘画画出了农夫祈祷和劳动姿势的美一样，陶渊明的田园诗也在描写田园的自然时描写了人事。毋宁可以说，他是在人事描写的背景上描写田园的。

陶渊明描写得最多的，是闲静和穆的自然。《归园田居》的：

> ……榆柳荫后檐，桃李罗堂前。暧暧远人村，依依墟里烟。狗吠深巷中，鸡鸣桑树巅。户庭无尘杂，虚室有余闲……（陶澍《靖节先生集》）

这是一幅闲静、悠闲的田园风景。又，《癸卯岁始春怀古田舍》的：

> 凤晨装吾驾，启途情已缅。鸟弄欢新节，冷风送余善。寒竹被荒蹊，地为罕人远……（同上）

也令人想起闲静的田园。又，《时运》表现了暮春郊外闲静平和的景色：

> ……山涤余霞，宇暧微霄。有风自南，翼彼新苗。（同上）

他又歌唱这种暮春郊外的风景道："我爱其静。"（《时运》）《劝农》中，也歌唱了悠闲的田园：

> 熙熙令音，狩狩原陆。卉木繁荣，和风清穆……（同上）

《和郭主簿》中，歌唱了闲静的清凉的秋天：

> 和泽周三春，清凉素秋节。露凝无游氛，天高肃景澈。陵岑耸逸峰，遥瞻皆奇绝。芳菊开林耀，青松冠岩列……（同上）

---

① 米勒（Jean-François Millet, 1814—1875），法国近代画家，巴比松画派代表人物，其作品多取材于农村生活，《晚钟》、《拾落穗》为其代表作。——译者注

他热爱的是"悲风爱静夜"（《丙辰岁八月中于下潠田舍获》）和"山气日夕佳，飞鸟相与还"（《饮酒》）的安稳闲静的境界。

上述这种闲静的境界，与刚才已经谈到的仙境和隐栖地的闲静不同，表现了农村闲静和穆的样子。仙境和隐栖地的闲静，是脱离俗尘和人事的静寂。陶渊明的闲静，是虽在人事俗世之中，而又超脱于它们之外的闲静，是"结庐在人境，而无车马喧"（《饮酒》）的境界。这与谢灵运的山水诗的静寂境界也是不同的。

要之，陶渊明是一个爱好在这种闲静和穆的田园中生活的诗人，是歌唱这种田园生活和田园风景的诗人。在这种意义上，可以把他叫做田园诗人。

在他的诗中，还表现了各种各样的植物，这些植物使他感到快乐。其中主要的是菊、松、柳。这种对于自然植物的爱好，在楚辞中即已经出现了。作为香木香草的各种各样的植物，受到了诗人的喜爱。其后，竹林七贤和晋王徽之的爱竹也是很有名的（《世说新语·栖逸篇》）。又，孙绰很喜爱松（《世说新语·言语篇》）。对于自然植物的热爱，到了东晋，似乎变得格外强烈了。

陶渊明爱菊，在住宅周围种菊，这通过"采菊东篱下，悠然见南山"（《饮酒》）一诗而变得非常有名。他欣赏菊花的佳色道："秋菊有佳色，裛露掇其英。泛此忘忧物，远我遗世情。"（《饮酒》）此外，也能见到这样的诗句："酒能祛百虑，菊为制颓龄。"（《九日闲居》）"芳菊开林耀，青松冠岩列。怀此贞秀姿，卓为霜下杰。"（《和郭主簿》）

对于松，陶渊明则爱其贞秀之姿。对于深受儒教伦理影响的他来说，也许是由于为《论语》的话所强烈地激动，才开始爱松的。他喜爱"青松在东园，众草没其姿。凝霜殄异类，卓然见高枝"（《饮酒》）的松姿。

正如《五柳先生传》里也有的，柳也是陶渊明喜欢的植物之一。他说："榆柳荫后檐，桃李罗堂前。"（《归园田居》）令人想见柳树栩栩如生的样子。

此外，还可以看到各种各样的植物，陶渊明都是以温厚的心情来对待这一草一木的。它们不是像咏物赋和咏物诗中所能见到的那种与人类分离的自然物。比如，东晋袁山松有一首《菊》诗，其中歌唱道："灵菊植幽崖，擢颖凌寒飙。春露下染色，秋霜不改条。"（《艺文类聚》卷八一）像这种与自然物对立的客观性描写，在陶渊明的诗中是看不到的。已故斯波博士在《陶渊明诗译注》中，通过与谢灵运诗的比较来说明陶渊明的诗道：

> 我们能够看到这样的差别：渊明是主观的、概括的、以全身心来接触的；与此相反，谢灵运是客观的、局部的、以感觉来对待的。《沧浪诗话》比较评论陶谢之诗道："康乐（谢灵运）之诗精工，渊明之诗质而自然耳。"便是着眼于这种差异而提出的看法吧。

这和近人刘大杰所说的"渊明的自然描写，不是风景的描写，却是意境的表现；不是客观的写实，而是主动的写意"（《中国文学发展史》上卷）是一致的。也就是说，他的诗中所能看到的，不是像山水诗中所能见到的那种细腻的客观性描写，而是人类的形象在自然上的投影和人类与自然的融合。对于自然真正作客观刻画的诗，是从谢灵运的山水诗开始的。

第三节　赋与自然

汉赋中所出现的自然描写，由于赋本身大都是作者为了夸示自己的学力而作的，因此只是奇字妙句的罗列，离真正的自然美的描写反而远了。它们都只是一些纸上谈兵式的空想之作和文字游戏。晋挚虞《文章流别论》的"夫假象过大，则与类相远；逸辞过壮，则与事相违；辩言过理，则与义相失；丽靡过美，则与情相悖"的批评，对于汉赋来说，的确是非常恰当的。对于汉赋的这种缺点，当然会产生想要反省与是正的愿望。明确地宣布这种是正的，是晋代的左思，他是那篇据说引起"洛阳纸贵"的有名的《三都赋》的作者。在《三都赋序》中，他首先指出了汉赋的种种缺点，说：

> 然（司马）相如赋《上林》，而引"卢橘夏熟"；杨雄赋《甘
> 泉》，而陈"玉树青葱"；班固赋《西都》，而叹以"出比目"；张衡
> 赋《西京》，而述以"游海若"：假称珍怪，以为润色。若斯之类，
> 匪啻于兹。考之果木，则生非其壤；校之神物，则出非其所。于辞
> 则易为藻饰，于义则虚而无征。且夫玉卮无当，虽宝非用；侈言无
> 验，虽丽非经。而论者莫诋讦其研精（李善注《文选》作"莫不诋
> 讦其研精"，此从集注本所引陆善经本，以"不"为误字），作者大
> 氐举为宪章，积习生常，有自来矣。

要之，汉赋中所表现的事物，都是空想的、夸张的东西，而并非是作者
实际经验过的东西。其表现也是过于华丽的。因此，左思说，他要矫其
弊端，如实地叙述事实：

> 余既思摹（张衡）《二京》而赋《三都》，其山川城邑，则稽之
> 地图；其鸟兽草木，则验之方志；风谣歌舞，各附其俗；魁梧长者，
> 莫非其旧。何则？发言为诗者，咏其所志也；升高能赋者，颂其所
> 见也。美物者贵依其本，赞事者宜本其实。匪本匪实，览者奚信？
> （《文选》卷四）

他说要稽地图、验方志来叙述事实。他之所以要借助地图方志，是因为
没有实际的体验。假如他有游览三都的体验，则恐怕他会根据这种体验
来写吧。据《晋书》本传记载，传说他曾"诣著作郎张载访岷邛（蜀）
之事"，显示了他想要接近体验的努力。

尽管左思以这种写实精神苦心缀成了《三都赋》，但这种写实精神似
乎根本不为当时人士所重视。只有皇甫谧继承了《三都赋序》的看法，
大致采纳了左思的意见。皇甫谧说，汉以来的赋不依事实，徒趋空言，
其中有名的有司马相如的《上林赋》、杨雄的《甘泉赋》等等，这些赋
都美丽地藻饰文章，是近时辞赋中的伟大作品。接着他又说：

若夫土有常产，俗有旧风，方以类聚，物以群分。而长卿之俦，过以非方之物，寄以中域；虚张异类，托有于无。祖构之士，雷同影附，流宕忘反，非一时也。（《文选》卷四五）

皇甫谧认为，司马相如等人的赋中所叙述的物产，不是中国本土所有的东西，而是对于虚构的东西的夸张。在这一点上，他的见解与左思是完全一致的。接着，他介绍了《三都赋》的内容，最后下结论说：

其物土所出，可得披图而校；体国经制，可得按记而验：岂诬也哉！

也称赞了左思依据记录与地图来作赋的创作态度，强调了《三都赋》是依据非虚构的事实写成的赋。这篇序文，可以说充分采纳了左思的意见。

但是，再进一步说，皇甫谧果真像左思那样具有"赋应该如实地叙述事实"这样一种赋观吗？虽说皇甫谧把汉赋的不依事实看作是"过"，并大致了解左思依据事实的写实精神，但仍然眩惑于汉赋的夸张性，而不得不呈上"近代辞赋之伟也"的赞辞。因而，在他的赋观中，看不到左思那种认为"赋是写实的"的积极态度。尤其是从他在此序之首冠以"美丽之文，赋之作也"的话来看，似乎更是看不出"赋应该如实地叙述事实"这一认识。在这一点上，我认为皇甫谧尽管充分采纳了左思的写实精神，却没有积极地支持和发展的干劲。

作略解的卫瓘（"瓘"严可均误作"权"）的序中也说："言不苟华，必经典要。品物殊类，禀之图籍。"（《晋书·左思传》）虽然大致上指出了左思依据图籍的态度，但他为此赋作注解时所感叹的，却乃是"辞义瑰玮，良可贵也"（同上）这一点。他也没有积极地支持左思的写实精神。又，刘逵的注序，也可以说全然没有涉及左思的写实精神（《晋书·左思传》）。

这么看来，左思在《三都赋》中所感叹的，要之是如张华所说的"班张之流"这一点。虽说左思并没有无视形式美，但是《三都赋》的目标，实际上却在于尊崇真实的写实精神。这种写实精神在赋方面的产生，是赋的一大转变。

那么，左思在《三都赋》中又是怎样表现这种写实精神的呢？尤其是把赋看作是"观土风"之物的他，在赋中又是怎样处理自然描写的呢？下面试举《蜀都赋》中有关蜀都山河形势的描写为例：

> 于前则跨蹑犍牂，枕辖交趾。经途所亘，五千余里。山阜相属，含溪怀谷。岗峦纠纷，触石吐云……其间则有虎珀丹青，江珠瑕英，金沙银铄……于后则却背华容，北指昆仑。缘以剑阁，阻以石门。流汉汤汤，惊浪雷奔。望之天回，即之云昏……其树则有木兰榠桂，杞橉椅桐，楩枏樛枒……于东则左绵巴中，百濮所充。外负铜梁于宕渠，内函要害于膏腴……

接着又以"其中"、"于西"、"其封域之内"、"其园"等等表现，罗列了动植物和物产。

这种罗列性的表现方法，实际上只是班固的《两都赋》、张衡的《二京赋》的流亚，与司马相如的《子虚赋》和《上林赋》的自然描写也没有任何不同。其中所出现的物品，也许是依照方志地图而写的实在之物；但是，罗列性的分析性的叙述和摆弄、修饰文章等等，则和汉赋没有任何不同。

尽管具有如实叙述和观土风的写实精神，但始终不出汉赋夸张性表现之阃域，这并不是左思之过，而是受了当时流行的赋的形式的驱使。不过倘仔细观察，可以看到和汉赋中的司马相如之流相比，左思的《三都赋》减少了夸张华丽之风。在这一点上，我想多少也可以看出左思写实精神的表露。只是，尽管其中的物品都是实在的，但收入此赋的物品，却不太呈现出写实精神表露的效果。这作为一个效果论的问题，在此姑置不论。左思的写作态度，始终是依据事实的写实精神，这一点，与汉赋的创作态度有着显著的差别，这是值得注意的。

那么，左思为什么会强调这种写实精神呢？其中的一大原因，就是对于架空性的汉赋的反动与抵抗，这是按左思的话来说的。但是，此外是不是还有某种刺激左思的因素呢？我想是有的，这就是当时正在逐渐抬头的试图眺望和如实地描写自然的精神。

　　说起来，具有这种写实精神的，实际上还不止是左思一个人。为什么这么说呢？这是因为到了魏晋时代，直接观看和赋咏周围的自然和自然现象的作品已经急剧地增多了，这也可以看作是写实精神的一个表现吧。不用说，纵观所有的赋，虽然这时代的赋从内容上来说多为抒情、叙事、言志之作，但是，在自然中寻求对象，赋咏自然和自然物的作品，也已经大量出现。比如，赋海的作品，便有魏武帝的《沧海赋》（《文选·吴都赋》注），文帝的《沧海赋》（《艺文类聚》卷八），王粲的《游海赋》（《北堂书钞》卷一三七），晋庾阐的《海赋》（《艺文类聚》卷八），木华的《海赋》（《文选》卷一二），孙绰的《望海赋》，潘岳的《沧海赋》（皆《艺文类聚》卷八），曹毗的《观涛赋》，伏滔的《望涛赋》，顾恺之的《观涛赋》（皆《艺文类聚》卷九）等等，描绘的大都是狂澜怒涛的海，具有同样的趣向。现存的海赋中，无论就篇幅抑就文章而言，木华的《海赋》都属第一。但是，此赋也和左思的赋一样，全然是汉赋式的，只是汉赋的延续。它描写了众川入海的样子、波浪及海神，还涉及海里的动植物。下面是其中对于波涛的形容：

　　　　于是鼓怒，溢浪扬浮，更相触搏，飞沫起涛。状如天轮，胶戾而激转；又似地轴，挺拔而争回。岑岭飞腾而反覆，五岳鼓舞而相磓。涽溃沦而滀漯，郁沏迭而隆颓。盘涴激而成窟，潐沛漤而为魁。汹泊柏而迤飐，磊匒匌而相豗。惊浪雷奔，骇水迸集。开合解会，瀼瀼湿湿。葩华踧沑，颎泞漎濭。（《文选》卷一二）

这完全是罗列性的波涛描写，是知性的自然，如果要说客观性，那么是宛如摄影式的客观，没有深度，没有打动人的东西。它是汉赋的自然描写的延续，更是宋玉的《高唐赋》的延续。李善注引傅亮《文章志》云："广川木玄虚（华）为《海赋》，文甚隽丽，足继前良。"盖是的评。

　　赋川的作品，有魏文帝的《济川赋》、《临涡赋》、《浮淮赋》（皆《艺文类聚》卷八），应玚的《灵河赋》，晋王彪之的《水赋》（皆《初学记》卷六），庾阐的《涉江赋》，成公绥的《大河赋》（皆《艺文类聚》卷八），郭璞的《江赋》（《文选》卷一二），应贞的《临丹赋》，曹毗的《涉江赋》（皆《艺文类聚》卷八）等等。其中的代表，是郭璞的《江赋》。但此赋也和木华的《海赋》一样，如实地表现了赋的"铺陈"性特色。它修饰文字，美化文章，在叙述水势的形状时，费力地用了许多偏旁为水的字。据李善注引《晋中兴书》云："璞以中兴，王宅江外，乃著《江赋》，述川渎之美。"那么，也许郭璞是因为住在江边，感动于实际所见的江之美，才作《江赋》的吧。但是，它的表现却是旧态依然，读者只是惊异于郭璞学问的该博，却不能感到有任何足以打动自己的对于江的自然美的描写。但是，郭璞住在江边，日夜观江，如果他是因为受江水之美的感动而想到写此赋的，那么，我们就必须看到郭璞身上的写实精神。

　　以上，我们以海与川为例作了观察。此外，在魏晋时代被大量写作的，还有所谓的咏物赋，赋咏了作为自然与自然物的诸如风云之类的自然现象以及映入眼帘的动植物等等。不过，所谓的咏物赋，并不限于自然物；各种各样的器物也受到了大量的赋咏；但是，其中以自然物尤为多见。如魏曹植的《神龟赋》、《白鹤赋》、《蝉赋》、《鹦鹉赋》、《鹖赋》、《离缴雁赋》、《鹍雀赋》、《蝙蝠赋》、《芙蓉赋》，晋傅玄的《蜀葵赋》、《宜男花赋》、《菊赋》、《蓍赋》、《瓜赋》、《安石榴赋》、《李赋》、《桃赋》、《橘赋》、《枣赋》、《蒲桃赋》、《桑椹赋》、《柳赋》、《朝华赋》、《雉赋》、《山鸡赋》、《鹰赋》、《鹦鹉赋》、《斗鸡赋》、《鹰兔赋》、《乘舆马赋》、《驰马射赋》、《良马赋》、《走狗赋》、《猿猴赋》、《蝉赋》，成公绥的《柳赋》、《木兰赋》、《鸿雁赋》、《鹰赋》、《鸟赋》、《鹦鹉赋》、《射兔赋》、《蜘蛛赋》、《螳螂赋》等等，珍奇的动植物是不用说的，而且眼光还转向了自己周围的司空见惯的柳、桃、菊、李、蝉、雁等自然物。《文选》"鸟兽"赋类举了五首赋，作为魏晋时代的代表，收了张华的《鹪鹩赋》。这些咏物赋不遑一一列举。总而言之，魏晋时代的咏物赋，旨在纯客观地观察事物，以美词丽句来铺陈。不过，其中也有像嵇含的咏物赋那样的与其说是叙述形状美毋宁说是理窟式的作品。

这些自然描写，不能不说都是汉赋的延续。但是，在汉赋中，自然现象和自然物只是游猎和都邑描写的背景；而在魏晋的赋中，则被推向了正面，形成了所谓的咏物赋。为什么会这样呢？这恐怕是赋的铺陈性倾向使然吧。在汉赋中，像司马相如的《子虚赋》的"其山……"、"其土……"、"其石……"那样细腻地罗列寻究的方式，不久开始向企图细腻地写出某物的方向发展。这样，他们为赋的性质拖引着，开始细腻地描写自己周围的珍禽异兽和一草一木。我并不认为，当时开始出现的对于自然的关心，曾对吟咏自然物的咏物赋的出现产生过特别强烈的影响。但是，这种试图细腻地描述自然物的写实性倾向，却大大打开了人们鉴赏自然美的眼界。

不过，写实性倾向实际上还表现在另一个方面，这就是这个时代所出现的所谓的行旅赋和游览赋，以及与此相似的赋。在这些赋中，自然描写所占的比重，要比上述的咏物性赋来得少；但是，这些赋中的自然描写，却具有移动地描写在游览与行旅时亲眼所见的自然的特色。当然，在咏物赋中，也有吟咏游览时亲眼所见的自然物的作品，如晋夏侯湛的《芙蓉赋》云：

> 临清池以游览，观芙蓉之丽华。（《艺文类聚》卷八二）

《浮萍赋》云：

> 步长渠以游目，览随波之微草。（同上）

《荠赋》云：

> 寒冬之日，余登乎城，践步北园，睹众草之萎悴，览林果之零残。（同上）

又如苏彦的《浮萍赋》云：

> 余尝泛舟游观，鼓楫川湖，睹浮萍之飘浪。（同上）

正如其中所能看到的，它们赋咏了游览时亲眼所见的各种各样的东西。但是，作者却不是由于为其自然美所打动而赋咏这些自然物的，而只是由于对赋物有兴趣。因而只是客观地叙述了自然物，而没有如实地叙述从自然物所受到的美的感动。它们大都只是在头脑中所描绘的美，或是在自然中寄托某种想法的叙述。如晋傅玄的《郁金赋》，便只是形状美的罗列，而看不到作者的感动：

> 叶萋萋以翠青，英蕴蕴而金黄。树庵蔼以成荫，气芳馥而含芳。凌苏合之珠珍，岂艾网之足方。荣耀帝寓，香播紫宫。吐芬扬烈，万里望风。（《艺文类聚》卷八一）

另一方面，也有如苏彦的《浮萍赋》那样的在浮萍的性态中发泄作者感慨的作品：

> 体任适以应会，亦随遇而靡拘。伊弱卉之无心，合至理之冥符。（《艺文类聚》卷八二）

总而言之，可以说咏物赋所写的只是作者关于某一事物的形态的想法，显示了作者思考力的限度，这是很有意思的。也就是说，它不是只描绘受眼前之物感动的情形的。这宛如六朝的义疏学，只考虑关于某一事的证明，就算尽议论之能事了。

但是，在行旅赋与游览赋中，却表现了（虽说还不多）心里觉得感动的自然的样子。如魏文帝的《临涡赋》：

> 荫高树兮临曲涡，微风起兮水增波。鱼颉颃兮鸟逶迤，雌雄鸣兮声相和。萍藻生兮散茎柯，春水繁兮发丹华。（《艺文类聚》卷八）

据序说："建安十八年至谯，余兄弟从上拜坟墓，遂乘马游观，经东园，遵涡水，相佯乎树下。驻马书鞭，作临涡之赋。"则此赋乃是观涡水实景之作，其中描写了适于游乐的美丽的自然。曹植的《节游赋》也与之相同：

于是仲春之月，百卉丛生。萋萋蔼蔼，翠叶朱茎。竹林青葱，珍果含荣。凯风发而时鸟欢，微波动而水虫鸣。感气运之和润，乐时泽之有成。遂乃浮素盖，御骅骝，命友生，携同俦。诵风人之所叹，遂驾言而出游。（《艺文类聚》卷二八）

描写了仲春时节与朋友结伴而游时映入眼帘的美丽的风景。此外，也有描写登高四望时所看到的景致的作品，如文帝的《登台赋》：

步逍遥以容与，聊游目于西山。溪谷纡以交错，草木郁其相连。风飘飘而吹衣，鸟飞鸣而过前。申踟蹰以周览，临城隅之通川。

（《艺文类聚》卷六二）

据序说，建安十七年春，游西园，登铜雀台，与弟曹植同作此赋。但在曹植之作（同上）中，现在却看不到有什么值得一提的自然描写。又，文帝的《登城赋》（同上）中，描写了孟春之月从城上俯视时所看到的广阔的平原风景，曹植的《临观赋》（《艺文类聚》卷六三）中，也叙述了从高埠凭眺时所看到的四泽风景。

这些赋，都是邺下游览生活的产物，都描写了作为游乐环境的自然。这种自然，是作为美丽悦人的东西受到描绘的。入晋以后，有孙楚的《登楼赋》、应贞的《临丹赋》、谢万的《春游赋》等等，其中也都美丽地描绘了行乐之际的自然。这些自然描写，虽说加上了表现方面的雕琢，但是毕竟描写了行乐之际亲眼所见并使作者感动的美丽的自然。

也有一些赋与这些赋不同，描写了极为普通的、司空见惯的风景。魏王粲的《登楼赋》就是这样。此赋叙述自己因避后汉董卓之乱来到荆州异乡，登楼四望，顿起思念故乡之情。它叙述了向四处眺望时所看到的景致：

北弥陶牧，西接昭丘。华实蔽野，黍稷盈畴。（《文选》卷一一）

与上述曹氏兄弟之作相比，它所描写的确实是朴素的自然。但是，这却反而使读者感到真实。虽说作者所看到的仅是"华实蔽野，黍稷盈畴"

的极为平凡的自然，但这种风景却使人感到美。作者说"虽信美而非吾土兮，曾何足以少留"，有遗憾之感。又，"凭轩槛以遥望"时所看到的风景：

> 平原远而极目兮，蔽荆山之高岑。路逶迤而修迥兮，川既漾而济深。

也映入了作者的眼帘。这些写景，与咏物性的夸张性的写景不同，是按映入眼帘的原样如实地赋咏的素描般的自然描写。（《艺文类聚》卷六三载晋枣据的《登楼赋》中，也叙述了素淡的自然，但从"桑麻被野，黍稷盈亩"这一表现来看，显然是模仿王粲的。）

王粲是从什么地方得到这种对于自然美的审美眼光的呢？不用说，是从魏邺下的游乐生活中得到的。通过游乐，亲近自然，在不知不觉间，便打开了对于自然美的眼界。不仅王粲一个人是这样，邺下的文人们都是这样。他们认识了自然的美，并想要照所看到的样子如实地写出来，他们的诗歌，便最好地证实了这一点。我想，不管怎么说，这种想要照所看到的样子如实地写出自然的意识，在魏晋时代是为人们所明确地具有的。当然，在赋中，不像诗那样纯朴地吟咏自然，大体上始终囿于汉赋的特征。但是，我们不可忽视，其中同样有着上述这种写实精神的潜流。

这种潜流，为左思同时代的人们所继承。如西晋胡济的《缠谷赋》云：

> 嘉高岗之崇峻兮，临玄谷以远览。仰高丘之崔嵬兮，望清川之澹澹。尔乃陟重险，涉榛薄，倚春木，临幽壑。深谷豁以窈蔼，高峰郁而岞崿。（《艺文类聚》卷九）

欧阳建的《登橹赋》云：

> 登兹橹以遐眺，辟曾轩以高晒……面孤立之峻峙，阻曲岸之修崖。植榆楸以成列，插垂柳之差差。（《艺文类聚》卷六三）

张载的《叙行赋》云：

　　岁大荒之孟夏，余将往乎蜀都……浮云起于毂下，零雨集于麓
林。上昭晰以清阳，下杳冥而昼阴。闻山鸟之晨鸣，听玄猿之夜吟。
（《艺文类聚》卷二七）

潘岳的《登虎牢山赋》云：

　　步玉趾以升降，凌氾水而登虎牢。览河洛之二川，眺成平之双
皋。崇岭巀以崔崒，幽谷豁以寥寥。路逶迤以迫隘，林廓落以萧条。
（《艺文类聚》卷七）

又《西征赋》云：

　　潘子凭轼西征，自京徂秦……黄壤千里，沃野弥望。华实纷敷，
桑麻条畅。（《文选》卷一〇）

江统的《函谷关赋》云：

　　登彼函谷，爰览邱陵。地险逶迤，山岗相承。深壑累降，修岭
重升。下杳冥而幽暧，上穹崇而高兴。（《初学记》卷七）

都是游览或行旅中的自然的描写。其中所描写的，都不是咏物赋中那种
夸张的自然，而是按照所见原样来叙述的直率的表现。换言之，也可以
说这个时代的人们已经开始能够看到真实的自然的样子了。又可以说，
他们对于自然美的审美眼光也已经相当敏锐了。这种自然描写倘像这样
继续发展下去，那么，在东晋的赋中，就理应能够看到更多的自然描写。
但遗憾的是，在东晋的赋中，除了下面这些赋以外，不大看得到写景性
的赋。在东晋初期，仅有郭璞的《巫咸山赋》：

　　尔乃寒泉悬涌，浚湍流带。林薄丛茏，幽蔚隐蔼。八风之所归
起，游鸟之所喧会。（《艺文类聚》卷七）

及孙绰的《游天台山赋》：

　　赤城霞起而建标，瀑布飞流以界道……跨穹隆之悬蹬，临万丈
之绝冥。践莓苔之滑石，搏壁立之翠屏。揽樛木之长萝，援葛藟之

飞茎。(《文选》卷一一)

等等。东晋末期,则只有袁宏的《东征赋》:

> 尔乃出桑洛,会通川,背彭泽,面长泉。洲渚迢递,屼岫虚悬。
> 即云似岭,望水若天。日月出乎波中,云霓生于浪间。(《艺文类聚》
> 卷二七)

及《北征赋》:

> 于时天高地涸,木落水凝。繁霜夜洒,劲风晨兴。日暧暧其已
> 颓,月亭亭而虚升。(《太平御览》卷二七)

自然描写之所以这样稀少,是因为东晋时代的人士所向往的,乃是追求玄理,而对于叙述自然,则多不注意。孙绰的《游天台山赋》就如实地显示了这一点。如前所述,此赋叙述的是对于仙境天台山的游览,但比起作为游览背景的风景来,赋中更多地叙述了玄理、佛理、神仙等有关人生的根本问题。但是,虽说追求人生的根本问题乃是重大的事情,但时常叙述山水美这件事本身,说明作者对于山水美并不是全然不关心的。这显示了在当时追求玄理的风潮背后,也存在着关心山水美的风潮(尽管还是很微弱的)。

以上,我们一方面就咏物性特征,一方面就游览行旅性特征,探讨了魏晋赋中所表现的自然描写的特色,并了解到,前者虽说也可贵地提倡写实精神,但其表现却不过是汉赋的延续;又指出,后者中已能见到(虽说还不多见)不加雕饰的按照所见原样的对于自然的描写。我认为,后一种倾向的进一步发展,就变成了南朝的描写山水的诗文。

第四节　山　水　观

一、隐遁

继后汉末的乱离之世和三国的鼎立时代以后,晋统一了天下。但是,

有晋一代，其实也是乱离之世。西晋仅五十二年，内有八王之乱，外有五胡十六国之乱，如果说无一日安宁也决非过言。渡江以后的一百零三年，虽说持续得比较长久，但其实际情形却是苦于外敌的不断入侵，仅在江南延续一线之命。生活在这种时代的人们，恐怕不能过安稳的日子，只能不断地感觉到生命的危险。据认为是后汉之作的乐府《东门行》、《孤儿行》、《战城南》等等，将当时家庭生活的贫苦、战争的灾难历历分明地呈现在我们的眼前。晋代的文人们，或为当政者所杀，或死于战乱，其数量之多，令人吃惊。张华、陆机、陆云、朱异、潘岳、嵇含、石崇、欧阳建、刘琨、卢谌、郭璞、周处、孙拯、枣嵩、阮脩、闾丘冲、苻朗、袁山松、殷仲文、谢混等都是这样。在历史上还曾有过像这样的仅在一百五十年间就有这么多文人相继遭难的时代吗？在这种时代，为了"保身"而隐遁，成了切身问题。在这种乱离之世，在知识阶级中间出现了许多感叹道之不行的人，也出现了许多因对世间的政治抱有不满而逃避现世实行隐遁的人。后汉末隐士们隐遁的原因，实际上就是这样吧。《后汉书·逸民传》云："汉室中微，王莽篡位，士之蕴藉义愤甚矣。是时，裂冠毁冕相携持而去者，盖不可胜数。"认为对政治不满是产生隐遁的根本原因。这是一个具体的动机。《逸民传》又这样分析隐遁的抽象动机：

> 或隐居以求其志，或曲避以全其道，或静己以镇其躁，或去危以图其安，或垢俗以动其概，或疵物以激其清。

我想，这是用后世的眼光所作的分析，后汉末至魏晋初的隐遁的动机，是远为切实的问题。也就是说，我认为其直接的动机是如上所说的保身及对社会的不满。作为最早的隐士传，《后汉书·逸民传》是必须注意的，其中所载隐士们的隐遁动机，都是如上所说的直接的动机。

总的说来，所谓"隐士"，是对曾经仕宦而又归隐的人的称呼，他们大都是知识阶级中人。对于历来所肯定的"仕"的场所表示不满或逃避，而走向"隐"的场所，这就是隐遁。在这种情况下，不久便产生了这样一种风气，即认为这种隐遁场所是合适的场所，隐遁是很好的生活。此时他们所必定参照的，是古人的言行。此时浮上他们脑海的，是儒教经典中的这样一些话：

> 隐居以求其志，行义以达其道。（《论语·季氏篇》）

> 穷则独善其身，达则兼善天下。（《孟子·尽心篇上》）

但是更为强烈地引起他们注意的，是老庄的想法，也就是承认隐士的想法。《庄子·缮性篇》云：

> 古之所谓隐士者，非伏身而弗见也，非闭其言而不出也，非藏其知而不发也，时命大谬也。当时命而大行乎天下，则反一无迹；不当时命而大穷乎天下，则深根宁极而待：此存身之道也。

我想，这种"存身之道"的想法，证明了他们的实际的隐遁，渐渐地使他们认为隐遁是对的、好的。因此，晋袁宏的《三国名臣颂》云：

> 夫时方颠沛，则显不如隐；万物思治，则默不如语。（《晋书·袁宏传》）

这句话，显示了将隐遁看作是对的、好的事情的风气，我想它是受《庄子》等的想法影响的吧。他们逃避现实，逃避世俗的境界，与老庄的无为自然和寂静无欲的境界有一致之处。而且，他们开始用老庄思想来证明自己的隐遁境界。这种证明，进一步助长了隐遁，由此产生了被称作隐遁思想的风气，朝着赞美隐遁的方向发展变化。我想，这种风潮的确立，实际上是在晋代吧。这种思潮一直波及后世。晋代人士是怎样赞美隐遁的呢？我们已经以"招隐"诗为例作了论述。

那么，在后汉末，他们在现实中又隐遁于什么地方呢？《三国志·魏书·田畴传》记载，田畴为避后汉末的董卓之乱：

> 遂入徐无山中，营深险平敞地而居，躬耕以养父母。百姓归之，数年间，至五千余家。

《邴原传》记载，邴原为避黄巾之乱：

> 将家属入海，住郁洲山中。

《胡昭传》记载，胡昭为辞袁绍之命：

> 乃转居陆浑山中，躬耕乐道，以经籍自娱，闾里敬而爱之。

因为是为避难而隐遁，所以当然会认为只有山中才是安全的地方，没有什么地方能够比得上山中。但是，要说安全的地方，则并非只有山中才是，像管宁那样浮海遁居的情况，也是可能有的（《三国志·魏书·管宁传》）。

我认为，在那个时代，还没有出现“隐遁”与“山中”的结合。隐遁与山中的直接结合，是从晋代开始的。为什么二者会结合在一起呢？第一个原因是，为了隐遁，人们大多进入山中。但是，这种山中生活，却并不是“躬耕乐道”的快乐生活吧。正如范晔在《后汉书·逸民传序》中所说的：“然观其甘心畎亩之中，憔悴江海之上，岂必亲鱼鸟乐林草哉。”他们的心情，正是《庄子·让王篇》所说的：“身在江海之上，心居乎魏阙之下。”但是，一旦隐遁以后，即使在隐遁生活（即山中生活）中充满了苦难，承认和美化它也会成为当然的结果。这样，就产生了赞美隐遁生活（即赞美山中生活）的思想。不久，它又向赞美作为这种生活的环境的山中的方向发展。

进一步激励了他们那肯定亲近山水的生活的思想，其实是一向就有的，那就是《论语·雍也篇》的：

> 知者乐水，仁者乐山。

但是更为增添他们过山中生活的勇气的，恐怕是《庄子·在宥篇》的话：

> 天下脊脊大乱，罪在撄人心，故贤者伏处大山堪岩之下，而万乘之君忧栗乎庙堂之上。

《刻意篇》的话：

就薮泽，处闲旷，钓鱼闲处，无为而已矣。此江海之士、避世之人、闲暇者之所好也。

《知北游篇》的话：

山林与，皋壤与，使我欣欣然而乐与！

《外物篇》的话：

大林丘山之善于人也，亦神者不胜。

不难想象，《庄子》的这些话，更增添了他们过山中生活的勇气，为他们提供了思想依据。于是，他们就喜悦地出去"隐遁山中"了。也就是说，他们乃至于认为山水是很好的隐遁场所。这并不是我们的想象，这个时代赞美隐遁山林的诗文说明了这一点。如晋张华的《赠挚仲治》诗吟咏道：

君子有逸志，栖迟于一丘。仰荫高林茂，俯临绿水流。恬淡养玄虚，沉精研圣猷。（《艺文类聚》卷三一）

《招隐》诗吟咏道：

隐士托山林，遁世以保真。连惠亮未遇，雄才屈不伸。（《艺文类聚》卷三六）

都显示出诗人是将山林丘壑作为隐遁场所来考虑的。如果不嫌麻烦，还可以举出一些例子。如晋李重的《请优礼朱冲疏》云：

凡山林避宠之士，虽违世背时，出处殊轨，而先王许之者，嘉其服膺高义也。（《晋书·李重传》）

《晋书·张翰传》云：

翰谓同郡顾荣曰："天下纷纷，祸难未已。夫有四海之名者，求退良难。吾本山林闲人，无望于时。"

又《伍朝传》云：

尚书郎胡济奏曰："……朝游心物外，不屑时务，守静衡门，志道日新……丘园之逸老也。"

又《辛谧传》云：

谧遗闵书曰："……然贤人君子，虽居庙堂之上，无异于山林之中。"

又《索紞传》云：

辞曰："少无山林之操，游学京师，交结时贤。"

隐士与山林一旦有了这种密不可分的关系，隐士们便开始美化山林中的隐遁生活，进而赞美自己周围的山水。上面已经引用过的左思的《招隐》诗，便是这方面的代表作：

杖策招隐士，荒途横古今。岩穴无结构，丘中有鸣琴。白雪停阴冈，丹葩曜阳林。石泉漱琼瑶，纤鳞亦浮沉。非必丝与竹，山水有清音。何事待啸歌，灌木自悲吟。秋菊兼馔粮，幽兰间重襟。踌躇足力烦，聊欲投吾簪。（《文选》卷二二）

或如已经引用过的张协的《杂诗》，也是这方面的一例：

结宇穷冈曲，耦耕幽薮阴。荒庭寂以闲，幽岫峭且深。凄风起东谷，有渰兴南岑。虽无箕毕期，肤寸自成霖。泽雉登垄雏，寒猿拥条吟。溪壑无人迹，荒楚郁萧森。投耒循岸垂，时闻樵采音。重基可拟志，回渊可比心。养真尚无为，道胜贵陆沉。游思竹素园，寄辞翰墨林。（《文选》卷二九）

在这些诗中，都看不到山中生活之苦，反而把幽邃的山中作为令人喜欢的东西来描写。之所以这样，是因为作者赞美这种幽邃的山中生活。这两首诗中所表现的生活，是超越俗世的悠然自得的生活。但是不难想象，实际生活其实未必是这般快乐的。

《晋书·隐逸传》等书中所表现的隐遁生活，绝不是快乐的生活。布衣蔬食是不必说的，《郭文传》中所表现的下述这种生活，也许是很普通的吧：

> 洛阳陷，乃步担入吴兴余杭大辟山中穷谷无人之地，倚木于树，苫覆其上而居焉，亦无壁障。时猛兽为暴，入屋害人，而（郭）文独宿十余年，卒无患害。恒著鹿裘葛巾，不饮酒食肉，区种菽麦，采竹叶木实，贸盐以自供。

又如《孙登传》中的这种生活，也许也是很普通的：

> 于郡北山为土窟居之，夏则编草为裳，冬则被发自覆。

这种生活，在一般人看来，当然是辛苦的，无意义的。比如，夏统的宗族劝夏统出仕，责备他说："如何甘辛苦于山林，毕性命于海滨也。"对于这种责难，夏统勃然作色表示愤怒（《隐逸·夏统传》）。尽管在物质方面，这种生活是充满辛苦的，但是在他们的精神方面，不用说却是非常充实的。因而，在他们的诗文中，并没有充满痛苦地描写这种隐士的山中生活的痛苦，而都是赞美性的。《儒林·董景道传》的"永平中，知天下将乱，隐于商洛山，衣木叶，食树果，弹琴歌笑以自娱，毒虫猛兽皆绕其傍"的"衣木叶，食树果"的生活，我想大概也被他们用自己所憧憬的菊、兰美化过了，正如左思所说的"秋菊兼馔粮，幽兰间重襟"。当这种山中生活进入被美化的阶段以后，对于隐遁生活的憧憬，就成了对于山中生活的憧憬，人们憧憬和赞美的与其说是隐遁本身，毋宁说是这种山中生活。《晋书》中经常可以见到的"好游山水"或"爱山水"的表现，说的就是这种风气吧。如据《郭文传》说：

> 少爱山水，尚嘉遁。年十三，每游山林，弥旬忘反。父母终，服毕，不娶，辞家游名山，历华阴之崖，以观石室之石函。

据此文，似乎是说他因为具有爱山水的性分，所以才"尚嘉遁"的。但其实"爱山水"与"尚嘉遁"只是同一件事的不同说法而已。也就是说，"尚嘉遁"就是"爱山水"。又见于《刘骥之传》的下面这段话的意思也与之相同：

> 少尚质素，虚退寡欲，不修仪操，人莫之知。好游山泽，志存
> 遁逸。尝采药至衡山，深入忘反。

从这些表现可以看出，当时的风气，已经变成了"好山水生活"。这实在
是值得注意的巨大变化。

以上，我们叙述了魏晋人从隐遁于山林丘壑到把山水看作是隐遁场
所的变化过程。如果就结论再稍加说明，那么，把山水看作是隐遁场所
的最好的话，见于郭璞的《游仙》诗：

> 京华游侠窟，山林隐遁栖。朱门何足荣，未若托蓬莱。(《文选》
> 卷二一)

"山林隐遁栖"一语，正是代表当时的自然观的一个侧面的最好例子。还
有一些别的资料，足以显示把山林看作是隐遁栖的场所是当时的风潮，
这就是已经谈到过的王康琚的《反招隐》诗：

> 小隐隐陵薮，大隐隐朝市。伯夷窜首阳，老聃伏柱史。(《文选》
> 卷二二)

所谓"小隐隐陵薮"乃是否定隐遁山林的说法，但这种话语的出现本身，
正好说明了在当时隐遁山林是如何的盛行。

二、游乐

如上所述，隐遁似乎渐渐地成了游山水与爱山水的同义语，而且比
起隐遁本身来，人们开始将重点置于游览山水上。隐遁本身原来是以避
世全身为目的的，但是，人们转而在游览山水中发现了意义，开始通过
游览山水寻求某种东西。这既可以叫做隐遁思想，也可以叫做山水思想。
这是憧憬隐遁、赞美隐遁的思想，反过来说，也就成了憧憬山水、赞美
山水的思想。《晋书》等书中，经常用"乐山水"、"游山水"、"好山水"
这样的话来表现这种风气。今天可以见到的最早的这种记述，是有关武
帝时人羊祜的：

> 祜乐山水，每风景，必造岘山，置酒言咏，终日不倦。（《晋书·羊祜传》）

所谓"乐山水"，究竟是什么意思呢？又，关于阮籍，也说他"登临山水"：

> 或闭户视书，累月不出；或登临山水，经日忘归。博览群籍，尤好庄老。（《晋书·阮籍传》）

这究竟意味着什么呢？

据《晋书·孙统传》记载，孙统：

> 性好山水，乃求为鄞令，转在吴宁。居职不留心碎务，纵意游肆，名山胜川，靡不穷究。

《世说新语·任诞篇》注引《中兴书》也有同样的记载，《晋书》之文明显是依据《中兴书》的。而在《世说新语·任诞篇》的本文中，另有刘真长评论孙统这种好山水态度的话：

> 孙承公狂士也，每至一处，赏玩累日。或回，至半路却返。

"好山水"一语在这里被置换成了"赏玩累日"，更清楚地显示了"好"的内容。也就是说，"好山水"就是赏玩山水。我想，赏玩这个词，在这时候还未必强烈地带有后世那种唯美的含义，但与唯美的含义无疑是多少有些关系的。不管怎么说，在这种场合，"好山水"无疑首先意味着游览、眺望、欣赏山水的快乐。以前带有难行、苦行气息的"隐于山水"，现在已经带上了快乐的气息。对于这一点，我们必须密切注意。

在此，我们必须看到他们的山水观的巨大变化。也就是说，他们已经把山水看作是游乐的场所了。谢安、王羲之等人的游览山水即其代表。据《晋书·谢安传》说，谢安曾"栖迟东土"，这与其说是强调他的不仕，毋宁说是指他在东土的游乐，他似乎从这种快乐中发现了意义。《晋书》是这么说这件事的：

> 寓居会稽，与王羲之及高阳许询、桑门支遁游处。出则渔弋山

水，入则言咏属文，无处世意。

据《世说新语·赏誉篇》注引《续晋阳秋》语说："初，安家于会稽上虞县，优游山林。"强调了"优游山林"这一点。优游山林的快乐，与昔日的隐者隐居山林、甘于贫困、晴耕雨读的快乐相比，有着显著的不同。他们的游览山水，虽说其形式仍是隐士式的，但其内容却已经不是生活贫困而是生活富裕了，已经不是隐而是游了。即：

> 安虽放情丘壑，然每游赏，必以妓女从……又于土山营墅，楼馆竹林甚盛。每携中外子侄，往来游集，肴馔亦屡费百金。（《晋书·谢安传》）

所说的就是谢安的游览山水。据这条记述，谢安也追求肉体的快乐。他们的山水生活，虽说仍以隐遁标榜，却已经成了游览了。这和过去的隐遁的云泥之差，王羲之自己也已经看到。王羲之离开官职过优游无事的生活时给吏部郎谢万的信说：

> 古之辞世者，或被发佯狂，或污身秽迹，可谓艰矣。今仆坐而获免，遂其宿心，其为庆幸，岂非天赐。违天不祥。（《晋书·王羲之传》）

他喜悦于现在的优游山水的生活。然而，适合这种优游的山水，并不是无论哪儿都可以的，必须是名山胜水才行。孙统的例子，已经显示了这一点。又如《王羲之传》的"会稽有佳山水，名士多居之"，"遍游东中诸郡，穷诸名山"，《许迈传》的"遂携其同志遍游名山"，卢谌诗的"遐举游名山"（《诗纪》卷四一），郭璞《游仙》诗的"采药游名山"等语，都说明了这一点。又，庐山诗、衡山诗等咏诸名山诗的出现，也是一证。

一方面，人们寻觅名山胜水，另一方面，也是在这时候，为了要坐眺堪与名山胜水媲美的景致，庭园的造筑开始盛行起来。前述谢安的例子就是这样。又，见于《会稽王道子传》的"（赵）牙为道子开东第，筑山穿池，列树竹木"及见于《纪瞻传》的"立宅于乌衣巷，馆宇崇丽，园池竹木，有足赏玩"等也是这样。

当时的人们，希望在这种名山胜水或假山园池中眺望自然山水，散心娱目。前述谢安的游乐东土也好，王羲之的游乐兰亭也好，都是以眺望这种佳山水散心、在这种环境里与同志宴集为快乐的游乐。不过更值得注意的是，他们在这种游乐中不仅得到了快乐，而且还可以看到他们具有想要达到高度的道（即老庄阐述的理想境界）的意图。如上述谢安、王羲之的游乐，一方面的确是游乐，另一方面似乎也不完全是这样。可以看出，他们还有试图通过游乐得到什么或达到什么的倾向。之所以这么说，是因为当我们从"王右军与谢太傅共登冶城，谢悠然远想，有高世之志"（《世说新语·言语篇》）的记载中窥见谢安的态度时，或从"雅好服食养性，不乐在京师"，"又与道士许迈共修服食，采药石不远千里，遍游东中诸郡，穷诸名山"（《晋书·王羲之传》）及"散怀一丘"（《兰亭诗》）的记载中想见王羲之的态度时，我们注意到了他们的游乐山水并不单是游乐。如果下个结论，那么也就是说，在另一方面，他们具有为了接近老庄境界而游乐山水的目的，认为如果游山水和散怀抱，就能够接近老庄境界。在这方面最有代表性的话，是孙绰所说的"借山水以化其郁结"（《艺文类聚》卷四《三日兰亭诗序》）。也就是说，他认为山水是达到老庄境界的媒介。关于这一点，我们已经在有关"兰亭"诗的部分作过详细论述，在此不再赘述。但在此我想再引一个这样看待山水的例子。《世说新语·言语篇》有这样的话：

> 简文入华林园，顾谓左右曰："会心处不必在远，翳然林水，便自有濠濮间想也。觉鸟兽禽鱼自来亲人。"

认为老庄的理想不用远求，只要亲近自然，游览自然，便自然能够领会。从中我们可以看出当时自然观的一大特色。

其次，还有一种自然观，与上述自然观有关，即把山水看作是神仙之地，采药之地。尽管神仙思想产生于低俗的五斗米道和太平道，但人晋以后，乃蔓延到知识阶级中间，甚而出现了像葛洪的《抱朴子》那样具有某种体系的书籍。我想，既然神仙思想希冀不老不死或长生之道，那么当然会相当厉害地深入当时人们的心灵。当时的思想，一般有隐遁思想、神仙思想、老庄思想、山水思想、佛教思想等各种说法，但因为实际上是相互缠绕，相互融合，呈现出复杂样相的，因而这种复杂性，便是晋代思想的特色。虽说葛洪等人的神仙家立场还是很清楚的，但是到了许迈等人，据《晋书》本传的记述，便既具有相当多的神仙家的要素，又充分带有当时的隐逸家的风格。"恬静不慕仕进"也好，"放绝世务"也好，都显示了这一点。他与王羲之为世外之交，这也是一种隐逸家的态度。即使是王羲之，据他的本传及《许迈传》来看，也一方面是倾慕隐遁的玄学信奉者，另一方面也常常采取神仙家的行为。这些例子，都显示了隐遁思想与神仙思想的相互融合。在另一方面，憧憬隐遁的人们，同时也已开始希望不老不死，希望长生。石崇的《思归引序》云：

> 余少有大志，夸迈流俗。弱冠登朝，历位二十五年。五十以事去官。晚节更乐放逸，笃好林薮，遂肥遁于河阳别业……出则以游目弋钓为事，入则有琴书之娱。

叙述了隐遁山水之乐，接着又说：

> 又好服食咽气，志在不朽。傲然有凌云之操。（《文选》卷四五）

叙述了养生之事。这种话，是为当时的人们所经常说的。认真地考虑养生问题，就会为了长生而到山野中去采药。王羲之和许迈都是这样的人。王羲之在所谓的杂帖中也说：

> 得司州书转佳。此庆慰可言。云与君数数，或采药山崖。可愿乐，遥想而已。（《法书要录》卷一〇）

又郭璞的《游仙》诗也说：

> 采药游名山，将以救年颓。呼吸玉滋液，妙气盈胸怀……（《诗

纪》卷四一)

这种"采药"与"名山"的关系，在许迈和王羲之的诗中已经表现得十
分清楚了。那么，为什么要选择名山呢？这首先是根据道家的想法。这
里按理应该触及一下道家的自然观，但我想还是以后再讲吧。采药在当
时是何等的盛行，我想甚至从出现了所谓的"采药"诗这一点也可以充
分了解。庾阐的作品就是这样（虽说诗题是作者自己抑为后人所加尚有
疑问)：

> 采药灵山嵝，结驾登九嶷。悬岩溜石髓，芳谷挺丹芝。泠泠云
> 珠落，漼漼石密滋。鲜景染冰颜，妙气翼冥期。霞光焕藿靡，虹景
> 照参差。椿寿自有极，槿花何用疑。(《诗纪》卷四二)

此诗前面也曾引过，以灵山九嶷山的瀑布的写景为主。也就是说，它主
要通过"采药"来描写采药场所的山水，其山水受到了极度的美化与描
写。其中既可看出道家自然观的表现之一端，也能看到优美地歌唱自然
的写景诗的萌芽。又，帛道猷也有《采药》诗，据其《与竺道壹
书》说：

> 始得优游山林之下，纵心孔释之书。触兴为诗，陵峰采药。服
> 饵蠲疴，乐有余也。(《高僧传》卷五)

其诗歌咏道：

> 连峰数千里，修林带平津。云过远山翳，风至梗荒榛。茅茨隐
> 不见，鸡鸣知有人。闲步践其径，处处见遗薪。始知百代下，故有
> 上皇民。

"始知百代下，故有上皇民"的惊异，显示了对于逸民的憧憬；前半部分
的写景，描写了适于隐逸的幽邃境界。这也可以说是一首赞美隐遁的诗。

如上所述，当时的人们，为了求得长生，把出去采药看作是一个切
实的问题。然而，他们却似乎更希望游览作为采药场所的名山。然则为
什么要选择名山呢？关于这一点，《抱朴子》作了最好的说明。《抱朴

子》的《金丹篇》等经常使用"名山"这个词，如：

> 复以火炊之，皆化为丹。服之如小豆，可以入名山大川为地仙。

> 合此金液九丹，既当用钱，又宜入名山，绝人事。

入"名山"的理由，是因为在小山上不能作金液九丹。为什么呢？这是因为小山上正神不居，只有木石之精、千岁老物、血食之鬼在为非作歹，因此：

> 是以古之道士合作神药，必入名山，不止凡山之中，正为此也。

他在列举了以华山为首的适于"合作神药"的二十七座名山后说：

> 此皆是正神在其山中，其中或有地仙之人。上皆生芝草，可以避大兵大难，不但于中以合药也。若有道者登之，则此神必助之为福，药必成。

也就是说，名山中有正神或地仙之人，他们会帮助"合作神药"者。作药必须在名山中，在名山中会得到正神的帮助，这是选择名山的两个理由。这种想法，成了道家的根基。由此出发，所有与道家有关的事情便都在名山上进行。而且，他们也认为只有在名山上采药，才会更有效力；只有游览诸名山，才会得到正神的帮助和受福。在当时的诗文中所出现的"游名山"一词的背后，也隐伏有这种意思吧！这种自然观，也是当时一种重要的自然观。

不过，只从道家的角度来看"游名山"是不正确的。如上所述，因为这时候的"游山水"具有种种样相，所以不能一概言之。从其他角度来考虑"游名山"，则"游名山"也是因为人们认为比起小山来名山更适于隐逸。当隐逸仅仅是为了保全自己和逃避乱世时，是无论什么山野都可以的。但是，当隐逸成了一种思潮，成了人们憧憬的对象以后，寻求更好的山水作为隐栖地，盖也是人之常情吧。无论是在山水中散怀还是散心，人们都开始更希冀眺望更好的山水。这种种意义内容，存在于"游名山"的背后，这是必须注意的。但是认为这种想法是产生于道家的，则大概还是不错的吧。

道家和神仙家的自然观的另一个特色，是美化自然。前面所引庾阐的《采药》诗中的山水描写，实在是非常精彩优美的。其中所描写的自然，宛如所谓的仙境，近似于空想的境界。也就是说，这是一种美化自然的描写。最好地表现这一点的是"游仙"诗。正如我们在有关"招隐"诗的部分已经谈到过的，最早被称作"游仙"诗的，我认为是曹植的作品：

> 人生不满百，戚戚少欢娱。意欲奋六翮，排雾凌紫墟。蝉蜕同松乔，翻迹登鼎湖。翱翔九天上，骋辔远行游。东观扶桑曜，西临弱水流。北极登玄渚，南翔陟丹丘。（《艺文类聚》卷七八）

后来嵇康也有《游仙》诗：

> 遥望山上松，隆谷郁青葱。自遇一何高，独立迥无双。愿想游其下，蹊路绝不通。王乔弃我去，乘云驾六龙。飘飖戏玄圃，黄老路相逢。授我自然道，旷若发童蒙。采药钟山隅，服食改姿容。蝉蜕弃秽累，结交家梧桐。临觞奏九韶，雅歌何邕邕。长与俗人别，谁能睹其踪。（《嵇康集》卷一）

我想，看了这两首诗，"游仙"诗的倾向便大致可以了解了。关于前者，"翻迹登鼎湖"以下，想象了自己成为仙人翱翔于天上的姿态，描写了游历的情况，也可以说是一首游览诗。后者与前者相同，也描绘了"游览仙人"的样子，这就是"乘云驾六龙"以下所描写的。但是，"蝉蜕弃秽累，结交家梧桐。临觞奏九韶，雅歌何邕邕"的表现，令人想起后来"游仙"诗中所能见到的那种仙境描写。我想，这种对于游览仙人样子的描写，不就是"游仙"诗的原型吗？晋何劭的《游仙》诗等，正是其延续吧。近人朱光潜在《游仙诗》（《文学杂志》三卷四期）一文中，把游仙诗分成三类：以屈原、嵇康、阮籍为第一类，他们的诗并不相信神仙，只是因为不得志于乱世而愤世嫉俗而已；第二类，同样是并不相信神仙，只是借游仙之意以述情而已，这一类有宋玉、曹植、傅玄、陆机、鲍照、庾信等人；第三类有张华、张协、郭璞、葛洪、曹唐等人，这些人是相信神仙的道家诗人，他们幻想仙境，创造了极乐世界。这种分类，也许是可以成立的，但如果将曹植与嵇康分别开来，则必须注意嵇康的诗也同样是将重点放在仙境上面的。到了晋张华的《游仙》诗，比起游览来，仙境的描写开始增多。到了郭璞，这种描写变得更为显著，仙境被美化得宛如佛教的极乐净土，美丽的仙境受到了想象与描写。其中所描写的仙境，也可以说是幻想的世界吧。它歌唱道：

> 翡翠戏兰苕，容色更相鲜。绿萝结高林，蒙茏盖一山。中有冥寂士，静啸抚清弦。放情凌霄外，嚼蕊挹飞泉。赤松临上游，驾鸿乘紫烟。左挹浮丘袖，右拍洪崖肩。借问蜉蝣辈，宁知龟鹤年。（《文选》卷二一）

其中所表现的是赤松，是现实中所看不到的人物。在下面这首诗中，开始更为优美地描写这种仙人所住的仙境：

> 神仙排云出，但见金银台。陵阳挹丹溜，容成挥玉杯。姮娥扬妙音，洪崖领其颐。升降随长烟，飘飘戏九垓。奇龄迈五龙，千岁方婴孩……（同上）

这种对于仙境的美化，开始变成对于构成这种仙境的自然的美化和描写。再举郭璞的《游仙》诗为例，其中歌唱道：

> 旸谷吐灵曜，扶桑森千丈。朱霞升东山，朝日何晃朗。回风流曲櫺，幽室发逸响。（《诗纪》卷四一）

> 琼林笼藻映，碧树疏英翘。丹泉漂朱沫，黑水鼓玄涛。（《艺文类聚》卷七八）

仙境的自然受到了美化与描写。

这些恐怕都是作者空想的自然，也许他们相信仙境是确实有的，或者是实际存在的。而他们神仙家便为寻求这种仙境而入山。神仙家是怎样在山中寻求的呢？这从《抱朴子·登涉篇》可以得到了解；而郭璞的

《游仙》诗中也说"寻仙百余日"。像这种山水游览，大概是经常进行的。也许他们见到了美丽的山脉，便觉得这便是仙境吧。而在寻求仙境的过程中，也使他们更进而认识了自然的美。我想，他们对于自然美的鉴赏眼界，便是这样逐渐打开的吧！

第二章　南朝文学中所表现的自然与自然观

这里所说的南朝文学，是指宋齐梁陈（420—588）四代大约一百七十年间的文学。四代势力之所及，不用说是以建康为中心的江南地区，它那温醇的气候，明媚的风光，给予南朝文学以极大的影响。南朝文学中表现了美丽的自然，是由于江南的土地；南朝人热爱自然，也是由于江南的土地。

这时候的文学所表现出的第一个特色，是吟咏山水的诗的出现。当然，如上所述，其基础在前代即已打下，其萌芽亦已经发生；但山水诗的旗帜，却可以说是由晋末宋初的大诗人谢灵运树起来的。此后，谢朓、沈约、何逊、江总等人更进一步发展了山水诗。不仅是诗歌，而且在散文方面，也出现了描绘美丽的山水的文章。这既说明了当时的自然美鉴赏的深度，也说明了当时对于自然的热情的深度。这个时代，是游览山水和鉴赏山水美最为盛行的时代。其结果，出现了山水诗与山水文，又出现了另一个产物——游记。人们为一般的自然美打开了眼界，因而这时以自然物为题材的咏物诗也很盛行。而贯穿于这一切的，乃是对于自然美的追求。这是南朝文学中所表现的自然与自然观的概观。

第一节　山　水　诗

这里所说的歌咏山水的诗，乃是指描绘山水风景的诗，即所谓的"山水诗"。它并不要求山和水一定要相伴出现，而是可以吟咏以山为中心的景物，也可以吟咏以水为中心的景物的山水诗。不仅吟咏深山幽谷的山水的是山水诗，而且吟咏庭园内的山水的也是山水诗。这种山水诗的出现，如上所述，是隐遁山林、散怀山水的结果，也是当时隐遁思想、或老庄思想、或神仙思想、或快乐思想流行的结果。乘着这种气运而出色地完成山水诗的，正是谢灵运。

一、谢灵运

谢灵运（385—433）是晋末宋初人，据《宋书·谢灵运传》说："出为永嘉太守，郡有名山水，灵运素所爱好，出守既不得志，遂肆意游遨，遍历诸县，动逾旬朔。民间听讼，不复关怀。所至辄为诗咏，以致其意焉。"又说："寻山陟岭，必造幽峻。岩嶂千重，莫不备尽。"他穿着特殊的木履登山，在临海县的山中被人误为山贼，这些都是非常有名的传说。这种山水游历癖一旦与他的诗才相结合，便带来了他那美丽的山水诗。不平与不满，使他漫游山水，这诚然是事实；但是像唐代白居易的《读谢灵运诗》所表现的想法那样，把它当作是他的山水诗产生的直接原因，却是片面的。他生来就有着喜爱山水的游历癖，他自己就说"山水性之所适"。因而也可以说是他的"性分"生出了他那伟大的山水诗。关于谢灵运生平的研究，以近人叶笑雪的《谢灵运诗选》所附《谢灵运传》最为精审，大都得其正鹄。

谢灵运把鉴赏自然之心称为"赏心"，管见以为，在谢灵运之前，并没有听说有这么个词。在他出为永嘉太守时所作的《游南亭》（南亭在永嘉郡）诗中，他看到春去夏来的自然景色，有感于自己年龄的日渐衰老，表达了想要幽栖于富于山水之美的父祖之地始宁的愿望，他咏道：

> 我志谁与亮，赏心惟良知。（《文选》卷二二）

说只有赏心才是我心的良友。也可以说，对因出为地方官而快快不乐的他来说，只有这种赏心才是唯一的朋友吧。又，在《拟魏太子邺中集诗序》中，谢灵运借魏曹丕之口表达了自己的想法，他说：

> 天下良辰、美景、赏心、乐事四者难并，今昆弟友朋、二三诸彦共尽之矣。古来此娱，书籍未见。（《文选》卷三〇）

所谓"此娱书籍未见"，无非是表明了他对这种赏心之娱的清醒的自觉意识。在作于永嘉的《晚出西射堂》诗中，他描写自己为排遣快快不乐的心情而步出射堂，映入眼帘的是晚秋红叶的风景，想到自己飘然一身，颇为孤独，不免思念故乡，接着咏道：

> 羁雌恋旧侣，迷鸟怀故林。含情尚劳爱，如何离赏心。（《文选》
> 卷二二）

认为人不可离开赏心，而应该通过"鸣琴"使自己的心灵恢复平静。

经常和他同享赏心之乐的，是他的从弟谢惠连。谢灵运出身于晋代名门，仕宋而不得其位，故常叹不遇，其结果便促使他怀抱幽隐之志，而安慰他的朋友，便是谢惠连。有一则传说，说谢灵运梦见惠连，遂得"池塘生春草"（《登池上楼》）之句（《南史·谢惠连传》）。又，灵运在始宁居的"四友"之一便是惠连。对于惠连的《西陵遇风献康乐》诗，谢灵运作了几首《酬从弟惠连》诗，其中咏道：

> 永绝赏心望，长怀莫与同。末路值令弟，开颜披心胸。（《文选》
> 卷二五）

为得到赏心之友惠连而感到由衷的喜悦。在作于宋少帝即位后不久、他出为永嘉太守赴任途中的《永初三年七月十六日之郡初发都》诗中，他感谢朝廷的恩顾，一边为自己初次接近父祖之地始宁而感到喜悦，一边又为和都中赏心之友永别而感到悲哀：

> 将穷山海迹，永绝赏心晤。（《文选》卷二六）

对他来说，这种赏心梦寐难忘，在《田南树园激流植援》诗中，他歌咏了在倚北阜面南江、迎清气避俗气的住所（盖是始宁墅吧）的田南引水植木作援的忘却人事的生活，其中咏道：

> 赏心不可忘，妙善冀能同。（《文选》卷三〇）

认为只有不忘赏心的生活，才是与古人的妙善之道相通的，因而他认为这种赏心诚然是不能废弃的，一旦失去了这种赏心，自己的存在便会显得空虚。在《于南山往北山经湖中瞻眺》诗中，他吟咏了在北山上对春天的美丽的眺望，感叹山中没有可与共同眺望这种美景的人，咏道：

　　　　孤游非情叹，赏废理谁通。(《文选》卷二二)

认为孤独并不是什么问题，只有赏心的有无才是大事。只有具备这种赏心的人，才能真正感受自然之美。在《从斤竹涧越岭溪行》诗中，谢灵运歌咏了山行的风景，而后咏道：

　　　　情用赏为美，事昧竟谁辨。观此遗物虑，一悟得所遣。(同上)

认为自然风物之间并没有什么区别，只有受到触发的人类感情在其中添入了兴趣，它才是美的；而只有具备赏心，才能感受到自然的美。正因为这样，他对过去的赋极为不满，认为它们大都是纸上空谈，其中的自然描写缺乏实感；只有真正接触自然山水，才能领略自然的美。他在《山居赋》的序中说：

　　　　今所赋既非京都宫观游猎声色之盛，而叙山野草木水石谷稼之事。(《宋书·谢灵运传》)

他作了一首曲尽自山居之地势至居室、景物之微细的赋，从中能够看出他对自然山水的热爱。

　　如果说谢灵运自觉意识到了鉴赏自然之心（即赏心），并进而打开了世人对于赏心的眼界，那也决非过言。沈约对他"兴会标举"(《宋书·谢灵运传》)的评语，盖也指出了他的具有赏心吧。

　　不过我想，由谢灵运清醒地自觉意识到的这种赏心的萌芽，远在魏的建安时代即已能够看到。我想，在所谓的"建安七子""悉集兹国"，即集于以曹氏父子为中心的邺下时，即已孕育着赏心的萌芽。这时赏心尚没有被自觉意识到，而只是一种从他们的优游行乐中产生的对于自然风物的审美热爱。在优游行乐中欣赏自然美，在自然的美景中优游行乐，这是他们最觉快乐的事。如上文已经引用过的魏文帝的《与朝歌令吴质书》，便很好地反映了这一点：

　　　　每念昔日南皮之游，诚不可忘。既妙思六经，逍遥百氏。弹棋间设，终以六博。高谈娱心，哀筝顺耳。驰骋北场，旅食南馆。浮

甘瓜于清泉，沉朱李于寒水。白日既匿，继以朗月。同乘并载，以
游后园。舆轮徐动，参从无声。清风夜起，悲笳微吟。乐往哀来，
怆然伤怀。余顾而言，斯乐难常。足下之徒，咸以为然。（《文选》
卷四二）

又《与吴质书》云：

> 昔日游处，行则连舆，止则接席，何曾须史相失。每至觞酌流行，
> 丝竹并奏，酒酣耳热，仰而赋诗。当此之际，忽然不自知乐也。（同上）

不用说，在这种游乐中，他们感到了对于自然的审美热爱，加深了对于
自然美的认识。当然，这种自然，还不是谢灵运的那种山水的自然，而
是庭园中的自然风景；他们的作品中所表现的，也是关于他们的享乐生
活的描写，而不是对于自然美的追求。但是，其中能够感受到对于赏心
的自觉意识的微弱萌芽。正因如此，所以我们能在文帝的《于玄武陂
作》、《芙蓉池作》，曹植的《公宴》、《侍太子坐》、《杂诗》、《赠丁仪》，
刘桢的《公宴》，王粲的《杂诗》等诗中看到过去的诗中所未曾出现过
的极为美丽的自然描写。

赏心的萌芽不久由于魏晋之间老庄的流行与接触自然山水的频繁而
被培植起来，一直发展到谢灵运的对于赏心的自觉意识。换句话说，这
意味着写景诗从抒情诗中独立了出来。如上文已经提到的，刘勰说这种
变化是："宋初文咏，体有因革。庄老告退，而山水方滋。"（《文心雕
龙·明诗篇》）而且，隆盛的不仅是山水文学一家，在绘画方面，过去多
半作为人物画背景的山水描绘，也由背景独立了出来。这无疑是由他们
对于赏心的自觉意识所造成的。

宋代严羽评谢灵运诗道："康乐之诗精工"，"无一篇不佳"（《沧浪
诗话》）。宋代葛立方评谢灵运诗道："谢灵运在永嘉临川作山水诗甚多，
往往皆佳句。"（《韵语阳秋》卷八）正如他们所说的，谢灵运既具赏心，
又有诗才，故理所当然地能够作出自然描写的优秀诗篇。对他来说，自

然者山水之谓也，他要巧妙精致地吟咏山水之美，这一点在此就不用再说了。沈约的"方轨前秀，垂范后昆"（《宋书·谢灵运传》）的评论，也直率地承认了这一点吧。

那么，谢灵运所吟咏的自然，究竟是怎样的自然呢？那就是"清"、"明"的自然。他虽说为了自己的不遇而感叹不已，但他的诗中所表现的自然，却不是孤寂的悲哀的自然，而是明朗的清净的自然。他的诗也许诚如白乐天所说的："谢公才廓落，与世不相遇。壮志郁不用，须有所泄处。泄为山水诗，逸韵谐奇趣。"（《韵语阳秋》卷八）但是，恐怕只是由于特别喜爱自然的清净明朗的样子，所以他才写出了清净明朗的山水诗吧。如在《游南亭》诗中，他表达了对于雨后清凉的喜爱：

> 时竟夕澄霁，云归日西驰。密林含余清，远峰隐半规。

诗人从客舍眺望雨后明亮的夕阳和清净的树林。又说：

> 泽兰渐被径，芙蓉始发池。（《文选》卷二二）

诗人密切关注着生物从春到夏的蓬勃跃动。"含余清"一语，不用说，使人感到了雨后的清凉。谢灵运经常用"清"字来表现清净的自然。如"涧下风吹清"（《悲哉行》），"鹢首戏清沚"（《会吟行》），"绿篠媚清涟"（《过始宁墅》），"首夏犹清和"（《游赤石进帆海》），"清旦索幽异"（《石室山》），"山水含清晖"（《石壁精舍还湖中作》），"景夕群物清"（《初往新安至桐庐口》），等等，不遑枚举。当然，"清"字的表现法并非始于谢灵运，而是古人即已经常使用的；但值得注意的是，谢灵运把美丽的山水看作是清净之地，更多地使用了"清"字。"隐半规"的表现，得技巧之妙，不用说酷肖实景，倘和王粲《从军》诗的"白日半西山，桑梓有余晖。蟋蟀夹岸鸣，孤鸟翩翩飞"等句比较，便可以看出前者使人感到明朗，后者则使人想起象征着"征夫心多怀"这一感慨的黯淡的夕阳。"泽兰"二句，正如陈祚明所评："有'渐'字'始'字，则'被'字'发'字始活。自短而长，由苞而长，物色生动。此康乐擅场，他人不能也。"（《采菽堂古诗选》卷一七）

他的作品中唯一一首咏海诗《游赤石进帆海》诗咏道：

> 首夏犹清和，芳草亦未歇。水宿淹晨暮，阴霞屡兴没。

不久，诗人倦于此地的周览，在波平浪静的海中：

> 扬帆采石华，挂席拾海月。（《文选》卷二二）

清和的初夏和残春的芳草，都是清明的风光；"犹"、"亦"二字，使其色彩更为鲜明；夏云的兴没，则更添加了色彩感。"石华"、"海月"也是从海中采拾出来的，在这首诗中，不妨认为是其他东西；但我想，之所以要用"华"、"月"，主要是为了表现色彩感。当然，这首诗仅在咏海的意义上是可贵的，而并不是什么特别优秀的作品；但是，从中能够感受到的，同样是明朗的悦人的风景。且不提歌咏江海的木华的《海赋》、郭璞的《江赋》，我们把谢灵运此诗与魏武帝至东海登碣石山见沧海时所咏的有名的《观沧海》来比较一下：

> 东临碣石，以观沧海。水何澹澹，山岛竦峙。树木丛生，百草丰茂。秋风萧瑟，洪波涌起。日月之行，若出其中；星汉灿烂，若出其里。（《宋书·乐志》）

可见自有径庭，不能否认。

　　总的说来，谢灵运更加喜爱春天的风物，他咏道："心契九秋干，目玩三春荑。"（《登石门最高顶》）他等待着久别的赏心之友惠连的归来，咏道："暮春虽未交，仲春善游邀。山桃发红萼，野蕨渐紫苞。"（《酬从弟惠连》）提到了春天的行乐；他抱病时眺望外界，咏道："初景革绪风，新阳改故阴。池塘生春草，园柳变鸣禽。祁祁伤豳歌，萋萋感楚吟。"（《登池上楼》）春天的田野欣欣向荣，繁草祁祁，春草萋萋，自己却抱病不能出游，因而不免自叹。在《于南山往北山经湖中瞻眺》诗中，谢灵运描写了春天新鲜平和的景色：

> 初篁苞绿箨，新蒲含紫茸。海鸥戏春岸，天鸡弄和风。

在作于扈从宋武帝时的《从游京口北固应诏》诗中，他也歌咏了春天的

明朗的景色:

> 鸣箛发春渚，税銮登山椒。张组眺倒景，列筵瞩归潮。远岩映
> 兰薄，白日丽江皋。原隰荑绿柳，墟圃散红桃。(《文选》卷二二)

春天新鲜、清净、明朗，是谢灵运特别爱好的时节。

如上述诗歌所表明的，谢灵运用"红蓉"、"紫苞"、"绿箨"、"紫
茸"、"白日"、"绿柳"、"红桃"等色彩语来表现明朗的春天景物，或用
"春草"、"园柳"、"兰薄"来表现色彩感。他的诗歌之所以使人感到明
朗清净，是因为在其表现中具有明朗的色彩感，而看不到暗淡的色彩。
假如把诗文中的自然描写分成听觉型和视觉型两种，那么，可以说谢灵
运就是属于视觉型的，也可以说是绘画式的吧。当然，听觉或声音的描
写也并非没有，如也有"溯流触惊急"(《富春渚》)、"石浅水潺湲"
(《七里濑》)、"憩石挹飞泉"(《初去郡》)、"活活夕流驶，嗷嗷夜猿啼"
(《登石门最高顶》)、"哀禽相叫啸"(《七里濑》)等诗句，但与前者相
比，则极为少见。因而，他的描写山水的诗大都是绘画式的，使人感到
清净明朗。在《从斤竹涧越岭溪行》诗中，谢灵运写自己寻幽谷，渡急
流，在急流中:

> 蘋萍泛沉深，菰蒲冒清浅。企石挹飞泉，攀林摘叶卷。

这是令人想见幽境的清流的佳句。正如宋代吴聿的《观林诗话》所指出
的，"蘋萍"、"沉深"、"菰蒲"、"清浅"的双声叠韵技巧，为后世所不
及。作于赴任永嘉途中的《过始宁墅》诗，描写了对于故山之居的寻访:

> 山行穷登顿，水涉尽洄沿。岩峭岭稠叠，洲萦渚连绵。白云抱
> 幽石，绿筱媚清涟。葺宇临回江，筑观基层巅。(《文选》卷二六)

其中"白云"、"绿筱"二句，具有浓厚的绘画性。这种将自然人格化的
表现，在曹植的《公宴》等诗中即已能见到，后来被陆机、潘岳等发展
得更为洗练，而一直发展到谢灵运此诗。在游览钱塘江的"七里濑"时，
谢灵运歌咏了秋日黄昏时分的清澈浅滩和被晚霞映照得通红的一脉远山:

　　　　石浅水潺湲，日落山照耀。（同上）

在永嘉《登江中孤屿》时，他咏道：

　　　　云日相辉映，空水共澄鲜。（同上）

作于辞永嘉太守任归始宁墅途中的《初去郡》诗云：

　　　　溯溪终水涉，登岭始山行。野旷沙岸净，天高秋月明。憩石挹
　　　　飞泉，攀林搴落英。（同上）

秋高月明，自己离开走了二十年的仕途，返回故乡，在归途上，有感于
秋节，抒发了无穷的感慨——正如我们在"悲秋"诗项说过的，这已是
前人的常套。但是，谢灵运此诗却始终只对月下秋景作客观的捕捉，而
没有诉说任何悲伤之情。他所表现的，也可以说是与他那因辞去不舒服
的太守之职而产生的愉快心情相契合的清净明朗的风景。在作于赴临川
内史任途中的《入彭蠡湖口》诗中，他咏道：

　　　　乘月听哀狖，浥露馥芳荪。春晚绿野秀，岩高白云屯。（同上）

那引人悲哀的猿鸣，在此也决不使人感到悲伤与寂寞，毋宁说，诗歌通
过月、露、绿野、白云，而令人感到清秀。此外，还有不少诗歌，也描
绘了清静明朗的自然，只要翻一下《文选》中的游览诗和行旅诗，便可
以一目了然。这种对于清净明朗的自然的描写，可以认为是他的诗歌的
一大特色吧！

　　那么，他究竟为何特别热爱清净明朗的自然呢？其不容忽视的主要
原因，是时代的影响。深深地植根于他的内心深处的，难道不正是那种
对于污浊的俗世的嫌恶之情吗？魏晋时代老庄思想的流行，造成了人们
的隐遁风气；清谈的盛行，造成了超脱世俗的风气。谢灵运也是有这种
想法的人之一。对于前来送他赴永嘉任的邻里，他咏道："积疴谢生虑，
寡欲罕所阙。资此永幽栖，岂伊年岁别。"（《邻里相送至方山》）又，
《过始宁墅》诗咏道："违志似如昨，二纪及兹年。缁磷谢清旷，疲薾惭
贞坚。"说自己厌倦了已走了二十四年的违志而污于俗尘的仕途，羞于面

对清旷坚贞之士。在《游名山志序》中他说："夫衣食，生之所资；山水，性之所适。今滞所资之累，拥其所适之性耳。"又说："岂以名利之场，贤于清旷之域耶？"他所希望的，是在清闲之地营造别墅，静享山水风光之乐，这才是他的"宿心"。对于衣食名利的俗尘的卑视，造成了对于清净明朗的自然的重视；所谓"赏心"，便是以自然作为自己的精神食粮；他那美丽的山水诗，便是"赏心"的具体表现。

当然，这里也不能忘了他的旅行癖，如他也有《游名山志》这样的著作。而且，江南温柔美丽的风光对于他的诗情的有力激发，也不容忽视。此外，幼时被称为"文章之美，江左莫逮"（《晋书》本传）和"二宝"的诗书之才，以及门阀方面的父祖之资，都是使他成就自然诗人之名的条件吧！

二、谢朓

谢朓（464—499），字玄晖，齐永明（483—493）时所谓的"竟陵八友"之一。八友中，诗歌方面数他为第一。亦为八友之一、且在诗歌方面亦负高名的沈约称赞他的五言诗是"二百年来无此诗也"（《南齐书·谢朓传》）。和谢灵运一样，谢朓也是名门豪族的子弟，没有生计方面的忧虑，也抱有作为时代思潮的隐遁思想。他咏道："复协沧州趣"（《之宣城郡出新林浦向板桥》），"方弃汝南诺，言税辽东田"（《宣城郡内登望》）。他的愿望，是游览山水，过优游自适的生活。佳山水能满足他的"赏心"，他咏道："赏心于此遇。"（《之宣城郡出新林浦向板桥》）他既有赏心，游览佳山水，又有杰出的诗才，所以当然能够创作出可以和谢灵运媲美的山水诗来。如果他不是以三十六岁的年纪便不幸死于狱中，或许他会创作出更优秀的山水诗来。关于谢朓，最近出版的网祐次氏[①]的《中国中世文学研究——以永明文学为中心》一书，已尽其详，所以在此我只想以他的山水诗为中心作一些论述。

---

① 网祐次（1898—1982），日本的中国文学研究者，前御茶之水女子大学教授。主要著作有《中国中世文学研究——以永明文学为中心》等。——译者注

后来唐代的李白，曾对谢朓赞不绝口，经常在诗歌中提到他。如
"令人长忆谢玄晖"（《金陵城西楼月下吟》），"谢朓已没青山空"（《酬
殷明佐见赠五云裘歌》），"空吟谢朓诗"（《新林浦阻风寄友人》）等等歌
咏，只是其中的若干例子。大概是谢朓那巧妙的自然描写使得李白深为
叹服吧！

在某一方面，谢朓的山水诗也是谢灵运的山水诗的延续，如《游
山》诗：

> ……幸莅山水都，复值清冬缅。凌崖必千仞，寻溪将万转。坚
> 嵝既峻嶒，回流复宛澶。杳杳云窦深，渊渊石溜浅。傍眺郁篁笋，
> 还望深枏楩。荒陬被蒇莎，崩壁带苔藓。鼯狨叫层嵁，鸥凫戏沙
> 衍……（《谢宣城诗集》卷三，《四部丛刊》本）

又《敬亭山》诗：

> 兹山亘百里，合沓与云齐。隐沦既已托，灵异居然栖。上干蔽
> 白日，下属带回溪。交藤荒且蔓，樛枝耸复低。独鹤方朝唳，饥鼯
> 此夜啼。渫云已漫漫，多雨亦凄凄……（《文选》卷二七）

又《将游湘水寻句溪》诗：

> 轻蘋上靡靡，杂石下离离，寒草分花映，戏鲔乘空移。兴以暮
> 秋月，清霜落素枝……（《谢宣城诗集》卷三）

又《游东田》诗：

> 戚戚苦无悰，携手共行乐。寻云陟累榭，随山望菌阁。远树暧
> 仟仟，生烟纷漠漠。鱼戏新荷动，鸟散余花落。不对芳春酒，还望
> 青山郭。（《文选》卷二二）

这些山水描写，与谢灵运的山水诗不相径庭，同样是以客观的态度来追
求山水美的。但倘将它们与绘画相较，则有南画与北画的区别。谢灵运
的诗是北画，黑白线条鲜明，这就是刚才所评的"清净明朗"；谢朓的诗
是南画，黑白线条不鲜明。不过，谢朓的诗也同样有清净明朗的特点，

再举一些例子的话，如《晚登三山还望京邑》诗：

> 灞涘望长安，河阳视京县。白日丽飞甍，参差皆可见。余霞散成绮，澄江静如练。喧鸟覆春洲，杂英满芳甸……（《文选》卷二七）

又《高斋视事》诗：

> 余雪映青山，寒雾开白日。暧暧江村见，离离海树出……（《谢宣城诗集》卷三）

又《和何议曹郊游》诗：

> 春心澹容与，挟弋步中林。朝光映红萼，微风吹好音。江垂得清赏，山际果幽寻……（《谢宣城诗集》卷四）

又《和徐勉出新亭渚》诗：

> 宛洛佳遨游，春色满皇州。结轸青郊路，迥瞰苍江流。日华川上动，风光草际浮。桃李成蹊径，桑榆荫道周……（《文选》卷三〇）

都巧于写景，和谢灵运诗一样，描绘了清净明朗的山水。不过，谢朓的整个山水描写有一种"湿润"，即其中投上了作者感情的薄薄的影子，如上述诗中的"鼯狖叫层嶂，鸥凫戏沙衍"，"独鹤方朝唳，饥鼯此夜啼。渫云已漫漫，多雨亦凄凄"，"远树暧仟仟，生烟纷漠漠"等便是其例，从写景中酿出适当的气氛。这一点，从下列诗中可以看得更分明。如《之宣城郡出新林浦向板桥》诗：

> 江路西南永，归流东北骛。天际识归舟，云中辨江树。旅思倦摇摇，孤游昔已屡……（《文选》卷二七）

前四句描写的是江行风景，表面上没有强烈地表现作者的任何感情，但是"天际识归舟，云中辨江树"这一极目远眺，是和作者"旅思倦摇摇"的感情连在一起的。又如《郡内高斋闲望答吕法曹》诗：

> 结构何迢递，旷望极高深。窗中列远岫，庭际俯乔林。日出众
> 鸟散，山暝孤猿吟……（《文选》卷二六）

描写了从高斋望出去的风景，"日出众鸟散，山暝孤猿吟"的描写中，蕴含有某种气氛，那就是如清代张玉穀所说的"含独望之感，为思友引端"的气氛。又如《宣城郡内登望》诗：

> ……切切阴风暮，桑柘起寒烟。怅望心已极，惝恍魂屡迁……
> （《艺文类聚》卷六）

这是一首描写登眺山水、为景动心的诗。我想，"切切阴风暮，桑柘起寒烟"这一描写，反映了作者想要辞去官职、返回故园的愿望，正如张玉穀所评的"风暮烟寒，景中带苦"。又如《移病还园示亲属》诗：

> 疲策倦人世，敛性就幽蓬。停琴伫凉月，灭烛听归鸿。凉薰乘
> 暮晰，秋华临夜空。叶低知露密，崖断识云重。折荷葺寒袂，开镜
> 盻衰容……（《谢宣城诗集》卷三）

在"叶低知露密，崖断识云重"这一表现中，漂浮着秋夜的沉痛气氛，而且和"葺寒袂"、"盻衰容"这种孤寂之感连在一起。又如《暂使下都夜发新林至京邑赠西府同僚》诗：

> 大江流日夜，客心悲未央。徒念关山近，终知反路长。秋河曙
> 耿耿，寒渚夜苍苍……（《文选》卷二六）

其中"大江流日夜"这一表现，乃是为了引起"客心悲未央"这一感情的。"秋河"二句，也不单是眼前之景的描写，而是蕴含有某种气氛的。

要之，谢朓的山水诗，可以说是感情移入的山水诗，也就是说，是将山水描写抒情化了的山水诗，表现了抒情性的山水。相比之下，谢灵运的山水诗是绘画性的、视觉性的。谢朓所描写的山水的范围，不像谢灵运的那样具有旅行癖的特征，而是有限范围的山水。谢朓的山水诗，大都作于赴宣城太守任途中及宣城太守任上。清代洪亮吉的《北江诗话》卷四比较大小二谢说：

> 诗人所游览之地，与诗境相肖者，惟大、小谢。温、台诸山，
> 雄奇深厚，大谢（谢灵运）诗境似之。宣、歙诸山，清远绵渺，小
> 谢（谢朓）诗境似之。

所谓"清远绵渺"的诗境，具体而言，难道不就是如上所说的特色吗？

如上所说的谢朓的山水诗风格，入梁以后为何逊所继承；另一方面，谢灵运的山水诗风格，入陈以后为江总所继承。下面，在叙述这两个人之前，我们先试着来对梁、陈的山水诗作一概观。

三、梁、陈的诗

由齐到梁，对山水的吟咏开始显著增多。不过，此时的山水，却并不仅是谢灵运的那种深山幽谷的山水，而是自己周围的日常的亲眼所见的山水，是旅行途中的山水，是庭园内的山水等等，所咏的山水的范围变得非常广泛。这是由于当时的人们开始对广泛的自然具有普遍的关心所造成的吧。山水、自然现象、自然物等等，无论什么都为诗歌所吟咏。可以说，无论取当时哪一首诗来看一下，不接触到自然的诗是没有的。隋初李谔上书攻击当时之文道："连篇累牍，不出月露之形；积案盈箱，唯是风云之状。"（《隋书·李谔传》）把它直接施之于当时之诗亦未尝不可。无论看哪一首诗，可以说，不表现月露之形和风云之状（也就是自然描写）的诗是没有的。作为这种自然描写的主流的，是由谢灵运所开创、为谢朓所继承、一直发展到此时的吟咏山水美的山水诗。这么说也绝非过言，即当时没有作过山水诗的诗人是没有的。在梁代，以武帝、昭明太子、简文帝和元帝为首，有沈约、江淹、范云、丘迟、任昉、王僧孺、柳恽、庾肩吾、吴均、何逊、萧子范、萧子云、萧钧、萧瑱、王籍、王筠、刘孝绰、刘孝胜、刘孝威、鲍至、孔焘、刘峻、虞骞、江洪、伏挺、王台卿、王囱等山水诗人，在陈代，以陈后主为首，有阴铿、徐陵、张正见、江总等山水诗人。在他们中间无论哪一个人的作品中，都能看到优秀的山水诗。而他们所描写的山水，比起山的描写来，水（江）

的描写要多得多，这是一个特色。这盖是由江南的土地状况决定的吧。

说是梁、陈的山水诗，但其作品是否肯定作于梁、陈时，却很难弄清楚。我想，只要作者卒于梁、陈时，或主要活动于梁、陈时，则他们的作品都作为梁、陈时的作品来处理。如一生经历宋齐梁三代的沈约，他的有些作品明确可知是宋齐时所作的，那么就把这些作品除去。

梁、陈的山水诗中首先要列举的，是游山与游溪谷时歌咏山水美的诗歌。如梁王籍的《入若耶溪》诗：

> 舳舻何泛泛，空水共悠悠。阴霞生远岫，阳景逐回流。蝉噪林逾静，鸟鸣山更幽。此地动归念，长年悲倦游。（《诗纪》卷九六）

这是乘舟入幽谷时所作的诗，其中歌咏了幽邃美。据《梁书·文学传》说："（会稽）郡境有云门、天柱山，籍尝游之，或累月不返，至若耶溪，赋诗。"其中的"蝉噪"二句，在当时被称作是"文外独绝"。又如梁武帝的《游钟山大爱敬寺》诗：

> ……飞鸟发差池，出云去连绵。落英分绮色，坠露散珠圆。当道兰葳蕤，临阶竹便娟。幽谷响嘤嘤，石濑鸣溅溅。萝短未中揽，葛嫩不任牵。攀缘傍玉涧，褰陟度金泉……（《诗纪》卷七五）

这首诗也吟咏了幽邃的山中的美丽景色，正如陈情父所评的，是"秀句稠叠"。昭明太子的和诗也很好地描写了山水美。此外，游山游溪谷时歌咏其山水美的作品，还有昭明太子的《钟山解讲》，简文帝的《山池》、《往虎窟山寺》、《游光宅寺》，沈约的《游金华山》、《游沈道士馆》，江淹的《游黄蘖山》，范云的《登三山》，庾肩吾的《山池应令》、《游甑山》，吴均的《登寿阳八公山》、《山中杂咏》，何逊的《下方山》、《登禅冈寺》，鲍至的《山池应令》，孔焘的《往虎窟山寺》，虞骞的《登钟山下峰望》、《游潮山悲古冢》，阴铿的《开善寺》，徐陵的《山池应令》，张正见的《从永阳王游虎丘山》、《陪衡阳王游耆阇寺》、《游匡山简寂馆》，江总的《入龙丘岩精舍》、《明庆寺》、《入摄山栖霞寺》、《游摄山栖霞寺》，陈后主的《同江仆射游摄山栖霞寺》等等，都巧妙地表现了山水的幽邃美。而其中的山水，大都是佛寺周围的山水。

第二，游览江水、吟咏江水之畔与江水之上风景的诗歌很多。如简文帝的《玩汉水》：

> 杂色昆仑水，泓澄龙首渠。岂若兹川丽，清流疾且徐。离离细
> 碛净，蔼蔼树阴疏。石衣随溜卷，水芝扶浪舒。连翩写去楫，镜澈
> 倒遥墟……（《艺文类聚》卷八）

描写了汉水的清流，并巧妙地描写了江中的水草。陈倩父在评语中称赞道："每爱急流中水草，思咏之不易也。'石衣'二句大佳，'连翩'二句亦自有生致。丽语兼以生致，引人不已。"（《采菽堂古诗选》卷二二）又如元帝的《泛芜湖》诗：

> 桂潭连菊岸，桃李映成蹊。石文如濯锦，云飞似散珪。桡度菱根
> 反，船去荇枝低。帆随迎雨燕，鼓逐伺潮鸡。（《艺文类聚》卷九）

吟咏了湖中的游览，写景中充满了鲜明的色彩感。此外，还有简文帝的《入溆浦》，沈约的《泛永康江》，江淹的《赤亭渚》，任昉的《落日泛舟东溪》、《严陵濑》，庾肩吾的《舟中寒望》，江洪的《江行》，鲍泉的《江上望月》，张正见的《与钱玄智泛舟》等诗。游览江水、咏其胜景的诗歌为数众多，在此不遑枚举。

第三，吟咏行旅途中山水之美的诗歌亦相当常见。如简文帝的《经琵琶峡》诗：

> 百岭相迁蔽，千崖共隐天。横峰时碍水，斜岸或通川。（《艺文
> 类聚》卷二七）

吟咏了断崖绝壁的峡谷。又如元帝的《经巴陵行部伍》诗（《诗纪》作《赴荆州泊三江口》）：

> 涉江望行旅，金钲间彩游。水际含天色，虹光入浪浮。柳条恒
> 拂岸，花气尽熏舟。丛林多故社，单戍有危楼。（同上）

吟咏了水边的明朗的风景。江淹的《渡西塞望江上诸山》诗：

南国多异山，杂树共冬荣。漰湲夕涧急，嘈嗺晨鹍鸣。石林上参错，流沫下纵横。松气鉴青蔼，霞光铄丹英……（《江文通文集》卷三）

吟咏了南国的冬天的山水，令人想象清冽的山水。丘迟的《旦发渔浦潭》诗：

渔潭雾未开，赤亭风已飚。棹歌发中流，鸣鞞响沓嶂。村童忽相聚，野老时一望。诡怪石异象，危绝峰殊状。森森荒树齐，渐渐寒沙涨。藤垂岛易（《艺文类聚》"易"误作"异"，此从《诗纪》）陟，崖倾屿难傍。（《艺文类聚》卷九）

正如陈倩父所评的，吟咏了萧瑟的山水的景色。王僧孺的《至牛渚忆魏少英》诗：

枫林暧似画，沙岸净如扫。空笼望玄石，回斜见危岛。丝草间游蜂，青葭集轻鸹。徘徊洞初月，侵淫溃春潦。非愿岁物华，徒用风光好。（《艺文类聚》卷二八）

绮丽地吟咏了风光明媚的牛渚。陈倩父也极为称赞，说："中六句写景，虚字字字灵活。"（《采菽堂古诗选》卷二五）认为"空笼"、"回斜"、"玄"、"危"、"间"、"轻"、"徘徊"、"洞"、"侵淫"、"溃"等等表现都是很好的。刘孝绰的《夕逗繁昌浦》诗：

日入江风静，安波似天（"天"盖"未"之讹）流。暮烟生远路，夕鸟赴前洲。（《艺文类聚》卷二七）

吟咏了波平浪静的江上晚景。这种吟咏行旅途中山水的诗歌，此外还有元帝的《出江陵县还》二首，沈约的《新安江水至清浅深见底贻京邑游好》、《早发定山》，江淹的《渡泉峤出诸山之顶》，范云的《之零陵郡次新亭》，丘迟的《夜发密岩口》，任昉的《济浙江》，吴均的《迎柳吴兴道中》、《至湘洲望南岳》，何逊的《南还道中送赠刘咨议别》、《初发新林》、《渡连圻》二首、《入东经诸暨县下浙江作》、《还渡五洲》、《春夕早泊和刘咨议落日望水》、《宿南洲浦》、《日夕出富阳浦口和朗公》、《石头答庾郎丹》、《晓发》、《慈姥矶》，王筠的《早出巡行瞩望山海》，刘孝绰的《还渡浙江》、《月半夜泊鹊尾》，刘孝仪的《帆渡吉阳洲》，刘孝威的《出新林》，伏挺的《行舟值早雾》，虞骞的《寻沈剡夕至嵊亭》，阴铿的《渡青草湖》、《晚泊五洲》、《经丰城剑池》等诗，各各都吟咏了江水的美丽风景。

第四，登临高处眺望山水并吟咏其景色的作品也相当多。武帝的《登北顾楼》诗：

> ……南城连地险，北顾临水侧。深潭下无底，高岸长不测。旧屿石若构，新洲花如织。（《艺文类聚》卷六三）

萧子范的《东亭极望》诗：

> 晚流稍东急，暝景促西晖。水鸟衔鱼望，莲舟拂芰归。郊原共超远，林野杂依菲……（《艺文类聚》卷二八）

陈张正见的《游龙首城》诗：

> 关外山川阔，城隅尘雾浮。白云凝绝岭，沧波间断洲。四面观长薄，千里眺平丘。河津无桂树，樽酒自淹留。（同上）

等等，都吟咏了从高处眺望到的山水。此外，还有简文帝的《登烽火楼》、《登城》、《登城北望》、《薄晚逐凉北楼回望》，元帝的《登江洲百花亭怀荆楚》，沈约的《登玄畅楼》，庾肩吾的《登城北望》，何逊的《登石头城》，刘峻的《登郁洲山望海》，陈江总的《秋日登广州城南楼》等诗，都描写了眺望时所看到的山水景色。

总观以上所引，要之，其中大部分诗歌都描写了作者在游览或行旅时亲眼所见的山水景色。在这种场合下，作者对于自然的态度，是把自然看作是悦目的美丽的东西积极地吟咏。也就是说，他们的游乐与奢侈的生活，乃是产生这种自然观的原因之一。宋齐梁陈四代，以天子为中心的贵族公子所过的游乐与奢侈的生活，驱使他们游乐于山水。而在这种游乐的情况下所看到的山水，则当然是美丽的，其文学表现，则是如上所述捕捉了美丽山水的形形色色的山水诗。可以说，曾为隐遁思想所孕育的山水诗，现在在游乐思想的影响下，获得了更大的发展。再加上南朝四代君主都是奖励文学的文学爱好者，在这样的君主的统治下，优秀文人当然会层出不穷了。梁、陈时代的山水诗，可以说就是优秀文才与山水游乐相结合的产物。

这种游乐生活，也带来了将自然山水移入庭园并欣赏的造园趣味。于是，描写庭园美的诗歌便大量涌现了（关于这一点，后面还要谈到）。这也是这个时代的特色之一。由于它们描写了庭园内的山水美，所以可以认为也是一种山水诗。他们自己也似乎把游玩庭园里的假山看作是"游山水"。如庾肩吾的诗中，有一首《暮游山水赋韵得硕应令》诗，其中以"游山水"为题，是所谓的题咏诗，而庾肩吾是把庭园内的山水作为"山水"来作诗的：

> 余春属清夜，西园恣游历。入径转金舆，开桥通画鹢。细藤初上榱，新流渐涵硕。云峰没城柳，电影开岩壁。（《艺文类聚》卷二八）

描写的乃是在西园内游览时映入眼帘的山水。尽管这个西园的规模似乎相当大，但反正总是庭园。当时，这种吟咏庭园内山水美的作品也是相当多的。园内的山水被描写得最多的诗，是三月三日、九月九日等吉日的游宴的诗（又被称为"侍宴"诗）。因为这种诗是喜庆节日的诗，又是以君主贵族为中心的宴游的诗，所以是适于称赞君主贵族宴游的作品。因而，其中所出现的自然描写，表现的也是喜庆的、快乐的、绮丽的自然。如简文帝的《三日侍皇太子曲水宴》诗云：

> ……蕙气卷旌，神飙警毂。层岑偃寒，竿观岩崟。烟生翠竹，日照绮寮。银花晨散，金芝暮摇。（《初学记》卷四）

使他"荡心愉目"的景色，笼罩着"蕙气"、"神飙"的喜庆气息，是生长着"银花"、"金芝"的华丽景色。而且，这首诗也罕见地使用了古拙的四字句，它无疑是要庄重、喜庆地描绘"三日"的喜庆的皇太子宴。又，在何逊的《九日侍宴乐游苑》诗中，也出现了同样的自然描写：

> 禁林终晚宴，华池物色曛。疏树翻高叶，寒流聚细文……
> （同上）

这个时候吟咏庭园美的作品，一般大多是吟咏池水的。但虽说较少，却也有表现园内假山的作品。如丘迟的《侍宴乐游苑送张徐州应诏》诗的：

> 风迟山尚响，雨息云犹积……（《文选》卷二〇）

以及江总的《三日侍宴宣猷堂曲水》诗的：

> ……树动丹楼出，山斜翠磴危。（《初学记》卷四）

等等，都是这样。其中所吟咏的"山"，大概都是假山吧。上述诗据《文选》的分类，都归入"公宴"诗，大多是吟咏游宴本身的，但同时也歌唱了作为其背景的自然。作为背景的自然过去也曾被美丽地描写过，这在魏邺下的诗中即已很明显。在玄风盛行的东晋，也出现了像"兰亭"诗这样的玄言诗。但接着，在南朝的游乐生活的刺激下，"公宴"诗又大为流行。而且，作为其背景的自然描写，虽说是背景，但如上所见，它已开始越来越被推向正面，加重分量，讲究技巧。这同样也说明了这时代人对于自然美的爱好之热烈。除了上面所举的诗以外，表现山水描写的"公宴"诗，还有简文帝的《九日侍皇太子乐游苑》，沈约的《为临川王九日侍太子宴》、《九日侍宴乐游苑》、《三月三日率尔成章》，丘迟的《九日侍宴乐游苑》，庾肩吾的《三日侍兰亭曲水宴》、《九日侍宴乐游苑应令》等等。此外，刘孝绰、江总的诗中也有很多"公宴"诗，其中都能见到有关庭园内山水的描写。

"公宴"诗以外，描写庭园的山水美的作品，还有昭明太子的《玄圃讲》，简文帝的《侍游新亭应令》、《晚日后庭》、《夜游北园》，元帝的《晚景游后园》、《游后园》，庾肩吾的《从皇太子出玄圃》，何逊的《赠王左丞》，王筠的《北寺寅上人房望远岫玩前池》，陈后主的《立春日泛舟玄圃》、《献岁立春光风具美泛舟玄圃各赋六韵》、《被禊泛舟春日玄圃各赋七韵》，张正见的《后湖泛舟》，江总的《秋日游昆明池》等等，它们都描写了作为游览对象的山水。这种吟咏庭园内山水美的作品，与吟咏山中实际的山水美的作品，描写了大致相同的景色，因而从这些诗的写景中，很难看出山中与庭园的区别。

以上，我们探讨了主要是作为游乐背景的自然描写，论述的重点，与其说是放在游乐本身上的，毋宁说是放在作为其背景的自然的描写方面的。这种描写作为游乐背景的自然的诗歌数量之多，也是这个时代的特色之一。

此外，当时描写山居的自然的诗歌较为少见，与游乐诗相比数量甚少，这也同样说明了当时的时代风潮。简文帝的《山斋》，沈约的《宿东园》，庾肩吾的《寻周处士弘让》，何逊的《野夕》，刘峻的《始居山营室》，徐陵的《山斋》，江总的《山庭春日》、《春夜山庭》、《夏日还山亭》等诗，便描绘了山居的山水。这里试举刘峻的《始居山营室》诗为例：

> 自昔厌谊嚣，执志好栖息。啸歌弃城市，归来事耕织。凿户阗嶵峣，开轩望嶃岅。激水檐前溜，修竹堂阴植。香风鸣紫莺，高梧巢绿翼。泉脉洞沓沓，流波下不极。仿佛玉山隈，想（《艺文类聚》"想"误作"响"）像瑶池侧。夜诵神仙记，旦吸云霞色。将驭六龙舆，行从三鸟食。谁与金门士，抚心论胸臆。（《艺文类聚》卷三六）

作者认为这种山居的自然乃是可以和"玉山"、"瑶池"之类仙境相媲美的。但是，这种自然描写，却并不怎么夸张。又如江总的《夏日还山庭》诗：

> 独于幽栖地，山庭暗女罗。涧渍长低筱，池开半卷荷。野花朝暝落，盘根岁月多。停樽无赏慰，狎鸟自经过。（同上）

通过淡淡的描写，表现了山庭的寂静。

　　以上，我们试把梁、陈的山水诗分作若干类来考察，但此外不能归入这些分类的描写山水的诗歌还有很多，倘举其主要部分，则有昭明太子的《示云麾弟》，沈约的《刘真人还东山》，江淹的《刘仆射东山集》、《陆东海谯山集》，王僧孺的《秋日愁居》，柳恽的《赠吴均》，庾肩吾的《奉和泛舟汉水往万山应教》、《和晋安王薄晚逐凉北楼回望应教》、《赋得山》，吴均的《同柳吴兴乌亭集送柳舍人》、《同柳吴兴何山集送刘余杭》、《送柳吴兴竹亭集》，何逊的《日夕望江山赠鱼司马》、《夕望江桥示萧咨议杨建康江主簿》、《入西塞示南府同僚》、《送韦司马别》、《与崔录事别兼叙携手》、《和刘咨议守风》、《敬酬王明府》，萧子云的《东郊望春酬王建安隽晚游》、《落日郡西斋望海山》，萧琪的《春日》，王筠的《望夕霁》，刘孝威的《赋得曲涧》，鲍至的《奉和往虎窟山寺》，王台卿的《奉和泛江》，王同的《奉和往虎窟山寺》，阴铿的《广陵岸送北使》、《江津送刘光禄不及》，徐陵的《秋日别庾正员》、《新亭送别应令》、《春日》，张正见的《别韦谅赋得江湖泛别舟》、《赋得雪映夜舟》、《浦狭村烟度》、《初春赋得池应教》、《赋得垂柳映斜溪》、《赋得岸花临水发》、《赋得山中翠竹》、《赋得鱼跃水花生》，江总的《明庆寺》等等。值得注意的是，美丽的山水描写还常被用来作为咏物诗的背景。

　　以上，差不多已经涉及了梁、陈山水诗的主要部分。至于为何人们大量创作山水诗，从上面所论也能推察。我想，反过来说，这也说明当时人是何等地关心自然，又是何等地爱好自然美。

　　一般地说，整个梁、陈的山水诗都追求一种山水的视觉性的美。先举武帝的《游钟山大爱敬寺》诗为例：

　　　……棱层叠嶂远，迤逦磴道悬。朝日照花林，光风起香山。飞鸟发差池，出云去连绵。落英分绮色，坠露散珠圆。当道兰藿靡，临阶竹便娟……

一看就可以明白，这是排列视觉美的彩色的吟咏。这种诗歌，宛如涂上色彩的绘画，可以说是绘画性的诗。其特征，则可以用"绮丽"来称呼。另外一个特色是，虽说它是绘画性的，却更接近水墨画，描绘的是一种清丽之美。如沈约的《新安江水至清浅深见底贻京邑游好》诗：

> 眷言访舟客，兹川信可珍。洞澈随深浅，皎镜无冬春。千仞写乔树，百丈见游鳞……（《文选》卷二七）

描写了江水的清丽美，给读者以清冽的印象。这种描写清丽美的诗歌还是相当多见的。

梁、陈的山水诗给读者以绮丽与清丽的感觉，而这也是这时代整个文学的一般特色。《北史·文苑传序》论南北朝文学之不同云：

> 暨永明、天监之际，太和、天保之间，洛阳、江左，文雅尤盛，彼此好尚，互有异同。江左宫商发越，贵于清绮；河朔词义贞刚，重乎气质。气质则理胜其词，清绮则文过其意。理深者便于时用，文华者宜于咏歌。此其南北词人得失之大较也。

也就是说，《北史》以"清绮"来评判江左的文学。"清绮"固然在诗歌中表现得特别明显，但倘将范围缩得更小一点，它也可以说是南朝自然描写和山水描写的一般特色。这种山水描写的"清绮"的特色，不就是指以上所举两例那样的描写吗？使这种清绮特色得到发挥的，是加以雕琢的技巧性表现，也就是在这个时代非常发达的对句表现和对偶表现，以及沈约等人所倡导的音律说。

以上，我们概观了梁、陈的山水诗；下面，我想叙述一下这个时代具有特色的若干作家。

何逊，生卒年不详，据《梁书·文学传》："除仁威庐陵王记室，复随府江州，未几卒。"又据《庐陵王传》，大同元年迁江州刺史，则何逊应卒于梁武帝大同元年（535）以后不久。他八岁能赋诗，弱冠州举秀才。时范云对他的一文一咏辄嗟赏，谓所亲曰："顷观文人，质则过儒，丽则伤俗。其能含清浊，中今古，见之何生矣。"沈约亦爱其文，尝谓逊曰："吾每读卿诗，一日三复，犹不能已。"都对他非常称道。他的文章，与刘孝绰并见重于世，世谓之"何刘"。世祖孝元帝著论论之曰："诗多而能者沈约，少而能者谢朓、何逊。"

在诗歌数量方面，也许何逊比沈约少；但是从山水诗方面来看，何逊的地位要在沈约之上。何逊的山水诗的特色，是以"愁"来眺望自然。这个愁，是乡愁，是望乡之念。他在眺望自然时，经常为乡愁所缠绕。不过，他的自然描写，毕竟没有采入悲秋式的季节感，而是对自然美本身作彻底美丽的描写。但是，在吟咏这种自然美的诗人的胸中，却似乎深藏着难以名状的思念。如有名的《慈姥矶》诗云：

> 暮烟起遥岸，斜日照安流。一同心赏夕，暂解去乡忧。野岸平沙合，连山远雾浮。客悲不自已，江上望归舟。（《诗纪》卷九四）

一种说法认为，这是一首吟咏黄昏送客时江上景色的诗歌。但《古诗赏析》之说似更有意思，它认为此诗前半部分是对昨天黄昏之事的追忆，当时自己送友人到慈姥矶，一同欣赏夕景，暂时忘了乡愁；此诗则作于翌日送友人乘舟归去时。"暮烟起遥岸，斜日照安流"这一昨日夕景的描写是很巧妙的，而"野岸平沙合，连山远雾浮"这一表现则更为巧妙，它描写了目送归舟时的江边风景，正如陈倩父所评的，"一近一远，便是思乡之情"（《采菽堂古诗选》卷二六），描写了近景远景，沁出"江上望归舟"的"客悲"之情。这般的情景融合，正如陈倩父所说的，"居然盛唐"（同上），完全像是后来的唐诗。在上述自然描写中，特别强烈地呈现于表面的，并不是作者的感情；但是，在其背后，却深藏着作者的望乡之情。在何逊的诗中，经常像上面这样歌唱望乡之思；而在他的抒情诗中，则常常歌唱自然美。如《富阳浦口和朗上人》诗云：

> 客心愁日暮，徙倚空望归。山烟涵树色，江水映霞晖。独鹤凌空逝，双凫出浪飞。故乡千余里，兹夕寒无衣。（《艺文类聚》卷二七）

诗人离开故乡千有余里，日暮时分，空抱归心；但极目眺望，映入眼帘的却是"山烟涵树色，江水映霞晖"的景色。呈现于诗歌表面的，并不是什么作者的强烈感情，而只是对于山水美的极目眺望；但是，在作者的胸中，却有着难以排遣的望乡之思。陈祚父评曰："气色苍逸，此等并应少陵所赏。"（《采菽堂古诗选》卷二六）又，《渡连圻》诗云：

> 连圻连不极，极望在云霞。绝壁无走兽，穷岸有盘楂。纠纷上龙
> 炊，穿豁下岩㟼。鱼游若拥剑，猿挂似悬瓜。阴岸生驳藓，伏水
> 拂澄沙。客子行行倦，年光处处华。石蒲生促节，岩树落高花。暮
> 潮还入浦，夕鸟飞向家。寓目皆乡思，何时见狭斜。（《诗纪》卷
> 九三）

在吟咏江岸风景的同时，作者也吟咏了"寓目皆乡思"。但是，强烈地呈现于表面的，则是"阴岸生驳藓，伏水拂澄沙"的江岸之美。又，《下方山》诗中也歌唱道：

> 寒鸟树间响，落星川际浮。繁霜白晓岸，苦雾黑晨流。鳞鳞逆
> 去水，㶁㶁急还舟。望乡行复立，瞻途近更修。谁能百里地，萦绕
> 千端愁。（同上）

在回乡途中，作者所注目的是江岸"繁霜白晓岸，苦雾黑晨流"的黑白对比的色彩。又《入东经诸暨县下浙江作》诗云：

> ……日夕聊望远，山川空信美。归飞天际没，云雾江边起……
> 所见无故人，含意终何已……（同上）

作者既感到江边景色的"美"，又认为它是"空"的，这是为什么呢？这是因为这里不是自己的故乡，故人也不在这里。作者尽管感受到了自然的"美"，直率地把它写了出来，但是从其背后又感受到了旅愁，感受到了空虚。又《春夕早泊和刘咨议落日望水》诗云：

> 旅人嗟倦游，结缆坐春洲。日暮江风静，中川闻棹讴。草光天
> 际合，霞影水中浮……客心自有绪，对此空复愁。（同上）

诗人带着"客愁"注目于"草光天际合，霞影水中浮"的自然之美。又《春暮喜晴酬袁户曹苦雨》诗云：

　　振衣喜初霁，褰裳对晚晴。落花尤未卷，时鸟故余声。春芳空悦目，游客反伤情。乡园不可见，江水独自清。愿得同携手，归望对都城。(同上)

"乡园不可见，江水独自清"的表现，是非常巧妙的，通过乡愁与自然美的对比，表现了乡愁的深沉。但是，在"江水独自清"这一表现中，却毕竟没有流露出忧愁。也就是说，何逊的诗在吟咏自然美，将它和乡愁旅愁作对比，并强调其愁的同时，反使自然美表现得更为鲜明。此外，何逊吟咏旅愁乡愁的作品还有《日夕望江山赠鱼司马》、《夕望江桥示萧咨议杨建康江主簿》、《入西塞示南府同僚》、《赠诸游旧》等诗，它们都描绘了山水美。又，并非山水诗的《望廨前水竹答崔录事》（据《诗纪》注，一说以为顾则心所作），吟咏了映水竹姿，歌唱了绵绵乡思；《望初月》吟咏了新月映水之美，歌唱了不尽的望乡之情。但是，何逊的诗与魏晋时所能见到的那种利用秋的季节感以抒发忧愁之情的诗又有着显著的不同。在何逊的诗里，美丽的东西完全是作为美丽的东西来描绘的；但又毕竟不是完全脱离自己的感情的。如上所述，谢灵运的诗是退一步眺望自然的，也许可以说只有他的诗是客观性的。到了谢朓，自然与感情便被融合到了一起；何逊则更进一步发展了这一方面。如在《野夕答孙郎擢》诗中，他一方面吟咏了山中的黄昏景色，另一方面又将"思君之情"隐约地投影于这种景色之中：

　　山中气色满，墟上生烟露（"露"盖"雾"之误）。杳杳星出云，啾啾雀隐树。虚馆无宾客，幽居乏欢趣。思君意不穷，长如流水注。(《诗纪》卷八四)

陈倩父评曰："三四暮色怅然，便有怀人之想。"(《采菽堂古诗选》卷二六)

　　上面，我们把自然美与感情的融合看作是何逊山水诗的特色。也就是说，将羁旅中所感受到的望乡之念与对于自然山水的热爱结合在一起，这就是他的诗歌的特色。倘要问为何他特别强调这种特色，我想这是因为在何逊生活的时代，作为后来中国诗理想境界的"情景交融"已经获得了稳定的地位。不仅山水诗讲究情景交融，而且即使在这时候所产生的所谓"宫体诗"中，也将自然美与艳情融合为一，开辟了一个崭新的境界。这进一步发展为后来的唐诗。如以何逊的《闺怨》诗为例：

> 晓河没高栋，斜月半空庭。窗中度落叶，帘外隔飞萤。含情下翠帐，掩涕闭金屏。昔期今未反，春草寒复青。思君无转易，何异北辰星。（《玉台新咏》卷五）

这首诗的主旨是吟咏闺怨，而前面四句晚景描写，从一开始便使这首诗活了起来。根据立普斯①的移情美学，前四句自然描写是作者闺怨之情的投射和移入。这实在只是大致的说明。而一般地说，中国诗是很难用移情之类词语来说明的。看一下上面这首诗，它融合了这时代人热爱自然沉潜自然所带来的体验性气氛与闺怨之情。中国人评论这种现象是"景中有情"。我想，像这样的东西，就是中国人所认为的最好的诗歌，就是文学。在魏晋南北朝时代，西洋风格的纯粹的写景诗是不大可能有的，有的只不过是比较偏重于写景的诗歌。谢灵运的诗歌便较富写景性。魏晋时的抒情性的自然描写，经谢灵运而变成比较客观的描写，且展开了此前所没有的自然美。这种自然美（山水美）经谢朓而进一步与情融合，经何逊而进一步巧妙地融合，而一直发展为后来的唐诗。如何逊有名的《相送》诗：

> 客心已百念，孤游重千里。江暗雨欲来，浪白风初起。（《诗纪》卷九四）

便确实使人想起景情融合的唐人绝句。在这种意义上，何逊是值得注目的作家。

其次，换一个角度来看，可以说他的自然描写也和沈约一样是清丽

---

① 立普斯（Theodor Lipps, 1851—1914），德国近代美学家，"审美的移情说"的奠基者。主要著作有《空间美学和几何学·视觉的错觉》、《美学》等。——译者注

的。除了上面所举的诗之外，清丽的山水描写的佳句还有"天暮远山青，潮去遥沙出"（《登石头城》），"寒潭见底清，风色极天净"（《暮秋答朱记室》），"露清晓风冷，天曙江晃爽。薄云岩际出，室月波中上。黯黯连嶂阴，骚骚急沫响"（《入西塞示南府同僚》），"岸花临水发，江燕绕樯飞"（《赠诸游旧》），"长飙落江树，秋月照沙溆"（《赠江长史别》），"飞蝶弄晚花，青池映疏竹"（《答高博士》），"澄江照远火，夕霞隐连樯"（《敬酬王明府》），"露湿寒塘草，月映清淮流"（《与胡兴安夜别》），"早霞丽初日，清风消薄雾。水底见行云，天边看远树"（《晓发》），"激滟故池水，苍茫落日晖"（《行经范仆射故宅》），"柳黄未吐叶，水绿半含苔"（《边城思》）等等，不遑枚举。这种清丽的山水美的描写，也是这个时代的一大特色。

入陈以后，绮丽地描写山水美的作品特别引人注目。如我们来看一下陈后主的《献岁立春光风具美泛舟玄圃各赋六韵》诗：

> 寒轻条已翠，春初未啭禽。野雪明岩曲，山花照迥林。苔色随水溜，树影带风沉。沙长见水落，歌遥觉浦深。余辉斜四户，流风飖八音……（《诗纪》卷一〇八）

有着"野雪"、"山花"、"苔色"、"树影"等等表现，读者从这些词语中感到了色彩，感到全诗是一幅彩色的绘画。陈后主的自然描写，大都是这般绮丽的。又《被褉泛舟春日玄圃各赋七韵》诗云：

> 园林多趣赏，被褉乐还寻。春池已渺漫，高枝自炋森。日里丝光动，水中花色沉……山远风烟丽，苔轻激浪侵。（同上）

也是一幅彩色的绘画。此外，他的宴游诗中所表现的山水描写，都是这般绮丽的。在他的作品中，没有远寻山水的诗歌，大都是庭园内的山水，描写了庭园美。而且，这些作品大都作于宴游时。《南史·陈本纪下》这样描写后主的宴游活动：

后主愈骄，不虞外难，荒于酒色，不恤政事。左右嬖佞珥貂者五十人，妇人美貌丽服巧态以从者千余人。常使张贵妃、孔贵人等八人夹坐，江总、孔范等十人预宴，号曰"狎客"。先令八妇人襞采笺，制五言诗，十客一时继和，迟则罚酒。君臣酣饮，从夕达旦，以此为常。

后主的多数作品，都是作于这种酒宴之间的。而且，这个时代的文人的作品，盖也大都是作于这种酒宴之间的吧。游乐时映入眼帘的山水，当然是悦人而美丽的。而且，倘再加上爱好绮丽的时代风潮，则当然会产生绮丽的自然描写。在眺望清风朗月和良辰美景以及宴游时，自然会产生诗歌，陈后主自己的话说明了这一点。后主有《与詹事江总书》，其中说：

吾监抚之暇，事陈之辰，颇用谭笑娱情，琴樽间作，雅篇艳什，迭互锋起。每清风朗月，美景良辰，对群山之参差，望巨波之混瀁，或玩新花，时观落叶，既听春鸟，又聆秋雁，未尝不促膝举觞，连情发藻，且代琢磨，间以嘲谑，俱怡耳目，并留情致。（《陈书·陆瑜传》）

在这种宴游之间，自然会产生绮丽的自然描写的诗；而在另一方面，"宫体诗"也大为发达。

所谓"宫体"，据《梁书·徐摛传》记载：

属文好为新交，不拘旧体……摛文体既别，春坊尽学之，"宫体"之号，自斯而起。

因东宫御所学之而称为"宫体"，又《简文帝纪》记载：

雅好题诗，其序云："余七岁有诗癖，长而不倦。"然伤于轻艳，当时号曰"宫体"。

认为宫体诗风是"轻艳"的。进一步培育这种艳丽诗风的是徐、庾父子。《梁书·庾肩吾传》记载：

初，太宗（简文帝）在藩，雅好文章士，时肩吾与东海徐摛，

> 吴郡陆杲，彭城刘遵、刘孝仪，仪弟孝威，同被赏接。及居东宫，又开文德省，置学士，肩吾子信、摛子陵、吴郡张长公、北地傅弘、东海鲍至等充其选。齐永明中，文士王融、谢朓、沈约文章始用四声，以为新变，至是转拘声韵，弥尚丽靡，复逾于往时。

又《周书·庾信传》中也能见到这样的记载：

> 时肩吾为梁太子中庶子，掌管记。东海徐摛为左卫率。摛子陵及信并为抄撰学士。父子在东宫，出入禁闼，恩礼莫与比隆。既有盛才，文并绮艳，故世号为"徐庾体"焉。当时后进，竞相模范。每有一文，京都莫不传诵。

据上所说，宫体也称徐庾体，其诗风是"轻艳"、"丽靡"、"绮艳"。收集具有这种诗风的作品而成的总集，有徐陵根据简文帝之命编撰的《玉台新咏》，据其序说：

> 撰录艳歌，凡为十卷。

当然，这个总集中所收入的作品，不仅限于这个时代的宫体诗，而且还有梁代以前的作品，但其主要部分是这个时代的作品。所收作品，内容主要是男女相思之情及与之有关的东西，从表现角度来看，则均为绮丽之作。可以认为，这些诗歌显示了这个时代的特色。

到了陈代，绮丽之风越来越盛。《陈书·后主张贵妃传》记载：

> 后主自居临春阁，张贵妃居结绮阁，龚、孔二贵嫔居望仙阁，并复道交相往来。又有王、李二美人，张、薛二淑媛，袁昭仪、何婕妤、江修容等七人，并有宠，递代以游其上。以宫人有文学者袁大捨等为女学士。后主每引宾客对贵妃等游宴，则使诸贵人及女学士与狎客共赋新诗，互相赠答，采其尤艳丽者以为曲词，被以新声，选宫女有容色者以千百数，令习而歌之，分部迭进，持以相乐。其曲有《玉树后庭花》、《临春乐》等，大指所归，皆美张贵妃、孔贵嫔之容色也。

又《江总传》记载：

> 总笃行义，宽和温裕。好学，能属文，于五言七言尤善；然伤
> 于浮艳，故为后主所爱幸。多有侧篇，好事者相传讽玩，于今不绝。

开始越来越注重于"艳丽"、"浮艳"的诗风。

当这种诗风流行时，其时的山水诗不可能独独具有别的诗风。不用
说，其时的山水描写也同样是绮丽的。这一点，从上述陈后主的山水诗
可以看得很分明。从阴铿的《渡青草湖》诗：

> 洞庭春溜满，平湖锦帆张。沅水桃花色，湘流杜若香。穴去茅
> 山近，江连巫峡长。带天澄迥碧，映日动浮光。行舟逗远树，渡鸟
> 息危樯。滔滔不可测，一苇讵能航。（《艺文类聚》卷九）

徐陵的《春日》诗：

> 岸烟起暮色，岸水带斜晖。径狭横枝度，帘摇惊燕飞。落花承
> 步履，流涧写行衣。何殊九枝盖，薄暮洞庭归。 （《艺文类聚》
> 卷三）

又张正见的《赋得岸花临水发》诗：

> 奇树满春洲，落蕊映江浮。影间莲花石，光涵濯锦流。漾色随
> 桃水，飘香入桂舟。别有仙潭菊，含芳独向秋。（《艺文类聚》卷
> 八八）

等作品也可以看出。这些诗都犹如彩色的绘画，可以说是山水描写方面
的绮丽之作。但在此值得注意的是，在由于宫体诗的盛行而出现的绮丽
的山水诗中，也有创作以谢灵运为模范的清纯的山水诗的诗人，这个诗
人竟很难得的是宫体诗的代表者江总。

不用说，在江总的诗中，也能见到绮丽的自然描写。他有很多游宴
诗，据认为均作于与陈后主游宴时，和前面所举的诗一样，其中也表现
了美丽的自然。如《三日侍宴宣猷堂曲水》诗的

树动丹楼出，山斜翠磴危。(《初学记》卷四)

便同样使人联想起彩色的绘画。此外如《秋日侍宴娄苑湖应诏》、《侍宴玄武观》、《秋日游昆明池》、《侍宴临芳殿》等诗，也同样可以比作彩色的绘画。这些诗都吟咏了庭园美。但是在他的作品中，也有实际深入幽邃的山中并吟咏其山水美的山水诗。这些诗都吟咏了游览佛寺时作为其背景的山水之美。在他的游佛寺诗中，《庚寅年二月十二日游虎丘山精舍》、《入龙丘岩精舍》、《明庆寺》、《入摄山栖霞寺》、《游摄山栖霞寺》、《摄山栖霞寺山房夜坐简徐祭酒周尚书并同游群彦》、《静卧栖霞寺房望徐祭酒》、《营涅槃忏还途作》等诗，都吟咏了清冽的山水美。如《入龙丘岩精舍》诗：

暗谷留征鸟，空林彻夜钟。阴崖未辨色，叠树岂知重。(《诗纪》
卷一一五)

《明庆寺》诗：

幽厓耸绝壁，洞穴泻飞泉……山阶步皎月，涧户听凉蝉。
(同上)

《入摄山栖霞寺》诗：

石濑乍浅深，崖烟递有无。欠碑横古隧，槃木卧荒途。(《广弘
明集》卷三〇上)

《游摄山栖霞寺》诗：

霡霂时雨霁，清和孟夏肇。栖宿绿野中，登顿丹霞杪……荷衣
步林泉，麦气凉昏晓。乘风面泠泠，候月临皎皎。(同上)

《摄山栖霞寺山房夜坐简徐祭酒周尚书并同游群彦》诗：

石涧水流静，山窗叶去寒。(同上)

《营涅槃忏还途作》诗：

留连入涧曲，宿昔陟岩椒。石溜冰便断，松霜日自销。向崖云

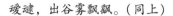

　　嗳嶬，出谷雾飘飘。（同上）

这种清冽的山水美，都是谢灵运所曾描写过的。谢灵运之后，倘要寻找描写幽邃的山水美的诗人，除了江总以外没有第二个人。可以说，继承谢灵运的山水诗正统的，只有江总。而且，他在《游摄山栖霞寺诗序》中说：

　　祯明元年太岁丁未（陈后主，587）四月十九日癸亥，入摄山，展慧布法师，忆谢灵运集还故山入石壁中寻昙隆道人有诗一首十一韵，今此拙作，乃学康乐之体。（同上）

说"学康乐（谢灵运）之体"。《游摄山栖霞寺》诗本身当然是学习谢灵运的风格的，但可以认为，江总所有的山水诗其实都是以谢灵运的山水诗为学习榜样的。

　　江总的山水诗的创作，如上所说，是游佛寺带来的结果，而这乃是因为他是一个佛教徒。据《陈书》本传所引他的《自叙》说：

　　弱岁归心释教，年二十余，入钟山就灵曜寺则法师受菩萨戒。暮齿官陈，与摄山布上人游款。

可知他二十岁左右便已皈依佛教。晚年则游摄山栖霞寺、虎丘山精舍、龙丘岩精舍、明庆寺等佛寺。而据《入摄山栖霞寺诗序》，其游栖霞寺之时日也是明确的：

　　壬寅年（陈宣帝太建十四年，582）十月十八日，入摄山栖霞寺，登岸极峭，颇畅怀抱。至德元年癸卯（后主至德元年，583）十月二十六日，又再游此寺，布法司施菩萨戒。甲辰年（至德二年，584）十月二十五日，奉送金像还山，限以时务，不得恣情淹留。乙巳年（至德三年，585）十一月十六日，更获拜礼，仍停山中宿。（《广弘明集》卷三〇上）

连年游栖霞寺。又据《游摄山栖霞寺诗序》，祯明元年（587）也曾一游。又据《营涅槃忏还途作诗序》，接着的祯明二年（588）仲冬也曾一游。而他和布法师的深交，则从《自叙》及上引各诗序也能看出来。

他的皈依佛教，喜爱静寂，一如晋代人的信仰老庄，其结果也和晋人一样，他也开始非常喜欢游玩幽邃的名山胜地。在《明庆寺》诗中，他清晰地吟咏了这一点：

> 十五诗书日，六十轩冕年。名山极历览，胜地殊留连。（《诗纪》卷一一五）

这种历览名山、留连胜地、眺望山水的经验，带来了和谢灵运相同的山水诗。另一方面，喜爱静寂，就是喜爱幽栖，他自己便以隐遁者自居。他在《营涅槃忏还途作》诗中歌唱道：

> 勿言无大隐，归来即市朝。（同上）

这两句出典于上文已论述过的晋王康琚《反招隐》诗的"小隐隐陵薮，大隐隐朝市"（《文选》卷二二），可知他自己是以大隐自任的。虽说是大隐，但他也写了不少吟咏闲居的山水美的诗。《山庭春日》、《春夜山庭》、《夏日还山庭》等诗即其例。如《山庭春日》云：

> 洗沐唯五日，栖迟在一丘。古楂横近涧，危石笋前洲。岸绿开河柳，池红照海榴。（《艺文类聚》卷三）

如上所述，江总创作了这个时代所罕见的谢灵运式的山水诗。但关于这一点，却迄今不太为人所知；江总作为一个宫体诗作家的名声反而很高。虽说他的作品中也有《紫骝马》、《梅花落》、《新入姬人应令》、《闺怨篇》、《姬人怨》这样的艳诗，但值得注意的是，他的诗既有这个方面，也有刚才所举的清冽的山水诗这个方面，亦即同时具有这两个方面。这两个方面其实并不矛盾。皈依佛教和以隐自任，使他对所有的一切都采取了消极的态度。其《自叙》云：

> 历升清显，备位朝列，不邀世利，不涉权幸……宦陈以来，未尝逢迎一物，干预一事。

这种"不介意于荣枯宠辱"的消极态度，使他希望不受政务拘束而纵身游宴。在这种消极态度方面，他与陈后主有一致之处，志趣甚是相投。正如《陈书》所记载的，他与后主日夜游宴于后庭，不理政务，被称作"狎客"。正是这种消极态度，使他一方面创作山水诗，另一方面又创作艳诗。

以上，我们考察了梁、陈的山水诗，阐明了下列诸点：第一，当时山水诗相当普及。第二，当时人所吟咏的，不仅有幽邃的山中的山水，而且也有自己周围的庭园、郊外、道中等形形色色的山水。第三，其描写是清丽、绮丽的。第四，像何逊这样的诗人，已经创作出了把山水之景与诗人之情融合在一起的作品。第五，也有像江总这样的继承谢灵运的诗人。从时代趋势来看，山水诗已经达到了它的顶点，诗歌的方向开始转向宫体诗与咏物诗。近人王瑶在《中古文学风貌》中，把谢朓作为从山水诗到宫体诗的过渡人物来认识其价值，但宫体诗当然并不会从山水诗中产生出来。如上所述，因为山水诗在梁、陈之间已臻于顶点，所以宫体诗便在这时候产生了，二者之间并没有什么特别的因果关系。一俟山水诗这种题材普及盛行而臻于顶点，诗人们便要寻求新的刺激，探求新的材料，这便是宫体诗发达的原因之一，也是咏物诗发达的原因之一。

第二节　叙述山水的小品文

这里所谓的叙述山水的小品文，主要是指描写山水美的散文，可以名之曰"山水文"。正如山水诗入南朝而盛行一样，山水文也在入齐梁以后出现了许多优秀的作品。山水文的出现，和山水诗的出现一样，始于东晋末。不用说，这不外是因为当时人已具有对山水的关心。王羲之的《兰亭序》、孙绰的《后序》、庐山诸道人的《游石门诗序》、陶渊明的《游斜川诗序》、桓玄的《南游衡山诗序》等等，都是一种山水文。不过因为这些文章具有游览的特色，所以在本书中作为游记来处理，下节再作讨论。

宋时，有鲍照的《登大雷岸与妹书》（《鲍氏集》卷九，《四部丛刊》

本），描写了登大雷岸眺望四方时所看到的景色，其中叙述庐山的胜景道：

> 西南望庐山，又特惊异。基压江潮，峰与辰汉连接。上常积云霞，雕锦缛。若华夕曜，岩泽气通。传明散彩，赫似绛天。左右青霭，表里紫霄。从岭而上，气甚金光。半山以下，纯为黛色。信可以神居帝郊，镇控湘汉者也。

不用说，它描写了"神居帝郊"的庐山胜景，字句也相当雕琢。它虽说是"书"，但从文体角度来看，与"赋"几乎没有什么不同。如鲍照有一篇《芜城赋》（《文选》卷一一），描写了登广陵故城时所望到的平原景色：

> 泩迤平原，南驰苍梧涨海，北走紫塞雁门。柂以漕渠，轴以崐岗。重江复关之隩，四会五达之庄。

《登大雷岸与妹书》和这种表现相比，除了词汇稍异，其他略无不同。它们的相异之处，是由有无押韵决定的，此外没有其他不同。

上引鲍照的"书"，恐怕是蒙受了赋的影响的作品。又，这篇"书"，也可以看作是一篇登大雷岸的旅行记，一篇山水游记。

齐时的山水文，首先必须举的是孔稚珪的《北山移文》。时汝南周颙初隐钟山，后惑于名利，出为海盐令。后来他又要经过钟山，孔稚珪假山灵之意刺之。当周颙住在山中时，曾抱着世上少见的隐者态度；而一旦辟书至，便"焚芰制而裂荷衣"，脱下隐者之服，马上来到都城，是个典型的变节分子。于是，为他所遗弃的钟山风景，也没有人来赏玩了：

> 使我高霞孤映，明月独举。青松落荫，白云谁侣。磵石摧绝无与归，石径荒凉徒延伫。至于还飙入幕，写雾出楹，蕙帐空兮夜鹄怨，山人去兮晓猿惊。昔闻投簪逸海岸，今见解兰缚尘缨。于是南岳献嘲，北垄腾笑。列壑争讥，攒峰竦诮。慨游子之我欺，悲无人

以赴吊。故其林惭无尽，涧愧不歇。秋桂遗风，春萝罢月。骋西山
之逸议，驰东皋之素谒。（《文选》卷四三）

其中描写了阒无人迹的静寂幽邃的山水。它那夹杂着四字对句的表现手
法，颇接近于后来的诗化的山水文。这篇《北山移文》中值得注意的和
所欲表达的，乃是作者对于似隐而非真隐的周颙的非难；但我想，从此
文中能够看出孔稚珪对于山水的深深热爱。这种关于山中草木岩石对于
离去者抱有不满的叙述，反过来，也可以看作是作者对于山中草木岩石
的深深同情与热爱。作者拥有这种对于山水的深深热爱，当然也就意味
着他是一个具有浓厚的隐遁思想的人。《南齐书·孔稚珪传》中，对于孔
稚珪作为隐遁者的面貌，作了如下描述：

稚珪风韵清疏，好文咏，饮酒七八斗……不乐世务，居宅盛营
山水，凭几独酌，傍无杂事。门庭之内，草莱不剪，中有蛙鸣。或
问之曰："欲为陈蕃乎？"稚珪笑曰："我以此当两部鼓吹，何必期效
仲举（蕃）！"

只有这种彻底的隐遁者，才会对山水产生深深的热爱。我想，也正因为
这样，所以他才创作了像《北山移文》这样的同情自然的文章吧！又如
他的诗歌《游太平山》中的：

石险天貌分，林交日容欠。阴涧落春荣，寒岩留夏雪。（《艺文
类聚》卷八）

通篇都是自然描写，我想，即在当时，这也是罕见的写景诗吧。

此外，值得一看的山水文还有刘善明的《遗崔祖思书》：

昔时之游，于今邈矣。或携手春林，或负杖秋涧，逐清风于林
杪，追素月于圆垂。如何故人，徂落殆尽。足下方拥旄北服，吾剖
竹南甸。相去千里，间以江山。人生如寄，来会何时。（《南齐书·
刘善明传》）

这是对于过去与崔祖思等人一起游览山水的往事的追忆，描写甚为简单，却是用四六对句来巧妙地表现的。这种自然描写置于书简文中，效果很好。

此外，还有所谓"竟陵八友"的中心人物竟陵王子良的《行宅诗序》：

> 余禀性端疏，属爱闲外。往岁羁役浙东，备历江山之美（《艺文类聚》"美"误作"美"），名都胜境，极尽登临。山原石道，步步新情；回池绝涧，往往旧识。以吟以咏，聊用述志。（《艺文类聚》卷六四）

上面这篇文章，虽说比较简单，但也是一篇山水文。而且从文中可以看出当时文人的自然观。"属爱闲外……备历江山之美"，便是他们对于自然的态度。其中可以明显地看出他们对于自然美的鉴赏态度。

入梁以后，有简文帝的《与萧临川书》：

> 零雨送秋，轻寒迎节。江枫晓落，林叶初黄。登舟已积，殊足劳止。（《艺文类聚》卷三〇）

其中描写了登舟赴任时所看到的初冬的江畔景色，又，《答湘东王书》云：

> 暮春美景，风云韶丽。兰叶堪把，沂川可浴。（《广弘明集》卷一六）

描写了暮春的美景。这些自然描写，大都位于每一篇"书"的开头，很像现在的书简文开头的气候叙写[①]。又，《与广信侯书》云：

> 携手登临，兼展谈笑。仰望九层，俯窥百尺。金池动月，玉树含风。当于此时，足称法乐。（同上）

---

① 作者这里所指的似乎是日本书信的书写习惯，因为日本比较正式的书信在开头一般都会有气候叙写，称为"时候のあいさつ"；而中国的书信则一般没有这种书写习惯。——译者注

其中叙述了华林园的胜集，称之为"法乐"。又如：

> 纵赏山中，游心人外。青松白露，处处可悦。奇峰怪石，极目
> 忘归。加以法水晨流，天华夜落。（《广弘明集》卷二一）

描写了开善寺"青松白露"、"奇峰怪石"的山水美，而开善寺理当是讲
涅槃的道场。这里值得注意的是，过去作为隐遁场所被热爱的山水，现
在开始作为法会场所受到了热爱。游览佳山水，使他们觉得是一种"法
乐"。也就是说，由于他们皈依了佛教，所以他们开始认为隐遁境地就是
法乐境地，而欣赏其山水也就是"法乐"了。其中能够看到自然观的一
种变化。

昭明太子的《答湘东王求文集及诗苑英华书》云：

> 吾少好斯文，迄兹无倦。谭经之暇，断务之余，陟龙楼而静拱，
> 掩鹤关而高卧。与其余（"余"盖"饱"之讹）食终日，宁游思于
> 文林。或日因春阳，其物韶丽。树花发，莺鸣和，春泉生，暄风至。
> 陶嘉月而熙游，藉芳草而睡属（"睡属"盖"眺瞩"之讹）。或朱炎
> 受谢，白藏纪时。玉露夕流，金风夕（"夕"盖"多"之讹）扇。
> 悟秋山之心，登高而远托。（《昭明太子集》卷三，《四部丛刊》本）

其中叙述了在春秋的山野的游乐。据《梁书·昭明太子传》记载：

> 性爱山水，于玄圃穿筑，更立亭馆，与朝士名素者游其中。尝
> 泛舟后池，番禺侯轨盛称"此中宜奏女乐"，太子不答，咏左思《招
> 隐》诗曰："何必丝与竹，山水有清音。"侯惭而止。出宫二十余年，
> 不畜声乐。

他是一个清静山水的爱好者，因此，当然会写出上面这样的自然描写。
不过，在他的诗中，上述这种游乐场所的自然描写不是很多，比较多的
是像简文帝的诗中所能见到的那种作为法会背景的山水的描写。他在这
种幽邃的山水中，感受到了"法乐"，吟咏道："兹乐逾笙磬。"（《玄圃

讲》）在游钟山大爱敬寺时，作为"善游兹胜地，兹岳信灵奇"的具体
表现，他吟咏道：

> ……嘉禾互纷纭，层峰郁蔽亏。丹藤绕（"绕"原作"统"，
> 《诗纪》作"绕"，此从《诗纪》）垂干，绿竹荫清池。舒华匝长阪，
> 好鸟鸣乔枝。霏霏庆云动，靡靡祥风吹……（《昭明太子集》卷一）

此外，在《开善寺法会》中，诗人描绘了"兹地信闲寂，清旷惟道场"
的神仙境界，在《钟山解讲》中，描绘了"重兹游胜境，精理既已详"
的钟山胜境，在《玄圃讲》中，也描绘了"兹乐逾笙磬"的玄圃的山水
美。概言之，其中所描写的自然，宛如神仙境界，描写得似乎过于美丽
了一点。但是，通过这些山水诗，可以看出他们对于山水的爱好，以及
鉴赏自然美的眼光的发达。

作为山水文，接着应该列举的是陶弘景的作品。据《梁书》本传说，
他"有养生之志"，"遍历名山，寻访仙药。每经涧谷，必坐卧其间，吟
咏盘桓，不能已已"。他有有名的《寻山志》，是一部"倦世情之易挠，
乃杖策而寻山"的游记，其中叙述了离开俗界游览幽邃的山水的快乐：

> 尔乃荆门昼掩，蓬户夜开。室迷夏草，径惑春苔。庭虚月映，
> 琴响风哀。夕鸟依檐，暮兽争来。时复历近垄，寻远峦，坐盘石，
> 望平原。日负嶂以共隐，月披云而出山。风下松而含曲，泉萦石而
> 生文……乃乘兴而遽往，遵岩路以远游。仆天维而漂思，懒悒忽而
> 莫求。眺回江之森漫，眩叠嶂之相稠。日斜云而色黛，风过水而安
> 流。触嵚岑而起巘，值阔达而成洲。石孤耸而独绝，岸悬天而似浮。
> 缘磴道其过半，魂渺渺而无忧。（《陶隐居集》）

详尽无遗地描绘了深山溪谷的景色。作者寻访仙药、遍历涧谷的频繁的
山水游历，给他带来了这样的描写。他赋诗回答齐高帝的"山中何所有"
之问，咏道：

　　山中何所有，岭上多白云。只可自怡悦，不堪持寄君。（同上）

正因为他喜爱"多白云"的隐遁境地，自称"华阳隐居"，所以才能写出上述这种山水文吧。又，《答谢中书书》中写道：

　　山川之美，古来共谈。高峰入云，清流见底。两岸石壁，五色交晖。青林翠竹，四时俱备。晓雾将歇，猿鸟乱鸣。夕日欲颓，沉鳞竞跃。实是欲界之仙都，自康乐以来，未复有能与其奇者。（《艺文类聚》卷三七）

描写了可与仙都媲美的山水美。其写景用的是四字对句，即所谓的骈俪体。倘将它说成是四言无韵诗也绝非过言。通过他提出的"山川之美"，我们能够了解他在山水中寻找的是什么。一般而言，在齐梁时代，人们在山水中寻找的可以说就是"山水之美"。

　　刘峻"游东阳紫岩山，筑室居焉，为《山栖志》"（《梁书》本传），叙述了金华山的大观、历史、山中的自然、风物、寺观以及农夫的欢乐等等，可以说是一部游金华山的游记，其中同样散见着对于山水美的描绘。它首先叙述了东阳山水的秀丽：

　　山川秀丽，皋泽块郁。若其群峰叠起，则接汉连霞；乔林布濩，则春青冬绿；回溪映流，则十仞洞底；肤寸云合，必千里雨散。信卓荦爽垲，神居奥宅。

接着，又叙述了他构居其中的紫岩山的美丽：

　　靡迤坡陀，下属深渚；巑岏崚嶒，上亏日月。登自山麓，渐高渐峻。垄路迫隘，鱼贯而升。路侧有绝涧，闸闸阐豁。

接着，又叙述了山居周围的景色：

　　所居三面，皆回山周绕，有象浮郭。前则平野萧条，目极通望。东西带二涧，四时飞流泉。清澜微霤，滴沥生响；白波跳沫，汹涌成音。（《广弘明集》卷二四）

叙述了东西二涧流泉飞溅、白波跳沫的景况。接着，又叙述了山居周围的草木。虽说其叙述方式令人想起司马相如的《子虚赋》，却是只有爱好山水和打开了对于自然美的眼界的人才能叙述的自然描写。这表现为诗歌，便是《始居山营室》诗，这首诗上文已经引用过了，也可以说是一首山水诗：

> 激水檐前溜，修竹堂阴植。香风鸣紫鸾，高梧巢绿翼。泉脉洞沓沓，流波下不极。仿佛玉山隈，想象瑶池侧。（《艺文类聚》卷三六）

其次，有丘迟的《与陈伯之书》。这是天监四年太尉临川王宏北伐时，丘迟劝在北魏的陈伯之来降的书简：

> 暮春三月，江南草长，杂花生树，群莺乱飞。见故国之旗鼓，感平生于畴日。抚弦登陴，岂不怆悢。所以廉公之思赵将，吴子之泣西河，人之情也。将军独无情哉！（《文选》卷四三）

在这封书简中，仅仅插入了四句关于易使人感动的暮春三月江南风景的描写，便深深地打动了陈伯之的思乡之情。这四句四字写景的淡淡的描写，含有无限的感情，远胜于那些徒然堆砌美辞丽句的饶舌的自然描写，并和那些自然描写有着显著的差别。这四句也是一篇诗歌。没有什么作品能够具有这样的写景效果吧。只有后来唐诗的写景诗里才有可与之匹敌的作品。在他的山水诗中，已经举过的《旦发渔浦潭》及《夜发密岩口》，也是优秀的作品。

张缵的《谢东宫赉园启》中，也可以看到山水文。首先叙述了想要隐遁的希望：

> 常愿卜居幽僻，屏避喧尘。傍山临流，面郊负郭。依林结宇，憩桃李之夏阴；对径开轩，采橘柚之秋实。

接着叙述了园中之美：

　　　　此园左带平湖，修陂千顷；右临长薄，清潭百仞；前逼逸陌，朝

　　夕爽垲；后望钟阜，表里烟霞。每剩春迎夏，华卉竞发；背秋向冬，

　　云物澄霁。归瞰户牖，不异登临；升降阶墀，已历穷览。舟楫所届，累

　　日不能究其源；鱼鸟之丰，山泽不能喻其美。（《艺文类聚》卷六五）

其中也说想要称誉山水美而"不能喻其美"。张缵的作品中，没有值得一
看的诗歌，而长文《南征赋》则为《梁书》本传所引。这是他赴湘桂东
宁三州都督诸军事及湘州刺史任时的道中记，其中随处都有优秀的山水
描写，令人想到他是一个自然鉴赏眼光发达的人。

　　其次，在吴均的书简中，也能见到优秀的山水文。如，在《与施从
事书》中，他描写了"青山"之美：

　　　　故鄣县东三十五里，有青山，绝壁干天，孤峰入汉；绿嶂百重，

　　青川万转。归飞之鸟，千翼竞来；企水之猿，百臂相接。秋露为霜，

　　春萝被径。风雨如晦，鸡鸣不已。信足荡累颐物，悟里散赏。（《艺

　　文类聚》卷七）

描绘了足以"散赏"的胜景。又如，在《与朱元思书》中，他描写了从
富阳到桐庐山清水秀的奇山异水：

　　　　风烟俱净，天山共色。从流飘荡，任意东西。自富阳至桐庐，

　　一百许里，奇山异水，天下独绝。水皆漂碧，千丈见底，游鱼细石，

　　直视无碍。急湍甚箭，猛浪若奔。夹峰高山，皆生寒树，负势竞上，

　　互相轩邈。争高直指，千百成峰。泉水激石，泠泠作响。好鸟相鸣，

　　嘤嘤成韵。蝉则千转（"转"盖"啭"之讹）不穷，猿则百叫无绝。

　　鸢飞戾天者，望峰息心；经纶世务者，窥谷忘反。横柯上蔽，在昼

　　尤昏；疏条交映，有时见日。（同上）

又，在《与顾章书》中，他描写了石门山的幽邃美：

　　　　仆去月谢病，还觅薜萝。梅溪之西，有石门山者，森壁争

霞，孤峰限日。幽岫含云，深溪蓄翠。蝉吟鹤唳，水响猿啼，英
英相杂，绵绵成韵。既素重幽居，遂葺宇其上。幸富菊华，偏饶
竹实。山谷所资，于斯已办；仁智所乐，岂徒语哉！（《艺文类
聚》卷八）

这些都是只描写山水美的完全的山水文，如果押韵的话，便各各都成了
一篇山水描写的赋。在故鄣县①之旅中以其胜景报知施从事的是《与施
从事书》，在富阳桐庐之旅中以其胜景报知朱元思的是《与朱元思书》，
以隐遁地石门山之美报知顾章的是《与顾章书》，都是巧妙的骈俪文，四
字对句重复之处，也可以说是一篇完整的四言诗吧。这些文章，都出色
地捕捉了自然美，显示了作者对于自然美的鉴赏眼光的深刻。吴均被列
入《梁书·文学传》，他的文章，为沈约所推重，世称"吴均体"。诗歌
方面，据说曾与柳恽②连日赋诗（《梁书·文学传上》）。看上述山水文可
知，他似乎是一个特别爱好游览山水的人。他所著的《十二州记》，盖就
是这种游览的结果吧。在他的诗中，描写自然美之处很多，但作为山水
诗，也有如已经举过的《山中杂咏》这样的纯粹的写景诗。这是一首在
《与顾章书》中所说的石门山葺宇幽居时所写的诗。从这种对于山居的爱
好中，也能看出他的爱好山水的程度。

此外，还有梁江淹的《赤虹赋序》、陈顾野王的《虎丘山序》、沈炯
的《答张种书》、周弘让的《答王褒书》和北齐祖鸿勋的《与阳休之书》
等等，其中都能见到优秀的山水描写。

以上，我们考察了描写山水的散文。令人奇怪的是，书简文中也能
见到许多优秀的山水文。其中并没有"因为是书简文，所以容易作山水
描写"这样的因果关系。书简文中之所以能够见到许多山水描写，乃是

---

① "故鄣县"原文作"鄣县"，此从《梁书·文学·吴均传》。——译者注
② "柳恽"原文作"刘恽"，此从《梁书·文学·吴均传》。——译者注

因为"连书简文也开始作起山水描写来啦"这一原因吧，这恰恰说明人们开始对于山水美具有多么强烈的关心！

不用说，文人们一开始关心山水美，这种关心便会表现到作品中来。首先是"诗"，这就是山水诗的出现。此外也出现在"赋"里，如东晋孙绰的《游天台山赋》、宋谢灵运的《山居赋》、齐谢朓的《临楚江赋》、梁沈约的《郊居赋》、江淹的《江上之山赋》、吴均的《八公山赋》等等，都是描写山水的山水赋。此外，山水描写也出现于"序"中，如刚才已举过的诸诗序，以及齐随郡王子隆的《山居序》等等，便是这样。在赞、铭、碑中，也出现了山水描写，如齐王俭的《竟陵王山居赞》，梁简文帝的《秀林山铭》，陶弘景的《茅山曲林馆铭》，元帝的《善觉寺碑》、《钟山飞流寺碑》等等，便是这样。这样看来，山水描写的大量出现于"书"中，便也没有什么可奇怪的了。而且，"书"中所表现的山水描写，虽说是散文，却是受当时流行的骈俪化影响的富于对偶表现的长诗式的散文。不仅书简文式的散文是这样，而且出现于北方的《水经注》之文也是这样。

第三节　山　水　游　记

关于中国的"游记"①，人们有各种解释，在此我们暂且把旅行记、见闻记、游览记、名胜记等都看作是游记。在这些游记中，可以看到中国的游记自然而然地具有一定的模式。其一，从文体来看，是这些游记皆以"记"或"游记"之名为题，如《入蜀记》、《徐霞客游记》。其二，在这些以"记"或"游记"为题的作品中，大部分又以"～山记"或

① 据《四库全书总目》的分类，宋陈舜俞的《庐山记》、明田汝成的《西湖游览志》等等被归入"地理类山川之属"，宋张礼的《游城南记》、明徐弘祖的《徐霞客游记》等等被归入"地理类游记之属"。倘从此，则似乎只应将以适当的顺序记行程的作品称为"游记"，而名胜记、名胜导游记之类作品便不能算是游记。但是，这里我们将这二者看作是广义的游记。狭义的游记，则包含以游记和记游等为题的作品，按照适当的时日顺序记载旅行行程的作品，抱着游览目的而写作的作品等等。

"游～山记"为题，即大都是游山水记，在此我们把它们叫作山水游记。
如清吴秋士编的《天下名山游记》，其中便大多是以"～山记"或"游～
山记"为题的。《小方壶斋舆地丛钞》中所收的清人游记也是这样，大都
是山水游记。这种山水游记中最有名的，不用说，是唐柳宗元的所谓
《永州八记》①。但是，更进一步从柳宗元的这些游记追溯上去，便可以
通到前代六朝时大量涌现的"山水记"。也就是说，作为后世游记之中心
的山水游记，乃是渊源于六朝的山水记的。姑且这么想，大概不会错吧。
正如《徐霞客游记》的《四库提要》所说的：

> 自古名山大泽，秩祀所先，但以表望封圻，未闻品题名胜。逮
> 典午（晋）而后，游迹始盛。六朝文士，无不托兴登临。史册所载，
> 若谢灵运《居名山志》、《游名山志》之类，撰述日繁。

认为山水游记的撰述始于晋（典午）以后，谢灵运的游记则尤为有名。
不过，值得注意的是，此外还出现了很多山水游记。在此，我想首先就
以晋宋为中心所出现的山水游记及与之有关的山水记，叙述一下当时出
现了一些怎样的山水游记，这些山水游记具有怎样的内容，以及当时为
何会出现这样的山水游记和山水记。

一、晋宋的山水游记——以《游名山志》、《庐山略记》为中心

虽说大致把游记区分为山水游记与山水记两类，但就它们都是以山
水为对象的记这一点而言，山水游记也可以看作是山水记。这里对二者
所作的区别，是非常形式性的，即把以"游～记"为题的作品大致看作
是山水游记；而把以"～山记"为题的作品看作是山水记。山水记中，
还包含"～山序"② 这样的作品。然而关于河川的记③则不予讨论。

以"游～记"为题的作品，首先要举的是宋谢灵运的《游名山志》

---

① 《始得西山宴游记》、《钴鉧潭记》、《钴鉧潭西小丘记》、《至小丘西小石潭记》、《袁家
　渴记》、《石渠记》、《石涧记》、《小石城山记》。
② 顾恺之的《虎丘山序》、支遁的《天台山铭序》、傅玄的《华岳铭序》。
③ 郭璞注的《水经》、释道安的《四海百川水源记》、庾仲雍的《江记》（《江水记》、
　《江图》）。

与《居名山志》（参照附录）。《隋志》著录均为一卷。据其名可知，二者均是山水游记。前者有严可均所辑录的十二条①。这些都是被各书明确地作为《谢灵运游名山志》引用的，现在只有这些是确切无疑的。这种看法无疑是正确的。此外，作为资料的还有《谢灵运名山志》（《艺文类聚》卷八）、《谢康乐山居记》②　（《水经·浙江水注》）、《谢灵运山居图》③　（《文选》卷二六《入华子岗是麻源第三谷》诗李善注）等等，或认为与《游名山志》有关，或认为与《居名山志》有关，说法不一，在此暂不予考察。又，不冠谢灵运之名而单引的《游名山志》、《游名山记》也有很多，虽说我想这大概就是谢灵运的《游名山志》，但因为想要另外考证④，所以在此同样不予考察。至于《居名山志》，因为现存的资料不充分，所以内容不清楚。

《游名山志》以"游～志"为题，很明显是山水游记。但更严密地考虑一下，所谓"志"，也许与"记"有所不同。也许，"志"是《汉书》十志式的罗列性的记述方式，"记"是《礼记》中诸记式的以某件事为中心的叙述方式，只是我们不清楚当时人是否意识到二者间有某种程度的区别。如地方志，几乎都写作"记"；又如陶弘景的《寻山志》则不写作"记"。

看一下《游名山志》的内容，便可知其中大多数是关于名胜位置的记载，如：

> 永宁、安固二县，中路东南，便是赤石，又枕海。（《文选》卷二二《游赤石进帆海》诗李善注）

① 十二条中，只有三条严可均注明了出处。
② 章宗源（应为姚振宗。——译者注）《隋志考证》注云："案《山居赋》当在是志。"认为"是志"（《居名山志》）与《山居赋》有关系。但我们怎么也看不出《水经注》所引的这些话与《山居赋》的内容有什么关系。
③ 严可均以之入《游名山志》，不知何据？
④ 《太平御览》引《游名山志》（十二条）、《游名山记》（二条），除卷九百四十二所引外，均未冠谢灵运之名，但从其中卷九百五十六引一条与《初学记》卷二十八引的《谢灵运游名山志》一致来考虑，其他各条恐怕也是谢灵运之作。不过，因为在《艺文类聚》等书中，还将谢灵运之作引作《名山序》、《名山志》，《太平御览》除《游名山志》、《游名山记》外，也有《名山志》、《名山记》、《名山略记》等，所以这些作品间也许有混同。又《居名山志》也许也和《游名山记》有混同。

神子溪，南山与七里山分流，去斤竹涧数里。（《文选》卷二二
《从斤竹涧越岭溪行》诗李善注）

有些地方，也多少有一些关于名胜的描写。如：

湖三面悉高山，枕水渚。山溪涧凡有五处，南第一谷今在，所
谓石壁精舍。（《文选》卷二二《石壁精舍还湖中》诗李善注）

石门涧六处，石门溯水上，入两山口。两边石壁，右边石岩，
下临涧水。（《文选》卷二二《登石门最高顶》诗李善注）

还有我想与上述石门的记述有关的描写：

石门山两岩间，微有门形，故以为称。瀑布飞泻，丹翠交曜。
（《艺文类聚》卷八《谢灵运名山志》）

只是仅作《名山志》，我想未必是《游名山志》吧，也许是《居名山
志》。但是，如果这是《游名山志》①，那么，它就是《游名山志》现存
资料中（也包含有疑问的资料）可以见到的唯一的风景描写。"瀑布飞
泻，丹翠交曜"这种描写，考虑到谢灵运的诗歌，当然是在《游名山志》
中的可能性更大。不过它不见于今日的佚文中。

除了上述关于名胜的位置记载和描写之外，还记载了关于这些地名
的来历：

破石溪南二百余里，又有石帆，修广与破石等度，质色亦同。
传云：古有人以破石之半为石帆，故名彼为石帆，此名破石。（《艺
文类聚》卷八）

又有关于物产的记载：

新溪，蛎味偏甘，有过紫溪者。（《太平御览》卷九四二）

吹台有高桐，皆百围。峄阳孤桐，方此为劣。（《初学记》卷二八）

---

① 从《艺文类聚》卷七引《游名山志序》仅称《名山志》来看，也许《游名山志》可单
称《名山志》。又，《艺文类聚》中《居名山志》一条也看不见。

通过上述例子，我想可以大致了解《游名山志》的特色了。也就是说，它虽说是历游诸名山的游览记，但内容却似乎是记载诸名胜的罗列性的名胜记。那么，为何作者要写这么一部《游名山志》呢？关于这一点，《游名山志序》有很好的说明：

> 夫衣食，生之所资；山水，性之所适。今滞所资之累，拥其所适之性耳。(《初学记》卷五)

认为是由于拥有爱好山水的天性之故。由于这种天性，谢灵运就发展出了一种"登山癖"：

> 寻山陟岭，必造幽峻。岩嶂千重，莫不备尽。(《宋书》本传)

作为其结果，便写作了《游名山志》和《居名山志》。当然，也因此而写作了有名的《山居赋》：

> 今所赋既非京都宫观游猎声色之盛，而叙山野草木水石谷稼之事。(《山居赋序》)

当然，也因此而产生了他那众所周知的山水诗。

如果说《游名山志》是因爱好山水而产生的，那么在这种意义上的山水游记，在谢灵运以外也能见到。如《南齐书·高逸·宗测传》中记载的《衡山记》和《庐山记》：

> 宗测字敬微，南阳人，宋征士炳孙也，世居江陵。测少静退，不乐人间……永明三年，诏征太子舍人，不就。欲游名山……又尝游衡山七岭，著《衡山》、《庐山记》。

又如《梁书·萧幾传》中记载的"记"：

> 末年，专尚释教。为新安太守，郡多山水，特其所好，适性游履，遂为之记。

关于这篇记，宋代罗愿的《新安志序》云：

> 至梁萧幾为新安太守，爱其山水，始为之记。

《四库提要》称此"记"为《新安山水记》。又如《梁书·刘峻传》中所载的《山栖志》[1]：

> 复以疾去，因游东阳紫岩山，筑室居焉，为《山栖志》。

这些都是因爱好山水、游览山水而被创作出来的山水游记，只不过这些作品不像《游名山志》那样以"游"为题而已。那么，像《游名山志》那样的以"游记"为题的山水游记，究竟是从何时开始出现的呢？

管见以为，晋王羲之的《游四郡记》与释慧远的《游山记》是其最早的例子。在此之前，还有晋续咸的《远游志》，据《晋书·儒林·续咸传》记载：

> 著《远游志》、《异物志》、《汲冢古文释》，皆十卷，行于世。

其内容不清楚，因为"远游"一词盖出典于据说是屈原所作的楚辞《远游》，因此也许它具有楚辞式的内容。但是，从他有《异物志》[2] 来考察，也许它是异物志性的旅行记。倘如此，则它将是以"游记（志）"为题的最早的例子。

王羲之的《游四郡记》（《太平御览》所引无"四"字），只有《艺文类聚》卷八十八、《太平御览》卷九百五十三所引的同样一条：

> 永宁县界，海中有松门。西岸及屿上，皆生松，故名松门。（据《艺文类聚》卷八八。《太平御览》"西岸及"三字作"在岛"二字，"名"作"曰"，"门"下有"也"字。）

我们当然不能用这一条来律全书，但是看到其中所记载的关于名胜的来历，便可以推测《游四郡记》似乎是一部山水名胜记。倘参合《晋书·

---

① 严可均《全梁文》卷五十七。
② 除此之外，此时的诸书中还能见到薛莹的《荆扬以南异物志》，谯周的《异物志》、《凉州异物志》、《巴蜀异物志》、《临海水土异物志》等书，它们大都是关于各国珍奇物产的记载，也可以说是寻觅各国异物的旅行记，但本文不欲将它们置入游记之中。

王羲之传》的记载来考虑：

> 羲之既去官，与东土人士尽山水之游，弋钓为娱。又与道士许
> 迈共修服食，采药石不远千里，遍游东中诸郡，穷诸名山，泛
> 沧海。

则所谓"游四郡"，盖指"遍游东中诸郡，穷诸名山，泛沧海"之游吧。

释慧远的《游山记》，又称《远法师游山记》。正如清沈家本所注的："此亦记庐山之事，法师即慧远也。"（《世说注所引书目》）这是游庐山的记。据《世说新语·规箴篇》注：

> 自托此山，二十三载，再践石门，四游南岭。东望香炉峰，北
> 眺九江。传闻有石井方湖，中有赤鳞踊出，野人不能叙，直叹其奇
> 而已。①

此记也仅存这一条，由这一条推测，《游山记》似乎也是庐山的名胜记。慧远与庐山的关系非常有名，事详《高僧传》卷六《释慧远传》："自远卜居庐阜，三十余年，影不出山，迹不入俗。每送客游履，常以虎溪为界焉。"《游山记》便是关于自己所热爱并栖居三十余年的庐山的游览记吧。

以上，我们考察了以"游记"为题的作品，虽说资料甚少，但值得注意的是，这些作品早已出现于晋代，并且，它们大都与山水有关。这些作品，都是山水游记，且都是从晋代开始出现的。而且，和这些山水游记一起，晋代还出现了许多山水记。

这里所要讨论的山水记，不分山岳记还是河川记，而是包含这二者在内的，但实际上以山岳记为多。这些山岳记，以山岳的记述为主，同

---

① 严可均辑本引此《世说》注，误将《游山记》合于《庐山记》之末。《太平御览》卷四十一所引"三"字作"二"，"再"字上有"凡"字，"践"字作"诣"，无"峰"字，"北"字上有"秀绝众形"四字，"江"字作"流"，其下有"神览视四岩之内犹观之掌焉"十二字，"湖"字下有"足所未践"四字。

时也包含了河川湖塘的记述。青山定雄氏①在《支那的山川志》中，将六朝时代的山岳志与山水志作了区别②，但在本文中，我想把这二者都作为山水记来处理。关于山水记的著录，在已经列举的作品中，有秦荣光的《补晋书艺文志》，据它记载，有：

> 《石箕山记》（贺循）、《幔阜山记》（葛洪）、《湘中山水记》（罗含）、《湘川记》（罗含）、《虎丘记》（王珣）、《庐山记》（张野）、《吴兴山墟名》（王韶之）、《宜都山川记》（袁山松）、《句将山记》（袁山松）、《罗浮山记》（袁宏）、《神境记》（王韶之）、《名山记》（殷武）、《庐山略记》（慧远）。

关于其中的每一种，秦氏都有简要的考证，如认为《吴兴山墟名》似乎是张玄之所著③等。《名山记》青山氏认为是西晋王嘉所著④。此外，见于诸书的还有：

> 《南岳记》（徐灵期）、《庐山记》（王彪之）、《羊头山记》、《庐山记》（周景式）、《嵩高山记》（卢元明）、《宋永初山川古今记》（刘澄之）。

这些作品中也有一些不能明确地断言是晋宋之作，但不会离晋宋太远。⑤这些作品大都只能根据佚文来考察，而可辑的佚文却又非常之少。现在，我们试以佚文较集中的释慧远的《庐山略记》为例，来考察一下当时的山水记。

---

① 青山定雄（1903—1983），日本的中国历史地理研究者，前中央大学教授。主要著作有《支那历代地名要览》、《唐宋时代的交通与地志图志的研究》、《宋代传记索引》、《宋会要研究备要》、《宋会要研究文献目录》等。——译者注

② 《支那的山川志》（《龙谷学报》三百三十二号）作为山岳志举了徐灵期的《南岳记》、王嘉的《名山记》等；作为山水志举了张元之的《吴兴山墟名》、袁山松的《宜都山川记》等。

③ 秦荣光据《舆地碑记目》作"晋吴兴太守王韶之撰"。丁国钧《补晋书艺文志》作张玄之著，注云："谨按：见宋王象之《舆地纪胜》。玄之字希祖，见本书《谢玄传》。《寰宇记》引作京之。"

④ 《支那的山川志》。秦荣光据《寰宇记》引作"殷武撰"。

⑤ 卢元明为后魏人，本书第三章曾引其《晦日泛舟应诏》诗。——译者注

慧远的《庐山略记》①，有《守山阁丛书》本（附陈舜俞《庐山记》），但讹误甚多，故今主要从《庐山记》（景成箕堂文库藏宋椠高山寺本，《吉石盦丛书》二集所收）中摘引。先来看一下其卷一《总叙山水篇第一》所引用的。

首先，它叙述了庐山的地理位置：

> 山在江州寻阳②，南滨宫亭，北对九江。九江之南，江为小江。山去小江，三十余里。左挟彭泽，右傍通川，引三江之流，而据其会。

这种标明山脉位置的记述，在其他山水记中也经常能够看到。如罗含的《湘中记》③ 云："石燕在零陵县。"（《太平御览》卷四九）袁山松的《宜都记》④ 云："郡西北陆行四十里，有丹山。"（《艺文类聚》卷七）

《略记》接着说明了庐山名称的起源：

> 有匡俗先生者，出自殷周之际，遁世隐时，潜居其下。或云，俗受道仙人，共游此山，遂托空崖，即岩成馆，故时人谓其所止为神仙之庐，因以名山焉。⑤

这种有关地名来历的记载，在其他山水记中也能够见到。如《宜都记》

---

① 《水经·庐江水注》、《北堂书钞》卷一百五十一、《艺文类聚》卷七十八、《文选》卷十二及卷二十六李善注、《太平御览》卷四十一引无"略"字。章氏《隋志考证》误作《庐山纪略》。秦荣光《补晋书艺文志》作《庐山记略》，注云"据《唐志》"，但两《唐志》中均未著录。

② 《文选》卷十二《江赋》注引作"山在江州浔阳之南"，《世说新语·规箴篇》注引"阳"字下有"郡"字。

③ 《崇文总目》作"《湘中山水记》，罗含撰，卢拯注"，但诸书引用时则引作《罗含湘水记》（《水经·湘水注》）、《罗含湘中记》（《水经·湘水注》、《续汉书·郡国志》注、《初学记》卷五、《太平御览》卷四九）。又《艺文类聚》只引作《湘中记》，因为庾仲雍也有《湘中记》，所以当然不能认定是罗含之作。又沈家本（《古书目四种》）认为《文选》卷五注引《湘州记》乃《湘中记》传写之误，难遽信从。

④ 此书又引作《宜都山川记》。

⑤ 《太平御览》卷四十一引"遁世隐时"作"隐遁避世"。《庐山记》卷二引"道"下有"于"字。《世说》注引"云"下有"匡"字，《御览》引亦同。《世说》注引"人"下有"而"字。《世说》注、《御览》引"此山"作"其岭"。《世说》注引"空崖"作"室崖岫"，《御览》引作"室悬岫"。《世说》注引无"其所止"三字，"因以名山焉"作"而命焉"。

关于"丹山"云:"山间时有赤气笼盖林岭如丹色,因以名山。"(《艺文类聚》卷七)

《略记》接着记载了庐山的名胜古迹,并叙述了与之有关的传说:

> 其岭下,半里有重嶮。上有悬崖,傍有石室,即古仙之所居也。其后有岩,汉董奉在于岩下,常为人治病,法多奇神,绝于俗医。病愈者,令栽杏五株,数年之中,蔚然成林。

这种有关名胜古迹的叙述,也与其他的山水记相同。如罗含的《湘中记》云:"衡山、九疑,皆有舜庙。太守至官,常遣户曹致敬修祀,即如有弦歌之声。"(《初学记》卷五)袁山松的《宜都山川记》云:"自西陵东北陆行百二十里,有方山。其岭四方,素崖如壁。天清朗时,有黄影似人像。山上有神祠场,特生一竹,茂好,其标垂场中。场中有尘埃,则风起动此竹,拂去如洒扫者。"(《艺文类聚》卷七)专以山水的名胜古迹为对象的作品有王韶之的《神境记》①,记述了九疑山的舜庙(《太平御览》卷四一、卷五二六、卷九九九)、荥阳郡的何家岩(《太平御览》卷五四)等等,而且还及于荥阳郡灵源山的珍异植物:"荥阳郡西有灵源山,其涧生灵芝、石茵,岩有紫菊。"(《太平御览》卷九九六)

《略记》中接着所能看到的,是关于自然风景的描写:

> 其山大岭,凡有七重。圆基周回,垂五百里。风云之所摅,江湖之所带。高崖反宇,峭壁万寻。幽岫穷岩,人兽两绝。天将雨则有白气先抟,而璎珞于岭下。及至触石吐云,则倏忽而集。或大风振崖,逸响动谷。群籁竞奏,奇声骇人。此其变化不可测者矣。
>
> 东南有香炉山,孤峰秀起。游气笼其上,则气若香烟②;白云映其外,则嶷然与众山殊别。天将雨,其下水气涌起,如车马盖,此即龙井之所吐。

---

① 《初学记》卷八引作"王韶之《神坟记》"。
② "气若香烟",《文选》卷二十二引作"即樊蕴若烟气"。

上述这种自然描写，在其他山水记中也能见到。而且，这种描写实际上是始于这个时代的山水记的特色。这种自然描写，在《禹贡》、《山海经》、《水经》中都是看不到的。在《史记·河渠书》、《汉书·地理志》、《沟洫志》中也看不到。

《略记》以外的自然描写的例子，可以看到许多。如罗含的《湘中记》云：

> 湘川清照，五六丈下，见底石。如樗蒲矢，五色鲜明。白沙如霜雪，赤崖若朝霞。是纳潇湘之名矣。（《水经·湘水注》）

> 衡山有悬泉，滴沥岩间，声泠泠如弦音，有鹤回翔其上如舞。（《初学记》卷五）

张野的《庐山记》①云：

> 庐山天将雨，则有白云，或冠峰岩，或亘中岭，俗谓之山带，不出三日，必雨。（《艺文类聚》卷七）

张玄之的《吴兴山墟名》云：

> 三山，太湖中，白波天合，三点黛色。（《太平寰宇记》卷九四）

> 紫花涧，两岸芳芜之中，出紫苑。长薄之下，生珠藤。至三月，紫花满涧。一名花濑。（同上）

袁山松的《宜都山川记》云：

> 对西陵，南岸有山，其峰孤秀。人自山南上至顶，俯临大江，如萦带；视舟舡，如凫雁。（《初学记》卷六）

---

① 文廷式《补晋书艺文志》云："按《陶潜传》有乡亲张野，即其人。《世说·文学门》注引张野《远法师铭》。《永乐大典》六千三百三十九引《江州志》曰：'张野，字莱民，诠族也。徙家柴桑，与陶潜通姻。学兼华、竺，州举秀才，南中郎府功曹，州治中。后征散骑常侍，卒不就。躬耕乐道，号东皋春农。入惠远莲社。远之葬，谢灵运作铭，野序焉。年六十九卒。有《庐山记》行于世。'"

郡西北，陆行三十里，有丹口，天晴出岭，忽有雾起，回转如烟。不过再朝，雨必降下。（《初学记》卷二）

自西陵溯江，西北行三十里，入峡口。其山行，周回隐映，如绝复通。高山重嶂，非日中夜半，不见日月也。（《艺文类聚》卷六）

自峡口溯江，百许里，至黄牛滩。南岸有重山，山顶有石壁。上有人负刀牵黄牛。人迹所绝，莫得究焉。（《艺文类聚》卷九四）

峡中猿鸣至清，诸山谷传其响，泠泠不绝。行者歌之曰："巴东三峡猿鸣悲，猿鸣三声泪沾衣。"（《艺文类聚》卷九五）

袁山松的《句将山记》云：

登句将山，南望见宜都、江陵，近在目前。沮潭沔汉诸山，嶅嶅时见。远眺云梦之泽，晶然与天际。四顾总视众山数千仞者，森然罗列于足下。千仞以还者，嶵嵬如丘浪势焉。今在上洛县西北。（《太平御览》卷四九）

以上，都是关于风景名胜的描写。这种自然描写，如上所述，在过去的地志类书中是全然看不到的。

以上，我们以《庐山略记》为中心，对各种山水记的内容作了简略的一瞥，并指出了其中有着山水的地理位置、地名的来历、名胜古迹、与之有关的传说以及作为山水记特色的自然描写等内容。并稍稍谈到，在这些山水记中，也有关于珍奇物产的叙述。这些内容，和上面已经谈过的谢灵运的《游名山志》中所能见到的内容大致相同。之所以如此，盖是因为晋宋之交的山水记和山水游记大都具有这种内容。这么想大概是不会错的吧。

然而，我们却不能因此而认为具有这种内容的形式只是从这些山水记才开始的。极为相近的内容，远在《山海经》中即已能看到。《山海经》可以从许多方面考察，我们也可以认为它的内容大都是以动植物为中心，而交织进山水的位置、地名的来历、名胜及与之有关的传说等等的。如《西山经》云：

> 又西北四百二十里，曰崟山。其上多丹木，圆叶而赤茎，黄华而赤实，其味如饴，食之不饥。丹水出焉，西流注于稷泽。其中多白玉，是有玉膏。其源沸沸汤汤，黄帝是食是飨。是生玄玉，玉膏所生，以灌丹木，丹木五岁，五色乃清，五味乃馨。

首先叙述了"崟山"的位置，接着又谈到了"丹木"、"白玉"等物产以及与之有关的传说。这种叙述结构，与山水记全然一致。只是，山水记中又加上了景胜描写。通过上述比较可以看出，《山海经》与山水记似乎并非全无关系。在山水记的表现中，难道不是渗透着《山海经》的强烈影响吗？之所以如此，我想是因为《山海经》在当时受到了广泛的阅读，以至晋郭璞也为它作了注。《山海经》在《汉书·艺文志》中被著录于形法家，而在《隋书·经籍志》中则被著录于地理类。不用说，山水记也是著录于地理类的。大概《隋志》的作者认为二者间有一致的共同的地方吧。这么一想，我想山水记的渊源便甚至可以远推到《山海经》了。我想，在《山海经》的这种叙述中，再加上自然描写，便成了六朝的山水记。那么，为什么会加上自然描写呢？一言以蔽之，这是由于当时人爱好山水所造成的结果。

　　然而，像上述这种山水记，为什么到晋宋时才大量出现呢？《山海经》恐怕并非是爱好山水的产物，而是上古人崇拜敬畏山岳的产物吧。《禹贡》也好，《史记·河渠书》也好，或者《汉书·沟洫志》也好，都没有歌咏对于山水的爱好。可以认为，它们都是有关治水、水利的记述。而山水记则可以认为是由于爱好山水而出现的东西。当时人士是如何地爱好山水，上文已经提到，故在此不再赘言。《晋书·隐逸·郭文传》记载：

> 少爱山水，尚嘉遁。年十三，每游山林，弥旬忘反。

这种表现，在《晋书》中经常可以看到。这是在隐遁的同时又爱好山水的。《桓祕传》记载：

> 放志田园，好游山水。

这是为散怀而爱好山水的。又，《刘驎之传》记载：

> 好游山泽，志存遁逸。尝采药至衡山，深入忘反。

这是为采药而入山水的。这些事相互间或有关联，或无关系，但不管怎么说，可以肯定他们都爱好山水，游览山水。在这种风气下，必然会产生山水记。当然，最初出现的山水记，并不是像谢灵运的《游名山志》那样的作品。在它出现以前，早已经过了许多阶段。由上述例子也可以明白，同样是爱好山水，也有着各种各样的情况。在其背后，存在着老庄思想，或更广义地说，存在着道教思想的影响，这是值得注意的。因而也可以认为，他们所爱好的山水，首先是和道教有关的山水，并更经常地在这种山水中游览。据说，通神仙之道的许迈曾"遍游名山"（《晋书·许迈传》），他所游的名山，恐怕就是作为道教灵场的名山吧。我想，有关这种道教灵场的山水记，是首先出现的，如徐灵期的《南岳记》、袁宏的《罗浮山记》及各种《庐山记》即是如此。另一方面，爱好山水、游览山水的风气渐渐变为游览性的与趣味性的，并且与深山幽谷之景相结合，促进了唯美思想的发达。山水记也因而不再仅是《南岳记》式的"叙其洞府灵异"① 之作，而且也出现了慧远《庐山记》中所能见到的那种景胜描写。接着，进一步从道教的名山记中解脱出来，向游览性山水记的方向发展。袁山松的《宜都山川记》、张玄之的《吴兴山墟名》、罗含的《湘中山水记》等等即是其例。这些都是对以宜都、吴兴、湘中为中心的各处山川、名胜、古迹的记载，是不同于某特定山川之记的各处山川的旅行记、游览记。如以《宜都山川记》为例，这是袁山松任宜都

---

① 黄逢元《补晋书艺文志》云："元案：宋陈田夫《南岳总胜集》卷中……'上清宫'条云：'吴人徐灵期真人修行之所。采访山洞岩谷，作《南岳记》，叙其洞府灵异。'"

太守①时所写的记，我想，与其认为这部作品是袁山松为了给治理提供参考而巡视治下后所产生的著作，毋宁认为这是他爱好山水并游览治下山水后所产生的著作。正因如此，所以才像上述例子所表明的那样，这部作品是颇富游览性的。

　　这种游览意识高涨以后，便开始出现了以"游～记"为题的作品。《游四郡记》、《游山记》便是这样。也就是说，山水游记可谓是山水记的一个发展。这一点也适用于游记以外的作品。比如，比起以《西池》为题的诗的作者来，《游西池》一诗的作者（谢混，《文选》卷二二）的游览意识当然是更为浓厚的；比起《天台山赋》的作者来，《游天台山赋》的作者（孙绰，《文选》卷一一）的游览意识当然也是更为浓厚的吧。正因为这样，才开始加上"游"这个字的吧。但是，恐怕并不能因此而认为当时的作品在内容上都能够截然区别。因此，山水记与山水游记间的区别，也是难以明了的。不过这也是由于现存的资料较少而难以比较的缘故。但是，即使有了良好而完全的资料，二者间的差异可能还是难以看出的吧。这是因为，第一，当时的作者虽说在游记中持有强烈的游览意识，但他们在写作游记时，却未必意识到它与山水记有多少差异。就拿我们已经举过的慧远的《游山记》与《庐山略记》来说，如果把《游山记》看作是那种记述的连续，那么，它与《庐山略记》就没有什么大的差别，即使称为《庐山记》也没有什么关系。另一方面，《庐山略记》中也包含了后世游记中所能见到的那种要素，即使认为它是山水游记也没有关系。又，我们已经说过《宜都山川记》是颇富游览性的，事实上它与《游名山志》颇为相似，二者都既能看作是山水记，也能看作是山水游记。可以说，这时候的山水记与山水游记在内容上尚处于未分化状态。也就是说，虽然大致可以认为山水游记是山水记的一个发展，游览意识比较高涨，但从内容上来看，也可以说二者实际上尚处于未分

---

① 《艺文类聚》卷十九有晋桓玄《与袁宜都书》，又载袁山松《答桓南郡书》。《晋书》本传未载袁山松为宜都太守事。

化状态。因此我想，上述山水记也不妨看作是广义的游记。如果是这样，那么当时所谓的山水游记，该如何来下结论呢？我想把它广义地定义为"记述山水的记"。

从这种广义的概念来考察山水游记，那么还有山水游记性的作品，那就是诗序。如伏滔在《游庐山序》①中描写了庐山的形状：

> 庐山者，江阳之名岳。其大形也，背岷流，面彭蠡，蟠根所据，亘数十里。重岭桀嶂，仰插云日，俯瞰川湖之流焉。（《艺文类聚》卷七）

庐山诸道人在《游石门诗序》中描写了石门：

> 释法师以隆安四年仲春之月，因咏山水，遂杖锡而游。于时交徒同趣三十余人，咸拂衣晨征，怅然增兴。虽林壑幽邃，而开途竞进；虽乘危履石，并以所悦为安。既至则援木寻葛，历险穷崖，猿臂相引，仅乃造极。于是拥胜倚岩，详观其下，始知七岭之美，蕴奇于此。双阙对峙其前，重岩映带其后。峦阜周回以为障，崇岩四营而开宇。其中则有石台石池，宫馆之象，触类之形，致可乐也。清泉分流而合注，渌渊镜净于天池。文石发彩，焕若披面。柽松芳草，蔚然光目。其为神丽，亦已备矣……（《诗纪》卷四七）

在这篇作品中，景胜描写非常引人注目，其表现也是文学性的。桓玄的《南游衡山诗序》也与之相似：

> 岁次降娄，夹钟之初，理楫将游于衡岭。涉湘千里，林阜相属。清川穷澄映之流，涯涘无纤埃之秽。修途逾迈，未见其极。穷日所经，莫非奇趣。姑洗之旬，始暨于衡岳。于是假足轻舆，宵言载驰。轩途三百，山径彻通。或垂柯跨谷，侠献交荫；或曲溪如塞，已绝复开。或乘长岭，邈跳（"跳"盖"眺"之误）遥旷；或憩舆素石，映濯水湄。所以欣然奔悦、求路忘疲者，触事而至也。仰瞻翠标，

----

① 此序究为何种序尚不清楚，这里姑且作为诗序来处理。

邈尔天际，身凌太清，独交霞景。周览甫毕，顿策嵒阿。(《初学记》
卷五)

这是衡山道中及衡山本身的描写，表现与上述《游石门诗序》相同，也
是相当修饰的。又有陶渊明的《游斜川诗序》：

辛丑正月五日，天气澄和，风物闲美。与二三邻曲，同游斜川。
临长流，望增城，鲂鲤跃鳞于将夕，水鸥乘和以翻飞。

这也可以看作是游斜川的游记。但是，在这一类作品中，也有有名的王
羲之的所谓《兰亭序》以及孙绰的所谓《后序》：

永和九年，岁在癸丑，暮春之初，会于会稽山阴之兰亭，修禊事
也。群贤毕至，少长咸集。此地有崇山峻岭，茂林修竹。又有清流激
湍，映带左右。引以为流觞曲水，列坐其次。是日也，天朗气清，惠
风和畅，娱目骋怀，信可乐也。虽无丝竹管弦之盛，一觞一咏，亦足
以畅叙幽情矣。(《世说新语·企羡篇》注引王羲之《临河叙》)

以暮春之始，禊于南涧之滨。高岭千寻，长湖万顷。隆屈澄汪
之势，可为壮矣。乃席芳草，镜清流，览卉木，观鱼鸟。具物同荣，
资生咸畅。于是和以醇醪，齐以达观，决然兀矣，焉复觉鹏鷃之二
物哉。(《艺文类聚》卷四孙绰《三日兰亭诗序》)

这也可以看作是游兰亭的游记。后来的《古文真宝》等书，把《兰亭
序》收入"记"类，这与其说是错误，毋宁说是编者敢于把它作为游记
来考虑的聪明。

以上诗序的写作动机，都是为游石门、游衡山、游斜川、游兰亭而
写的，因此虽说是诗序，但其实明显是游记。又其中都有山水描写，因
此也可以说是山水游记。与上述山水记相比，山水描写远为巧妙，作者
的审美意识也更为发达。其中的描写，也可以说是游览性的描写。虽说
这不过是推测，但柳宗元的游记等等，在某些方面，难道就没有受过这
些游记性诗序的巨大影响吗？

　　以上，我们叙述了晋宋的游记。这都是广义的山水游记，倘把这些作品再作细分，那么还可以分成以"游记"为题的狭义的山水游记、以"～山记"为题的山水记以及具有山水游记特征的诗序这三类。可以认为，这些作品都是当时人爱好山水、游览山水的产物。而且，我们还阐明了，与前代的地志性书《山海经》、《禹贡》或《河渠书》、《沟洫志》相比，这些作品中出现了大量的自然描写。作为游记，还应该言及当时如郭缘生所作的《述征记》之类被称作"征记"的作品，以及大量出现的地方志。

附　录

谢灵运游名山志

　　夫衣食，生之所资；山水，性之所适。今滞所资之累，拥其所适之性耳（《艺文类聚》卷七无"今"以下十三字）。俗议（《艺文类聚》卷七作"世识"）多云，欢足本在华堂，枕岩漱流者，乏于大志，故保其枯槁。余谓不然。君子有爱物之情，有救物之能。横流之弊，非才不治（《艺文类聚》卷七作"理"），故有屈己以济彼。岂以名利之场，贤于清旷之域耶？语万乘则鼎湖有纵辔，论储贰则嵩山有绝控。又陶朱高揖越相，留侯愿辞汉傅。推此而言，可以明矣。（《初学记》卷五）

　　破石溪南二百余里，又有石帆，修广与破石等度，质色亦同。传云：古有人以破石之半为石帆，故名彼为石帆，此名破石。（《艺文类聚》卷八）

　　永宁、安固二县，中路东南，便是赤石，又枕海。（《文选》卷二二《游赤石进帆海》诗注）

　　湖三面悉高山，枕水渚。山溪涧凡有五处，南第一谷今在，所谓石壁精舍。（《文选》卷二二《石壁精舍还湖中作》诗注）

　　石门涧六处，石门溯水上，入两山口。两边石壁，右边石岩，下临涧水。（《文选》卷二二《登石门最高顶》诗注）

　　神子溪，南山与七里山分流，去斤竹涧数里。（《文选》卷二二《从斤竹涧越岭溪行》诗注）

桂林顶远，则嵊尖彊中。（《文选》卷二五《登临海峤初发彊中作》诗注）

从临江楼步路南上二里余，左望湖中，右傍长江也。（同上）

始宁又北转一汀七里，直指舍下园南门楼。自南楼百许步，对横山。（《文选》卷三〇《南楼中望所迟客》诗注）

地肺山者，王演《山记》谓之木榴山，一名地肺。（《初学记》卷五）

新溪，蛎味偏甘，有过紫溪者。（《太平御览》卷九四二）

吹台有高桐，皆百围。峄阳孤桐，方此为劣。（《初学记》卷二八、《太平御览》卷九五六）

谢灵运名山志

石门山两岩间，微有门形，故以为称。瀑布飞泻，丹翠交曜。（《艺文类聚》卷八）

游 名 山 志

芙蓉渚，有耸石头，如初生芙蓉，色皆青白。（《艺文类聚》卷六、《太平御览》卷五二）

楼石山，多栀子也。（《艺文类聚》卷八九、《太平御览》卷九五九）

楼石山，多章枕，皆为三四五围。（《太平御览》卷九六〇）

赤岩山，水石之间，唯有甘蕉林，高者十丈。（《太平御览》卷九七五）

泉山竹际及金州，多麦门冬。（《太平御览》卷九八九）

石室药多黄精。（同上）

横山诸小草多芎劳。（《太平御览》卷九九〇）

泉山多牡丹。（《太平御览》卷九九二）

石室紫苑。（《太平御览》卷九九三）

龙须草，唯东阳永嘉有。永嘉有缙云堂，意者谓鼎湖攀龙须，时有坠落，化而为草，故有龙须之称。（《太平御览》卷九九四）

石簀山，缘崖而上，高百许丈，里悉青苔，无别草木。（《太平御览》

卷一〇〇〇）

游 名 山 记

芙蓉山有异鸟，爱形顾影，不自藏，故为罗者所得，人谓鸧鸹。
（《太平御览》卷九二八）

横阳诸山，草多恒山。（《太平御览》卷九九二）

谢灵运山居图

华子岗，麻山第三谷。故老相传华子期者，禄里弟子，翔集此顶，
故华子为称也。（《文选》卷二六《入华子岗是麻源第三谷》诗注）

谢康乐山居记

北则崿山，与嵊山接。二山虽曰异县，而峰岭相连。其间倾涧怀烟，
泉溪引雾，吹畦风馨，触岫延赏。是以王元琳谓之神明境，事备谢康乐
山居记。（《水经》卷四〇《浙江水注》）

谢灵运山居赋（及自注）

（略）（《宋书·谢灵运传》）

二、地方志——以《荆州记》为中心

对游记的范围作广泛的考察时，我们先把它们大致区分为游览记、
旅行记、见闻记、名胜记等等。在具有名胜导游记特色的作品中，当时
还出现了大量的地方志。

关于六朝时代的地方志，详见青山定雄氏的《六朝时代地方志编纂
的沿革》（《池内博士还历纪念东洋史论丛》）。对于地方志的大量出现，
青山氏说：

> 盖三国至晋地方文化发展，各族作为乡党的名望家与领导者，
> 渐渐拥有牢固的势力。他们凭藉自己的文化教养，记录乡土的地理
> 历史，流传后世，或夸耀本地的文化，又有出而任官时以之作为治
> 理参考的意图，故编地方志，盖以僚属任其事。

这大抵是正确的见解。换言之，自南北朝起，各个地方各各呈现出独立

的态势，以前阚骃的《十三州记》这一全国性的地理书随之被取代，各个地方开始编写各自的地志。

各地一旦编写各自的地志，就必然会产生夸示本地优秀的风气。借《通典》州郡部注的话来说，辛氏的《三秦记》、常璩的《华阳国志》、罗含的《湘中记》、盛弘之的《荆州记》之类，都是"自述乡国灵怪人贤物盛"的作品。但是，其中叙述得较多的却是名胜古迹。简言之，当时的地方志给人以名胜导游记的感觉。而且，其中又渐渐地加入了山水景胜地的描写，开始变成了山水名胜记。这里所举的盛弘之的《荆州记》，便可以看作是加入景胜描写的名胜导游记。总而言之，它的撰述意图，与旨在叙述天下形势的地理志等，似乎有相当的差异。

盛弘之的《荆州记》，《隋志》云"三卷，宋临川王侍郎盛弘之撰"。《宋书》无盛弘之传，故其撰著此书的经过已不能详。关于此书的撰著时间，清曹元忠在其辑本（《笺经室丛书》所收）序中说：

> 《荆州记》之作，当在临川王刺荆州之时。《宋书·临川王义庆传》称："元嘉九年，出为荆州刺史。十六年，改授江州。"记文当成于元嘉十四年。《太平寰宇记》引元嘉十四年荆州所隶三十郡是也。

论证此记当作于元嘉十四年。而与此说不同的、更详细地论证此书撰著时间的，是见于清陈运溶辑本（《麓山精舍丛书》所收）的陈毅诒跋：

> 考《宋书·临川王道规传》，义庆袭临川王，谥①康。元嘉九年，为荆州刺史。十六年，改江州。而《文帝纪》载，元嘉八年十二月罢湘州，还并荆州。九年六月，以义庆为刺史。十六年正月，复分荆州置湘州。四月，以义庆为江州刺史。是义庆镇荆，后于省湘一年。其镇江，止后于复湘两月。然则弘之以临川国侍郎从其王莅荆，因述荆。故其记必始于元嘉九年六月，而迄于十六年正月矣。

---

① "谥"原文所引作"义"，此从《麓山精舍丛书》本。——译者注

论证非常详细，我想，此说大致是正确的。要之，此记无疑作于盛弘之从临川王莅荆州时。作者是抱着怎样的意图来写作此记的呢？还难以充分了解。不过我想，虽说可以认为这是一部旨在了解治下地理的著作，但也不妨把它看作是一部旅行记、见闻记，也可以把它看作是一部游览治下的游览记。

如果要就全部的"荆湘记"下个大致的结论的话，那么可以认为，当时辈出的以盛弘之的作品为主的一连串的荆湘地记，似乎都未必仅是夸示治下名胜古迹以给治理提供参考的著作。现据陈运溶的辑本（《麓山精舍丛书》所收），将晋宋齐梁的荆湘地记枚举如下：

> 晋范汪《荆州记》、宋盛弘之《荆州记》、宋庾仲雍《荆州记》、宋郭仲产《荆州记》、齐刘澄之《荆州记》、撰者不详《荆州记》、撰者不详《荆州图记》、撰者不详《荆州图副》、撰者不详《荆州图经》、撰者不详《荆州土地记》、梁萧世诚《荆南地志》；晋罗含《湘中记》、宋庾仲雍《湘中记》、撰者不详《湘中记》、宋甄烈《湘中记》、宋庾仲雍《湘州记》、宋郭仲产《湘州记》、撰者不详《湘州记》、撰者不详《湘州荥阳郡记》、齐黄闵《武陵记》、梁伍安贫《武陵记》、撰者不详《沅陵记》、撰者不详《桂阳记》、宋徐灵期《南岳记》、齐宋居士《衡山记》、宋王韶之《神境记》、宗渊《麓山记》、撰者不详《洞庭记》、撰者不详《沅川记》、撰者不详《五溪记》。

上述这些荆湘地记的大量出现说明了什么呢？可以列举的理由有许多，但第一个理由是值得夸示的名胜古迹、风景胜地的大量存在。作者既有记录之以传后世的意图，又有向其他地方夸示之的意图。但是在此我们要特别强调的是，正因为当时人的游览意识浓厚，所以才出现了这些作品。

总的来说，这些荆湘地记中记录得较多的，乃是所谓的名胜古迹及与之有关的传说。特别多地记录这些内容，对于了解天下形势来说，并不是十分必要的吧。

对于名胜古迹的特殊兴趣，势必会导向游览。所以，这种作品也可以看作是作者游览名胜古迹的游览记。不过，这种游览记却很难说是作过文学性修饰的优秀之作，它们大都不脱质朴的记录性的名胜导游记的阃域。但是，我想作者是以相当浓厚的游览意识来写作的。他们游历了荆湘的名胜古迹，并把它们记录下来。这样，就出现了各种各样的荆湘记。

正如我们已经指出的，当时人的具有游览意识，即从出现了许多以"游～记"、"游～序"、"游～赋"为题的作品也可明白；又，山水记的出现，也是其表现之一。这种名为地方志的作品，也可以认为是游历与游览的结果之一。这种游览尤其是山水性的，所以特别记录了山水的名胜古迹。其标题如《宜都山川记》、《湘中山川记》、《名山记》、《游名山志》、《吴兴山墟名》、《神境记》等，也大多是以山水、名山和神境为对象的。这正是游览山水的结果。

盛弘之的《荆州记》原本今日已经失传，只能通过从诸书中辑录的引文知其大概。幸而现在有了优秀的辑本，即清曹元忠辑本（《笺经室丛书》所收）、清陈运溶辑本（《麓山精舍丛书》第一集辑佚类所收）及无名氏辑本。当然，三个辑本都注明了每条佚文的出处，但其中最优秀的还是陈运溶辑本，因为其中不仅一并引入了与各条佚文相同的他书的记载，而且还有校勘小识。

各种《荆州记》原来是怎样记述的？原来的形式又是怎样的？要考察这一切已甚为困难。陈运溶、曹元忠的辑本都按照《晋书·地理志》的郡县次第排列各条记载，但原来是否果真是这么整然有序地按照郡县顺序排列的呢？这还是有疑问的。它难道就不会以河流为中心，沿着河流上下移动，以叙述沿河流域的情况吗？当然，这全然是我的想象。其上下移动的中心，主要是郡治和县治。不正是因为这样，所以才能看到许多"～县西有～"、"～郡东有～"的记述吗？不仅《荆州记》是这样，当时的地方志，难道不大都是以河流为中心来叙述其流域的名胜古迹等等的吗？

为什么这些记述会以河流为中心呢？这是因为河川流域文化发达，所以便出现了这种寻觅沿河流域文化、沿着河流上下移动的记述。另一个原因是，中国的国土并不是由四面环山的盆地所构成的，所以以河流为中心的叙述是最方便的。这样便有必要弄清楚河流。对于河流的兴趣自《禹贡》以来便相当强烈，《山海经》里也记述了河流。其最清楚的记述是《水经》。在晋宋时代的记述里，有关山脉的记述几乎没有，有关水脉的记述却非常详细。如盛弘之的《荆州记》云：

> 始安郡有东北二江。北江发源于桂阳之临武黄岑山。东江发源于南康太庾峤下，经始兴县界南流，西转与北江合，于郡东注于南海。（《初学记》卷六）

无名氏《荆州记》云：

> 江出岷山。其源若瓮口，可以滥觞。在益州建宁漏江县，潜行地底数里。至楚都，遂广十里。（《太平御览》卷六〇）

戴延之《西征记》云：

> 济水自大伾入河，与河水斗而东流。（《初学记》卷六）

郭缘生《述征记》云：

> 河内温县亦有济，入于黄河，谓济之源。按二济既南北异岸而相远，亦逾千里也。（同上）

这种关于河流的记述，可以认为是由《水经注》进一步完善大成的。

那么，《荆州记》的内容到底是什么呢？荆州大致包括今湖北、湖南地区，但当时的荆州的范围还有不少疑问，这里就不予讨论了。《荆州记》中的记述是各种各样的，但要把握其重点的话，则以有关名胜古迹的记载为最多。当然，也有关于山川的记载，但因为作者对于作为名胜古迹背景的山水较有兴趣，所以作为风景胜地的山水便出现得不那么多。

关于名胜古迹，作者常常列载其位置、来历及与之有关的传说：

荆州华容县西，有陶朱公冢。树碑云，是越范蠡。（《史记·越王勾践世家》正义）

冯乘县有歌父山。相传云：老父少不娶妻，而善于讴歌。年八十余，病，将终命，乡里六七人，舆上穴中。邻人辞归，老父歌而送之，声振林薄，响遏行云。（《北堂书钞》卷一五八）

郦县北八里有菊水，其源悉芳菊被崖，水甚甘馨。太尉胡广久患风羸，恒汲饮水，后疾遂瘳，年及百岁。非惟天寿，亦菊所延也。（《太平御览》卷九九六）

新阳县惠泽中，有温泉。冬月，未至数里，遥望白气浮蒸如烟，上下采映，状若绮疏。又有车轮双辕形。世传昔有玉女乘车，自投此泉。今人时见女子姿仪光丽，往来倏忽。（《艺文类聚》卷九）

湘州南寺之东，有贾谊宅，宅之中有井。井旁有局脚石床，可容一人坐，形制甚古。相传曰，谊所坐也。（《北堂书钞》卷一三三）

夷道县句将山下，有三泉。传云：本无此泉，居者皆苦远汲，人人多卖水与之。有一女子，孤贫褴褛，无以贸易。有一乞人，衣粗貌丑，疮痍竟体。村人见之，无不秽恶。唯女子独加哀矜，割饭饴之。乞人食毕曰："我感姬行善，欲思相报，为何所须？"女答曰："何恩可报。且今所须之物，非君能得。"因问所须，女子曰："正愿此山下有水可汲。"乞人乃取腰中书刀，刺山下三处，即飞泉涌出。因便辞去，忽然不见。（《艺文类聚》卷九）

佷山下有山，独立峻绝。西北石穴，以烛行百许步，有二大石，其间相去一丈许。俗名其一为阳石，一为阴石。水旱为灾，鞭阳石则雨，鞭阴石则晴。（《北堂书钞》卷一五八）

上述有关名胜"石穴"的记载，实际上不仅见于盛弘之的《荆州记》，也经常见于当时的其他各书。如袁山松的《宜都山川记》中也说：

> 自盐水西北行五十余里，有一山独立峻绝，名为难留城。从西
> 面上，里余得石穴。行百许步，得石碛。有二文石，并在穴中。
> （同上）

在据认为作于此时的《荆州图副》中，也能见到与盛弘之记全然相同的
记载：

> 宜都有石穴，穴有二石，相去一丈。俗云，其一为阳石，其一
> 为阴石。水旱为灾，鞭阳石则雨，鞭阴石则晴。（《艺文类聚》
> 卷六）

又《荆州图》中也说：

> 宜都有穴，穴有二大石，相去一丈。俗云：其一为阳石，一为阴
> 石。水旱为灾，鞭阳石则雨，鞭阴石则晴，即廪君石是也。但鞭者
> 不寿，人颇畏之，不肯治也。（《太平御览》卷五二）

此外，《荆州图》的同上话，还见于《太平御览》卷七百八十五及《后
汉书·南蛮传》章怀太子注。通过以上所举诸例，我们可以知道当时人
的兴趣所在。《荆州记》也好，《宜都山川记》也好，《荆州图副》、《荆
州图》也好，都是把有石穴或阴阳石这样的珍奇之物的地方作为名胜来
看待的，并都把这些名胜记录了下来。我想，其中某一种或是祖本，其
余的则是递相模仿之作。这时候大量出现的一连串的荆湘地记，其记述
的方法与所注重之处，还是大致能够理解的。上述记述，后来被《水经
注》完善铺展，作为文章加以修饰，这一点，从下面这些文字中可以了
解得更清楚：

> 夷水自沙渠县入，水流浅狭，裁得通船。东径难留城南，城即
> 山也，独立峻绝。西面上里余，得石穴。把火行百许步，得二大石
> 碛，并立穴中，相去一丈。俗名阴阳石，阴石常湿，阳石常燥。每
> 水旱不调，居民作威仪服饰，往入穴中。旱则鞭阴石，应时雨；多
> 雨则鞭阳石，俄而天晴。相承所说，往往有效。但捉鞭者不寿，人

颇恶之，故不为也。

　　东北面又有石室，可容数百人。每乱，民入室避，贼无可攻理，因名难留城也。昔巴蛮有五姓，未有君长，俱事鬼神。乃共掷剑于石穴，约能中者，奉以为君。巴氏子务相乃中之。又令各乘土舟，约浮者，当以为君。惟务相独浮。因共立之，是为廪君。乃乘土舟，从夷水下至盐阳。盐水有神女，谓廪君曰："此地广大，鱼盐所出，愿留共居。"廪君不许。盐神暮辄来宿，旦化为虫，群飞蔽日，天地晦暝。积十余日，廪君因伺便射杀之，天乃开明。廪君乘土舟下，及夷城。夷城石岸险曲，其水亦曲。廪君望之而叹，山崖为崩。廪君登之，上有平石，方二丈五尺。因立城其傍而居之。四姓臣之。死，精魂化为白虎，故巴氏以虎饮人血，遂以人祀。盐水即夷水也。又有盐石，即阳石也。盛弘之以是推之，疑即廪君所射盐神处也。将知阴石是对阳石立名矣。事既鸿古，难为明征。（《水经·夷水注》）

上述《水经注》之文，从末尾"盛弘之以是推之，疑即廪君所射盐神处也"一语推察，明白无疑地是依据《荆州记》写成的。而且盛弘之的记中，也像《太平御览》所引《荆州图》一样，似乎有"廪君石"的记述。又"西面上里余，得石穴，把火行百许步，得二大石碛，并立穴中"云云，乃是依据盛弘之的《荆州记》的，而且这几句话，在《荆州记》以前的袁山松的《宜都山川记》中也有。如果是这样，那么也可以认为盛弘之的《荆州记》乃是依据袁山松的《宜都山川记》的。就时代先后而言，当然也是能够依据的。各种《荆州图》、《荆州图副》是在盛弘之记之前抑之后，这已搞不清楚，但如果是同时代的话，那么可以认为它们都是依据袁山松记的；如果是在盛弘之记之后的话，那么可以认为它们都是依据盛弘之记的。《水经注》是直接参照盛弘之记的吧；但当然也参考了袁山松记吧；或者，各种《荆州记》都曾置于座右以供参考吧。只是《水经注》此文，多半已经过郦道元的修饰，盖已非盛弘之记的原来面貌。也有人认为这是盛弘之记的原文，这是错误的。（佷山县一带石穴非常之多，这看《宜都记》、《荆州记》便能明白。遭乱时避入能收容数百人的石室以避贼，这似乎是实有的事。由此想来，陶渊明的《桃花源记》不就是其例吗？）我想再举一个像上面所举的那种《宜都山川记》、《荆州记》、《水经注》之间相互关联的例子。袁山松的《宜都山川记》云：

> 南崖有山，名荆门。北对崖有山，名虎牙。二山相对，其荆门山在南。上合而下空，彻山南，有像门也。（《太平御览》卷四九）

盛弘之的《荆州记》云：

> 郡西溯江六十里，南岸有山，名曰荆门。北岸有山，名曰虎牙。二山相对，楚之西塞也。虎牙石壁红色，间有白文，如牙齿状。荆门上合下开，开达山南，有门形，故因以为名。（《文选》郭璞《江赋》注）

郦道元的《水经·江水注》云：

> 江水又东，历荆门、虎牙之间。荆门在南，上合下开，开彻山南，有门像。虎牙在北，石壁色红，间有白文，类牙形。并以物像受名。此二山，楚之西塞也。

上述三者的文字可以说基本上相同，大概也是出自袁山松记的文字吧。从《水经注》在此文之前曾引袁山松语来看，很明显《水经注》是依据袁山松的《宜都山川记》的。

以上，我们阐明了当时的地志对于同样事情的模仿铺叙。但是，不仅是这样，当时的地志有时候也是站在各自的立场上来描写同样的事情的。如盛弘之的《荆州记》云：

> 枣阳县百许步，蔡伦宅，其中具存。其傍有池，即名蔡子池。伦汉顺帝时人，始以鱼网造纸。县人今犹多能作纸，盖伦之遗业也。（《初学记》卷二一）

无名氏的《湘州记》云：

> 枣阳县有蔡伦宅，宅西有一石臼，云是伦春纸臼。（《太平御览》
> 卷七六二）

宋庚仲雍的《湘州记》云：

> 应阳县蔡子池南，有石臼，云是蔡伦春纸臼。　（《初学记》
> 卷五）

齐刘澄之的《江州记》云：

> 兴平县蔡子池南，有石穴，深二百许丈。石色青，堪为书研。
> （同上）

《水经·耒水注》云：

> 西北径蔡洲，洲西即蔡伦故宅。傍有蔡子池。伦汉黄门，顺帝
> 之世，捣故鱼网为纸，用代简素，自其始也。

《水经注》盖参照了以上各条记载吧。为什么这么说呢，这是因为在《耒水注》的开头，虽说没有明记书名，却可以见到盛弘之、刘澄之、庚仲雍（误作庚仲初）等名字。不过，前面四条材料却似乎并不是有深刻关联的记载，毋宁说似乎是各各独立的记载。

如上所述，盛弘之的《荆州记》，大量记载了名胜古迹及与之有关的传说；不仅盛弘之记是如此，这也是当时地志的共同特色。山川在某种意义上也是名胜古迹，所以其位置与名称的来历等等也必须说明，如上述有关荆门山、虎牙山的记载便是这样。

但是，《荆州记》中涉及并形容山水美的记述却并不多见。不过，也许是因为类书等在引用时没有引用这方面的材料吧。下面，试举散见的若干处自然描写：

> 缘城堤边，悉植细柳。绿条散风，清阴交陌。（《艺文类聚》卷
> 八九、《太平御览》卷九五七）

稠木傍生，凌空交合。危楼倾崖，恒有落势。风泉传响于青林之下，岩猿流声于白云之上。（《水经·沮水注》）

上文的描写，用了四字句和对句，令人想起梁时的山水描写。

宜都西南峡中，有黄牛山。江湍纡回，途经信宿，犹望见之。行者语曰：朝发黄牛，暮宿黄牛。三日三暮，黄牛如故。（《艺文类聚》卷七）

衡山有三峰极秀。一峰名芙蓉峰，最为竦桀。自非清霁素朝，不可望见。峰上有泉，飞派如一幅绢，分映青林，直注山下。（同上）

九疑山，盘基数郡之界，连峰接岫，竞秀争高，含霞卷雾，分天隔日。（《太平御览》卷四一）

旧云：自三峡趣蜀数千里中，恒是一山。此盖好大之言也。唯三峡七百里中，两岸连山，略无阙处。重岩叠嶂，隐天蔽日。自非停午夜分，不见日月。（《太平御览》卷五三）

至于夏水襄陵，沿溯阻绝。或王命急宣，有时云，朝发白帝，暮至江陵，其间一千二百里，虽乘奔御风，不为疾也。（同上）

春冬之时，则素湍渌潭，回清倒影。绝巘多生怪柏，悬泉瀑布飞其间。清荣峻茂，良多雅趣。（同上）

每晴初霜旦，林寒涧肃，常有高猿长啸，属引凄异，空岫传响，哀转久绝。故渔者歌曰：巴东三峡巫峡长，猿鸣三声泪沾裳。（同上）

有关三峡的这条后面还要谈到，它是盛弘之《荆州记》中最优秀的记述，众所周知，它后来成为唐代李白的《早发白帝城》诗的出典；又《水经·江水注》中，也不提盛弘之的名字而原封不动地引用了这条记载。《水经注》不提《荆州记》之名而引用，且与前后文谐调而无矛盾，这说明《荆州记》的文章本身与《水经注》的文体也是相同的。之所以这样，是因为《荆州记》用四字句描写山水，和后来书简文等中所能见到的山水描写非常接近。

也就是说，散文中的山水描写，到盛弘之时，已经渐渐形成了一种模式。袁山松的《宜都山川记》中，即已出现了类似模式的描写。到了盛弘之的《荆州记》，山水描写中更进一步确定了一种作文学性修饰的模式。当时的旅行记也是这样，但征记中则尚未出现。在这种修辞方面作进一步琢磨的，是《水经注》的文章。在这一意义上，上述《荆州记》的自然描写虽说资料较少，却是值得注意的文章。谢灵运的《游名山志》虽说为标榜游览山水而写，却缺乏关于山水美的描写，物产的记载则意外的多。虽说他在山水诗方面开了一大境界，但在散文世界里，却似乎并不谙熟于山水的叙述。就此而言，盛弘之在"游记"文学方面的成就，乃是应该大书特书的。我们不知道他著《荆州记》的意图之所在，但从记中所写的内容来看，可以认为这是一部荆州名胜古迹的导游记，也不妨看作是一部游记，而绝不仅仅是一部地理书。其中有关三峡的记述，作为游记文学，是一篇非常精彩的小品文。

正如刚才所说的，有关荆州的记，除盛弘之的以外，还有晋范汪等的很多作品。现在的类书中所引的《荆州记》或《湘中记》、《湘州记》，绝不仅是指某个特定的人的作品，而是包括许多人写的作品在内的。许多人写同样的作品，我想这意味着荆州地区名胜古迹是很多的，因此有许多人开始游览这个地方，作为其结果，便出现了各种各样的"记"。之所以说各种各样的"记"是游览的结果，并不是没有原因的。在这时，已经出现了以"游～序"、"游～记"为题的作品；在正史中，也有很多有关"游山水"的记载。从这些事实可以看出，当时人的游览意识是很浓厚的。因而，我们把各种各样的"记"看作是游览的结果，也没有什么不妥当吧。我想，作为游览位于湘州的衡山的结果而出现的齐宗测的《衡山记》（《南齐书·高逸传》），与各种各样的荆湘记的产生，也没有什么大的差别吧。

看看其他的各种各样的荆湘记，也许因为资料太少，很遗憾看不到什么优秀的山水描写或精彩的游记文。其中值得注意的只有罗含的《湘中记》。从现在仅存的资料来看，这似乎是一部山水描写相当浓厚的山水记。

罗含的《湘中记》，正如《宋史·艺文志》及《崇文总目》中所能见到的"《湘中山水记》三卷"，是一部湘中的山水记，似乎是和《宜都山川记》相似的作品。只是《水经·湘水注》、《续汉书·郡国志》零陵郡注、《初学记》卷五、《太平御览》卷四十九、卷一百七十一所引都只作《湘中记》。《艺文类聚》卷七等所引未言谁著，仅作《湘中记》，因为庾仲雍也有《湘中记》，这是否是罗含之作不清楚，所以《艺文类聚》所引现不予考虑。我想，大概原来的名字只是叫《湘中记》，后来，因为其中山水描写很多，所以人们又加上了"山水"二字。

据《晋书·文苑传》，罗含是桂阳耒阳人，也就是湘中人。他与谢尚为方外之好，谢尚称他是"湘中之琳琅"。人们又称他是"荆楚之材"。后为宜都太守，晚年以长沙相致仕。也就是说，他当然是一个地道的湘中人，一个文章家，一个风流人。这样一个人所写的《湘中记》，恐怕并不是以政治性意图或吹嘘家乡的意图来写的吧；毋宁说，这是一部游览湘中山水的游览记。在这一点上，这是一部值得注目的记，但由于现存资料太少，所以无由知其全貌。从残存的资料来看，可以看到不少有关山水美的描写：

衡山遥望如阵云。沿湘千里，九向九背。(《初学记》卷五)

衡山有县泉，滴沥岩间，声泠泠如弦音。有鹤回翔其上如舞。(同上)

望若阵云，非清霁素朝，不见其峰。(《水经·湘水注》)

湘水清照，五六丈下，见底石，如樗蒲矢，五色鲜明。白沙如

霜雪，赤崖若朝霞，是纳潇湘之名矣。（同上）（此条未冠以罗含之
名，但因为《水经注》前后文皆为罗含之作，所以恐怕这也是罗含
《湘中记》之文。《艺文类聚》卷八中有几乎是同样的话，但只引作
《湘中记》。）

上面都是一些片断，但从这些片断也可以看出，他对于山水美的审美眼光是
相当锐利的，因而《湘中记》也可以看作是一部山水游记性的作品。不过，
在表现形式上，它不像《荆州记》那样多用四字句的修饰，因而比较自由。

以上，我们以盛弘之的《荆州记》为例，说明当时的地方志已具有
游记的性质，其内容则大都是关于名胜古迹及与之有关的传说的记述，
但其中也含有山水游记的特色。附带说明，到了罗含的《湘中记》时，
山水游记的特色是更为分明了。

三、"征"记与"征"赋

游记中具有旅行记、见闻记特色的作品，是在六朝的晋宋之交出现
的，这就是被称作"～征记"的作品。《隋志》著录的这类作品有：

《述征记》二卷　郭缘生撰

《西征记》二卷　戴延之撰

《西征记》一卷　戴祚撰

《宋武北征记》一卷　戴氏撰

郭缘生的作品，还有《隋志》著录的《武昌先贤志》二卷，作"宋
天门太守郭缘生撰"，但其生平不明。姚振宗《隋志考证》说："疑是晋
郭翻之后，翻，武昌人也。"不过是据他写有《武昌先贤志》而作的推
测。《旧唐书·经籍志》有"《述征记》二卷，郭象撰"，郭缘生与郭象
恐怕是同一个人，但"象"是误字耶？抑如姚振宗所说："此称郭象，岂
缘生亦名象欤？未审是非。"疑未能明。《新唐书·艺文志》与《隋志》
同。又，郭缘生还有《续述征记》，《水经·渠水注》、《巨洋水注》、《初

学记》卷七、卷八，都引作"郭缘生"。他的生平虽不能明，但他的
《述征记》恐怕是与宋武王刘裕的北征和西征有关的作品。之所以这么
说，是因为《太平御览》卷五十九引《述征记》记载：

> 临淄牛山下有女水。齐人谚曰：世治则女水流，世乱则女水竭。
> 慕容超时，干涸弥载。及宋武北征，而激洪流。

我想，如果这《述征记》是郭缘生的作品，那么，其"征"便与宋武北
征有关。但是，只此一条还不足以说明问题，因为裴松之也有《述征
记》，所以什么也不能断定。姚振宗的"似缘生从宋武北征慕容超、西征
姚泓时所记，并在晋义熙中也"的论断，不知道是根据什么作出的。

关于戴延之的《西征记》，《隋志》除著录此记外，还著录了"《西
征记》一卷，戴祚撰"。这二者其实是同一书，为《隋志》所重出，详
见章宗源《隋志考证》。《旧唐书·经籍志》作"《西征记》一卷，戴祚
撰"，《新唐书·艺文志》作"戴祚《西征记》二卷"。《隋志考证》云：

> 《唐志》二卷。《封氏闻见记》："戴祚《西征记》曰：'开封县
> 二佛寺，余至此见鸽，大小如鸠，戏时两两相对。'"（《御览》羽族
> 部云："祚至雍邱，始见鸽，大小如鸠，色似鹦鹉，戏时两两相
> 对。"）祚，江东人，晋末从刘裕西征姚泓，至开封县，始识鸽。则
> 江东旧亦无鸽。"愚按：《隋志》有戴延之《西征记》二卷，此又著
> 戴祚《西征记》一卷。《唐志》唯有戴祚，无延之。他书所引，多
> 称延之。惟开封见鸽事，《御览》同作戴祚。据封氏言，祚晋末从刘
> 裕西征姚泓。《水经·洛水注》言："延之从刘武王西征。"是祚与
> 延之本一人，祚乃其名，而以字行。《隋志》两见，当系重出。

正如上述章氏《考证》引《封氏闻见记》所说的，戴延之《西征记》无
疑是从刘裕西征时所写的。即从《水经·洛水注》引作"戴延之从刘武
王西征记"也能明白这一点。或许原名如上，略称《西征记》。《隋志》
另外又有"《宋武北征记》一卷，戴氏撰"（《元和郡县志》河南道、《后
汉书·吕布传》注），正如钱大昕《隋书考异》所指出的，戴氏即戴延

之，盖为与上述《西征记》有别的另一部书。

然则宋刘裕的北征和西征究在何时？据《宋书·武帝本纪》记载：

> 初伪燕王鲜卑慕容德僭号于青州，德死，兄子超袭位，前后屡
> 为边患。（义熙）五年二月，大掠淮北，执阳平太守刘大载、济南太
> 守赵元，驱略千余家。三月，公抗表北讨……四月，舟师发京都，
> 溯淮入泗。五月，至下邳……六年二月丁亥，屠广固……送超京师，
> 斩于建康市。

北伐慕容超即为"北征"。又云：

> （义熙十二年）九月，公次于彭城，加领徐州刺史……公又遣北
> 兖州刺史王仲德先以水军入河……十月，众军至洛阳……十三年正
> 月，公以舟师进讨，留彭城公义隆镇彭城，军次留城……三月庚辰，
> 大军入河。索虏步骑十万，营据河津。公命诸军济河击破之。公至
> 洛阳……九月，公至长安……执送姚泓，斩于建康市。

从洛阳到长安西伐姚泓即为"西征"。

关于刘裕的北征及西征，除了上述各记之外，似乎还有征记。虽说
《隋志》未曾著录，但由各书引用可以知道。这就是裴松之的《述征
记》、《北征记》（《后汉书·献帝纪》注）、《西征记》（《太平寰宇记》
河南道）。《三国志·魏书·齐王纪》注云：

> 臣松之昔从征西，至洛阳，历观旧物，见《典论》石在太学者
> 尚存，而庙门外无之。

裴松之曾从宋武帝西征是明确的。而其时所写的作品便是《西征记》吧。
《述征记》所写为北征抑为西征不清楚，但总是其中的某一次吧。《北征
记》则是从刘裕北征时所作的记吧。

此外，见于诸书的还有伏滔的《北征记》、伍缉之的《从征记》、卢
思道的《西征记》、徐齐民的《北征记》、邱渊之的《征齐道里记》等
等。关于这些作品，姚振宗在《宋武北征记》条下云：

案：宋武西征姚泓入长安，在晋安帝义熙十二年。此北征慕容超，犹在其前七年。是役也，延之以僚属从，故为此记。同时从行者裴松之、孟奥、徐齐民，并有《北征记》，伍缉之有《从征记》，邱渊之有《征齐道里记》……

认为孟奥（《初学记》卷一、《太平御览》卷一三）、徐齐民（《续汉书·郡国志》注）、伍缉之（《汉书·东平宪王传》注，《太平御览》卷三九、卷一五七、卷五六〇、卷六〇五，《初学记》卷五、卷一八、卷二一）、邱渊之（《太平御览》卷三〇、卷三九五）的作品都与宋武帝的征行有关。其言所据为何，我们不清楚；但就这些书名而言，则无疑是以南方建康都为中心所作的北征和西征，而在当时历史上有名的，便是刘裕的北征和西征。这么看来，卢思道的《西征记》（《太平寰宇记》河北道）不也是和刘裕的西征有关的吗？

但是桓温也曾北征。袁宏的《北征赋》（《初学记》卷六，《太平御览》卷二七、卷九四〇）即为是时所作，这就是《晋书》本传所说的："从桓温北征，作《北征赋》。"《晋书》本传又载桓温使伏滔读《北征赋》事："尝与王珣、伏滔同在温坐，温令伏滔读其《北征赋》。"伏滔也同样有《北征赋》，不难推察，这也是有关桓温北征的赋。

以上，我们考察了各种各样的征记，似乎主要与刘裕、桓温的征行有关。然则征记的内容到底如何呢？我们首先以郭缘生的《述征记》为例来探讨（参照附录）。

郭缘生的《述征记》，为现存的《太平御览》所大量引用。只是《太平御览》中清楚地引作《郭缘生述征记》的有四条，《郭氏述征记》的有一条，只有这些是可以确认为出自郭缘生的《述征记》的。此外卷四十二所引的《郭缘生述征记》，似乎与续引作《又西征记》的戴延之《西征记》有所混同。卷九百四十所引的《郭延之述征记》，也与戴延之记混同。此外大都仅引作《述征记》（《艺文类聚》卷六、卷九、卷六

四、卷八〇、卷九二、卷九四所引也未冠以郭缘生之名），不能径直断定都是郭缘生的作品。为什么这么说呢？这是因为裴松之也有《述征记》。但是，因为这里是探讨征记的特色，又因为无论把这些引文全都看作是郭缘生之作，抑或全部看作是裴松之之作，结论都没有什么不同，所以我们暂且把它们当作是郭缘生之作来考察。

如上所说，征记的种类是很多的，其写作的动机，是从军随武将征行。但是，这种《述征记》的内容，却全然不是从军记这类作品容易使人联想到的武威的夸示或军事行动的记述，而是旅行的道中记。其中又罗列了在异国旅行时亲眼所见的古迹奇物，亲耳所闻的奇异的话语和传说，所以又可以说是异国见闻记。其中所写的土地，主要是洛阳与长安一带。如关于秦梁记道：

> 秦梁，坝名也。或云：秦始皇东巡，弗行旧道，过此水，率百官已下，人提一石以填之，俄而梁成。（《太平御览》卷五一）

叙述了古迹秦梁的来历。关于洛阳太极殿的大钟记道：

> 洛阳太极殿前大钟六枚。父老云：曾有欲移此钟者，聚百数长短挽之，钟声震地，咸惧，不敢复犯。（《太平御览》卷五七五）

叙述了有关大钟的奇异传说。关于相风的铜乌记道：

> 长安宫南，灵台上有相风铜乌。或云：此乌遇千里风乃动。（《太平御览》卷九）

叙述了对于珍异之物的兴趣。此外，关于古迹遗迹，尤其是关于陵墓故宅的记述，还能见到好多。《述征记》的记述，大体上是以上述内容为中心的，而关于山水等等的记述则极为少见。偶尔有所记述，其角度也与后世的作品有所不同，作者的眼光主要朝向山水中的古迹与珍异之物，而全然没有看到山水之美。也就是说，写景性的记述是全然没有的。如下所举的山水描写，是现存的全部资料了，其中找不到对于山水美的修饰性表现：

　　登滑台城西南，望太行山、白鹿岩、王莽岭，冠于众山之表。（《太平御览》卷四〇）

　　长安东则骊山，西则白鹿原。北望云阳，悉见山阜之形，而恒若在云雾之中。（《太平御览》卷四四）

　　黄卷坂者，傍绝涧以升潼关，长坂十余里，九坂皆逶迤。长坂，《东京赋》曰：所谓西阻九阿者也。（《太平御览》卷五三）

　　陵云台在明光殿西，高八丈，累砖作道，通至台上。登迥迥眺，究观洛邑。暨南望少室，亦山丘之秀极也。（《太平御览》卷一七八）

这篇《述征记》，可以说全然没有涉及山水描写。其表现形式也和《水经注》等书不同，《水经注》等书中所经常使用的四字句的表现，以及用对句所作的修饰，在《述征记》中是全然看不见的。可以说，它不过是完全散漫的记录。它仅是见闻的罗列，远不及后世所谓的纪行文。

　　郭缘生《述征记》的上述特色，似乎也完全适用于其他征记。戴延之的《西征记》，同样是《太平御览》中引得最多，但也仅是珍异之物和珍奇传说等等的见闻记。伏滔的《北征记》，也为《太平御览》所经常引用，从丁锡田的辑本（伏乘附伏氏佚书九种所收）来看，与《述征记》也无任何不同。其他的征记资料较少，但似乎大致上也和《述征记》一样。

　　刚才曾经说过，这类征记连所谓的纪行文也谈不上，但不管怎么说总是旅行记，可以说已开了后世各种各样旅行记的先河。在此意义上，这一批征记是非常值得注意的。这类征记出现以后，征记类作品并未接踵而来；它们的记述方法，也没有给后世的作品以多大的影响。值得注意的只是征记之名经常被后世所使用。在这种罗列的记录中再加入条理及各种要素的，便是后世宋代的《入蜀记》和《吴船录》等作品吧。

　　还有一点值得注意的，是"征"记与"征"赋的关系。作为散文的记，北征也好，东征也好，都始于这一批征记类作品。而赋则自古就有征赋，即《文选》"纪行赋"中所收的后汉班彪的《北征赋》、曹大家的《东征赋》及晋潘岳的《西征赋》，还有刚才已举过的晋袁宏的《东征赋》、《北征赋》等等。

班彪的《北征赋》（《文选》卷九），据李善注引《流别论》说："更始时，班彪避难凉州，发长安，至安定，作《北征赋》也。"乃是自长安到安定的道中记，其中叙述了旅途中的困难，使心灵痛苦的异乡的凄怆，以及思念故乡的心情。

曹大家的《东征赋》（《文选》卷九），据李善注引《大家集》说："子毂为陈留长，大家随至官，作《东征赋》。"又引《流别论》说："发洛至陈留，述所经历也。"乃是自洛到陈留的道中记。其中也充满着"去故而就新"的悲哀感情，并用这种感情眺望道中之景。

到了西晋，有潘岳的《西征赋》（《文选》卷一〇），据李善注说："岳，荥阳中牟人。晋惠（帝）元康二年，岳为长安令，因行役之感，而作此赋。岳家在巩县东，故言西征。"乃是自巩县西赴长安令任时的道中记。它虽说是道中记，但其中主要叙述了赴长安途中有名的人物和土地的历史变迁，其间也多少穿插着一些写景，如：

> 宝鸡前鸣，甘泉后涌。面终南而背云阳，跨平原而连嶓冢。九峻巀薛，太一巀辥。吐清风之飕戾，纳归云之郁蓊。南有玄灞素浐，汤井温谷，北有清渭浊泾，兰池周曲。浸决郑白之渠，漕引淮海之粟，林茂有鄠之竹，山挺蓝田之玉。

> 振鹭于飞，凫跃鸿渐。乘云颉颃，随流澹淡。灞潏惊波，唼喋菱芡。华莲烂于渌沼，青蕃蔚乎翠漪。

此赋与前二赋相比，有着显著的变化。前二赋无论哪一篇都是抒情性的，此赋则试图直接描写景物。李善注引臧荣绪《晋书》指出了这一点，说："岳为长安令，作《西征赋》，述行历，论所经人物、山水也。"正是这样。

其次，还有与征赋名称不同而性质无异的张载的《叙行赋》，乃是赋咏自洛至蜀道中的情景的。其中写道：

> 岁大荒之孟夏，余将往乎蜀都。脂轻车而秣马，循路轨以西徂。朝发轫于京宇兮，夕予宿于毂洛。

依次叙述了所经历的土地，这也相当于日本的"道行文"。接着的写景，描写得相当细腻：

> 舍予车以步趾，玩卉木之璀错。翳青青之长松，荫萧萧之高柞。缘阻岑之绝崖，蹈偏梁之悬阁。石壁立以切天，岌嶵隗其欲落。超阳平而越白水，稍幽蓊以回深。秉重峦之百层，转木末于九岑。浮云起于毂下，零雨集于麓林。上昭晰以清阳，下杳冥而昼阴。闻山鸟之晨鸣，听玄猿之夜吟。（《艺文类聚》卷二七）

应该看到，到了这时候，赋中已开始相当注意山水，并开始插入和巧妙自如地运用山水描写。

到了东晋，有袁宏的《北征赋》。如刚才已经谈到的，此赋叙述了随桓温北征道中的情景。因资料不全，全赋已不甚清楚，但从今天残存的片断中，也同样可以看到山水描写，如：

> 于是背梁山，截汶波，泛青济，傍祝阿。（《初学记》卷六）

> 于时天高地涸，木落冰凝，繁霜夜洒，劲风晨兴。日暧暧其已颓，月亭亭而虚升。（《太平御览》卷二七）

《北征赋》的佚文，现在仅存若干条，均已为严可均所辑。

袁宏的《东征赋》，《艺文类聚》卷二十七引得比较多，倘再补以《北堂书钞》卷一百三十八、《太平御览》卷七百七十所引，则略可窥其连续的全篇。此外还有若干条佚文，亦均为严可均所辑。据这些佚文可知，"东征"乃指自江陵征吴，《东征赋》乃是其时的道中记。然而其中并没有出现江陵，而似乎是行经了赤壁、武昌、樊山、彭泽、吴都等地。他于何时东征，今已不甚清楚。

桓温的北伐有两次。第一次，据《晋书·桓温传》说："温遂统步骑四万，发江陵，水军自襄阳入均口，至南乡。"是取道从扬子江中游至襄阳的北伐。这次北伐是成功的。后来，桓温移建康，都督中外诸军事，势望颇高。于是，开始进行第二次北伐："率弟南中郎冲、西中郎袁真步骑五万北伐。百官皆于南州祖道，都邑尽倾。军次胡陆，攻慕容晔将慕容忠，获之。"这是自江苏至山东的北伐。不知袁宏作《北征赋》的北征是其中的哪一次。

关于《东征赋》，《晋书》云：

> （谢）尚为安西将军、豫州刺史，引宏参其军事。累迁大司马桓温府记室。温重其文笔，专综书记。后为《东征赋》，赋末列称过江诸名德，而独不载桓彝。

观此记载可知，袁宏似乎是在为桓温书记以后才作《东征赋》的，因而盖是从桓温镇江陵，共下江，至建康，或因某个原由至吴都时所作的赋。因而，两次北征与此赋均无直接关系。又，他后来曾为东阳郡太守，但此赋似乎也非叙其赴任时事之作。

《东征赋》的佚文已有严可均之辑，《艺文类聚》卷二十七引用得比较多。从这些佚文来看，正如刚才所谈到的，它叙述了从江陵到吴都的道中情景，回顾了其历史。其中也有写景，虽说为数甚少：

> 尔乃出桑洛，会通川，背彭泽，面长泉。洲渚迢递，屼岫虚悬。即云似岭，望水若天。日月出乎波中，云霓生于浪间。嗟我行之弥留，跨晦朔之倏忽。风褰林而萧瑟，云出山而逢勃。惊澜儴嶙而岳转，颓波崀嚣以岭没。

上述这种自然描写，我曾指出在潘岳的《西征赋》中即已能看到，但袁宏赋中的自然描写更为细腻，呈现出日本的道行文、纪行文的特色。

据刚才所引《晋书》的记载可知，《东征赋》末似乎备列过江诸名德之名，却故意不载桓温之父桓彝及陶侃。其所叙述的人物和山川，也是潘岳的《西征赋》的延续。

此外，和南朝的山水游记虽没有什么直接关系，但可以作为征赋回顾的，还有后汉崔骃的《大将军西征赋》，蔡邕的《述行赋》，魏应玚的《撰征赋》、《西征赋》，曹丕的《述征赋》，王粲的《初征赋》，繁钦的《征天山赋》、《述征赋》，徐幹的《西征赋》，阮瑀的《纪征赋》，曹植的《述行赋》、《述征赋》、《东征赋》等等，但在自然描写方面，都没有什么值得一提的。

不难想象，上述征记类，乃是发源于现在所述的这些征赋的。只是从现存佚文考察，赋的世界并未给予征记的内容以强烈影响。征记受自于征赋的，是其"～征"的名称，以及从某地到某地的记述方式。试比较潘岳的《西征赋》与郭缘生的《述征记》，前者是抒情性的，后者是客观性的记录。可以说，其中显示了赋与记的差别。后来的《水经注》，可以说便是赋的世界（尤其是其表现形式）渗入了记的世界的产物。然而，此后征记类作品不知何故一直没有出现。

以上，我们探讨了具有旅行记、见闻记性质的征记类作品，且及于征赋类作品。我们看到，征记类作品中，看不到山水游记的特色；但征赋类作品中，从西晋到东晋，却逐渐带有山水游记的特色。不用说，这是因为人们开始关心山水了。假如征记类作品继续出现，其中也会开始添入山水游记的特色吧。如上所述，由于关心自然，所以开始出现了各种山水游记、地方志、征赋等，而其集大成者，我想就是《水经注》。

附　录

郭缘生述征记

秦梁，圯名也。或云：秦始皇东巡，弗行旧道，过此水，率百官已下，人提一石以填之，俄而梁成。今睹所累石，无造之处也。（《太平御览》卷五一）

桓魋石椁，在九里山之东北也。椁有二重门，间隐起青石，方净如镜，门扇数四。（《太平御览》卷五五二）

洛阳太极殿前大钟六枚。父老云：曾有欲移此钟者，聚百数长绳挽之，钟声震地，咸惧，不敢复犯。（《太平御览》卷五七五）

逢山在广固南三十里，有祠并石人石鼓。齐世将乱，石人辄打鼓，闻数十里。（《太平御览》卷五八二）

郭缘生述征记

鱼山一名五山，《瓠子歌》所谓也。魏熹平中，有神女成公智琼，降弦超室，后复遇此山陌上。（《太平御览》卷四二）

郭延生西征记

鱼山临河，神女智琼与弦超会所。魏陈思王曹植尝登此山，有终焉之志，遂葬其西，亦其所封国也。鱼山在东阿县东北。（《太平御览》卷四二）

郭延之述征记

城阳县南六里，尧母庆都墓庙前一池，鱼额间有印文，名颊鱼。非告祠者，捕不可得。（《太平御览》卷九四〇）

郭氏述征记

长白山能兴云雨。山西南有大湖山，二山并有石室败，赤漆虹上，有记。皆谓之尧时物。（《太平御览》卷四二）

述　征　记

长安宫南，灵台上有相风铜乌。或云：此乌遇千里风乃动。（《太平御览》卷九）

长安宫南有灵台，高十仞。上有铜浑天仪，又相风铜乌。或云：此乌遇千里风乃动。（《太平御览》卷五三四）

相风乌在灵台上，遇千里风则动。（《太平御览》卷九二〇）

登滑台城西南，望太行山、白鹿岩、王莽岭，冠于众山之表。（《太平御览》卷四〇）

长安东则骊山，西则白鹿原。北望云阳，悉见山皁之形，而恒若在云雾之中。（《太平御览》卷四四）

黄卷坂者，傍绝涧以升潼关，长坂十余里，九坂皆逦迤。长坂，《东

京赋》曰：所谓西阻九阿者也。（《太平御览》卷五三）

燕赵间，九厥山路，名之曰陉。井陉在常山。（同上）

临淄牛山下有女水。齐人谚曰：世治则女水流，世乱则女水竭。慕容超时，干涸弥载。及宋武北征，而激洪流。（《太平御览》卷五九）

洛水底有岩石，故上无水。（《太平御览》卷六二）

彭城县有吕梁水，则庄子所称丈夫也。（《太平御览》卷六三）

桓冲为江州刺史，遣人周行庐山，冀睹灵异。既陟崇巘，有一湖匝生桑树，有白鹄，湖中有赤鳞鱼。使者渴极，欲往饮水。有赤鳞鱼，张鬐向之，使者不敢饮。（《太平御览》卷六六）

广阳门北，有魏明帝流杯池。（《太平御览》卷六七）

广阳门北，魏明帝流杯池，犹有处所。池西平原懿公主第，有皇女台。西南刘曜垒，垒西曜试弩棚。西北有斗鸡台。（《太平御览》卷一七七）

冰井在凌云台北，古旧藏冰处。（《太平御览》卷六八）

晋宁县有龙莽洲。父老云：龙蜕骨于此洲。其水今犹多龙骨。（《太平御览》卷六九）

凉城至长寿津六十里，河之故渎在焉。（《太平御览》卷七一）

践县境，便睹斯卉，斯卉穷则知逾界。今虽不能然，谅亦非谬，诗所谓东有茂草也。（《太平御览》卷七二）

方兴县鬼桥，忽一夜闻人呼唤声，车行雷骇。晓而石桥自成家，家牛皆喘息未定。（《太平御览》卷七三）

秦梁埭到召伯埭二十里，召伯埭到三枚埭十五里，三枚埭到镜梁埭十五里。（同上）

陵云台在明光殿西，高八丈，累砖作道，通至台上。登迥迥眺，究观洛邑。暨南望少室，亦山丘之秀极也。（《太平御览》卷一七八）

蠡台，梁孝王所筑于兔园中，回道似蠡，因名之。（同上）

丰水西九十里，有汉高祖宅。（《太平御览》卷一八〇）

山阳县城东北二十里，魏中散大夫嵇康园宅，今悉为田墟，而父老

犹谓嵇公竹林地，以时有遗竹也。（同上）

仙阳县城东北二十里，有中散大夫嵇康宅。今悉为田墟，而父老犹种竹木。（《太平御览》卷九六二）

青门外，有魏车骑将军郭淮碑。小城最东一门，名落索门，门里有司马京兆碑，郡民所立。（《太平御览》卷一八五）

东城二石桥，旧于王城之东北，开渠引洛水，名曰阳渠。东流经洛阳，于城之东南，然后北回通，运至建春门，以输常满仓。（《太平御览》卷一九〇）

思子城，汉武帝延和二年，卫太子遇江充之乱，奔湖自缢。壶关三老太庙令田千秋，诉太子之冤。筑思子宫于湖，其城存焉。（《太平御览》卷一九三）

齐有龙盘山，上有大脚，姜嫄所履迹。（《太平御览》卷三八八）

太学在国子学东二百步，学堂里有太学赞碑。（《太平御览》卷五三四）

荀氏葬在彭城东岸，东岸有一丘，民俗谓之荀氏葬。或云：斯则徐偃王葬后仓者也。古徐国宫人娠而生卵，弃之水滨。有犬名后仓，衔而归，伏而成人，遂为徐之嗣君，纯筋无骨，号曰偃王。偃王躬行仁义，众国附之，得朱弓之瑞，周穆王命楚灭之。后仓将死，生角九尾，实黄龙也。（《太平御览》卷五五六）

鱼山临清河，旧属东阿。东阿王曹植，每升此山，有终焉之志。植之所游池沼沟渠悉存。既葬于山西，有二石柱，犹存也。地今割并穀城。（同上）

梁孝王冢，斩山徙户，以石为藏。行一里到藏，中有数尺水，有大鲤鱼。人皆洁而进，不斋，辄有兽噬其足。兽似豹也。（《太平御览》卷五五九）

下相城西北，汉太尉陈球墓，有三碑。近墓一碑，记弟子卢植、郑玄、管宁、华歆等六十人。其一碑，陈登碑文。并蔡邕所作。（《太平御览》卷五八九）

长安逍遥宫门里，有澡盘，面径丈二也。（《太平御览》卷七一二）

逍遥宫门里，有铜浴槃，面径丈二尺。（《太平御览》卷七五八）

极西南端门外有石，石色青而细。修之作博棋，以遗江东，甚可珍玩。（《太平御览》卷七五四）

去端门百余步，道南得方尚北门，中有指南车。车上有木仙人，持信幡。车东西，人恒南指。（《太平御览》卷七七五）

北征有张母墓。旧说：张母是王氏妻，王家葬，经数百载，后开墓而香火犹燃。其家奉之，称清火道。（《太平御览》卷八六八）

北芒有张母墓。旧说，是王氏妻葬。有年载，后开墓而香火犹燃。（《太平御览》卷九八一）

柏谷，谷名也。汉武帝微行所至处，长傲宾于柏谷者也。谷中无回车，地狭，以高原林柏，荫蔼穷日，殆弗睹阳景也。（《太平御览》卷九五四）

林檎果实可佳，其槵勃实微大，其状丑，其味香。辅关有之，江淮南少。（《太平御览》卷九七一）

洛水，至岁末凝厉，则款冬生曾冰之中。（《太平御览》卷九九二）

四、《水经注》与《宜都山川记》

看一下唐代柳宗元在永州、柳州所写的山水游记，便可以看出它们所受到的《水经注》的影响确实是很明显的。后世的山水游记则深受柳宗元记的影响，这是不言而喻的。但我们也不可忘了，《水经注》仍然为人们所喜爱，并影响了后世的山水游记。明杨慎《丹铅杂录》卷七云：

> 《水经注》所载事，多他书传未有者，其叙山水奇胜，文藻辨丽，比之宋人《卧游录》，今之《玉壶冰》，岂不天渊？予尝欲抄出其山水佳胜为一帙，以洗宋人《卧游录》之陋，未暇也。

赞赏其山水奇胜的叙述和文藻辨丽的表现，认为《卧游录》与《玉壶冰》都远不能及。又，清刘献廷《广阳杂记》卷四云：

> 郦道元博极群书，识周天壤。其注《水经》也，于四渎百川之

原委支派，出入分合，莫不定其方向，纪其道里。数千年之往迹故
渎，如观掌纹而数家宝。更有余力铺写景物，片语只字，妙绝古今。
诚宇宙未有之奇书也。

颇为赞赏《水经注》的"铺写景物"。在此，我们想从山水游记的角度
来看看具有这种优秀的写景文的《水经注》。

试图抄出《水经注》的山水佳胜部分的，有明代的杨慎，但他似乎
并未动手。此外，作这种尝试的人似乎还有，却意外的少。只有明代何
镗编的《天下游名山记》或王世贞编的《天下名山记》等书，好像大量
引用了《水经注》的山水游记性部分，但是因为没有见到，所以难言其
详。看一下现存的依据何镗书编纂的、编者不详的《天下名山胜概记》
（浅野图书馆藏，明刊本），其中载有《水经注》的下述部分：碣石山注、
越中注、桐溪注、穀水注、沅水注、白沙曲注、高阳池注、千金堨注、
华林园注、铜台注、宜阳注、汶水注、华岳注、孟门注、黄牛滩注、三
峡注等等。而像杨慎所欲尝试的那样抄出其中的写景文的，有近人范文
澜的《水经注写景文钞》。本项即多有赖于是书。

《水经注》能像今日这样经注分别而容易阅读，端是戴震及赵一清、
王先谦、杨守敬等学者的功绩。近来，《水经注》的研究似乎着重于其内
容的整理，在这方面，许多学者非常活跃。但是，这些学者都是站在史
学的立场上来研究《水经注》的，至于从文学的角度来研究《水经注》，
则不大听说。因此本项打算从文学方面来探讨《水经注》，阐明其描写的
内容与特色。

关于郦道元，《魏书》列于《酷吏列传》，《北史》则附于其父的
《郦范传》。二者相较，《北史》更为详细。《魏书》将他列入《酷吏传》，
乃是因为他持法严峻，而决非因为他是恶人。对北魏来说，毋宁说他是
一个忠臣。他被列入《酷吏传》，除了因为他持法严峻之外，照杨一清
《北史》本传注的说法，还是因为他与《魏书》的编者魏收互有嫌怨，

才名相轧。如果是这样，那么，把郦道元列入《酷吏传》，也许也是魏收的《魏书》被酷评为"秽史"的原因之一吧。

关于郦道元撰《水经注》的情况，《魏书》和《北史》都记载道：

> 道元好学，历览奇书，撰注《水经》四十卷、《本志》十三篇，又为《七聘》及诸文，皆行于世。

说道元好学、历览奇书而作《水经注》和《本志》。《本志》是一部怎样的书，今天已搞不清楚；但从上述记载来看，我想至少《水经注》是一部通过"历览奇书"而写成的书。南朝所出现的山水记，正如《南齐书·宗测传》所说的："尝游衡山七岭，著《衡山》、《庐山记》。"都是游历山水的结果；而《水经注》却与它们甚为不同。如果《魏书》的说法可信的话，那么，《水经注》就不是因为游历山水而写的，而是因为"历览奇书"而写的。当然，我们不能马上就据此断定郦道元不喜欢游历山水；但至少从《魏书》来看，"历览奇书"是《水经注》产生的直接原因。更进一步考虑，恐怕正因为郦道元好学，所以才常常历览奇书的吧。大概他在历览中产生了想要注释《水经》的冲动，于是利用这些奇书作成了这部《水经注》吧。倘可以这样解释，则和南朝山水记的成立相比，《水经注》的产生显然有显著的不同。南朝的山水记虽说不是全部，但是其大部似乎是与游历山水有关的。

那么，所谓的"历览奇书"，究竟历览的是一些怎样的书呢？看一下现在的《水经注》，可以看到它实际上曾引用了各种各样的书，但其中哪一些是奇书，则不得而知。森鹿三氏[1]说："由于《水经注》好用如古史类的《竹书纪年》、杂史类的《古文琐语》、起居注类的《穆天子传》这样的汲冢竹书及颇为儒家者流所摈斥的《山海经》而被人称作历览'奇

---

[1] 森鹿三（1906—1980），日本的中国历史地理研究者，前京都大学名誉教授。主要著作有《东洋史研究（历史地理篇）》、《东洋史研究（居延汉简篇）》、《洛阳伽蓝记译注》、《魏书地形志州郡县名索引》等。——译者注

书'。"(《羽田博士颂寿纪念东洋史论丛·水经注所引用的史籍》)但还是有必要进一步正确地究明当时所谓的奇书究竟是什么这样一个问题。推测起来,《魏书》编者的意图,也许只不过是想说郦道元曾历览了所有的各种各样的杂多的书籍吧。

如果说《水经注》是通过历览奇书而作成的,那么,它的内容是和种种杂多的书籍(当然包括奇书)完全吻合的吗?也就是说,它并不是根据实地见闻写成的吗?关于《水经注》的编纂,可以看一下郦道元的《水经注序》。此序非常难读,但就其要点来看,其中并没有说《水经注》是像南朝的山水游记那样通过游历山水而产生的,而是说自己是一个"少无寻山之趣,长违问津之性"的人。不过,这两句话该如何解释还是有问题的。所谓"寻山",是如梁陶弘景的《寻山志》的遍历名山的意思呢?还是隐遁山野的意思呢?不太清楚。即使是隐遁山野的意思,由于当时的隐遁与山水趣味有关,因而大致可以认为"寻山"是游历山水的意思,这大概不致大错吧。"问津"这个词虽说出典于《论语》,但在这里似乎实际上是指历访河川之津。如果是这样,那么"问津"也与历访山水有关。要之,可以认为他并没有游历山水的天性与兴趣。也许这不过是谦辞,但如果他有游历山水的天性与兴趣,那么当然应该像《宋书·谢灵运传》那样,有关于他对山水如何感兴趣的记载。因而,可以认为他并无遍历名山、游历天下之事;因而,可以认为《水经注》诚如《魏书》所云,是通过历览奇书而产生的。但是,如果说《水经注》的作成全都是书籍移入的结果,那也是不对的。作者也曾以实地旅行作为写作的基础。关于这一点,我们看下面这个例子便可以明白:

> 自城北出,有高坂,谓之白道岭。沿路惟土穴,出泉,挹之不穷。余每读《琴操》,见《琴慎相和雅歌录》(据杨守敬说,"琴慎相和雅歌"即是见于《琴操序》的"河间雅歌二十一章")云:"饮马长城窟。"及其跋陟斯途,远怀古事,始知信矣,非虚言也。(卷三河水"又东过云中桢陵县南"条)

他实地旅行过哪些地方，不知其详。他任地方官的冀州镇东、鲁阳郡、东荆州、河南等地，不用说都是他所见闻的实地。此外，他所见到的实地，随处散见于《水经注》，如：

> 余为尚书祠部（他任尚书祠部事不见于《魏书》和《北史》），与宜都王穆黑同拜北郊，亲所经见。（卷一三漯水"出雁门阴馆县东北过代郡桑乾县南"条）

> 余生长东齐，极游其下。于中阔绝，乃积绵载。后因王事，复出海岱。（卷二六淄水"又东过利县东"条）

> 余登其上，人马之迹无闻矣，惟庙象存焉。（卷三二肥水"北入于淮"条）

可以知道他曾漫游各地，但其游历范围则不甚清楚。一般认为，《水经注》的记述详于北方而疏于南方，这盖是因为郦道元是北方人，所以对于北方的实地有较好的了解吧；或是因为他所依据的资料中有详于北方的《魏土地记》（盖是见于《隋志》的《大魏诸州记》二十一卷）等书吧。此中详情，现在已不能完全知晓。

然则郦道元究竟为何要注《水经》呢？他的动机也许有好多种，但据他的自序说，是要述过去的《山海经》、《地理志》、《尚书本纪》、《职方》、《都赋》、《水经》等的不备。这充分表明了他想要使这些不完备的著作更为完善的地理学家的意图。又，他特意采用《水经》来作注，这也是地理学家的趣味在起作用吧。不过，使采用和注释《水经》的眼界打开的，恐怕不仅是地理学家的兴趣爱好，而且也是受了当时流行的爱好山水的趣味的巨大影响吧。

郦道元的《水经注》的写作年代，似乎是在北方与南方交涉相当频繁的时候。据《魏书》本传，他被雍州刺史萧宝夤杀于阴盘驿亭。据《魏书·萧宝夤传》，这是肃宗孝昌三年（527）十月的事，值梁高祖大通元年冬十月。他的生年不清楚，但据丁山的《郦学考序目》（《国立中央研究院历史语言研究所集刊》第三本第三分）推定，从其父范及弟道慎、道约的生卒年推测，郦道元盖生于献文帝皇兴元年（467），为范四十岁左右时所生。

那么，这部分量很大的《水经注》四十卷，是他何时完成的作品呢？实际上这也是不清楚的。《水经注》中所能见到的较后的年号有下面这一条。卷二十九比水"出比阳东北太胡山"条记载：

> 余以延昌四年（515），蒙除东荆州刺史。

认为《水经注》大致完成于延昌四年以后不久，不会大错吧。据《水经注叙》说：

> 窃以多暇，空倾岁月，辄述《水经》，布广前文。

他于延昌四年迁东荆州刺史以后，据《魏书》本传说，"威猛为治，蛮民谒阙，讼其刻峻，坐免官"，当然不久就被罢了东荆州刺史的官职。接着，任河南尹。据《魏书》本传说：

> 久之，行河南尹，寻即真。肃宗以沃野、怀朔、薄骨律、武川、抚冥、柔玄、怀荒、御夷诸镇并改为州。

据《肃宗记》，改诸镇为州在正光五年（524），因此，可以认为他任河南尹是在正光五年左右。但是，丁山的年谱所说的却颇为不同：

> 而《周书·赵肃传》言，道元为河南尹，亦在正光五年。疑道元除河（南）事在正光之初，至五年迁御史中尉也。

自罢东荆州刺史至任河南尹，其间至少有七八年，如果说这便表现为"多暇"的话，那么《水经注》的完成，盖是在罢东荆州刺史之后吧（顺便提一下，延昌四年，熙平二年，神龟二年，接着是正光）。假如是在熙平、神龟年间完成的话，那这时正值梁武帝初年。这是一个文艺隆盛、文人辈出的时代，也是山水趣味流行的时代。在另一方面，正如孝文帝积极采用汉化政策所表明的，北魏也已经在不断地吸收中国文化①。

---

① 原文如此，指南朝文化。——译者注

因而，文人的交流便是理所当然的了，庾信被留在北周之事也就当然会出现了（虽说这是比较后来的事）。我们必须看到，南朝文化的影响在当时的北魏是相当大的。所以我们当然应该考虑到，无论是《水经注》的制作动机还是它的内容，都曾受过南朝文学的影响。

流动于当时南方文学背后的潜流之一，是爱好山水的趣味。如齐竟陵王萧子良的《行宅诗序》说：

> 余禀性端疏，属爱闲外……名都胜境，极尽登临。（《艺文类聚》卷六四）

梁武帝的《净业赋序》说：

> 少爱山水，有怀丘壑。身羁俗罗，不获遂志。舛独往之行，乖任纵之心。（《广弘明集》卷二九上）

梁张瓒的《谢东宫赉园启》说：

> 性爱山泉，颇乐闲旷。虽复伏膺尧门，情存魏阙。至于一丘一壑，自谓出处无辨。（《艺文类聚》卷六五）

爱好山水的趣味，竟至成了当时文人所必须具备的教养之一。不难想象，这种风气也会影响北方文化。因而，郦道元也不免感受到这种风气的影响。虽说他自称"少无寻山之趣，长违问津之性"，但可以认为，他在不知不觉间，还是感受到了时代风气的影响，爱好山水，充分打开了欣赏山水的眼界。欣赏山水的眼界的打开，必然会引起想要记述山水的热情。我想，这就是他采用《水经》作注的原因之一吧。当然，不能否定他也是由于地理学家的兴趣而采用《水经》的。加之，还不能忘了他那爱好山水的态度。我想，正因为具有这种内在的态度，所以他才写出了那种山水游记性的注吧。他决不是用冷漠的眼光来眺望山水的，这从下面这些散见于《水经注》的描写也能充分推知：

> 西带巨川，东翼兹水，枝流津通，缠络墟圃。匪直田渔之瞻可怀，信为游神之胜处也。（卷一二巨马水"又东南过容城县北"条）

阜上有故宫庙楼榭，基雉尚崇。每至鹰隼之秋，羽猎之日，肆阅清野，为升眺之逸地矣。（卷一三漯水"出雁门阴馆县"条）

绿水澄澹，川亭远望，亦为游瞻之胜所也。（卷一三漯水"过广阳蓟县北"条）

溪水沿注，西南径陆道士解南精庐，临侧川溪，大不为广，小足闲居，亦胜境也。（卷三二肥水"又北过寿春县东"条）

又东带绿萝山，绿萝蒙幂，颓岩临水，实钓渚渔咏之胜地，其逑响若钟音，信为神仙之所居。（卷三七沅水"又东北过临沅县南"条）

上述"信为游神之胜处"、"为升眺之逸地"、"亦为游瞻之胜所也"、"亦胜境也"、"实钓渚渔咏之胜地"云云，我想都是对于自然具有审美眼光的人所说的话。

温水出竟陵之新阳县东泽中，口径二丈五尺。垠岸重沙，端净可爱。（卷三一涢水"又南过江夏安陆县西"条）

沅水又东历三石涧。鼎足均峙，秀若削成。其侧茂竹便娟，致可玩也。（卷三七沅水"又东北过临沅县南"条）

两岸连山，石泉悬溜，行者辄徘徊留念，情不极已也。（卷三九耒水"又北过其县之西"条）

上述"端净可爱"、"致可玩"、"徘徊留念，情不极已"云云，都是只有爱好山水、知晓山水美的人才能说的话吧。

这样看来，郦道元也许自己没有意识到，但他的确已经充分具备了游览山水的趣味，充分打开了对于自然美的眼界。我想，倘不是这样的话，便不会产生那样的《水经注》吧。

作为《水经注》作成的重要原因，我们还不能忘记举出当时盛行于南朝的山水记和地方志。这些作品也许算不上是"奇书"，但倘若郦道元没有"历览"过这些作品，则他也许不会产生想要注《水经》的念头，而且也不会作成那样的《水经注》吧！这些山水记和地方志中的山水描写，给予《水经注》以很大的影响。当时出现了一些怎样的山水记和地方志，我们在前面几项中已经谈过了，在此我想就《水经注》中受这些作品影响的若干例子来谈谈。如关于三峡之一的西陵峡，《水经注》写道：

> 江水又东，径西陵峡。《宜都记》曰：自黄牛滩东入西陵界至峡口百许里，山水纡曲，而两岸高山重障，非日中夜半，不见日月。绝壁或千许丈，其石彩色形容，多所像类。林木高茂，略尽冬春。猿鸣至清，山谷传响，泠泠不绝。所谓三峡，此其一也。山松言，常闻峡中水疾，书记及口传悉以临惧相戒，曾无称有山水之美也。及余来践跻此境，既至欣然，始信耳闻之不如亲见矣。其叠崿秀峰，奇构异形，固难以辞叙。林木萧森，离离蔚蔚，乃在霞气之表。仰瞩俯映，弥习弥佳，流连信宿，不觉忘返。目所履历，未尝有也。既自信得此奇观，山水有灵，亦当惊知己于千古矣。（卷三四江水“又东过夷陵县南”条）

这篇三峡一带的记述，全都是以前面几项中所谈到过的袁山松的《宜都山川记》为基础写成的。我想，这种富于山水描写的山水记的出现，不仅刺激了他，而且在叙述方式与表现形式上也给予他以不小的影响。他像上面这样借《宜都记》来说明西陵峡之美，但从他几乎把《宜都记》当作自己的作品来驱使运用，也可以看出他的写作才能。与其说它使人恶意地感到是一种剽窃行为，毋宁说它使人感到的只是作者在处理自己的囊中之物。此外，《水经注》中也有不举引用的书名而记述的例子，如关于三峡的记述：

> 自三峡七百里中，两岸连山，略无阙处。重岩叠嶂，隐天蔽日，自非亭午夜分，不见曦月。至于夏水襄陵，沿溯阻绝。或王命急宣，有时朝发白帝，暮到江陵，其间千二百里，虽乘奔御风，不以疾也。春冬之时，则素湍绿潭，回清倒影。绝巘多生怪柏，悬泉瀑布，飞漱其间，清荣峻茂，良多趣味。每至晴初霜旦，林寒涧肃，常有高猿长啸，属引凄异，空谷传响，哀转久绝。故渔者歌曰："巴东三峡

巫峡长，猿鸣三声泪沾裳。"（卷三四江水"又东过巫县南"条）

据前面一项所引文章可知，这实际上是原封不动地利用了盛弘之《荆州记》之文。《艺文类聚》卷七中可以见到与此文几乎完全相同的"盛弘之《荆州记》"之文。也可以认为，《水经注》此文中脱去了"盛弘之曰"或"《荆州记》曰"之类词语，但不如认为郦道元是把《荆州记》作为自己的文章来记述的更为稳当。《荆州记》虽说只是地方志，但可以想象当时地方志中的山水描写是相当丰富的。由于引用了这样的作品作为资料，所以便作成了含有那种丰富的写景文的《水经注》。然则《水经注》中的写景文究竟是怎样的呢？

《水经注》可以从各个方面来考察，这里是把它当作"游记"，尤其是当作"山水游记"来考察的。《水经注》的叙述虽说是注，但应该说是一种与当时义疏学概念上的注性质完全不同的特异的叙述。当然，与过去的注的概念合拍的地方也不是全然没有的。如对于"河水"的说明，便列举了许多古书来解释"河水"的语义。这与历来对于经书的注释态度没有什么明显的不同，确实使人想到后世孔颖达的《五经正义》的味道。但是，这种记述在《水经注》中只占极小部分，而其中的绝大部分叙述，都是有关河流经过的流域的景观、名胜和古迹等等的记述。这种沿着河流的叙述，也可以说是从某地到某地的游览记。这不是注释，而是游记，是旅行记。这种沿着河流的叙述，也许是《水经》本身中即已经具有的，但不管怎么说，《水经注》总可以看作是沿着河流漫步的游记。而且，其中有着许多山水描写。把这些山水描写都列举出来，便成了一篇真正的山水游记。现在我不想举更多的例子，只想举一个例子：

> 浙江又北径新城县，桐溪水注之。水出吴兴郡於潜县北天目山。山极高峻，崖岭竦叠，西临浚涧。山上有霜木，皆是数百年树，谓之翔凤林。东面有瀑布，下注数亩深沼，名曰浣龙池。池水南流，径县西，为县之西溪。

　　　　溪水又东南与紫溪合。水出县西百丈山，即潜山也。山水东南
流，名为紫溪。中道夹水，有紫色磐石，石长百余丈，望之如朝霞。
又名此水为赤濑，盖为倒影在水故也。

　　　　紫溪又东南流，径白石山之阴。山甚峻极，北临紫溪。

　　　　又东南，连山夹水，两峰交峙。反顶对石，往往相捍。十余里
中，积石磊砢，相挟而上。涧下白沙细石，状若霜雪。水木相映，
泉石争晖，名曰楼林。

　　　　紫溪又东南流，径桐庐县东，为桐溪。孙权藉溪之名，以为县
目，割富春之地，立桐庐县。自县至於潜，凡十有六濑。第二是严
陵濑，濑带山，山下有一石室。汉光武帝时，严子陵之所居也。故
山及濑，皆即人姓名之。（卷四〇浙江水"出三天子都"条）

以上叙述，首先描绘了"山极高峻，崖岭竦叠"的天目山，注入浙江的
桐溪便发源于此山；接着，叙述了翔凤林、浣龙池以及西溪、紫溪；接
着，是"东南，连山夹水，两峰交峙"云云的淡淡的山水描写；接着又
叙述了桐溪及其侧的石室的来历。即从上述记述也能明白，这是一种随
着河流叙述流域景观的山水游记。然则《水经注》作为山水游记的特色
是什么呢？简言之，其特色是叙述的移动性。在另一方面，与此不同的、
描写作者静止地眺望景观的山水游记当然也是有的。也就是说，叙述的
主要力量往往集中于某一点上的游记也是有的。与它们不同，在《水经
注》中，作者的位置是不断移动的。这种移动地描写景观的叙述，是
《水经注》的第一个特色。

　　其次，作为山水游记的《水经注》的第二个特色，是用四字句来凝
聚修饰。如：

　　　　其山岩层岫衍，洞曲崖深。巨石崇竦，壁立千仞。河流激荡，
涛涌波襄。雷淬电泄，震天动地。（卷三河水"又南过赤城东"条）

上述"其山岩层岫衍"至"震天动地"一节，以四字句形容岩石河流的形
状。这八句未必押韵，也不是用严密的对句构成的，却可以看作是一首令人

想起唐诗的写景诗。这种写景，在《水经注》中随处可见，现举若干例子：

> 岩下有大泉涌发，洪流巨输，渊深不测。蘋藻芰芹，竟川含绿。（卷九沁水"又东过野王县北"条）

> 巨石碌砢，交积隍涧。倾澜渀荡，势同雷转。激水散氛，暧若雾合。（卷九淇水"出河内隆虑县西大号山"条）

> 渀荡之音，奇为壮猛。触石成井，水深不测。素波自激，涛襄四陆。（卷一一滱水"又东过博陵县南"条）

> 晨凫夕雁，泛滥其上。黛甲素鳞，潜跃其下。（卷一三漯水"出雁门阴馆县"条）

> 山岫层深，侧道褊狭。林鄣邃险，路才容轨。晓禽暮兽，寒鸣相和。（卷一四湿余水"出上谷居庸关东"条）

以上所举，不过是以四字句修饰的山水描写的若干例子，但这种描写是随处可见的，在上述例子中，我们能够察知其基本特色。

如上所述，作为山水游记，《水经注》采取移动性的叙述方式，其山水描写则用四字句来修饰，并加之以淡淡的客观性的描写。这些特色，全都为后来的柳宗元所蹈袭。我们并不想再举柳宗元的记，只想以一例显示它们与《水经注》是如何的相似。柳宗元的《至小丘西小石潭记》云：

> 从小丘西行百二十步，隔篁竹闻水声，如鸣珮环。心乐之，伐竹取道，下见小潭，水尤清冽。泉石以为底，近岸卷石底以出，为坻为屿，为嵁为岩。青树翠蔓。蒙络摇缀，参差披拂。潭中鱼可百许头，皆若空游无所依。日光下彻，影布石上，怡然不动，俶尔远逝，往来翕忽，似与游者相乐。

正如孙执升评柳宗元记所云："公小记，大略得力于《水经注》。"① 上述

---

① 孙琼，字执升，清人，《四库全书总目》别集类存目收入其《山晓阁诗》十二卷。以上评语，出其《山晓阁选唐大家柳柳州全集》卷三，为其引卢文子（元昌）语。——译者注

引文，令人仿佛想起《水经注》。特别是其中的"空游"这一表现，诚如杨慎所说的，乃是出典于《水经注》卷三十七夷水"东入于江"条的"其水虚映，俯视游鱼，如乘空也"的词语。① 《水经注》不仅给予柳宗元以强烈影响，而且也给予后世以非常大的影响。我想，明代有名的《徐霞客游记》，也同样是远汲《水经注》之流的游记吧。

但是，这种描写山水景观的尝试，是以郦道元为嚆矢的吗？像这种随水流而叙述其流域的景观的方法，当然是以《水经注》为嚆矢的。但是，在《水经注》以前，不是水流，而是移目移步地描写山水景观的尝试，并不是全然没有的。这就是晋袁山松的《宜都山川记》。

《宜都山川记》，章宗源《隋志考证》以《宜都记》为标题，但这部书的正确书名似乎应叫《宜都山川记》。在最早引用它的《水经注》中，单引作《宜都记》，而此后的《北堂书钞》、《艺文类聚》、《初学记》、《太平御览》中，《宜都记》、《宜都山川记》二者都能见到。在类书中将《宜都山川记》略称为《宜都记》的场合是可能经常有的，但不大会在《宜都记》上附加"山川"二字来引用，所以我想原名应是《宜都山川记》。吴士鉴的《补晋书经籍志》题作《宜都山水记》，恐怕是错误的。

《水经注》卷三十四江水、卷三十七夷水还引了袁山松的话，我想这些话也是《宜都山川记》的，而不是他的《后汉书·郡国志》的。又《太平御览》卷一百八十六所引《宜都县记》，也许是袁山松的《宜都记》。又卷一百六十七引《袁山松记》，盖也是《宜都记》，而不是他的《句将山记》。又《初学记》所引有不冠以袁山松之名的《宜都山川记》，《太平御览》中也有《宜都记》和《宜都山川记》，疑袁山松以外也有同名之书，但现在暂且把它们都看作是袁山松的作品。这一方面是因为还没有听说过袁山松

---

① 见杨慎《丹铅余录》卷一、《丹铅总录》卷十八"鱼若乘空"条、《升庵集》卷五十三"空游"条。但三条皆云出典于《水经注》卷二十二洧水"又东南过长社县北"条的"绿水平潭，清洁澄深，俯视游鱼，类若乘空矣"，而不云出典于卷三十七夷水"东入于江"条，虽然两者其实大同小异。——译者注

以外也有《宜都山川记》，另一方面也是因为袁山松的作品往往不冠以袁山松之名，而被引作《宜都记》（《艺文类聚》卷二、卷七，《北堂书钞》卷一五一，《初学记》卷二，《太平御览》卷一五、卷四九）。

那么，《宜都山川记》究竟是于何时在何地写成的呢？有若干资料可以作为线索。其一是《艺文类聚》卷十九所引桓玄的《与袁宜都书》及袁山松的《答桓南郡书》。他任宜都郡太守事为其本传（《晋书》卷八三《袁瓌传》附）所未载，但可以从《水经注》卷三十四江水"又东过夷陵县南"条了解，文云：

> 江水又东，径故城北，所谓陆抗城也。城即山为墉，四面天险。江南岸有山孤秀，从江中仰望，壁立峻绝。袁山松为郡，尝登之瞩望焉。故其记云。

据这条记述，可以知道袁山松曾任宜都郡太守，还可以知道当时的游历被表现为《宜都山川记》。《太平御览》卷四十九引《郡国志》也说：

> 安远有陆抗城，故城之南有孤山。袁山松为郡，尝登此山以四望，见大江如萦带，舟舺如凫雁焉。

也写了与《水经注》相似的事。据这些记述可以知道，前面的"袁宜都"便是袁山松，他与桓玄曾有交涉。但是《晋书》本传中未载这些事，只说：

> 山松历显位，为吴郡太守。孙恩作乱，山松守扈渎，城陷被害。

他的去世，据《晋书·安帝纪》说：

> （隆安五年）夏五月，孙恩寇沪渎①，吴国内史袁山松死之。

其详情见于《孙恩传》：

> 隆安四年，（孙）恩复入余姚，破上虞，进至刑浦……恩复还于海。于是复遣（刘）牢之东屯会稽，吴国内史袁山松筑扈渎垒，缘

---

① 据中华书局标点本《晋书》校勘记补"沪渎"二字。——译者注

> 海备恩。明年，恩复入浃口，（高）雅之败迹。牢之进击，恩复还于
> 海。转寇扈浹，害袁山松，仍浮海向京口。

据上所云，袁山松乃于隆安五年（401）因孙恩乱而卒于吴国内史任上。
倘如此，则其任宜都太守当在任吴国内史之前，亦即隆安四年以前。本
传仅云"历显位"，却没有说明具体官位，很是暧昧。也许他任宜都太守
即在任吴国内史之前，时值隆安之初，正是桓玄显出自己实力的时候。
前述桓玄《与袁宜都书》，也许正是桓玄此时的作品。

　　《宜都山川记》恐怕即写于袁山松任宜都太守时吧。然则他为何要写
这部记呢？在回答此问题之前，我们先来一瞥此记具有怎样的内容。《宜
都山川记》在《隋志》中没有著录。此书今日已亡，由辑录诸书所引的
片断性资料，当然仅能知其大概，而无由知其全貌。

　　正如其书名所显示的，《宜都山川记》是宜都郡下的山川记。其郡治
似在现在的宜昌，也就是《宜都记》所说的西陵。据《晋书·地理志》
说，当时的宜都郡，分为夷陵、夷道、佷山三县，夷陵即西陵，也就是
后来的宜昌，夷道即后来的宜都。《宜都山川记》似乎是以西陵为中心的
名胜记，记载了山水名胜、石穴、地名的来历、传说等等。而且，其所
载均为长江与夷水（清江）二水流域之物，在这一点上，与《水经注》
随着河流记述流域的景观传说等等的特色基本相同。《宜都山川记》不是
从上游到下游的记述，而似乎是长江则以西陵为中心及于四方，夷水则
以佷山为中心及于四方的记述。我们之所以知道这一点，是因为下述这
样的记述随处可见：

> 自西陵东北陆行百二十里。（《艺文类聚》卷七）
>
> 自西陵北行三十里。（《太平御览》卷五四）
>
> 自西陵溯江西北行三十里，入峡口。（《艺文类聚》卷六）
>
> 自峡口溯江百许里。（《艺文类聚》卷九四）

又如夷水：

> 佷山县南岸有溪。(《北堂书钞》卷一五八)

> 佷山县东六十里有山。(《太平御览》卷六七)

> 佷山县北有石穴。(《北堂书钞》卷一五八)

但是《宜都山川记》原来的体裁究竟如何,现在却无法知道了。下面,首先大致从下游开始列举若干沿着长江的记述。关于荆门山、虎牙山:

> 南崖有山,名荆门。北对崖有山,名虎牙。二山相对,故曰荆门虎牙,即楚之西塞。其荆门山在南,上合而下空,彻山南有像门也。(《太平御览》卷一六七、卷四九)

> 虎牙山有石壁,其文黄赤色,有牙齿形。(《太平御览》卷四九、《初学记》卷八)

据《水经注》卷三十四江水"又东过夷陵县南"条云:"江南岸有山孤秀,从江中仰望,壁立峻绝。袁山松为郡,尝登之瞩望焉。故其记云。"《水经注》接着引了关于孤山的记述:

> 今自山南上,至其岭,岭容十许人。四面望诸山,略尽其势。俯临大江,如萦带焉,视舟如凫雁矣。(《初学记》卷六,亦见于《太平御览》卷六〇)

关于孤山北边一带的所谓的陆抗城:

> 郡城即陆抗,攻步阐于此。(《太平御览》卷一六七)

关于这一带的江南诸山:

> 江北多连山,登之望江南诸山,数十百重,莫识其名。高者千仞,多奇形异势。自非烟塞雨霁,不辨见此远山矣。余尝往返十许过,正可再见远峰耳。(《水经注》卷三四江水)

接着溯江至西陵,以西陵为中心来记述,如关于西陵东北百二十里的某种珍异的竹子:

> 自西陵东北，陆行百二十里，有方山。其岭四方，素崖如壁。天清朗时，有黄影似人像。山上有神祠场，特生一竹茂好，其标垂场中，场中有尘埃，则风起动此竹，拂去如洒扫者。（《艺文类聚》卷七、《太平御览》卷九六二）

关于西陵北马穴：

> 自西陵北行三十里，有石穴，名马穴。尝有白马，出食，人逐之入穴，潜行出汉中。汉中人失马，亦尝出此穴。相去数里。（《水经注》卷三十四江水、《太平御览》卷五四）

自西陵溯江入峡口，当然就到了西陵峡。《水经注》卷三十四江水"又东过夷陵县南"条引用得比较长，因为上文已经引用过了，所以不再重复引用。只是《水经注》以外，《艺文类聚》卷六、《太平御览》卷五十三中也曾引用，文字多少有些出入异同。《艺文类聚》卷九十五，《太平御览》卷五百七十二、卷九百十引用了如下古歌：

> 峡中猿鸣至清，诸山谷传其响，泠泠不绝。行者歌之曰："巴东三峡猿鸣悲，猿鸣三声泪沾衣。"（《艺文类聚》卷九五）

这首古歌，在刚才所举的盛弘之的《荆州记》中，变成了"巴东三峡巫峡长，猿鸣三声泪沾裳"（《水经注》卷三四、《世说新语·黜免篇》注、《艺文类聚》卷七、《文选》郭景纯《江赋》注、《太平御览》卷五三）。《水经注》之文接着又引用了袁山松的话，但因为也已引用过了，所以不再重复列举。只是，其中有"曾无称有山水之美也，及余来践跻此境，既至欣然，始信耳闻之不如亲见矣"一段话，非常值得注意。它的意思是说，对于此峡，历来只说其急流之险，却不说其山水之美，这是很遗憾的。这说明袁山松对于山水美已经打开了眼界，具有了审美眼光。而且据他说，过去从未有人称道过其山水之美。这一点，不仅从他的话中，而且从当时的诗文中，也可看出来。人们开始认识并表现山水美，如前面一章"兰亭"诗项所说的，实际上是在东晋末，也就是袁山松的时代。

袁山松所说的"曾无称有山水之美也"的话，实在应该说是当然的。而他在上文中，则把其山水美表现为"其叠嶂秀峰，奇构异形"等等。

从上面所举例子也能明白，《宜都山川记》是一部山川名胜记。记述名胜，也许是袁山松作为太守想要了解治下的情势，以供治理之用，也许是为了向其他地方夸示本地的名胜。但是，这部《宜都记》乃是山川记，正如其特地取名为"山川记"所显示的。如果把袁山松看作是一个如上所述的在意山水美的人，那么这部《宜都山川记》不就是一部寻觅宜都的山川名胜，尤其是山川景胜的游览记吗？也就是说，不妨把它看作是一部山水游记。我想，他游览宜都的山水名胜以后，便著成了这部《宜都山川记》吧。现在我们大概可以回答刚才暂置一边的、作者为何要写此记的问题了。再强调一下，此记的写成，是作者游览山水的结果。

接着，溯西陵峡便到了黄牛滩：

> 自峡口溯江百许里，至黄牛滩。南岸有重山，山顶有石壁，上有人负刀牵黄牛。人迹所绝，莫得究焉。（《艺文类聚》卷九四）

关于人滩：

> 二滩相去二里，人滩水至峻峭。南岸有青石，夏没冬出。其石嵚崟，数十步中，悉作人面形，或大或小，其分明者，须发皆具，因名曰人滩也。（《水经注》卷三四江水）

关于流头滩：

> 渡流头滩十里，便得宜昌县。（同上）

> 自蜀至此，五千余里，下水五日，上水百日也。（同上）

关于插灶崖：

> 宜都山，绝崖壁立数百丈，有一火烬，插在崖间，望可长数尺。传云：尧洪水，人泊船此旁，爨余留之，故曰插灶崖。（《太平御览》卷一八六）

关于归乡：

> 父老传言：原既流放，忽然暂归，乡人喜悦，因名曰归乡。抑其
> 山秀水清，故出俊异，地险流疾，故其性亦隘。（《水经注》卷三四
> 江水）

关于秭归：

> 屈原有贤姊，闻原放逐，亦来归，喻令自宽全。乡人冀其见从，
> 因名曰秭归。（《水经注》卷三四、《太平御览》卷一六七）

关于丹山：

> 郡西北，陆行四十里，有丹山。山间时有赤气，笼盖林岭，如
> 丹色，因以名山。天晴出岭，忽有雾起，回转如烟。不过再朝，雨
> 必降。（《艺文类聚》卷二、卷七，《北堂书钞》卷一五一，《初学
> 记》卷二，《太平御览》卷一五）

以上是沿长江的记述。以下是沿自宜都分流西行的夷水的记述。关于夷
水入长江的那一带：

> 大江清浊分流，其水十丈见底，视鱼游如乘空，浅处多五色石。
> （《太平御览》卷六〇）

上述"视鱼游如乘空"的表现，是很巧妙的，如前所述，它曾为《水经
注》所利用：

> 其水虚映，俯视游鱼，如乘空也。浅处多五色石。（《水经注》
> 卷三七夷水）

正如我们所曾指出的，它又进一步为柳宗元所利用。不过，柳宗元依据
了《水经注》，不也就是依据了《宜都山川记》吗？

溯夷水而上，左分为丹水，其上流有亭下村：

> 亭下村有石穴，甚深，未曾测其远近。穴中有蝙蝠，大如鸟，
> 多到（"到"为"倒"之误）县。（《北堂书钞》卷一五八）

以上这条为《水经注》卷三十七夷水所原封不动地利用。

接着，有很多有关夷水上游的、以很山县为中心的记述，主要多为有关石穴、温泉的记述。如关于长杨溪之源风井山一带：

> 宜阳山有风井穴，大如瓮，夏出冬入。有樵人置笠穴口，风嗡之，后于长杨溪口得笠，则知潜通也。（《太平御览》卷四九）

> 夏则风出，冬则风入，春秋分则静。余往观之，其时四月中，去穴数丈，须臾寒飘卒至。六月中，尤不可当。往人有冬过者，置笠穴中，风吸之。经月还步杨溪，得其笠，则知潜通矣。其水重源显发，北流注于夷水。此水清冷，甚于大溪，纵暑伏之辰，尚无能澡其津流也。县北十余里，有神穴，平居无水。时有渴者，诚启请乞，辄得水。或戏求者，水终不出。（《水经注》卷三七夷水、《北堂书钞》卷一五八、《太平御览》卷五四）

> 很山县南岸有溪，名长阳。此溪数里，上重山岭回曲。有射堂村，村东六七里，各中有石穴。清泉流三十许步，便入穴中，即长阳溪源也。（《北堂书钞》卷一五八）

关于很山的石穴：

> 很山，山谷之内有石穴。穴出清泉，水有神鱼，大者二尺，小者一尺。钓者先请多少，拜而请之，数满便止。水侧有异花。欲摘如鱼请。又有异木，名千岁，叶似枣，冬夏青青。复有苍范溪，相近。（《太平御览》卷四九、卷六〇）

> 自盐水西北行五十余里，有一山，独立峻绝，名为难望（"留"之讹）城。从西面上，里余得石穴。行百许步，得石碛。有二文石，并在穴中。（《北堂书钞》卷一五八）

> 盐水上有石室。民骆都到室边采蜜，见一仙人裙衫白帢坐，见都，凝瞻不转。（《太平御览》卷六八八）

> 都孙息尚存。（《水经注》卷三七夷水）

接着是关于温泉：

> 佷山县东有温泉，注大溪。夏才暖，冬则大热，上常有雾云气。
> 百病久疾，又水多愈。此泉先出盐也。（《北堂书钞》卷一四六）

此外是关于下鱼城：

> 佷山县东六十里有山，名下鱼城。四面绝崖，唯两道可上，皆
> 峻崄。山上周回，可二十里，有林池水。民田种于山上。昔永嘉乱，
> 土人登此避贼。贼守之经年，食尽，取池鱼，掷下与之，示不穷，
> 贼遂退散。因名此为下鱼城。（《太平御览》卷六七、卷一九二）

关于卿下村之渊：

> 卿下村有渊，渊有神龙。每旱，百姓辄以茛草投渊上流，鱼死
> 龙怒，应时天雨。（《太平御览》卷七〇）

还有《升庵诗话》卷八中所能见到的《袁崧山川记》之语：

> 高山巇峨，岩石磊落。倾侧萦回，下临峭壑。行者攀缘，牵援
> 带索。

但不知其所据为何。

　　以上，我们几乎列举了现存的全部资料，据此大致能够推知《宜都
山川记》是一部山川名胜记，也可以说是所谓的名胜导游。袁山松作
这部名胜记，盖既是为了了解治下的情势，也是为了夸耀本地的风光吧。
但是对他而言更为重要的，似乎是有着写一部山川名胜游览记的浓厚意
图。其中只列举山川名胜，而不涉及人情风俗，可见不妨把此记看作是
有关山水游览的记述，而非供治理之用的作品。我想，在他的心中，已
经有了山水游记的意识。而且，正如我们已经注意到的，他的山水游览，
眼光所向，竟已着眼于山水美了。这一点不容忽视。在现存的资料中，
山水美的描写较少，也没有可以枚举的例子。或许虽说原本是着眼于山
水美的，但描写得则较少。将山水美作文学性的表现，不是在这个时代，
而是还要迟一点。但不管怎么说，《宜都山川记》将记述石穴等珍异名胜

作为当然之事，并有了对于山水美、也就是山水名胜的关心，这便已经
具有了和后世的山水游记全然一致的条件。

　　此外还值得注意的，正如我们已经在上述例子中随处指出的，是
《宜都山川记》与《水经注》的关系。如上所述，《水经注》在宜都郡的
江水和夷水的注中，经常引用《宜都山川记》；其他部分的注若与《宜都
山川记》比较一下，也有很多相一致的文字。我想，郦道元在写宜都郡
的记述时，是以《宜都山川记》为蓝本，把它作为自己的东西来敷衍的。
《宜都山川记》似乎不过是断片性的名胜记述的罗列，其表现也不能说是
凝聚修饰的文学性表现。将这种罗列进一步连成长编，并进一步作文学
性修饰的，便是《水经注》之文。《水经注》作为山水游记的特色，在
《宜都山川记》中已经全部萌生了。在这一意义上，上面已经谈到的谢灵
运的《游名山志》，虽说也只是名胜的列举，但已经包含了《水经注》
的要素；据说是张玄之所作的《吴兴山墟名》，虽说也只是名胜的列举，
但已经有了《水经注》的味道。但是，这些作品却未被《水经注》所引
用。不能否认，像这样的山水记，当然会激起郦道元的创作欲望，会给
予《水经注》的山水描写以很大影响。不仅是上述这些著作，而且前代
出现的各种山水记，也同样曾给予《水经注》以影响。试拾《水经注》
中所引用的山水记，便有《昆仑记》、《邹山记》、远法师的《庐山记》、
周景式的《庐山记》、卢元明的《嵩高山记》、袁宏的《罗浮山记》、谢
灵运的《山居记》、庾仲雍的《江水记》及《汉水记》、袁山松的《宜都
记》、罗含的《湘中记》、刘澄之的《永初山川记》等等。
　　试寻可以认为也曾给予《水经注》的山水描写以影响的作品，则还
有当时盛行的地方志。不用说，地方志本身曾给予整个《水经注》以影
响，而且地方志中的山水描写也曾给予《水经注》以不小的影响。我想，
当时大量出现的地方志，由于受当时流行的山水趣味的影响，所以相当
重视山水名胜的描写。比如，试看一下宋盛弘之的《荆州记》，正如我们
已经讨论过的，虽说是断片式的，但可以见到非常出色的景胜描写。我

想，这种地方志中的山水描写，也曾给予《水经注》的山水描写以很大的影响。

也可以说，郦道元是被以上这些山水记、地方志打开了欣赏山水的眼界的。他对于山水的审美眼光，当然不仅有赖于这些作品，而且还非常有赖于时代风气。但是不管怎么说，在感受到山水的哪些方面是美的，以及怎样表现这种美等方面，他都有赖于对于这些书籍的"历览"。

作为山水游记，既有游某一座山的"～山记"，也有游各种山川的作品，属于后者的有谢灵运的《游名山志》、袁山松的《宜都山川记》、罗含的《湘中记》，还可以加上《水经注》。关于这些作品，我们都已经探讨过了。此外，还有无名氏的《名山记》、《名山略记》、晋张玄之的《吴兴山墟名》、宋王韶之的《神境记》等等。《名山记》不仅有《太平寰宇记》中所能见到的殷武的作品，而且还有许许多多人的作品，但现在我们已经搞不清楚它们各自的作者了。

关于《吴兴山墟名》的作者，众说纷纭，莫衷一是。宋叶梦得《玉涧杂书》云："张玄之，晋吴兴太守，尝为《吴兴山墟名》一卷。"又宋王象之《舆地碑记目》也作"张玄之作"，又作"晋吴兴太守王韶之撰"，黄逢元《补晋书艺文志》云："沈充，字士居。"章宗源《隋志考证》作"张玄之"。缪荃孙的辑本作"张玄之"，似乎是比较可信的说法。《太平寰宇记》卷九十四"江南东道"中引"张玄之吴兴山墟名"引得很多，但其内容大多是作为名胜古迹的山水，而作为景胜地的山水则不大记述。它描写了三山、金山、杼山、七里峤、余英溪、石鼓山、飞云山、白鹤山、九龙山、青山、艺香山、西嘻山、南岐山、西湖、荆溪、紫花涧、苎溪等等。这些地方作为名胜古迹，各各有其受到描写的理由，却不是因为具有山水美而受到描写的。但是我们却必须注意，这是一部以山水为对象并着眼于它的作品。如果没有游览山水的意识，这种只记述山水的作品便不会出现。因而这也可以看作是一部历游名山水的山水游记，但又不出名胜导游记之阃域。此书另有清范镛的辑本（范白舫所刊书所收），是从《湖录》中辑出来的。

宋王韶之的《神境记》，现存的资料有荥阳郡的云霞馆（《北堂书钞》卷一五八、《艺文类聚》卷八、《太平御览》卷五四）、同郡的何家岩之穴（《北堂书钞》卷一五八、《太平御览》卷五四）、同郡的灵源山的石髓灵芝（《艺文类聚》卷一九、《太平御览》卷九九六）、同郡的石室（《艺文类聚》卷八八）、同郡的兰岩（《艺文类聚》卷三〇）、九疑山的舜庙（《艺文类聚》卷八二，《太平御览》卷四一、卷五二六）等等。

由此推测，《神境记》大概是一部有关幽邃的山中仙境的记吧。《北堂书钞》卷一百五十八引作《仙境记》，盖是在这种意义上的误引吧。只以这种幽邃的境地为对象，这不用说是和当时的神仙隐遁思想有关的，而且也是和游览思潮有关的。我想，《神境记》乃是作者寻觅、游历这种神境的产物。这也是一部游记。作者的眼光，虽说主要还是关注于山中的名胜古迹或药物，但多少已经有了一些山水描写：

> 九疑是舜之葬处也。有青涧，中有黄色黄莲花，芳气竟谷。此山之表，复有一峰，望之似人形，映出云端，如积玉，高于诸山。顶有飞泉如带。舜庙在山之阳。（《太平御览》卷四一）

> 兰岩山，其路危阻，迥绝人迹。登其山，有石路松林焉。杳然便是云霞中馆宇矣。（《初学记》卷八）

都是断片性的，不能看作是整篇的山水游记文。《神境记》为王韶之何时所作？《宋书》本传没有记载，只说他是"琅玡临沂人"，"家贫，父为乌程令，因居县境。好史籍，博涉多闻"，"撰《晋安帝阳秋》"，"景平元年，出为吴兴太守……十二年，又出为吴兴太守，其年卒"。这部《神境记》，盖是他任吴兴太守游历湘中时所作的吧。

第四节　咏物诗

正如胡应麟所说的，"咏物起自六朝，唐人沿袭"（《诗薮》内篇卷四），咏物诗的确盛行于六朝。说是六朝，其实是起于晋宋，盛于齐梁。唐以后则越来越盛行，这翻一下《佩文斋咏物诗选》四百八十六卷便可一目了然。但是，《佩文斋咏物诗选》所收的诗，不仅收入了天上的风雨现象，甚而还收入了四季岁时。也就是说，天地间的所有个体乃至所有现象都被收入了。据其序说，所收不仅有虫鱼鸟兽草木之属，而且连天经、地志、人事的有名称之物也网罗无遗。也就是说，不管是虚名还是实名，凡有名称之物均被收入。编者盖认为，歌咏所有事物的诗都是咏物诗，这是后世所作的分类。六朝时也已有了"咏物"的分类，但并不是把上面这样的作品全都归入咏物诗的。六朝的"咏物"的分类已经看不到了，但是，还能看到多少与之有关的话，这就是网祐次氏在《关于咏物诗的成立》（《御茶之水大学纪要》六）中所指出的《诗品》评宋许瑶之的话："长于短句咏物。"这是否是"咏物"一语的初次出现还不能确定，但有一点可以明白，即《诗品》认为许瑶之的作品可以称得上是"咏物"方面的优秀之作。只是许瑶之的作品现在几乎已经没有流传了，所以我们不能清楚地了解，《玉台新咏》卷十中偶尔还有一首他的《咏楠榴枕》：

> 端木生河侧，因病遂成妍。朝将云髻别，夜与蛾眉连。

吟咏了用楠榴木作的枕头，无疑是所谓的咏物诗。这就是说，钟嵘所说的"咏物"的"物"，乃是指这种枕头之类的具体器物吧。只举这一个例子当然还不够清楚，吴兆宜笺注引《乐苑诗品》推测道："又云：许长于短句咏物。或即此也。"但是，仅凭这一首诗还是不能说明问题的。

其次，《文选》赋部的分类中有"物色"类，收有宋玉的《风赋》、潘安仁的《秋兴赋》、谢惠连的《雪赋》、谢希逸的《月赋》等。《文心雕龙》有《物色篇》，其中探讨了这样一些问题：所谓"物"是怎样的东西？在"物"中，又特别关心怎样的东西而吟咏呢？

"物"的定义非常难下，倘要先作一结论，则据《文心雕龙·物色篇》说，似乎诉诸视觉的具体的东西便是"物"。不过，这个"具体的东西"还是一个问题，当时人感到什么东西是具体的呢？成为问题的，是自然现象。雪、云、雾、烟等等，不用说都可以认为是眼睛能够看见的具体的东西。风怎样呢？上述《文选》"物色"类中便有《风赋》，李善在《风赋》注中说明其理由道：

> 有物有文曰色。风虽无正色，然亦有声。《诗》注云：风行水上曰漪。《易》曰：风行水上，涣。涣然即有文章也。

说是因为风也有声有色，所以才入"物色"的。也就是说，风被认为是一种具体的东西。"咏风"这一诗题，齐梁时经常可见（谢朓、简文帝、元帝、庾肩吾、吴均、刘孝绰），他们大概都是把风作为具体之物来吟咏的吧。其次，春夏秋冬四季又怎样呢？《文心雕龙》将"物"与"情"、"志"、"神"相对：

> 感物吟志。（《明诗》）
>
> 体物写志。（《诠赋》）
>
> 睹物兴情。（同上）
>
> 情以物兴。（同上）
>
> 物以情观。（同上）
>
> 神与物游。（《神思》）
>
> 情以物迁。（《物色》）

也就是说，与人类的感情、意志对立的便是"物"，而且，从"睹物兴情"之语可以明白，"物"是眼睛能够看见的具体的东西。《物色篇》中又说"物有其容"，"物有恒姿"，可知物是具有形状的东西。那么，这种具体的"物"究竟是指什么呢？据《物色篇》云，首先是：

> 春秋代序，阴阳惨舒。物色之动，心亦摇焉。

似乎四季与物色是不同的。接着，又更清楚地将二者对比而言：

　　　　四时之动物深矣。

因而，春夏秋冬只是抽象的东西，而不是"物"。但是，春夏秋冬的变化影响万物而动"物色"，诗人感物色而作各种各样的表现和歌咏。因而，《物色篇》中所出现的"物"，全都是自然物。一叶、虫声、清风、明月、白日、春林、桃华、杨柳、出日、雨雪、黄鸟、草虫、皎日、嘒星、棠华、秋兰等等，都是具体的自然物。但是，《文选》以《秋兴赋》入"物色"类，而"秋兴"是物吗？从《物色篇》的立场来看，因为它是描写受秋这一季节影响的自然物之物色的，所以能够收入"物色"类中，这种解释是可以成立的。但是，我们却无法知道《文选》的编者昭明太子是否果真是这样考虑的。仅从标题来看，其他的物色赋都是以风、雪、月等一种事物为标题的，而"秋兴"这个标题阑入其中，从标题来看是不合适的。这么看来，《文选》大概是考虑其内容而入之于"物色"类的吧。

　　《文选》中只有赋有"物色"类，诗则没有，因而"物"的具体情况不是十分清楚。但在《文心雕龙》中，除了上面所举的自然物之外，对于"物"的内容还有所揭示。如在《诠赋篇》中，刘勰似乎是把枚乘的《菟园》、司马相如的《上林》、贾谊的《鹏鸟》、王子渊的《洞箫》、班孟坚的《两都》、张衡的《二京》、杨子云的《甘泉》、王延寿的《鲁灵光殿》等各赋中所表现的山水鸟兽动植物乃至宫殿都作为"物"来看待的。也就是说，刘勰所谓的"物"，大概是指"视觉捕捉得到的、具有形状和样子的"东西吧。那么，人类又怎样呢？也许也是"物"吧。为什么这么说呢？因为我想，六朝时是以"物"为好人之意的，且"人物"这个词，恐怕也是在这时出现的。

　　此外，显示物的内容的，还有如下一些东西。齐王融的《离合赋物为咏》（此据《诗纪》，《艺文类聚》卷五六单作《离合诗》）诗，《玉台新咏》卷一〇作《咏火》，据此可知，"物"即指"火"。再看《谢宣城诗集》（《四部丛刊》本），有《同咏坐上所见一物》（《艺文类聚》卷六

九单作《咏席诗》）诗，谢朓咏"席"，同时，王融咏"幔"，虞炎咏
"帘"，柳恽咏"席"，即这里的"物"被认为是"席"、"幔"、"帘"
等。陈后主的《七夕宴宣猷堂各赋一韵咏五物》（《诗纪》）诗，分别吟
咏了"帐"、"屏风"、"案"、"唾壶"、"履"等物。陈陆琼更有《玄圃
宴各咏一物得筝》诗。隋虞茂有《赋昆明池一物得织女石》（《诗纪》）
诗。这些都是明确显示物的内容的例子。

　　以上，虽说我们已经多少弄明白了"物"的概念，但是，《诗品》
所说的咏物的范围到底如何，却还是没有完全弄清楚。因此，齐梁时的
诗以一名之物为主题吟咏了怎样的东西，便成了问题。然而，由于单选
"春日"、"秋"这样的标题还有许多问题，所以现在我们暂且选其诗题
为"咏～"，且所咏为一物之名的作品，版本据《诗纪》。虽说《诗纪》
的诗题是否确实保存了原来面貌还是一个问题，但因为现在无法一一考
证，所以只能暂且从之。"咏～"的诗题，齐梁以前也不是没有，但是非
常之少，到了齐梁，便急剧增加了。齐梁以前，从魏王粲、晋张载、袁
宏、曹毗、宋孝武帝、鲍照等的《咏史》，魏阮籍、晋史宗的《咏怀》，
到晋江逌的《咏秋》、《咏贫》，曹毗的《咏冬》，陶渊明的《咏二疏》、
《咏三良》、《咏荆轲》，宋谢惠连的《咏冬》，鲍照的《咏白雪》、《咏
秋》、《咏双燕》、《咏老》，范泰的《咏老》，袁淑的《咏冬至》，王微的
《咏愁》，伏系之的《咏椅桐》，许瑶之的《咏楠榴枕》等等，有不少
"咏～"诗，其中所谓的"咏物"诗，有宋鲍照的《咏白雪》、《咏双
燕》，伏系之的《咏椅桐》，许瑶之的《咏楠榴枕》等。青木博士将《咏
双燕》看作是咏物诗的最早例子（《支那文学艺术考·支那人的自然
观》），这是就"咏～"这一形式而言的。假如不是从"咏～"这一形
式，而是从"赋～"这一形式来看，则吴张纯的《赋席》、《赋犬》、《赋
弩》等，作为咏物诗也许是最早的。此外，还有像许询的《竹扇》、习凿
齿的《灯》、袁山松的《菊》这样的不用"咏～"形式的咏物诗，但我
们现在只考察"咏～"诗。但是，到了齐梁时，"咏～"的诗题突然增
加了。由于太多，所以不遑一一枚举，我们在此试举除了岁时及抽象的

东西以外的具体之物的名称如下（其中也包括以"赋咏～"、"赋得～"、"和～咏～"为题的诗）：

> 动物——鹤、鹈鹕、蛱蝶、萤、雁、兔、鹊、蝉、鱼、燕、鸥、雀、百舌。
>
> 植物——梨花、梧桐、女萝、竹、梅、栀子、蔷薇、蒲、菟丝、桐、萍、莲、枣、橘、柳、芙蓉、枫、藤、石榴、荻、桃、青苔、山榴、杜若、鹿葱、蕻、桂、松、杂花、石莲、剪彩花、荔枝、荷、柿、柰、步摇花、蓍。
>
> 器物——幔、镜台、灯、烛、琴、席、竹火笼、香炉、扇、帘、笔、笛、书帙、镜、箜篌、灯笼、纸、弓、履、翠石、簏竹、槟榔盘、领边绣、脚下履、笙、帐、胡床、鞞、灯檠、蜡烛、箫、筝。
>
> 天象——风、雨、云、雪、雾、霜、月、日。
>
> 人事——舞、弹筝人、美人观画、美人春游、宠姬、美人、舞曲、少年、娼妇、眼、小儿采菱、织女、歌姬、舞女、美人治妆。

上述分类之外，还有若干种，因数量较少，故省略了，这里只载可知其大势者。上述各类，大都是以"咏～"为题的，但即使就此而言，也有值得注意之处，首先是吟咏自然物及自然现象的诗的题材异常之多，其次是又及于器物、人事。这究竟说明了什么呢？这说明，人们对自然物和自然现象寄予的关心最多。不过，其中所表现的自然物，大都是存在于庭园中的植物和能够在池畔看到的动物。即使是天象，也是从居宅庭园中所看到的天象，而不是在深山幽谷中所看到的自然。如齐谢朓的《咏竹》，吟咏了窗前之竹：

> 前窗一丛竹，青翠独言奇。南条交北叶，新笋杂故枝。月光疏已密，风来起复垂。青扈飞不碍，黄口得相窥。但恨从风箨，根枝长别离。（《谢宣城诗集》卷五）

齐刘绘的《咏萍》，吟咏了园池之萍：

> 可怜池内萍，葐蒀紫复青。巧随浪开合，能逐水低平。微根无所缀，细叶讵须茎。漂泊终难测，留连如有情。（《诗纪》卷七二）

梁简文帝的《咏蛱蝶》，吟咏了园中的蛱蝶：

> 空园暮烟起，逍遥独未归。翠鬒藏高柳，红莲拂水衣。复此从风蝶，双双花上飞。寄语相知者，同心终莫违。（《艺文类聚》卷九七）

梁元帝的《咏风》，吟咏了楼上之风：

> 楼上起朝妆，风光下砌傍。入镜先飘粉，翻衫好染香……（《艺文类聚》卷一）

梁沈约的《咏余雪》，吟咏了有余雪的庭园：

> 阴庭覆素芷，南阶裹绿菭。玉台新落构，青山已半亏。（《艺文类聚》卷二）

在多数场合，作者主要是在住宅或庭园中吟咏的，此外也有在郊外游览时吟咏的情况。要之，这些诗中所表现的自然，都是作者的日常生活环境的自然，而不是晋代玄言诗中所能看到的适于隐遁的环境，或谢灵运、谢朓的山水诗中所能看到的作为行旅背景的自然。

为什么人们大都着眼于这种自然物呢？这大概是因为人们大都只注意自己周围的缘故吧。咏物诗的勃兴，毕竟是受咏物赋的影响的。我想，过去作为咏物赋而流行的东西，必然会随着诗的盛行而移入咏物诗中。咏物赋的歌咏自然物，未必是由于关心自然这个原因；但咏物诗的歌咏自然物，却起因于对于自然的关心。人们之所以开始对自然物持有强烈的关心，是因为山水诗的盛行。如上所述，自宋以后，山水诗盛行。随着山水诗的盛行，人们的眼光开始转向广阔的自然，而不是仅局限于山水。这是咏物诗盛行的第一个原因。第二个原因是，过去人们一直眺望自然的山水，而现在，随着庭园的筑造，人们开始眺望庭园内的山水。也就是说，自然美鉴赏的对象开始缩小到自己周围的日常环境上来。庭

园的筑造，似乎是从东晋时代开始盛行的。当时的王公贵族受爱好山水
的思想影响，开始专门模仿山水建造庭园。《南齐书·文惠太子传》云：

> 性颇奢丽，宫内殿堂，皆雕饰精绮，过于上宫。开拓玄圃园，
> 与台城北堑等。其中楼观塔宇，多聚奇石，妙极山水。虑上宫望见，
> 乃傍门列修竹，内施高鄣，造游墙数百间，施诸机巧，宜须鄣蔽，
> 须臾成立。

又《南史·齐本纪》下云：

> 又以阅武堂为芳乐苑，穷奇极丽。当暑种树，朝种夕死，死而
> 复种，率无一生。于是征求人家，望树便取，毁彻墙屋，以移置
> 之……山石皆涂以采色，跨池水立紫阁诸楼，壁上画男女私亵之像。

可知这些都是"穷奇极丽"的人工美，其中已经看不到置身于幽邃的山
水、静静地眺望其美的隐栖态度，而是把自然作为游乐场所来看待的。
入梁以后，造园越发盛行。《梁书·南平元襄王伟传》云：

> 齐世，青溪宫改为芳林苑，天监中，赐伟为第，伟又加穿筑，
> 增植嘉树珍果，穷极雕丽。每与宾客游其中，命从事中郎萧子范为
> 之记。梁时藩邸之盛，无以过焉。

从"植嘉树珍果，穷极雕丽"二语中，可以看出他们的自然观，也就是
说，他们把自然看作是游乐的对象。《梁书·昭明太子传》云：

> 性爱山水，于玄圃穿筑，更立亭馆，与朝士名素者游其中。尝
> 泛舟后池，番禺侯轨盛称"此中宜奏女乐"，太子不答，咏左思《招
> 隐》诗曰："何必丝与竹，山水有清音。"侯惭而止。出宫二十余年，
> 不畜声乐。

番禺侯轨的佳庭园中"宜奏女乐"的话，代表了当时的想法。拒绝这种
想法，倾慕左思境界的昭明太子，在当时也许是特异的存在吧。但是，
他所爱好的，也仍然是庭园内的山水。他只是不要女乐，但同样是把山
水作为游乐对象来看待的。

如上所述，在齐梁时，人们开始在庭园中游乐，人们所接触的自然，大都已不是自然的山水，而是人工的自然。人们所看到的，已不是朴素的自然，而是庭园内的草木和鸟兽。因而，游乐于其中的文人们所吟咏的题材，当然也多为庭园内的东西。正如刚才所说的，自然美鉴赏的范围，开始缩小到自己的周围。其取材也大都仅限于庭园内的东西。

第三个原因是，山水诗普及化以后，文人们在作山水诗的同时，试图要开拓更新的境界，其结果，便产生了咏物诗。

总的说来，和所谓的山水画一样，整个山水诗也以酿出情绪为上乘。山水画与旨在细腻地画出一草一木的花鸟画之类作品自然不同；因而，山水诗也与旨在细腻地描写一草一木的作品方向不同。但是，当时的风气，是朝向细腻地描写的方向的。《文心雕龙·物色篇》云：

> 自近代以来，文贵形似。窥情风景之上，钻貌草木之中。吟咏所发，志惟深远；体物为妙，功在密附。故巧言切状，如印之印泥。

谈到了当时开始的尽"形状"、"体物"之委曲的风气。对于这种好尚来说，虽说山水诗也沿着其方向作出了更为致密的写景，但在这方面，山水诗已臻于极限。也就是说，在山水美的范围内，已不能适应致密地表现的要求。因此，必须进一步打开眼界，着眼于各种更多的自然物。爱好细腻的表现的风气，比起表现整体来，尤其企图细腻地表现某一物。这样，以各种自然物为对象的咏物诗便盛行了起来。

第四个原因和绘画有关。从《历代名画记》大致可以推知，和山水诗一样，当时山水画也很发达。正如青木博士所指出的，晋顾恺之有《绢六幅图山水》，卫协有《上林苑图》，戴逵有《吴中溪山邑居图》，逯子勃有《九州名山图》等等山水画，据说他们都巧于山水画。宋有山水画大家宗炳，《宋书》本传云：

> 好山水，爱远游，西陟荆巫，南登衡岳。因而结宇衡山，欲怀尚平之志。有疾，还江陵。叹曰："老疾俱至，名山恐难遍睹，唯当澄怀观道，卧以游之。"凡所游履，皆图之于室。

谈到他以画山水景胜于室中为乐。又，《宋书·王微传》也记载了王微巧于画山水之事。此外，据《历代名画记》，善山水画的还有南齐的宗测、谢约，梁的萧贲等人。

另一方面，随着山水画的发达，开始出现了画物的所谓花鸟画。青木博士引散见于《历代名画记》的晋宋人的画题《杂异鸟图》、《蝉雀图》、《鹨鹡图》、《鹦鹉图》、《凫雁水鸟图》，又引梁元帝的《鹈鹤陂泽图》、《芙蓉蘸鼎图》，认为从元帝时起，与近世具有同样要素的花鸟画开始发达。也就是说，在咏物诗发达的同时，花鸟画也发达了。《历代名画记》卷五引顾恺之《论画》云："凡画人最难，次山水，次狗马台榭，一定器耳。"也就是说，这时候人物画、山水画等画物作品当然是很流行的，且当时人认为画狗马台榭是第三难的。[①] 顾恺之的画物之作，可以见到《笋图》、《虎射杂鸷鸟图》、《凫雁水鸟图》等之名。戴勃的作品，可以见到《三马图》、《风云水月图》等之名。由此可见，和山水画一样，画自然物的作品也开始发达。我想，这种倾向和文学也有关系，它助长了咏物诗的发达。

以上，我们探讨了以自然物为诗题的原因。此外，当时人开始经常吟咏器物，我想，这也和他们的游乐生活有关。当时人对于纤细描写的好尚，在山水方面已经得不到充分的满足，因而，人们便开始把眼光转向自己周围的新鲜材料，并开始吟咏各种器物。此外，与咏物诗有关的，还能见到咏"舞"或"美人"的作品，这属于所谓的"宫体诗"，不用说是当时王公贵族的奢侈生活所带来的产物。奢侈游乐生活也使作诗成为一种游戏，人们或比赛在短时间内作诗，或如谢朓等人那样分别吟咏座上所见的一件东西。他们又分古人诗句或分韵来吟咏，所谓"赋得～"的诗题，盛行于梁陈之间。这些都与咏物诗的盛行有关。

那么，以自然物为题材的咏物诗，又是怎样的一些作品呢？不管是否以自然为题材，所谓咏物诗，一般来说都是以客观的态度来捕捉一物，

---

① 原文理解似有误，"台榭"似宜从下读。——译者注

采用或从上下或从左右观察的平面式的观察方法来作成的。它没有什么深度，纯是写生式的。如齐王融的《咏女萝》，吟咏了女萝蔓延的样子：

> 幂历女萝草，蔓衍旁松枝。含烟黄且绿，因风卷复垂。（《艺文类聚》卷八一）

陈倩父评之曰"生动"（《采菽堂古诗选》卷二〇）。简文帝的《咏藤》，吟咏了伸枝挂花的藤：

> 纤条寄乔木，弱影掣风斜。标春抽晓翠，出雾挂悬花。（《艺文类聚》卷八二）

陈倩父评曰："出雾句甚生动。"（《采菽堂古诗选》卷二二）沈约的《咏湖中雁》，描写了雁浮春塘的生动姿态：

> 白水满春塘，旅雁每回翔。唼萍牵弱藻，敛翮带余霜。群浮动轻浪，单泛逐孤光（"群浮"二句据《诗纪》补）。悬飞竟不下，乱起未成行。刷羽同摇漾，一举还故乡。（《艺文类聚》卷九一）

这是很写实的，但比前者厚实，正如陈倩父所评的："写物写其生动。'群浮'二句兼湖，并出神至之笔。"（《采菽堂古诗选》卷二三）倘将上述咏物诗与咏物赋作比较，则可以说咏物赋具有叙述关于某物的各种想法的倾向；与之相比，咏物诗则是眼前事物的写生。咏物诗是平面的；咏物赋则是立体的，它描写某物的成长过程，并及于它的性质。又如庾肩吾的《咏檐燕》云：

> 双燕集兰闺，双飞高复低。向户疑新箔，登巢识故泥。依楣本相贺，近幕愿同栖。（《艺文类聚》卷九二）

虽说是客观的描写，但诗人将对象物"燕"拟人化了，并叙述了此物的心理。这种对于物的心理的叙述，是咏物诗中经常可见的表现法，可以把它看作是咏物诗的第二个特色。但虽说叙述了物的心理，却很少寄托作者的心理，正如陈倩父评沈约的《咏菰》诗所说的："咏物寄意并浅。"（《采菽堂古诗选》卷二三）也就是说，咏物的特色，可以认为是在于客观的描写。

在咏物诗的自然描写中，同样看不到它们与山水诗中所能看到的那种赞美隐栖的感慨和谈玄理慕玄风的胸怀有什么关联。正因为当时的咏物诗大都作于奢侈游乐时，所以其中所能看到的只是游乐的气氛。再附带说一句，从上述诸例我们可以明白，咏物诗的一般特色之一，是它们都是短句。

以上，我们概观了咏物诗，其中有许多作品吟咏了自然物。不过，其中所吟咏的，主要是庭园内的自然。我们阐明了这是时代风气所造成的。

第五节　赋　与　自　然

在宋齐梁陈（南朝）时，与诗相较，赋可以说是作得较少的。反过来也可以说，诗歌方面取得了更为显著的发展。当我们把自然描写作为中心来考虑时，我们看到，在赋中并没有出现像诗中山水诗的发展那样的现象。概言之，在这个时代，赋方面仍以前代所能见到的咏物赋居多。不过，由于这时代人的热爱山水和亲近自然，由于他们大大打开了鉴赏自然美的眼界，并以这种眼光来吟咏自然现象和自然物，所以即使在赋中，也出现了细腻美丽的自然描写。

在宋时，谢惠连的《雪赋》、谢庄的《月赋》等等即是这样。它们都被收入《文选》卷十三。前者据说是"以高丽见奇"（《宋书·谢方明传》）。这篇《雪赋》，乃是假托汉梁孝王看到雪降使司马相如作赋而作的。其中对雪降的样子作了美丽的描述：

> 散漫交错，氛氲萧索。蔼蔼浮浮，瀌瀌奕奕。联翩飞洒，徘徊委积。始缘甍而冒栋，终开帘而入隙。初便娟于墀庑，末萦盈于帷席。

后面这篇《月赋》，是假托陈王曹植命王粲作赋而作的。其中形容月光云：

> 列宿掩缛，长河韬映。柔祇雪凝，圆灵水镜。连观霜缟，周除冰净。

这也是非常美丽的描述。不过，虽然这些都可以说是写景，但似乎是纸上谈兵式的空想之作，不过是缺乏实感的文字游戏。

齐张融的《海赋》，据《南齐书·张融传》说，张融"浮海至交州，于海中作《海赋》"，是一篇有感于"水之奇，水之壮"而作的大作。但虽说是看到实景后作的，却与我们已经谈到的木华的《海赋》、郭璞的《江赋》没有什么不同。

像上述这种咏物赋，即使说它们是缺乏实感的文字游戏也决非过言。只是张融的上述赋有一点必须注意，即作者为亲眼所见的自然所感动，而试图在赋中叙述之。这种精神，在晋左思的赋中即已出现，而在张融的赋中也同样能够见到。但是，结果却只能成为汉赋的流亚。像上述这种试图直接描写亲眼所见的自然的倾向，在宋谢灵运的作品中也能见到。

谢灵运不仅在诗中，而且在赋中，也试图直接描写亲眼所见的自然。在有名的《山居赋》的序中，他宣布要大胆地尝试自然描写：

> 抱疾就闲，顺从性情，敢率所乐，而以作赋。扬子云云："诗人之赋丽以则。"文体宜兼，以成其美。今所赋既非京都宫观游猎声色之盛，而叙山野草木水石谷稼之事。才乏昔人，心放俗外。咏于文则可勉而就之，求丽，邈以远矣。览者废张、左之艳辞，寻台、皓之深意，去饰取素，傥值其心耳。

他说，过去，赋的对象一直局限于京都、宫观、游猎、声色，而现在，自己则要描写山居的山野、草木、水石、谷稼的自然。而且，他要求览者"去饰取素"，他自己也是以此为目标的。也就是说，他要去掉虚饰的表现和文字游戏，而作真实朴素的表现。如上所述，这种写实精神在他的诗歌中表现为山水诗的写景，那么，在他的《山居赋》中又怎样呢？它首先淡淡地描写了山居周围的山河形势：

> 其居也，左湖右江，往渚还汀。面山背阜，东阻西倾。抱含吸

吐，款跨纡萦。绵联邪亘，侧直齐平。

近东则上田、下湖，西溪、南谷。石墚、石滂，闵硎、黄竹。决飞泉于百仞，森高薄于千麓。写长源于远江，派深岙于近渎。

近南则会以双流，萦以三洲。表里回游，离合山川。崿崩飞于东峭，槃傍薄于西阡。拂青林而激波，挥白沙而生涟。

近西则……

近北则……

远东则……

远南则……

远西则……

远北则……

又叙述了有关物产：

水草则萍藻蕴蒉，蘆蒲芹荪……

其竹则二箭殊叶，四苦齐味……

其木则松柏檀栎，□□桐榆……

鱼则鳗鳢鲋鲂，鳟蚖鲢鳊……

鸟则鹍鸿鸧鹄，鹈鹭鸤鹪……

山上则猿猭狸獾，犴獌狭猰；山下则熊黑豹虎，麢鹿麕麈……

这种叙述方法，虽说全同于汉赋的罗列性方式，但这是因为赋在当时被要求作这种罗列性的表现，因而这只是不得已的表现。但是，谢灵运却不为之所束缚而仅止于作罗列性的文字游戏，他描写自然，表现求"素"，在他的赋中，看不到过去的赋中经常能够看到的那种夸张的表现。如他叙述从南山到北山的道路云：

因以小湖，邻于其隈。众流所凑，万泉所回。汜滥异形，首舄终肥。别有山水，路邈缅归。求归其路，乃界北山。栈道倾亏，蹬阁连卷。复有水径，缭绕回圆。渌渌平湖，泓泓澄渊。孤岸竦秀，长洲芊绵。既瞻既眺，旷矣悠然。及其二川合流，异源同口。赴隘

入险，俱会山首。濑排沙以积丘，峰倚渚以起阜。石倾澜而稍岩，
木映波而结薮。径南滑以横前，转北崖而掩后。隐丛灌故悉晨暮，
托星宿以知左右。

首先叙述了小湖的风景，接着叙述了从南山到北山的往返道路。他的自
注说："往反经过，自非岩涧，便是水径。洲岛相对，皆有趣也。"

上述的表现，可以说是没有"饰"的"素"的表现。与散文之记不
同，既然是赋，虽说以"素"为目标，但也不得不"饰"。如它叙述在
眺望山居南方之江时所听到的水声云：

汤汤惊波，滔滔骇浪。电激雷崩，飞流洒漾。

其中也不是没有刚才所述的《江赋》、《海赋》的味道的。又如它描写南
山居室周围的自然云：

沈泉傍出，潺湲于东檐；栞壁对峙，踁硗于西霤。修竹葳蕤以
翳荟，灌木森沈以蒙茂。萝蔓延以攀援，花芬薰而媚秀。日月投光
于柯间，风露披清于嵋岫。（《宋书·谢灵运传》）

这种描写，也是后来梁代所能见到的那种雕琢的美丽描写。但因为这不
是凭空想描绘的自然，而是根据实景描绘的自然，所以仍然给人以实感。
在这篇《山居赋》中，很罕见地有一些他所加的自注（虽说不是直接和
赋有关的问题）。文学作品加自注的甚为罕见，而在《山居赋》的自注
中，谢灵运也作了像他的《游名山志》里所能见到的那种山水游记式的
表现。当然，既然是注，就不能一贯，但他的注却处处能尽表现之妙。
下面，我想引一段据铃木博士的《山水文学与谢灵运》（《支那文学研
究》）说是妙绝的注文：

南山是开创卜居之处也。从江楼步路，跨越山岭。绵亘田野，
或升或降，当三里许。途路所经见也，则乔木茂竹，缘畛弥阜，横
波疏石，侧道飞流，以为寓目之美观。及至所居之处，自西山开道，
迄于东山，二里有余，南悉连岭叠鄣，青翠相接，云烟霄路，殆无

> 倪际……缘路初入，行于竹径，半路阔，以竹渠涧。既入，东南傍
> 山渠，展转幽奇，异处同美。路北东西路，因山为郛。正北狭处，
> 践湖为池。南山相对，皆有崖岩。东北枕壑。下则清川如镜，倾柯
> 盘石，被隩映渚。

以这种散文叙述为赋，便作成了上面所举的《山居赋》吧。

如上所述，谢灵运的《山居赋》虽说也不是没有罗列与雕琢之处，但毕竟是淡淡地描绘了眼前的山水美和自然物。这在赋的历史上是具有划时代意义的。前代并不是没有这方面的萌芽，但以这么长的篇幅来描写山水美本身，则以谢灵运为嚆矢。后来继承《山居赋》的，盖是沈约的《郊居赋》吧。此外，谢灵运的山水写景赋还有《岭表赋》（《艺文类聚》卷八）、《长溪赋》（《艺文类聚》卷九），因资料太少，在此无法引证。

与谢灵运一样，想要如实地描写亲眼所见的自然的，还有鲍照的《芜城赋》。据说，他是见到荒芜的广陵故城，有所感触而作此赋的，但其实他所要表达的是另外一个主题，赋末之歌便显示了这一点，这就是："边风急兮城上寒，井径灭兮丘陇残。千龄兮万代，共尽兮何言！"赋中描写了故城的荒芜：

> 泽葵依井，荒葛胃途。坛罗虺蜮，阶斗麏鼯。木魅山鬼，野鼠
> 城狐，风嗥雨啸，昏见晨趋。饥鹰厉吻，寒鸱吓雏。伏虣藏虎，乳
> 血餐肤。崩榛塞路，峥嵘古馗。白杨早落，塞草前衰。棱棱霜气，
> 蔌蔌风威。孤蓬自振，惊砂坐飞。灌莽杳而无际，丛薄纷其相依。
> （《文选》卷一一）

描写了鸟兽交飞、草木茂杂、凄凉弥漫的荒城。

以上，是宋自然描写的两篇代表作，一篇是山水描写，一篇是荒城的自然描写，都试图直率地描写亲眼所见的自然。此外，江夏王义恭的《感春赋》，描写了阳春的美景；傅亮的《登龙冈赋》，描写了悦目的江上风景，《感物赋》描写了悲秋的景物；谢灵运的《归途赋》，描写了致

仕归隐途中所见的秋日江山之美；鲍照的《游思赋》，描写了江岸的风景。它们都没有夸耀自然，而是据实景描写自然，也就是说，试图如实地描写亲眼所见的自然。这种自然在赋中得到了描写，这是值得注意的。此外，还有一点值得注意，在描写宫殿的赋中，也开始更为浓重显著地表现作为其背景的自然，而且是写景性的。虽说在收于《文选》的后汉王延寿的《鲁灵光殿赋》和魏何晏的《景福殿赋》中也曾描写过作为背景的自然，但它们所描写的都是受到夸张的自然，是纸上谈兵式的随意想象的自然。但是在宋孝武帝、江夏王义恭、何尚之等人所作的《华林清暑殿赋》中，我觉得，作为背景的自然已被向前推出，并被重笔描写。因为完整的赋已经不存，所以我们不能下什么结论，但其中如实美丽地描写了亲眼所见的自然，已不是空想之作。下面试将二者作一番比较，以便使二者的区别显得更为清楚。魏何晏的《景福殿赋》云：

> 尔乃建凌云之层盘，浚虞渊之灵沼。清露瀼瀼，渌水浩浩。树以嘉木，植以芳草。悠悠玄鱼，噰噰白鸟，沉浮翱翔，乐我皇道。若乃虬龙灌注，沟洫交流。陆设殿馆，水方轻舟。篁棲鹓鹭，濑戏鳢鲉。丰侔淮海，富赈山丘。丛集委积，焉可殚筹。虽咸池之壮观，夫何足以比儗。（同上）

宋何尚之的《华林清暑殿赋》云：

> 动微物而风生，践椒途而芳质。筋遇成宴，暂游累日。却倚危石，前临浚谷。终始萧森，激清引浊。涌泉灌于台扈，远风生于楹曲。暑虽殷而不炎，气方清而含育。哀鹊唉暮，悲猿啼晓。灵芝被崖，仙华覆沼。（《艺文类聚》卷六二）

与前者相比，后者并不那么夸张。当然，赋的性质也决不是淡淡的朴素的描写，但不管怎么说，比起前者来，后者更能使读者感到宛如在观看实景。

以上，我们探讨了宋赋。和魏晋赋相比，宋赋中的自然描写越来越多，而且所描写的都是亲眼所见的自然，而不是头脑中随意想象的自然。

其中最有代表性的作品，是谢灵运描写山水的《山居赋》吧。

　　齐时自然描写的赋，有刚才所举过的张融的《海赋》以及褚渊的《秋伤赋》，但都没有什么可以特别一提的。这个时代的代表作，不管怎么说也是谢朓的赋吧。谢朓在山水诗方面显示出惊人的发展，而在赋的方面，他也像谢灵运一样积极地赋咏山水美。如《临楚江赋》①云：

　　　　尔乃云沉西岫，风荡中川。驰波郁素，骇浪浮天。明砂宿莽，石路相悬。于是雾隐行雁，霜耿虚林。迢迢落景，万里生阴。列攒笳兮极浦，弭兰鹢兮江浔。愿希光兮秋月，承末照于遗簪。（《初学记》卷六）

不带夸张地、美丽地描写了江岸的风景。又如《游后园赋》云：

　　　　尔乃日栖榆柳，霞照夕阳。孤蝉已散，去鸟成行。惠风湛兮帷殿肃，清阴起兮池馆凉。（《艺文类聚》卷六五）

巧妙地表现了游后园时所感受到的晚景的寂静与凉意。这篇赋所描写的虽说只是后园内的风景，但从吟咏园内山水这一点来看，它也可以说是一篇山水赋；又，从游览这一面来看，它又可以说是一篇游览赋。

　　游览原本就是为了便于追求山水美，因而在这篇赋中，大量地描写了作为行乐背景的自然美。对于这种行乐性的自然美的描写，正如在诗歌中所发生的那样，入梁以后越来越盛行。

　　到了梁代，和在诗歌中一样，试图描绘自然与山水的倾向在赋中也越来越强，而且，其态度也是一种只欲追求与描写自然美的态度。其最好的表现，便是游览赋。他们在"自然"中游览，并且把自然作为悦目之物作美丽的描写。如简文帝的《晚春赋》云：

　　　　待余春于北阁，藉高宴于南陂。水筛空而照底，风入树而香

————————————

① 《初学记》卷六所引无"临"字。——译者注

> 枝……望初篁之傍岭，爱新荷之发池。石凭波而倒植，林隐日而横
> 垂。见游鱼之戏藻，听惊鸟之鸣雌。树临流而影动，岩薄暮而云披。
> 既浪激而沙游，亦苔生而径危。（《初学记》卷三）

这大概是宫苑内园池的晚春之景。而其中的描写也并非是汉赋及咏物赋
中所能见到的那种罗列式、空想式、游戏式的自然描写。也就是说，它
是从实景中捕捉自然美的。即使在过去，描写春景的赋也不是没有，如
晋傅玄的《阳春赋》、谢万的《春游赋》、湛方生的《怀春赋》等，都赋
咏了春天的美丽景色，却不像简文帝此赋那样，如实地描写游乐时亲眼
所见的园池中的美丽景色。他们的作品所描写的，是头脑中所想象的概
念化的春景。但是入梁以后，人们却试图描写亲眼所见的自然美本身。
这种描写亲眼所见的春日美景的作品，此外还有元帝的《春赋》。它色彩
鲜明地描写了"洛阳小苑之西，长安大道之东"（《初学记》卷三）的池
畔的绿苔和山侧的红桃。更进一步美丽地描写这种春日景色的，是由梁
仕北周的庾信的《春赋》和由梁仕北齐的萧悫的《春赋》。虽说这两篇
作品描写了整个春天的美丽，却不是概念化的描写，而是按照春日实景
所作的描写。据倪璠注，前者似为庾信在梁时所作，事实恐怕也正像倪
璠所说的那样，因为其中看不到庾信在北周时所作诗文中常见的那种遥
望故国的忧愁之情。其中云：

> 宜春苑中春已归，披香殿里作春衣。新年鸟声千种啭，二月杨
> 花满路飞。河阳一县并是花，金谷从来满园树。一丛香草足碍人，
> 数尺游丝即横路。（《庾子山集》卷一）

描写了满望皆花的阳春景色，且采用了色彩鲜艳的表现和近于七言律诗
的表现。《周书》本传评其诗曰"绮丽"，倘照字面来理解"绮丽"的意
义，则上述赋中的自然描写也可以说是"绮丽"的吧。也可以说，梁陈
的自然描写，原本就是以"绮丽"为目标的。无论是在诗赋还是在散文
中，自然描写都是绮丽的。在赋中，也许可以说庾信等人已经臻于绝顶。
不用说，造成这种绮丽的自然描写的原因，仍然是他们的游乐生活。

以上，我们是以春日美景的描写作为例子的。而当曾被看作是悲秋的秋日景色映入游览者的眼帘时，它们也都受到了绮丽的描写。如简文帝的《秋兴赋》，描写了游北园时所看到的景色：

> 尔乃从玩池曲，迁坐林间。淹留而荫丹岫，徘徊而搴木兰。为兴未已，升彼悬崖。临风长想，凭高俯窥，察游鱼之息涧，怜惊禽之换枝。（《艺文类聚》卷三）

这不是悲秋，而是美丽的秋日景色。

以上，我们考察了描写游览的赋，结论是其中的自然描写都是绮丽的。此外，还有简文帝的《述羁赋》，描写了从江上看到的风景：

> 是时孟夏首节，雄风吹旬。晚解缆乎乡津，涕淫淫其若霰。舟飘飘而转远，顾帝都而裁见。远山碧，暮水红。日既晏，谁与同？云嵯峨而出岫，江摇漾而生风。（《艺文类聚》卷二七）

张缵的《南征赋》，描写了江南丘墟金牛之畔的江上风景：

> 溯金牛之迅渚，睹灵山之雄壮。实江南之丘墟，平云霄而竦伏。标素岭乎青壁，茸赪文于翠嶂。跳巨石以惊湍，批冲岩而骇浪。铲千寻之峭岸，潀万流之大壑。隐日月以蔽亏，拎风烟而回薄。崖映川而晃朗，水腾光而倏烁。积霜霰之往还，鼓波涛之前却。下流沫以洊险，上岑嵓而将落。（《梁书·张缵传》）

都绮丽地描写了亲眼所见的自然美。张缵赋中所能见到的那种波涛的描写形容，虽说在《江赋》、《海赋》等中即已能见到，但张缵所描写的却不是空想的波涛，而是捕捉了实际的风景，并赋咏了其美。又，过去被叫做"征赋"的作品也出现了许多，但我觉得其中并没有细腻地描写这种自然美的作品。

如果说上述那种描写行乐的自然的绮丽的赋是这时代的一大特色，那么像谢灵运的《山居赋》中所能见到的那种对于山水美的描写便是另外一个特色。首先可以举出的，是沈约的《郊居赋》。正如铃木博士在

《山水文学与谢灵运》中已经指出的，这似乎是《山居赋》的模仿之作。据说沈约"性不饮酒，少嗜欲，虽时遇隆重，而居处俭素。立宅东田，瞩望郊草，尝为《郊居赋》"（《梁书·沈约传》）。其全文今载于《梁书·沈约传》。在此赋中，"其水草则……其陆卉则……其林鸟则……其水禽则……其鱼则……其竹则……"之类的罗列式描写依旧可见，但像谢灵运那样追求并描写自然美的地方也还是很多的。如关于四季时物云：

> 兽依墀而莫骇，鱼物沼而不纲。旋迷途于去辙，笃后念于徂光。晚树开花，初英落蕊。或异林而分丹青，乍因风而杂红紫。紫莲夜发，红荷晓舒。轻风微动，其芳袭余。风骚屑于园树，月笼连于池竹。蔓长柯于檐桂，发黄华于庭菊。冰悬埃而带坻，雪萦松而被野。鸭屯飞而不散，雁高翔而欲下。

捕捉了郊居周围的各种美丽的自然风物，而且也和上述游览赋一样是绮丽的自然描写。

此外，描写这种山中自然之美的作品，还有王锡的《宿山寺赋》、萧子云的《玄圃园讲赋》、后梁宣帝的《游七山寺赋》等。这些都是与佛教有关的赋。众所周知，当时佛教盛行，而作为佛教道场的幽邃的场所也为人所景仰，这种场所的自然之美也开始在赋中出现。如王锡在《宿山寺赋》中，描写了从山顶之寺所看到的景色：

> 因明兮目极，凭迥兮望通。平原兮无际，连山兮不穷。识生烟于岫里，眄列树于岩中。树陵危而秀色，烟出远而浮空。（《广弘明集》卷二九上）

描写了山峰高耸的幽邃之地。又如萧子云的《玄圃园讲赋》，描写了讲佛道时的玄圃园的风景，其中也可以见到"其山则……"、"下则……"、"上则……"之类的罗列式描写，而且也不是一点都没有过于修饰之处的：

> 上则青霄丹气，云霞郁蒸。金华琳碧，烛银硬石……崖戴云而吐雨，木鸣条而起风。中有兰渚华池，渌流潺湲。激水推移，弥望

杳溟。倒飞阁之嵯峨，漾钓台而浮回。（同上）

但其自然描写仍可以说是绮丽的。后梁宣帝的《游七山寺赋》，作为散文来看，是一篇优秀的山水游记。这篇赋中值得注意的，是作者对于自然美的充分认识和努力追求。他在这篇赋的最后说：

> 屡徘徊于阆圃，频留连于名岳。念家国之隆恩，缓独往之遗躅。
> 欲抽簪而未从，聊寄美于斯曲。
>   ˙ ˙ ˙ ˙ ˙ ˙

"美"这个词，盖意指阆圃名岳的自然美吧。正如此语所说的，他在赋的开头赋咏了可以和仙境媲美的美丽的山水。他写了登山途中的眺望：

> 有磕磕之奔涧，复亹亹之长溪。既皎洁而如镜，且见底而无泥。
> 途崄峭而巉绝，路登陟而如梯。既攀藤而挽葛，亦资伴而相提。穷
> 羊肠之诘屈，极马岭之高低。雾昏昏而漫漫，风飔飔而凄凄。瞻洪
> 川其如带，望巨海其如珪。

淡淡地描写了山中景色，其描写是散文式、素描式的。但是有关山寺周围的描写：

> 既清涧之涟漪，亦飞流之涌溢。奇树蓊而成林，珍果荣而非一。
> 植山海之双榴，种丹卢之两橘。梅花皎而似霜，黄柑壮其如日。或
> 晔晔而夏开，也离离而冬实。

> 悬崖百仞，擢干千寻。岂岌兮阔达，嶵峗兮欹崟。树修箨而岩
> 峻，泉流激而水深。仰瞻增其隐隐，侧眺睹其沉沉。眇然兮无际，
> 邈尔兮无边。（同上）

却尝试作绮丽的自然描写。

此外，值得一看的自然描写，还有江淹的《江上之山赋》、吴均的《八公山赋》等，都是有关山的描写。但与简文帝的《大壑赋》中那种概念化的描写不同，它们都是实际上亲眼所见的山的描写。但是，二者都给读者以"凭空想描写的景色"的感觉，缺乏真实感。只有绮丽是确实的。试各引一例如下：

潺湲颏溶兮，楚水而吴江。刻划嶄崒兮，云山而碧峰。挂青萝兮万仞，竖丹石兮百重。嵯峨兮岩崿，如断兮如削。（《江文通文集》卷二）

绝壁嶮巇，层岩回互。挂皎月而常团，云望空而自布。袖以华阆，带以潜淮。文星乱石，藻日流阶。（吴均，《艺文类聚》卷七）

这种绮丽的自然描写的流行，不用说，是由这个时代的文艺的一般倾向所决定的。

以上，我们探讨了梁代的自然描写的写景性作品中的主要作品。此外，咏物赋中也有优秀的自然描写，如简文帝和元帝的《采莲赋》便是这样。又，在抒情赋中，也经常利用自然，如江淹的《去故乡赋》、《哀千里赋》等便是这样。

倘要总括梁代这些赋的特色，那么这种特色就是，一方面吟咏作为游乐生活背景的美丽自然的游览赋，与另一方面作为前代之延续的吟咏山水的赋，这二者的自然描写都使用了绮丽的文辞。在接着的时代，陈沈炯的《幽庭赋》及北周庾信的《春赋》，都是前者的延续，不用说也是绮丽的。

以上，我们探讨了南朝的赋。晋宋时的亲近山水，带来了谢灵运式的吟咏山水的赋，后来，描写自然的赋越来越多。齐梁时的游乐生活，孕育了梁的游览赋；另一方面，山水赋也更为盛行。总的来看，自然描写渐以"绮丽"的表现为目标，而到庾信则臻于顶点。但是，在赋中却看不到像山水诗那样的惊人发展，这是由赋本身的衰微所决定的吧。

第六节 自然美鉴赏

南朝人对于自然的态度，一言以蔽之，曰自然美鉴赏的态度。"鉴赏"这个词在当时已能看到，但它不是在后世那种意义上被使用的。但是"赏"这个词，在当时被用于眺望、欣赏、品赏自然与山水的意义时，和现在的鉴赏的意义几乎是相同的。这说明当时眺望与爱好自然与山水、鉴赏山水之美的眼光是何等的发达。我想首先探讨一下"赏"字是如何被使用的，接着再来看看自然美鉴赏的发达。

一、"赏"的意义

六朝诗文中，"赏"字频频出现，而且似乎被用于各种意义。但是，最早指出这一点的，乃是这个时代的人——梁的刘勰。《文心雕龙·指瑕篇》中，可以见到如下的话：

> 若夫立文之道，惟字与义。字以训正，义以理宣。而晋末篇章，依希其旨，始有赏际奇至之言，终无抚叩酬即之语。每单举一字，指以为情。夫赏训锡赉，岂关心解？抚训执握，何预情理？

此条甚难理解，尤其是关于"始有赏际奇至之言，终无抚叩酬即之语"，近人范文澜作过各种解说，但正如故斯波博士在《文心雕龙范注补正》中所说的，结果还是不清楚。但是其大致的意思是说，到了晋末，词语的意义改变了，如"赏"字，也由原来"锡赉"的意义，变成了"心解"这样的意义。

果如刘勰之言，则"赏"字原来大都是被用于与"罚"字相反的、给予有功者以应有奖励的意义的。见于《墨子·经上》的"赏，上报下之功也"和见于《说文》的"赏，赐有功也"这些说法，都显示了"赏"字的本义，也就是"赐予奖品"① 之义。这种用法，在古代是很普通的，而且也一直沿用到了后世。但是到了六朝，"赏"字的概念被进一步扩充，开始包含各种意义。如举"赏誉"这个词看一下也可发现，《韩非子·内储说上·七术》的《赏誉》中的"赏誉"，很明显是按照本义来使用的，是和前篇《必罚》相对的。但是到了《世说新语·赏誉篇》

---

① 《说文》的"赐有功也"，也许不能说是严格意义上的本义。不过汉代文章中像《说文》这样的用例很多，只能把它看作是与六朝有所区别的本义。要说真正的本义，也许不是"与物"，而仅是"褒誉"，即"赏之为言尚也"。"shang"也许是褒誉时所发之音的拟声。

的"赏誉"，其中所载的，都是正面意义上的人物评论。由此推测，《世说》时代的"赏誉"的概念，已经和原义有了相当大的距离。再取"名赏"这个词来看看，在《韩非子·六反》中，它同样是与"罚"相对的；但是见于《世说新语·文学篇》的"孙兴公作《庾公诔》，袁羊曰：'见此张缓。'于时以为名赏"的"名赏"，却是在"著名评论"的意义上来使用的。

由以上二例可知，"赏"字的意义已经有了相当大的变化。但是，在此必须预作说明的是，过去的"赏"字是否都用于"赐有功"之义还是很成问题的。如对见于《左传·襄公十四年》的"是故天子有公，诸侯有卿，卿置侧室，大夫有贰宗，士有朋友，庶人、工商、皂隶、牧圉，皆有亲昵，以相辅佐也。善则赏之，过则匡之，患则救之，失则革之"中的"赏"字，杜预注曰"赏谓宣扬"，有必要特地加上此注，本身就显示了此"赏"字与见于《左传》的其他"赏"字的用例意义不同。果然不错，疏家说明其理由道："赏者，善善之名也。但上之善下则赐之以财，故遂谓赏为赐财之号。此言天子以下皆有臣仆，以辅佐其上。而下之赏上不得奉以货财，唯当延其誉耳，故知赏谓宣扬也。"疏赋于杜注的理由是否果真正确先不去管它，杜预对"赏"字所作的解释似乎是妥当的。也就是说，它是"称誉"的意思，而不是"奖品"的意思。这么看来，《论语·颜渊篇》的"季康子患盗，问于孔子。孔子对曰：'苟子之不欲，虽赏之不窃。'"的"赏"字等等，也并不能看作是本义的用法了。不管怎么解释，还不清楚。据房玄龄注，见于《管子·霸言篇》的"是故先王所师者神圣也，其所赏者明圣也"的"赏"字，也是如房玄龄注所说的"赏谓乐玩"的意思。由这些例子来看，古代所用的"赏"字，似乎也并不是只有赐物有功者的意思的。我想，正是这种非本义的用法，才和六朝时代众多"赏"字的用法有关。

倘仔细调查六朝时代"赏"字的用例，则可以知道，作为一个具有复杂内容的新用语，"赏"字在当时是被频繁使用的。概而言之，其用例如前章所说的，从本义的"赠与奖品"这一意义的用法，变为没有"奖品"而只有"褒誉"意义的用法，其间物（奖品）的存在开始消失了。如陶渊明的《饮酒》诗云：

> 故人赏我趣，挈壶相与至。（《陶渊明集》卷三）

其中的"赏趣"这个词，广言之便是"褒誉"之意，进言之是"喜欢嗜好"之意。又，见于《续晋阳秋》的：

> 袁宏字彦伯，陈郡人……太傅谢安赏宏机捷辨速。（《世说新语·言语篇》注）

见于《世说新语·简傲篇》的：

> 王（子猷）更以此赏主人，乃留坐，尽欢而去。

其中的"赏"，都是"褒誉"人物之意，进言之，是用于"佩服"的意义上的。

再举两个字的词为例。如：

> 雍字元叹，曾就蔡伯喈，伯喈赏异之，以其名与之。（《世说新语·雅量篇》注引《江表传》）

这种场合，其意义无疑是"褒誉"，但毋宁说重点是在下面的"异"字，即"新奇之感"上的。又如：

> 邈字景声，河东闻喜人。少有通才，从兄颙器赏之，每与清言，终日达曙。（《世说新语·雅量篇》注引《晋诸公赞》）

> 初与长沙宣武王游，高祖深器赏之。（《梁书·徐勉传》）

这些"器赏"，都是"佩服"才能的说法。又如：

> 殷浩能言名理，自以有所不达，欲访之于遁。遂邂逅不遇，深以为恨。其为名识赏重如此之至焉。（《世说新语·文学篇》注引《高逸沙门传》）

> 述于末坐曰："主非尧舜，何得事事皆是。"丞相甚相叹赏。

（《世说新语·赏誉篇》）

> 邢赏服沈约而轻任昉，魏爱慕任昉而毁沈约。（《颜氏家训·文章篇》）

这些都是"佩服"之意。

以上，在广义上都是"褒誉"人物之意，其中都没有"赐有功者"的物品授受的含义。

再举几个例子来看看：

> 佳人舍我去，赏爱长绝缘。（鲍照《赠故人马子乔》，《玉台新咏》卷四）

> 贤俊者自可赏爱，顽鲁者亦当矜怜。（《颜氏家训·教子篇》）

> 朓以文才，尤被赏爱。（《南齐书·谢朓传》）

都被用于"喜爱"之意。又如：

> 奇文共欣赏，疑义相与析。（陶渊明《移居》诗，《陶渊明集》卷二）

被用于欣赏文章之意。在此之前的用例，都是以人为对象的；而在此例中则与之不同，开始用到了物上。这是值得注意的变化。又如：

> 至于先士茂制，讽高历赏……（《宋书·谢灵运传论》）

"历赏"这个词，据李善注是"历载辞人，所共传赏"之意，据五臣注，是"谓历代共赏好也"之意。二说虽有差异，但在认为"赏"的对象乃是前代文学作品这一点上却是一致的，"赏"的意义，也是"喜欢"和"爱好"之意吧。又如：

> 徒以赏好异情，故意制相诡。（同上）

也是"爱好"之意，与其说是在对象上，毋宁说是着重在自己的感情上运用"赏"字的。也就是说，见于《说文》的"赐有功也"的意义，如果可以说是着重于对象的对他性的用法，那么上述例子中的"赏好"，则可以说是以自己为主的内顾的，进言之是主观的用法。到了六朝，这种用法非常之多，这也是应该注意的。

再如，在下面这些例子中，也可以看到这样的用例——"赏"本身的味道虽然还不是没有，但其原义却几乎消失了：

> 穆之又数客昵宾，言谈赏笑，引日亘时，未尝倦苦。（《宋书·刘穆之传》）

> 绘聪警有文义，善隶书，数被赏召，进退华敏。（《南齐书·刘绘传》）

> 齐竟陵王闻而引之，以为法曹行参军，雅被赏狎。（《梁书·柳恽传》）

> （腾）冒涉流沙，至乎洛邑，明帝甚加赏接。（《高僧传》卷一《摄摩腾》）

> 嵘齐永明中，为国子生，明《周易》。卫军王俭领祭酒，颇赏接之。（《梁书·钟嵘传》）

不过，以上诸例并没有离开原义的方向，反而是接近的。而下面所举诸例，则使人感到与原义有相当的距离。这可以说也是主观的内顾的用例。如：

> 胤既博学多闻，又善于激赏。当时，每有盛坐，胤必同之。皆云："无车公不乐。"太傅谢公游集之日，开筵以待之。（《世说新语·识鉴篇》注引《续晋阳秋》）

倘联系车胤乃是"辩识义理"（《晋书·车胤传》）的清淡家来考虑，则上文中的"激赏"这个词，盖是指"人物评论"之义吧。不过，仅据这个用例还是不能作结论的。此"激赏"，在《晋书·车胤传》中作"赏会"。"赏会"的确切意义也是不清楚的，但似乎与"激赏"不同。如《宋书·谢灵运传》云：

灵运既东还，与族弟惠连、东海何长瑜、颍川荀雍、太山羊璿之，以文章赏会，共为山泽之游，时人谓之"四友"。

似指以文章作快乐的相会。又，见于齐竟陵王子良的《游后园》诗的：

丘壑每淹留，风云多赏会。（《艺文类聚》卷六五）

似乎是欣赏自然的会合之意。从以上二例来看，"赏会"似指基于趣味的会合，包含当时文人生活的眺望欣赏自然和清谈作诗文等各种要素。

又可以见到"赏说"这个词：

谢公与时贤共赏说，遏胡儿并在坐。公问李弘度曰……（《世说新语·品藻篇》）

在这种场合，"赏说"似乎是"谈论"之意。"赏""说"什么有关的东西，便是这个词的构造，似乎近于谈论之意。

又能见到"谈赏"这个词：

谢（混）与王（熙）叙寒温数语毕，还与羊（孚）谈赏。（《世说新语·雅量篇》）

这似乎也不仅是指"相谈"，而是指捕捉某种有关问题的"谈论"。

以上例子，说明"赏"字从用于褒誉或赞赏人物，开始进而用于人物评论或谈论的场合；反言之，也不妨认为是由于人物评论和谈论的盛行，而带来了这种意义的"赏"字的使用。

此外还值得注意的是"赏"字被用于"识"即"分辨"这一意义。这不用说是主观的内顾的用法，从中也产生了后世的"赏识"这个词。如：

宋文帝端明临朝，鉴（"鉴"或作"览"）赏无昧。（王俭《褚渊碑文》，《文选》卷五八）

这里的"鉴赏"有"人伦鉴识"之意，亦即有见人之明之意，和见于《晋书·王戎传》的"族弟敦有高名，戎恶之，敦每候戎，辄托疾不见。

敦后果为逆乱。其鉴赏先见如此"的"鉴赏"意义相同。今日所用的鉴赏盖渊源于此。

又可见到"知赏"这个词：

> 时人以濛比袁曜卿，恼比荀奉倩，而共交友，甚相知赏也。
> （《世说新语·赏誉篇》注引《王濛别传》）

这似乎是相知交好之意，与见于《宋书·谢惠连传》的"族兄灵运深相知赏"意义相同。"知赏"的用例，在其他地方也经常可见。

见于《世说新语·文学篇》的"或问顾长康：'君《筝赋》何如嵇康《琴赋》？'顾曰：'不赏者作后出相遗，深识者亦以高奇见贵。'"的"赏"，也是"识"的意思。

> 谁谓言精，致在赏意。（卢谌《赠刘琨》诗，《文选》卷二五）
>
> 亲亲子敦余，贤贤吾尔赏。（谢瞻《于安城答灵运》诗，《文选》卷二五）
>
> 表灵物莫赏，蕴真谁为传。（谢灵运《登江中孤屿》诗，《文选》卷二六）
>
> 庆泰欲重叠，公子特先赏。（谢灵运《拟魏太子邺中集》诗，《文选》卷三〇）
>
> 英英文若，灵鉴洞照。应变知微，探赜赏要。（袁宏《三国名臣序赞》，《文选》卷四七）

以上诸例，都可解释为"深知"、"知真价值"之意而略无滞碍，虽说五臣注常常不可信用，但在这些例子中都注云"识也"，似乎是可以信用的。"赏"字由"深知"之意进而被用于"悟"之意。例如，宋朱昭之的《难顾道士夷夏论》所说的便正是这样：

> 万世之殊途，同归于一朝；历代之疑争，怡然于今日。赏深悟远，蹑慰者多。益世之谈，莫过于此。（《弘明集》卷七）

又《世说新语·赏誉篇》注引《徐江州本事》云：

> 彝既独行，思逢悟赏，聊造之。（徐）宁清惠博涉，相遇怡然。
> 遂停宿，因留数夕，与宁结交而别。

这里的"悟赏"，似是可悟赏之人的意思。在这种"识"的意义上，更引人注意的是，"赏"字被用于"理解音乐"的意义，如：

> 钟期不存，我志谁赏。（嵇康《酒会》诗）

不用说，这是以见于《吕氏春秋·孝行览》等书的伯牙与钟子期故事为蓝本的。"赏"字在这种场合可能并不具有"知"义，但这种解释方法仍然是稳妥的。

> 夫临博而企竦，闻乐而窃抃者，或者赏音而识道也。（曹植《求自试表》，《文选》卷三七）

> 瑜曰："吾虽不及夔旷，闻弦赏音，足知雅曲也。"（《三国志·吴书·周瑜传》注引《江表传》）

> 虽实唱高，犹赏尔音。（潘岳《夏侯常侍诔》，《文选》卷五七）

> 幽畅者谁，在我赏音。（谢安《与王胡之》诗，《文馆词林》卷一五七）

> 钟期不存，奇音谁赏。（谢万《七贤嵇中散赞》，《初学记》卷一七）

"赏"字都被用于理解进而品赏音乐的意义。

以上，我们看到"赏"字被用于人物评论、懂得和理解音乐等意义。可以认为，正是六朝时清谈的流行和对于音乐的好尚，才造成了"赏"字的上述这种用法。这么看来，当时爱好自然的人们将"赏"字同样用于鉴赏或赏玩自然的意义，也就是完全可以预料的了。《世说新语·任诞篇》云：

> 刘尹曰："孙承公狂士也，每至一处，赏玩累日。或回，至半路却返。"

可知这里的"赏玩"是用于赏玩自然风景的意义的。再看其注所引《中兴书》所记载的：

> 承公少诞任不羁，家于会稽，性好山水。及求鄞县，遗心细务，纵意游肆，名阜盛川，靡不历览。

可知其"赏玩"的对象乃是自然的山水。《晋书·纪瞻传》虽说是较后的资料，但其中也说：

> 厚自奉养，立宅于乌衣巷，馆宇崇丽，园池竹木，有足赏玩焉。

所说的是对于庭园风致的赏玩。《南史·张绪传》中可以见到这样的记载：

> 武帝以植太昌、灵和殿前，常赏玩咨嗟，曰："此杨柳风流可爱，似张绪当年时。"其见赏爱如此。

所说的是对风流的杨柳的"赏玩"。上述这些"赏玩"的用例，严格地说也许与我们今天所说的"览赏"意义不同，但值得注意的、并且也是为人们历来所一直忽视的是，至少它是被用于与"鉴赏"相近的意义的，尤其是它是被用于鉴赏自然美的意义的。这种用于自然美鉴赏意义的例子，在当时（晋末）以前的诗文中似乎是看不到的。它始见于晋末刘宋之间，首先引起我们注意的，是宋谢灵运诗里所出现的"赏心"这个词。先举一些例子：

> 含情尚劳爱，如何离赏心？（《晚出西射堂》诗，《文选》卷二二）

> 我志谁与亮，赏心惟良知。（《游南亭》诗，《文选》卷二二）

> 永绝赏心望，长怀莫与同。（《酬从弟惠连》诗，《文选》卷二五）

> 将穷山海迹，永绝赏心晤。（《永初三年七月十六日之郡初发都》诗，《文选》卷二六）

> 赏心不可忘，妙善冀能同。（《田南树园激流植援》诗，《文选》

卷三〇）

　　天下良辰、美景、赏心、乐事四者难并，今昆弟友朋、二三诸彦共尽之矣。古来此娱，书籍未见。（《拟魏太子邺中集诗序》，《文选》卷三〇）

　　邂逅赏心人，与我倾怀抱。（《相逢行》，《艺文类聚》卷四一）①

由以上诸例可知，谢灵运颇为重视"赏心"。那么，他这般重视的"赏心"，究竟又具有怎样的意义呢？关于这一点，前代的注释家似乎是明白的，所以不把它看作是问题。《晚出西射堂》诗李善注仅云：

　　言鸟含情尚知劳爱，况乎人而离于赏心也。

《永初三年七月十六日之郡初发都》诗注仅云：

　　言今远游，将穷山海之迹，赏心之对，于此长乖。

"赏心"本身没有说明。但由这二例大致可知，李善似乎是把"赏心"作为"欣赏之心"来考虑的，然而所赏为何却被搁置不问。那么五臣注又是怎样考虑的呢？《晚出西射堂》诗注云：

　　良曰：万物含情，尚爱畴类；如何使我离赏心之人。②

《永初三年七月十六日之郡初发都》诗注云：

　　翰曰：言我将寻山水穷尽其迹，与赏心之友长绝，不可复得，相对而言。

刘良和李周翰似乎都解"赏心"为"赏心之人"、"赏心之友"。然则"赏心之人"、"赏心之友"又是什么意思呢？《酬从弟惠连》诗"永绝赏心望"句李周翰注似提供了解决的线索：

---

① 此《相逢行》，据《乐府诗集》卷三十四，为谢惠连之作。
② 原文所引自"畴类"始，此补足文义。——译者注

言无敢望有识我心者。

"赏心"似为"识我心者"之意。在这种意义上再来看前引刘良、李周翰二注，似乎大致有了着落。但是，《田南树园激流植援》诗李周翰注的"赏心之乐不可忘"，其意似乎稍异，而与李善的解释相同。但是，总括五臣注，他们是把"赏心"看作是"赏心之人"或"识我心者"的，倘这样解释，则显然与把"赏心"看作是"欣赏之心"的李善的看法是大相径庭的。

在今日的中国，也许并不这么一本正经地究明所谓"赏心乐事"①的含义；但是，谢灵运的"赏心"的意思，并不是清楚得为世人所普遍知晓的吧。吉川幸次郎博士曾教示说，人们与其说是从谢灵运那里，毋宁说是从《还魂记》那里知道"赏心"这个词的：

（皂罗袍）良辰美景奈何天，赏心乐事谁家院。 （第十出《惊梦》）

这不用说是出典于谢灵运的《拟魏太子邺中集诗序》的词语。据此曲，"良辰美景"乃是自然现象，即谓良好的时辰，美好的景致。与此相对，"赏心乐事"乃是人事。倘"乐事"是指快乐的游玩，那么"赏心"盖即指游玩的友人"赏心之友"。也就是说，它们包括了辰、景、人、事四项内容。这么一来，谢灵运在《拟魏太子邺中集诗序》中所说的"天下良辰美景赏心乐事四者难并"的"四者"便极容易理解了。在这种场合，"赏心"可以解作"赏心之人"。如果是这样，那么与五臣注还是大致一致的。但是，问题是，即使大致把"赏心"解释成"赏心之人"，但这"赏心"究竟是什么意思呢？刚才所举五臣解释"赏心"即"识我心"之意果然是正确的吗？还是如后来产生的"赏适"这个词一样，是训"适于心"呢？那么，让我们再回过来看"良辰、美景、赏心、乐事"

---

① 宋张鉴有《赏心乐事》之书，从其序来看，似是把眺望和欣赏自然风物看作是赏心乐事的。依其燕游的次第，可以见到正月之玉照堂赏梅、诸馆赏灯，六月之芙蓉池赏荷花，十二月之南湖赏雪等名目。

这四个词语。这四个词都是成对的，其构造如果是良好之辰、美丽之景、快乐之事，那么"赏心"也就必须认为是"欣赏之心"。① 如果是这样，则李善的看法是非常适用于这篇序文的。那么，上面所举的"赏心"诸例，都能用这种意义来解决吗？我想大致上是能够解决的。

其次，如把"赏心"看作是"欣赏之心"，那么什么是"赏"的对象呢？又欣赏什么呢？要解决这个问题，必须再举若干"赏"字的用例来看看。《于南山往北山经湖中瞻眺》诗吟咏道：

> 孤游非情叹，赏废理谁通。(《文选》卷二二)

李善注解释道：

> 言己孤游，非情所叹；而赏心若废，兹理谁为通乎？

五臣注解释道：

> 济曰：言非我情独为叹息，且赏此废此，是理谁能通矣。

李善注为何换言"赏心"既不清楚，五臣注所说的"赏此"所赏为何也不明白。但是这首诗即从其诗题也能知道，是一首自南山经湖中至北山途中瞻眺景致的诗，它描写了周围的美丽的山水，抒发了抚景留连的情怀，且感叹没有可以共赏的人，最后吟咏道：

> 不惜去人远，但恨莫与同。孤游非情叹，赏废理谁通。

在这种场合，"赏"似指眺望与欣赏"自然山水"。也就是说，"赏"的对象既不是心，也不是人，而是"自然山水"。李善也好，吕延济也好，大概都是根据这一意思来作注的。元刘履说："此篇特写其游玩山水自得之趣。"又说：

> 正恐玩赏之事若废，则此理寝微，谁复能达其妙者，是其可惜

---

① 《九家集注杜诗》卷二十三《送严侍郎到绵州同登杜使君江楼宴》诗"江楼延赏心"句注云："赵云：'延展所赏之心也。谢灵运云：良辰、美景、赏心、乐事。'"也把"赏心"看作是"欣赏之心"。

也矣。(《选诗补注》卷六)

所说的"玩赏",同样是指玩赏山水。《从斤竹涧越岭溪行》诗云:

> 情用赏为美,事昧竟谁辨。(《文选》卷二二)

李善注云:

> 言事无高玩,而情之所赏,即以为美,此理幽昧,谁能分别乎。

据李善注,"赏"是指在品赏时能感悟自然美。从这首诗的上下文来看,此"赏"字不妨看作是对于自然山水的欣赏与品赏。但是五臣注却云:

> 铣曰:言赏乐忠诚,自以为美,此事深昧,谁能辨也。

认为赏乐的对象并不仅限于山水,而且还包括一般的欣赏。

如上所述,如果说"赏"的对象是自然山水,意思是欣赏和品味它,那么,前面所说的"赏心",不也可以看作是"欣赏自然山水之心"的意思吗?也就是和"风流之心"相似的意思。这样,如果用这种意思回过来——调查上述"赏心"诸例,无论哪一首诗,大致上都是可通无碍的。只有"良辰、美景、赏心、乐事"这一例,既说"美景",接着又将"赏心"解释成"欣赏(美景)之心",似乎稍欠妥帖。也就是说,这里的这个"赏心",从它与前后文的意思的关系来看,可以赋予"知己之人"的意义。如果是这样,那么"赏心"的意思就成了"具有赏识自己之心的人"吧。用这种知己之意来看上述"赏心"诸例,大致上也是可通的。那么它究竟是哪一种意思呢?这不能轻易下结论。因此有必要详细地调查当时"赏心"的用例和"赏"字的用例。

首先,在齐永明诗人谢朓的作品中,可以见到"赏心"二字。《之宣城郡出新林浦向板桥》诗云:

> 嚣尘自兹隔,赏心于此遇。(《文选》卷二七)

说在这远隔俗尘的宣城遇到了"赏心"。正如李善引谢灵运《游南亭》诗的"赏心"所注的,这个"赏心",不用说也是出典于谢灵运诗的。

而这种场合的"赏心"，似乎既可以认为是"知心者"、"赏于心者"，也可以理解为"眺望欣赏自然山水的心"的意思。又《游山》诗云：

　　　　寄言赏心客，得性良为善。（《谢宣城诗集》卷三）

从它是接着前面关于山水之景的描写而歌咏的这一点来看，这个"赏心客"似乎也大致可以理解为对于自然的"赏心"，但也未尝不可以认为是"知己之人"的意思。

　　其次，"赏心"也见于沈约的《游沈道士馆》诗。诗人在表示了洁身山水而登仙的愿望后说：

　　　　寄言赏心客，岁暮尔来同。（《文选》卷二二）

这是与谢朓的《游山》诗全然相同的表现，且意思也与谢朓诗相同。只是这里的"赏心客"的意思，似是指进入有此馆的山中而具有欣赏仙境之心的客人。五臣注云：

　　　　铣曰：赏心客谓与我赏此之友人。

倘"赏此"的"此"是指仙境，便正是这种意思。

　　又，梁江淹的《杂体》诗中也说：

　　　　云天亦辽亮，时与赏心遇。（《殷东阳》）

　　　　灵境信淹留，赏心非徒设。（《谢临川》，《文选》卷三一）

前者与谢朓的《之宣城郡出新林浦向板桥》诗的表现相似，意义也与之相同。五臣注在此云：

　　　　向曰：言云天既高，复与适我心者相遇。

认为是"适我心者"之意。但是李善注这二者，皆引了谢灵运《田南树园激流植援》诗的"赏心不可忘"，大概李善是将此"赏心"看作"欣赏自然山水之心"的意思吧。前面一首吟咏殷仲文的诗里使用了"赏心"这个词，这是值得注意的，作者当然认为殷仲文是具有"赏心"的人，正如沈约在《宋书·谢灵运传论》里所论述的：

仲文始革孙许之风，叔源大变太玄之气。

殷仲文改变玄风之诗而大都写作写景性的作品，看一下他的《南州桓公九井作》诗（《文选》卷二二），似乎含有相当多的写景性要素。之所以有许多写景性要素，乃是因为作者接近自然，这一点，与他的诗中具有谢灵运的诗中也能见到的"赏心"一词当然不是没有关系的。

又，何逊的诗中也能见到"赏心"一词。《望廨前水竹答崔录事》诗吟咏了廨前的水竹，想到了不能会面的崔录事，然后说：

幽疴与岁积，赏心随事屏。（《诗纪》卷八三）

这个"赏心"，似是指品赏自然之心的意思。

以上，我们考察了自谢灵运到谢朓、沈约、江淹、何逊的"赏心"的用例，其中也有可以理解为"知心者"、"适我心者"之意的场合，但是整个地考虑，"欣赏之心"、"品赏之心"的意思更为贴切，而且"赏"的对象，似也是自然山水。此外，在虞羲的《咏新月》诗、简文帝的《九日赋韵》诗中也能看到"赏心"一词，但这两个用例，不能断定是欣赏自然之心的意思。

还有一点值得注意，即当时还能见到"心赏"这个词。谢朓的《京路夜发》诗云：

文奏方盈前，怀人去心赏。（《文选》卷二七）

这里的"心赏"一词，李善在鲍照的《白头吟》的"心赏犹难恃"中寻找其出处，但《白头吟》中的"心赏"与此含义不同，且与欣赏山水无关，不用说，与"赏心"也没有关系。但是，这里的"心赏"，是用于"心的喜悦"、"心的欣赏"这种意义的。这种喜悦和欣赏，似是眺望自然山水的喜悦与欣赏。官舍的文书堆积如山，故乡的人们萦绕心头，这样就不能欣赏自然山水了吧。如果是这样，那么这里也能看出他对于自然的热爱。何逊的《慈姥矶》诗云：

一同心赏夕，暂解去乡忧。（《诗纪》卷八三）

亦即心中欣赏夕景之意。

以上的"心赏",我想并不是从谢灵运的"赏心"一词派生出来的词,但必须注意的是,自然被认为是"赏"的对象。那么,认为"赏"的对象是自然的用例,可以见到很多吗?是的,的确可以见到很多,而且这种用法可以说是到了六朝才开始流行开来的。

下面,我们试举一些"赏"字的用例来看看。与谢灵运大致同时代的诗人鲍照的《学刘公幹体》诗①云:

　　不愁世赏绝,但畏盛明移。(《鲍氏集》卷四)

这个"世赏",很明显是指世人爱好并品赏荷花盛开的池塘风景。也就是说,"赏"的对象是自然风景,"赏"乃成了"品赏"之意。如前所述,"赏"的意义,已经从"与人奖品"这一对他行为,变成了自己佩服、自己喜悦、自己欣赏、自己明辨、自己品赏这些所谓主观的内顾的行为。如果要先下个结论,那么大致不妨可以说,"赏"字从对象来看,是从人移到了物,从内容来看,是从对他的移到了主观的内顾的,这就是六朝"赏"字的用法。关于这一点,我想再稍作考证。鲍照的《秋夕》诗云:

　　临宵嗟独对,抚赏怨情违。(《鲍氏集》卷八)

"抚赏"一词不完全可解,盖指眺望品赏这种秋夕的风景之意吧。倘将这个词与已经引过的《文心雕龙·指瑕篇》的"夫赏训锡赉,岂关心解?抚训执握,何预情理"联系起来考虑,则此词颇值得注意。又《望水》诗云:

　　东归难忖测,日逝谁与赏。(同上)

这个"赏"也是被用于眺望和欣赏秋日河流之意的。

其次,齐谢朓的《游山》诗云:

　　触赏聊自观,即趣咸已展。(《谢宣城诗集》卷三)

倘将"触赏"这个词与下句的"即趣"一词联系起来考虑,则其意盖指

──────────

① 《艺文类聚》卷八十二作晋张华作,文字稍有异同。

"接触"可"赏"之景吧。《和何议曹郊游》诗云:

> 江垂得清赏,山际果幽寻。(《谢宣城诗集》卷四)

所谓"清赏",同样是由眺望自然而产生的。《直中书省》诗在吟咏了中书省宫殿的壮丽后云:

> 安得凌风翰,聊恣山泉赏。(《文选》卷三〇)

说想要欣赏故乡山泉的风景,从中也能够看出他对于山水的热爱。《别江水曹》诗云:

> 山中上芳月,故人清樽赏。(《玉台新咏》卷四)

意谓以清樽眺望和欣赏风景。《落日同何仪曹煦》诗云:

> 一赏桂尊前,宁伤蓬鬓飒。(《谢宣城诗集》卷四)

这个"赏"也是欣赏自然之意。《和伏武昌登孙权故城》诗云:

> 幽客滞江皋,从赏乖缨弁。(《文选》卷三〇)

"从赏"是说自己(幽客)留在江皋,"从赏"山水,因而不能与伏曼容同行。《奉和随王殿下》诗吟咏了月夜风景后云:

> 宴私移烛饮,游赏藉琴台。(《谢宣城诗集》卷五)

这个"游赏",不单是指游乐,而且也是指欣赏自然风光的游乐吧。"游赏"一词为后世所经常使用,盖渊源于此吧。《晋书·谢安传》的"安虽放情丘壑,然每游赏,必以妓女从"和梁简文帝《与湘东王书》的"吾辈亦无所游赏"(《梁书·庾肩吾传》)都是同样的例子。

　　除了以上例子之外,谢朓的诗里还能见到一些"赏"字的用例,但无论是哪一例,"赏"字都被用于眺望、欣赏、品赏自然的意思。

　　这在王融的诗里也同样可以见到。《奉和月下》诗云:

> 独知此夜月,依迟慕神赏。(《古文苑》卷九)

"神赏"一词,意思也是指优美的自然景色之欣赏。《栖玄寺听讲毕游邸园七韵应司徒教》诗云：

> 畅哉人外赏，迟迟眷西夕。（同上）

这个"人外赏"，意思也是指眺望和欣赏远离俗尘的邸园的美景。《游仙》诗云：

> 结赏自员峤，移宴乃方壶。（同上）

"结赏"一词，其确切含义不太清楚，盖可以读作"欣赏山水之美"吧。

此外，沈约的《钟山诗应西阳王教》诗的：

> 山中咸可悦，赏逐四时移。（《文选》卷二二）

江淹的《杂体》诗《谢法曹惠连赠别》的：

> 点翰咏新赏，开帙莹所疑。（《文选》卷三一）

昭明太子的《答湘东王求文集及诗苑英华书》的：

> 多愧子恒，而兴同漳川之赏。（《昭明太子集》卷三①）

简文帝的《与广信侯书》的：

> 纵赏山中，游心人外。（《广弘明集》卷二一）

等等的"赏"，意思都是以自然为对象来眺望、欣赏和品赏。

从上述例子可以看出，"赏"字含有眺望、欣赏、品赏自然与山水的意思，甚至可以理解为自然美鉴赏的意思。也就是说，眺望自然的流行，对于自然的爱好和鉴赏心的发达等等，带来了"赏"字的这种用法。

以上，我们大致收集了六朝时"赏"字的用例，并把它们和时代思潮联系起来作了考察。要之，"赏"字的对象由人移到了物，其意思也由对他性的转而用于主观的内顾的，这是很清楚的。此外，六朝人好用

---

① 原文出处作"《梁书·殷钧传》"，查该传无昭明太子《答湘东王求文集及诗苑英华书》，因据《昭明太子集》改。——译者注

"赏"字似也是事实。因此，"赏"字往往和难以相连的字结合在一起，以致常常出现意思不太明确的词。见于《世说新语·雅量篇》注所引《续晋阳秋》的"献之虽不修赏贯，而容止不妄"即其一例。但这姑且不论，现在我们最终可以再次承认刘勰之说是不误的了。

二、鉴赏性态度

正如我们已经经常谈到的，魏晋之间，隐遁思想流行，另一方面，神仙思想流行，当时的人们直接接触山水的机会增多了。借《晋书》的话来说，"好游山水"、"爱山水"的现象增多了。这种词语，在其后的正史里也常常可见。《宋书·羊欣传》云：

> 太祖重之，以为新安太守。前后凡十三年。游玩山水，甚得适性。转在义兴，非其好也。顷之，又称病笃自免归。

《王敬弘传》云：

> 敬弘少有清尚……性恬静，乐山水，为天门太守。

《戴颙传》云：

> 会稽剡溪多名山，故世居剡下……桐庐县又多名山，兄弟复共游之……吴下士人，共为筑室，聚石引水，植林开涧，少时繁密，有若自然……长史张邵与颙姻通，迎来止黄鹄山。山北有竹林精舍，林涧甚美，颙憩于此涧，义季亟从之游。

《宗炳传》云：

> 妙善琴书，精于言理。每游山水，往辄忘归……好山水，爱远游，西陟荆巫，南登衡岳。因而结宇衡山，欲怀尚平之志。有疾，还江陵。

《王弘之传》云：

> 家贫，而性好山水……（从兄）敬弘尝解貂裘与之，即着以采药。性好钓，上虞江有一处名三石头，弘之常垂纶于此，经过者不

识之……始宁汰川有佳山水，弘之又依岩筑室。

《孔淳之传》云：

> 居会稽剡县，性好山水，每有所游，必穷其幽峻，或旬日忘归。尝游山，遇沙门释法崇，因留共止，遂停三载……与征士戴颙、王弘之及王敬弘等共为人外之游。

《刘凝之传》云：

> 性好山水……采药服食，妻子皆从其志。

《沈道虔传》云：

> 少仁爱，好《老》、《易》……有山水之玩。

《雷次宗传》引其《与子侄书》云：

> 爰有山水之好，悟言之欢。

以上，我们列举了一些见于《宋书》的喜好山水的例子。虽说在"好山水"、"游山水"行为的背后，和晋代一样仍然潜伏着隐逸色彩或道家色彩，但不管怎么说，我们能够由此知道这个时代爱好山水的风潮。虽然他们"好山水"，"游山水"，但对他们来说，不是任何地方的山水都是好的。正如我们在前章的"山水观"节所说的，他们所景仰的，是名山，是美丽的山水。如戴颙，"桐庐县又多名山，兄弟复共游之……（黄鹄）山北有竹林精舍，竹涧甚美，颙憩于此涧"，又如孔淳之，"性好山水，每有所游，必穷其幽峻，或旬日忘归"，所寻求的都是美丽的、出色的山水。他们认为，只有美丽的山水，才是适于作"人外之游"的场所。谢灵运《与庐陵王义真笺》的"会境既丰山水，是以江左嘉遁，并多居之"（《宋书·王弘之传》）之语，代表了当时人的看法，认为只有山水丰多、山水美丽之地才是值得隐遁的地方。不难想象，通过寻求和游览这些美丽的山水，他们的审美眼光获得了更大的发展。将自然和山水作为审美对象来观赏，不妨认为是在晋宋之间急剧兴起的。当然，把自然看作是悦目娱心之物的想法过去也不是没有。如晋孙楚的《登楼赋》认为，登楼远眺是"聊暇日以娱心"；又如晋夏侯湛的《愍桐赋》，叙述了有关桐的事情，认为是"春以游目"。这种悦目娱心的自然，在晋宋之间成了人们特别关注的对象。一般说来，宋以后的文学，可以说是从情移向景、从人类中心移向自然中心、从真善移向美的文学。山水画的成立过程，最直截了当地说明了这一点。据郑昶的《中国画学全史》说，真正可以称得上是山水画的作品，乃是晋室东迁以后出现的。他的理由是，渡江文人受老庄思想的影响，群趋于爱自由、爱自然的风尚；加之江南人物俊秀，山水清幽，其自然美又足以激动他们的雅兴，于是他们对于风景发生了兴趣，由此产生了山水画。山水画的这种成立过程，与山水诗的成立过程是完全相同的。郑昶还阐述了甚可注意的看法：

> 惟当时所谓山水画者，多为人物画之背景，独恺之所作，乃能从人物画之背景更进一步，故有我国山水画祖之称焉。

这和山水诗的独立过程完全相同。也就是说，山水诗的发展过程与山水画的发展过程当然是同步共轨的。正如山水诗在晋宋之间萌芽、成长，经过六朝，不久变成了写景诗，而在唐代开花一样，山水画也是在唐代开花的。从另一个方面来说，也不妨把这个过程看作是山水美鉴赏眼光的萌芽、成长及开花的过程。当然，《诗经》的诗人也已经有了对于广泛的自然美的审美眼光；但是，真正在山水美方面打开眼界的，是晋宋之间的人。山水美是如何强有力地牵动着当时人士的心呵！东晋顾长康自会稽归来，有人问山川之美如何，顾长康答道："千岩竞秀，万壑争流，草木蒙笼其上，若云兴霞蔚。"（《世说新语·言语篇》）王子敬看到"会稽境特多名山水，潭壑镜彻，清流泻注"，便说："山水之美，使人应接不暇。"（《世说新语·言语篇》注引《会稽郡记》）我想，据这些事例可以知道，他们是如何地念念不忘山水美呵。其次是东晋袁山松的《宜都山川记》的话，它不仅说明了他对于山水美的鉴赏眼界已经打开，而且也说明了这个时代对于山水美的鉴赏眼光也已经萌芽。这就是袁山松到了三峡后所说的话：

> 常闻峡中水疾，书记及口传悉以临惧相戒，曾无称有山水之美
> 也。及余来践跻此境，既至欣然，始信耳闻之不如亲见矣。（《水
> 经·江水注》）

也就是说，人们一直只注意三峡的险阻，而不注意它的山水美，后者自
袁山松起才开始被发现。这显示了这时代的人们已经开始注意山水美了。

到了齐梁，对于自然和山水的爱好依然如故，不，应该说是更为强
烈、更为普遍了。对于自然和山水的爱好，成了这个时代的盛大风潮。
下面试举一些见于《南齐书》和《梁书》的爱好山水的话语：

> 不乐世务，居宅盛营山水，凭几独酌，傍无杂事。（《南齐书·
> 孔稚珪传》）

> 住弁榆山栖云精舍，欣玩水石，竟不一入州城。（《南齐书·明
> 僧绍传》）

> 永明三年，诏征太子舍人，不就。欲游名山……又尝游衡山七
> 岭，著《衡山》、《庐山》记。（《南齐书·宗测传》）

> 尚之字敬文，亦好山泽。（同上）

> 麟士闻郡后堂有好山水，乃往停数月。（《南齐书·沈麟士传》）

> 性爱山水，于玄圃穿筑，更立亭馆，与朝士名素者游其中。
> （《梁书·昭明太子传》）

> 遂筑室岩阿，幽居者积岁。（《梁书·到洽传》）

> 摛年老，又爱泉石。（《梁书·徐摛传》）

> 末年，专尚释教。为新安太守。郡多山水，特其所好。适性游
> 履，遂为之记。（《梁书·萧幾传》）

> 因游东阳紫岩山，筑室居焉，为《山栖志》。 （《梁书·刘

峻传》)

　　(会稽) 郡境，有云门、天柱山，籍尝游之，或累月不反。
(《梁书·王籍传》)

　　遍历名山，寻访仙药。每经涧谷，必坐卧其间，吟咏盘桓，不
能已已。(《梁书·陶弘景传》)

　　尝还都，途经寻阳，游于匡山。过处士张孝秀，相得甚欢，遂
有终焉之志。(《梁书·刘慧斐传》)

　　并隐居求志，遂游林泽，以山水书籍相娱而已。(《梁书·刘
歊传》)

　　性托夷简，特爱林泉。(《梁书·庚诜传》)

以上是见于正史的话语。此外，当时人的话语中，也直接表现了爱好山
水的想法。如齐竟陵王子良的《与南郡太守刘景蕤书》云：

　　此兰山桂水，既足逍遥。(《广弘明集》卷一九)

又《行宅诗序》云：

　　余禀性端疏，属爱闲外。往岁羁役浙东，备历江山之美，名都
胜境，极尽登临。(《艺文类聚》卷六四)

梁武帝的《净业赋序》云：

　　少爱山水，有怀丘壑。身羁俗罗，不获遂志。舛独往之行，乖
任纵之心。(《广弘明集》卷二九上)

又《答陶弘景解官诏》云：

　　卿遗累却粒，尚想清虚。山中闲静，得性所乐，当善遂嘉志也。
(《陶隐居集》)

又《与何胤书》云：

　　想恒清豫，纵情林壑，致足欢也……若邪擅美东区，山川相属，

前世嘉赏，是为乐土。（《梁书·何胤传》）

简文帝的《与广信侯书》云：

> 纵赏山中，游心人外。（《广弘明集》卷二一）

元帝的《与刘智藏书》云：

> 山间芳杜，自有松竹之娱；岩穴鸣琴，非无薜萝之致。修德之暇，差足乐也。（《广弘明集》卷二八上）

沈约的《报刘杳书》云：

> 生平爱嗜，不在人中。林壑之欢，多与事夺。（《梁书·刘杳传》）

江淹的《自序传》云：

> 爰有碧水丹山，珍木灵草，皆淹平生所至爱，不觉行路之远矣。山中无事，与道书为偶。乃悠然独往，或日夕忘归。（《江文通文集》卷十）

张缵的《谢东宫赉园启》云：

> 性爱山泉，颇乐闲旷。虽复伏膺尧门，情存魏阙。（《艺文类聚》卷六五）

以上所说的都是爱好山水的话，其背后仍然潜伏有隐遁思想。但虽说是隐遁，这个时候的隐遁，却不是完全超脱俗世的彻底的隐遁。像为孔稚珪所责备的周颙那种一有机会便仕宦的态度是很普遍的。这可以说是一种心常存魏阙的隐遁态度。他们的隐遁，只是希望过静寂闲旷的山中生活，而不是希望过完全脱离俗界的永久的仙人生活。在这个时代，旨在隐栖的山中生活，完全成了娱乐性的和趣味性的。他们的愿望，是过与花鸟风月为友的悠然自适的生活。非难周颙式的似隐非隐的孔稚珪，其隐栖方式也大抵是趣味性的。他的隐栖方式，并不是进入深山幽谷，而是在自己的住宅里设置山水庭园，凭几眺望庭园之美，独酌美酒，悠然远眺。门内杂草丛生而不加刈除，以蛙鸣为雅乐，悠然自得（《南齐书·孔稚珪传》）。看江淹的《与交友论隐书》可知，江淹很羡慕后汉的逸民，是一个具有隐逸思想的人：

> 既信神农服食之言，久固天竺道士之说，守清静，炼神丹，心甚爱之。

他所希望有的隐逸地是：

> 五亩之宅，半顷之田。鸟赴檐上，水匝阶下。则请从此隐。（《江文通文集》卷九）

但在《自序传》中，他又渴望这样的生活：

> 常愿幽居筑宇，绝弃人事。苑以丹林，池以绿水。左倚郊甸，右带瀛泽。青春爱谢，则接武平皋；素秋澄景，则独酌虚室。侍姬三四，赵女数人。（《江文通文集》卷十）

这是与前者甚相矛盾的话。但在这个时候，人们毋宁说似乎是把后者这种趣味性的、娱乐性的、奢侈性的山水生活看作是隐逸的。正因为这样，江淹才一方面愿意过"深信天竺缘果之文，偏好老氏清净之术"（《自序传》）的幽居生活，同时又仕宋齐梁均登高位，这正是因为他是把这种趣味性的、娱乐性的、奢侈性的山水生活看作是"隐"的。倘若把山水看作是趣味性的和娱乐性的，那么就并不需要去寻访深山幽谷，而只要在庭园中模仿它、日夜眺望欣赏它就行了。上述孔稚珪的营构山水便是这样，上例昭明太子在玄圃中穿筑也是这样。稍往上溯，还有齐文惠太子的：

> 风韵甚和，而性颇奢丽。宫内殿堂，皆雕饰精绮，过于上宫。开拓玄圃园，与台城北堑等。其中有楼观塔宇，多聚奇石，妙极山水。（《南齐书·文惠太子传》）

刘勔的：

经始钟岭之南，以为栖息。聚石蓄水，仿佛丘中。（《宋书·刘
勔传》）

从上述各例可以明白，人们从眺望自然的山水，开始转向眺望人工庭园
内的山水。此外还值得注意的是，见于过去的《晋书》、《宋书》的"好
山水"的表现，在"欣玩水石"、"爱泉石"、"爱林泉"、"爱山泉"的
风气中，开始变成了以庭园为对象的表现。也可以说，这时代的山水观，
开始变成享乐性的了。

这种对于山水的眺望和热爱成为趣味性的和娱乐性的生活以后，山
水美就成了人们对于山水的要求。而且，宋齐梁的人们对于山水美的要
求是无止境的。陶弘景在《答谢中书书》中，表现并描写了"山川之
美"，他说："实是欲界之仙都，自康乐以来，未复有能与其奇者。"
（《艺文类聚》卷三七）竟陵王子良在《行宅诗序》中说："备历江山之
美。"他们认为，这种山水美，是"处处可悦"、"极目忘归"（简文帝
《与广信侯书》）的，是"散赏娱襟"（简文帝《秀林山铭》）的，又是
"足荡累颐物，悟衷散赏"（吴均《与施从事书》）的，又是"山中咸可
悦，赏逐四时移"（沈约《钟山诗应西阳王教》诗）的。这种态度，已
经不是苦行式的隐遁的态度，也不是快乐的游览的态度，而毋宁说是鉴
赏自然美的态度。其中可以看到山水观的一大发展。

由以上所述可以明白，入宋齐梁以后，好山水、爱山水已经成了文
人们的趣味和娱乐。成了趣味和娱乐，则人们在山水中所寻求的，便当
然是山水美了，人们因此开始鉴赏性地眺望山水。这样，歌唱山水美的
山水诗和描写山水美的山水文的大量创作，也就成了当然的结果。也可
以说，在这个时代，人们是把山水作为娱乐的对象、作为自然美鉴赏的
对象来考虑的。而且，把山水看作是隐遁的场所、神仙的场所、散怀的
场所的态度，在这个时代，已开始变为把山水看作是游乐的对象，而且
更进一步地看作是追求美的对象的态度。自然美鉴赏的态度，尤为这个
时代的一大特色。

　　总的说来，南朝是文学的勃兴期。概略言之，南朝文学可以名之曰唯美文学。南朝人对于一切都追求其美，其结果，便表现为各种文学样式，如山水诗、山水文、咏物诗、宫体诗等等。不仅在文学上，而且在艺术上，这也是一个追求美的时代。也就是说，这是一个在整个文艺领域里都以鉴赏性态度对待一切的时代。这也尤其是一个自然美鉴赏显著发达的时代。

第三章　北朝文学中所表现的自然与自然观

晋南渡以后的约一百二十年间，北方五胡十六国兴亡相继，极为混乱，至宋元嘉十六年（439），终于为鲜卑族拓跋氏的魏所统一，遂出现了与南方的宋相对立的北朝。此后，北齐、北周递兴，最终为隋所统一。这一百四十余年间，在文化方面，一言以蔽之，可以说是以同化于南朝为目标的。不过，在北朝文学中，毕竟看不大到南朝文学中所能见到的那种歌咏山水的山水诗等倾向。当我们把诗中的自然描写作为中心来考虑时，我们可以看到，给予北朝文学以最强烈的影响的，乃是齐梁诗风。如果看一下写景诗，也可以看到它们与南朝的自然描写并无不同之处。如后魏卢元明的《晦日泛舟应诏》诗云：

> 轻灰吹上管，落葵飘下蒂。迟迟春色华，婉婉年光丽。（《艺文类聚》卷四）

后魏温子昇的《春日临池》诗云：

> 光风动春树，丹霞起暮阴。嵯峨映连璧，飘飖下散金。徒自临濠渚，空复抚鸣琴。莫知流水曲，谁辨游鱼心。　（《艺文类聚》卷九）

这些都是游览诗。其中所描写的自然，都是作为游乐环境的自然。在对它作绮丽的描绘方面，北朝诗风与南朝诗风并无任何不同。情景交融的抒情诗中的自然描写，也是南朝风格的；自然与感情的结合方式，也有着南朝风味。如奔魏的梁武帝次子萧综的《听钟鸣》诗云：

> 历历听钟鸣，当知在帝城。西树隐落月，东窗见晓星。雾露脉脉未分明，乌啼哑哑已流声。惊客思，动客情，客思郁从横。翩翩孤雁何所栖，依依别鹤半夜啼。今岁行已暮，雨雪向凄凄。飞蓬旦夕起，杨柳尚翻低。气郁结，涕滂沱，愁思无所托，强作听钟歌。

（《艺文类聚》卷三〇）

据陈倩父所评，此诗的自然描写中有某种"愁绪缠绵"的东西，而自然与感情的结合方式，也业已见于南朝诗歌。又，被称作是北朝第一流诗人的温子昇的《捣衣》诗云：

> 长安城中秋夜长，佳人锦石捣流黄。香杵纹砧知近远，传声递响何凄凉。七夕长河烂，中秋明月光。蠮螉塞边绝候雁，鸳鸯楼上望天狼。（《诗纪》卷一一九）

秋夜于长安城中闻砧声的情景，如沈德潜"直是唐人"（《古诗源》）所评的，确实使人想起唐诗，可以说是唐诗的先声。但是，诗中所歌咏的自然，却是南朝文学中所能见到的那种东西。关于他的文学，梁武帝称"曹植、陆机复生于北土"，并使张皋写其文笔，传于江外。又济阴王晖业曾称赞他道："江左文人，宋有颜延之、谢灵运，梁有沈约、任昉，我子昇足以陵颜轹谢，含任吐沈。"（《魏书·温子昇传》）但是这些称赞，都把他看作是一个南方式的文人，而不是把他看作是一个具有北方特色的文人。又，北魏胡太后的有名的《杨白华》诗云：

> 阳春二三月，杨柳齐作花。春风一夜入闺闼，杨花飘荡落南家。含情出户脚无力，拾得杨花泪沾臆。秋去春还双燕子，愿衔杨花入窠里。（《诗纪》卷一一九）

其中抒情性、比喻性的自然描写，全都令人想起齐梁诗歌。景为助情而被插入，又洋溢着优美的情绪。据《梁书·杨华传》说，此诗乃是胡太后为追慕为己所逼而逃梁的杨华而作的。《梁书》评曰"辞甚凄惋"。

此外，北齐邢邵的《三日华林园公宴》，魏收的《后园宴乐》、《晦日泛舟应诏》，萧悫的《春日曲水》，阳休之的《春日》等诗，都描绘了作为游乐环境的美丽的自然。又，北齐郑公超有沉湎于送别悲哀的《送庾羽骑抱》诗：

> 旧宅青山远，归路白云深。迟暮难为别，摇落更伤心。空城落

日影，迥地浮云阴。送君自有泪，不假听猿吟。（《诗纪》卷一
二○）

这种渗入送别悲哀的自然描写，也是南朝风格的，而且令人想起唐代的
律诗。又，北齐袁奭的《从驾游山》诗，也是可珍贵的山水诗：

　　涧水含初溜，山花发早丛。（同上）

这两句借陈倩父的评语来说，是甚"似南人"。

　　北齐萧悫的《秋思》，也是巧于用景的抒情诗，可以说是景中有情的
诗吧：

　　清波收潦日，华林鸣籁初。芙蓉露下落，杨柳月中疏。燕怗湘
　　绮被，赵带流黄裾。相思阻音信，结梦感离居。（吴兆宜注《玉台新
　　咏》卷八）

《颜氏家训·文章篇》称赞此诗"芙蓉"二句道："吾爱其萧散，宛然在
目。"也是基于南朝诗风所下的评语。

　　以上，我们举了不少诗歌，其中的自然描写，大都是具有齐梁风味
的，因而当然不能把它们看作是北朝的自然描写的特色。那么，北朝诗
歌中的自然描写，难道就没有自己的特色了吗？其实还是有的。其一是
表现了北方的索莫的自然，其二是出现了歌咏边境的凄惨雄浑的诗歌。

　　北方不像南方那样有着美丽的山水，而是一片地处寒带、靠近沙漠、
山川枯瘁的索莫之地，出都一步便是边境。出现受这种气候风土影响的
诗歌，正如南方山水诗的发达一样，应该说是必然的。作为北方诗歌的
代表所必须举出的，是有名的《敕勒歌》：

　　敕勒川，阴山下。天似穹庐，笼盖四野。天苍苍，野茫茫，风
　　吹草低见牛羊。（《乐府诗集》卷八六）

这是一首吟咏贝加尔湖之南、阴山山脉之北的蒙古草原的诗歌吧！全篇
写景，令人想起了放牧着牛羊的茫茫草原，这样的自然，不用说是南朝
诗歌中所未曾出现过的（关于这首歌的详细考证，请参看小川环树博士

最近发表的《敕勒歌：其原文与文学意识》一文，载《东方学》第十八辑）。此外，还有奔北魏的宋文帝第九子刘昶所作的《断句》诗：

> 白云满鄣来，黄尘半天起。关山四面绝，故乡几千里。（《南史·宋宗室及诸王传下》）

据《南史·宋宗室及诸王传下》说，刘昶抱异志，举兵，事与志违，遂奔北魏，其时，"乃夜开门奔魏，弃母、妻，唯携妾一人，作丈夫服，骑马自随。在道慷慨为断句曰云云。因把姬手南望恸哭，左右莫不哀哽"。这首诗，很好地表现了黄尘万丈的北方风景，歌唱了远离故乡的寂寞。

又，在歌咏从军的诗中，朔风劲吹、寒气逼人的北方特有的景色也得到了很好的表现。北齐祖珽的《从北征》诗云：

> 翠旗临塞道，灵鼓出桑乾。祁山敛雾雾，瀚海息波澜。戍（《艺文类聚》"戍"误为"或"，此从《诗纪》）亭秋雨急，开门朔气寒。方系单于颈，歌舞入长安。（《艺文类聚》卷五九）

裴让之的《从北征》诗云：

> 沙漠胡尘起，关山烽燧惊。皇威奋武略，上将总神兵。高台朔风驶，绝野寒云生。匈奴定远近，壮士欲横行。（同上）

北周赵王招的《从军行》诗云：

> 辽东烽火照甘泉，蓟北亭鄣接燕然。水冻菖蒲未生节，关寒榆荚不成钱。（《诗纪》卷一二一）

倘将这种朔风胡尘、寒气逼人的北方的从军诗与南朝之作比较，其差异便更为明显了。如梁元帝的《和王僧辩从军》诗咏道：

> 山虚和铙管，水静写楼船。连鸡随火度，燧象带烽然。洞庭晓风急，潇湘夜月圆。荀令多文藻，临戎赋雅篇。（《艺文类聚》卷五九）

"洞庭晓风"和"潇湘夜月"都是道地的南方景致，与北方的酷烈相比，此诗所描写的从军简直可以说是风雅了。

歌咏上述这种北方的自然，开拓与南方不同的诗境的，无疑是王褒。

王褒是齐王俭的曾孙，仕梁，文名夙高，累迁至吏部尚书、左仆射的高位。后随元帝降北周。时降者有王克、刘毅、宗懔、殷不害等名士数十人，周太祖喜曰："昔平吴之利，二陆而已；今定楚之功，群贤毕至。可谓过之矣。"（《周书·王褒传》）世宗即位，笃好文学，当时王褒与庾信才名最高，所以特加优遇，每逢游宴，必使作诗。

王褒诗歌的特色，是关于边塞、从军的乐府诗特别多，有《关山篇》、《从军行》、《饮马长城窟》、《出塞》、《入塞》、《关山月》、《高句丽》、《燕歌行》等等。这些诗歌各各表现了北方特有的自然。如描绘离都几千里的边塞孤城之秋月的《关山月》：

> 关山夜月明，秋色照孤城。影亏同汉阵，轮满逐胡兵。天寒光转白，风多晕欲生。寄言亭上吏，游客解鸡鸣。（《乐府诗集》卷二三）

又如描绘荒凉的边塞地区的《出塞》：

> 飞蓬似征客，千里自长驱。寒禽唯有雁，关树但生榆。背山看故垒，系马识余蒲。还因麾下骑，来送月支图。（《乐府诗集》卷二一）

又如歌咏长城边苦寒的《饮马长城窟》：

> 雪深无复道，冰合不生波。尘飞连阵聚，沙平骑迹多。昏昏陇坻月，耿耿雾中河。（《乐府诗集》卷三八）

像这些作品，都是从他仕北周以后深切体验到的实际感受中流露出来的吧。但是，据说在投降北方以前，他就已经巧于歌咏这样的塞北风光了。据《周书》本传说，他"曾作《燕歌行》，妙尽关塞寒苦之状，元帝及诸文士并和之，而竞为凄切之词。至此方验焉"，即妙尽关塞寒苦之状的《燕歌行》（《乐府诗集》卷三二）已经产生了。我想，他到了北方以后，一定更为真切地从现实中体验到了关塞寒苦的自然。此外，歌咏北方的自然的诗，还有《别裴仪同》诗，其中吟咏了沙尘飞扬、霜雪凛厉的自然：

> 河桥望行旅，长亭送故人。沙飞似军幕，蓬卷若车轮。边衣苦霜
> 雪，愁貌损风尘。行路皆兄弟，千里念相亲。（《艺文类聚》卷二九）

在《始发宿亭》诗中咏道：

> 送人亭上别，被马枥中嘶。漠漠村烟起，离离岭树齐。落星侵
> 晓没，残月半山低。（《艺文类聚》卷二七）

其中也出现了北方风物的寂寞。

对于这种北方自然的歌咏，乃是王褒诗歌的特色。据近人林庚（《中国文学简史》上）说，质朴的北歌流传到南朝，与南朝的金粉诗一比，便使南朝人感觉到在北歌的朴素风格中，有着充实的气息，于是，以边塞为主题的诗歌，在南朝也开始渐渐地多起来。王褒在南朝所作的《燕歌行》，便是北歌影响之一例。后来，隋唐定都长安以后，北歌传统的影响变得更为强大。林庚的说法我想是对的；不过从今天来看，王褒的《燕歌行》的表现毋宁说是近于艳丽的南方式的。因此，可以说只是在他进入北方，体验了北方风物以后，他的诗中才开始出现贴切地歌咏关塞寒苦之状的诗歌的。

王褒的南方式的、追求自然美的技巧性诗歌，虽说不多，却还有一些保存了下来。如《别陆才子》诗云：

> 平湖开曙日，细柳发新春。（《艺文类聚》卷二九）

《和赵王途中》诗云：

> 峡路沙如月，山峰石似眉。村桃拂红粉，岸柳被青丝。（《艺文
> 类聚》卷二七）

还有《园圃浚池》诗、《山池落照》诗（皆《艺文类聚》卷九）等等，都是这样的诗。又，从写景诗的立场来看，以上《园圃浚池》诗、《山池落照》诗，几乎全篇都是写景。此外，他也有《过藏矜道馆》（《艺文类

聚》卷七八）、《云居寺高顶》（《艺文类聚》卷七）这样的淡淡的写景诗。

总而言之，王褒诗歌的自然描写的特色，乃是表现了呈现出边塞、从军、寒苦诸样相的北方特有的自然。他似乎并不感到自然是可以游乐和赏心悦目的东西，而是感到北方的自然乃是压迫人、给人以寒苦的东西。可以认为，他那南方式的游乐的自然观，进入北方以后，发生了一个转变。这一点，通过王褒与同时仕于北周、与王褒并称的庾信的对照，可以看得更清楚。庾信可以说是一个将南方式的自然观带到北方并始终坚持的诗人。那么，庾信的诗究竟如何呢？

据北周滕王逌的《庾开府集序》说，庾信"自梁朝筮仕周世，驱驰至今，岁在屠维，龙居渊献，春秋六十有七"，据倪璠注，是时为己亥年，值北周宣帝大象元年。由《北史》本传可知，庾信卒于隋开皇元年辛丑，享年六十九岁（513—581）。据《周书》本传，他是梁著名文人庾肩吾之子，初仕梁，父子同仕东宫，朝廷恩礼极厚。其诗"绮艳"，与徐陵齐名，世称"徐庾体"。梁元帝时，聘于西魏，遂留长安。官升开府仪同三司，爵进义城县侯。后与陈通好，南北流寓之士，各许还其故乡，唯庾信与王褒不许回去。虽说庾信在北周备受优遇，却常有"乡关之思"，有名的《哀江南赋》，便吐露了他的这种思绪。

庾信的诗文，为宠遇他的滕王逌所编纂，但现在的集子已非其旧。滕王逌在序中评论庾信的诗文道："妙善文词，尤工诗赋。穷缘情之绮靡，尽体物之浏亮。讳夺安仁之美，碑有伯喈之情，箴似扬雄，书同阮籍。"关于诗赋的"缘情之绮靡，体物之浏亮"的评论，是对于达到当时诗赋最高境界的作品的评论吧。之所以这么说，是因为这是基于陆机《文赋》的"诗缘情而绮靡，赋体物而浏亮"而说的话，而陆机的话，则可以认为是显示了六朝诗赋的理想的说法。滕王逌序认为庾信已达到了这一理想境界。然而，因为滕王逌所编撰的《庾信集》，据其序说，只收载庾信在魏周北朝时所作的诗，因此他在北朝时所作的诗赋当然是绮靡、浏亮的。

庾信的诗据说是"绮靡"的，但其实南朝这个时代的诗可以说都是以"绮靡"为目标、以"绮靡"为特色的。所谓"绮靡"，乃是色彩鲜艳的绘画的比喻，总之是使人感到"美"的。可以说，这就是当时的诗风。如果说庾信是达到这种最高境界的第一人，那么可以肯定他的自然描写也是和南朝诗风一致的。南朝的自然描写的特色之一，是对作为行乐背景的自然作美丽的描绘。这一诗风，当然也表现在庾信在南方时所作的诗中。如据认为作于在梁时的和简文帝《山池》诗的《奉和山池》诗云：

> 乐宫多暇豫，望苑暂回舆。鸣笳陵绝浪，飞盖历通渠。桂亭花未落，桐门叶半疏。荷风惊浴鸟，桥影聚行鱼。日落含山气，云归带雨余。（《庾子山集》卷三）

其中的写景，颇似于描绘美丽多彩的自然的绘画。关于"荷风"二句，屠隆评曰"琢句红润，如出海珊瑚"（屠隆刻《庾子山集》），陈倩父评曰"桥影句有生致"（《采菽堂古诗选》卷三三），我想都是非常贴切的。

他来到北方以后，像这种对于适于游乐的美丽自然的描绘，还能够看到。如《陪驾幸终南山和宇文内史》诗云：

> 新蒲节转促，短笋箨尤重。树宿含樱鸟，花留酿蜜蜂。（同上卷三）

《和宇文内史春日游山》诗云：

> 游客值春辉，金鞍上翠微。风逆花迎面，山深云湿衣。（同上卷三）

《游山》诗云：

> 涧底百重花，山根一片雨。（同上卷三）

《北园新斋成应赵王教》诗云：

> 长藤连格徙，高树带巢移。鸟声唯杂曲，花风直乱吹。（同上

卷三)

《忝在司水看治渭桥》诗云：

> 跨虹连绝岸，浮鼋续断航。春洲鹦鹉色，流水桃花香。（同上卷三)

等等，都是这样。屠隆评最后这首诗的句子是"清粲"，我觉得是很贴切的。此外，如《奉报赵王惠酒》、《奉和赵王喜雨》、《同颜大夫初晴》、《和人日晚景宴昆明池》（皆卷四）、《和炅法师游昆明池二首》（卷五）等诗中，也描绘了游乐时映入眼帘的美丽的自然，而且其中的自然风物大都是南方式的。另一方面，他也有一些诗歌，是以鉴赏这种南方式的自然美的眼光来描绘北方的自然美的，而不像王褒那样，用"边塞"诗、"从军"诗来描绘北方的寒苦的自然。如《上益州上柱国赵王》诗云：

> 寂寞岁阴穷，苍茫云貌同。鹤毛飘乱雪，车毂转飞蓬。雁归知向暖，鸟巢解背风。寒沙两岸白，猎火一山红。愿想悬鹑弊，时嗟陋巷空。（同上卷三）

"乱雪"、"飞蓬"、"猎火"等等，都是北方式的自然景色，但是在这首诗中，诗人却一点都没有感到寒苦。又，雪是北方自然景色的代表，《郊行值雪》诗云：

> 风云俱惨惨，原野共茫茫。雪花开六出，冰珠映九光。还如驱玉马，暂似猎银獐。陈云全不动，寒山无物香……寒关日欲暮，披雪渡河梁。（同上卷四）

是一幅雪中渡河梁的风景画，绘出了雪景的明亮色调。

又，庾信北上后的诗中，有许多南方的诗中所看不到的游猎诗，其中之一如《伏闻游猎》：

> 雪平寻兔迹，林丛听雉声。马嘶山谷响，弓寒桑柘鸣。闻弦鸟自落，望火兽空惊。无风树即正，不冻水还平。（同上卷三）

描绘出了雪中寻兔迹、无风水不冻的回到宁静状态的静谧的自然。此外，还有《别张洗马枢》诗的"关山负雪行，河水乘冰渡"，《奉答赐酒》诗的"细雪翻沙下，寒风战鼓鸣"，《奉答赐酒鹅》诗的"冷猿披雪啸，寒鱼抱冻沉"（皆卷四），等等，都描绘了美丽的自然，作者似乎感到这种自然是快乐的。还有一些诗歌，吟咏了萧瑟的秋天，如《就蒲州使君乞酒》诗云：

> 萧瑟风声惨，苍茫雪貌愁。鸟寒栖不定，池凝聚未流。蒲城桑
> 叶落，灞岸菊花秋。（同上卷四）

《拟咏怀》诗云：

> 萧条亭障远，凄惨风尘多。关门临白狄，城影入黄河。（同上
> 卷三）

《和裴仪同秋日》诗云：

> 萧条依白社，寂寞似东皋……霜天林木燥，秋气风云高。（同上
> 卷四）

所咏的都是北方式的秋景，看不到南朝诗中所能见到的那种感伤性的悲秋；其景物中也全然没有出现南方诗中所能见到的蟋蟀、寒蝉等物。但是，虽说景物有所不同，但作者对于秋景的鉴赏态度却与南方的鉴赏态度完全相同。

当然，在他的诗歌中，像王褒诗中所能见到的那种歌咏边塞的诗也不是一点都没有的，如《和赵王送峡中军》诗云：

> 胡笳遥警夜，塞马暗嘶群。客行明月峡，猿声不可闻。（同上
> 卷三）

却没有谈到边塞的寒苦。

庾信在南方长大，作品甚至被人称为"徐庾体"，所以即使仕于北方以后，他也仍然用南方式的自然观眺望自然，作南方式的自然描写，这是可以理解的。但是，他此时亲眼所见的自然，却非复南方旧物。不用

说，此时映入他眼帘的，乃是不同以往的阴惨的北方的自然。这样，他的诗中便开始渐渐地出现了北方的自然。不过，他的诗歌中出现的北方的自然，不是作为阴惨苦人的酷寒的自然而受到歌咏的。也就是说，对于北方的自然，他也和在南方时一样，同样是把自然作为赏心悦目、适于行乐的东西来考虑的，这就是他的自然观。到了北方以后，他只是把南方式的自然换成了北方式的自然，而自然观却并没有改变。这一点，通过上引诸诗也可以明白。又《寒园即目》诗云：

> 雪花深数尺，冰床厚尺余。苍鹰斜望雉，白鹭下看鱼。（同上卷四）

《望野》诗云：

> 试策千金马，来登五丈原。有城仍旧县，无树即新村。水向兰池泊，日斜细柳园。涸渚通沙路，寒渠塞水门。但得风云赏，何须人事论。（同上卷四）

从这些自然描写中可以看出，庾信乃是抱着自然使人感到美丽、自然使眼睛快乐这样一种自然观的。也就是说，他所抱的是一种鉴赏的态度，一种南方式的自然观。尽管诗中所描写的风景是北方的风景，但是对于自然的态度却与在南方时并无不同。"风云赏"这种自然美鉴赏的词语，乃是南朝诗人所经常吐露的词语。从这首诗中所能体察到的自然观，完全是南朝人的自然观。可以说，庾信与王褒不同，他把南方式的自然观坚持到了最后。陈钟凡在《汉魏六朝文学》中说，庾信在南方时与在北方时判若两人，诗文之体全变，在北方时的诗文，有苍凉悲壮之趣，此乃环境使然。但是我觉得，就自然描写而言，庾信到北方后只是表现了北方式的风物，他的自然观却是一以贯之的。

此外，在今本《庾子山集》中，还有一些可以认为是他在南方时所作的诗歌，如《咏画屏风》诗，在这首诗及其他咏物诗中，庾信描绘了南方式的美丽的自然。还有一些歌咏山水的诗歌，如《山斋》、《野步》、《山中》等等，但都没有什么值得一提的特色。

以上，我们探讨了北朝的诗以及王褒、庾信的诗。北朝也有赋，但除庾信的赋外，没有什么值得一看的。从自然描写的角度来看，庾信的赋与南朝一般的赋没有什么大的差别，因而已放在有关南朝赋的章节里处理了。散文方面，作为写生文的有后魏杨衒之的《洛阳伽蓝记》，但只是关于洛阳城郭佛寺的叙述，而与自然描写没有什么关系。又，郦道元的《水经注》这一自然描写的游记突然出现于北朝，但关于此书我们已经讨论过了。又，《北齐书·祖鸿勋传》载有祖鸿勋的《与阳休之书》，其中叙述了自己去官归乡后的闲居生活，叙述了山居的自然：

> 即石成基，凭林起栋。萝生映宇，泉流绕阶。月松风草，缘庭
> 绮合；日华云实，傍沼星罗。檐下流烟，共霄气而舒卷；园中桃李，
> 杂椿柏而蓊蔚。时一褰裳涉涧，负杖登峰，心悠悠以孤上，身飘飘
> 而将逝，杳然不复自知在天地间矣。

它与上面讨论过的南朝的山水文全然相同，是受南朝文学影响的作品。这样的作品，在北朝文中是很罕见的。此外，可以说几乎没有什么描写山水自然的文章。《北史·文苑传》云：

> 既而中州板荡，戎狄交侵，僭伪相属，生灵涂炭，故文章黜焉。
> 其能潜思于战争之间，挥翰于锋镝之下，亦有时而间出矣……然皆
> 迫于仓卒，牵于战阵，章奏符檄，则粲然可观；体物缘情，则寂寥
> 于世。非其才有优劣，时运然也。

则文学中山水自然描写的不盛行，乃是时运使然吧。

结语——以及唐以后文学中所表现的写景

以上，我们主要以写景、自然美鉴赏和自然观这三点为中心，就魏晋南北朝文学中的"自然"作了论述。但由于是根据时代论述的，只能强调各个时代的特点，而不能就这三点作系统的论述，所以，现在我想就整个魏晋南北朝作一番概观。

从写景的观点来看，在汉代就已经有了《子虚赋》、《上林赋》这样的罗列景物的写景，作了非常客观式的自然描写。但是，这些作品到底是否是为鉴赏自然美而作的，却还是一个疑问，可以说只是纸上空论吧。吟咏自然物而不是吟咏自然景色的咏物赋，萌芽于屈原①的《橘颂》，盛行于后汉，也大都是缺乏实感的纸上空论。魏晋时期，也有不少歌咏实景的赋作，但也受罗列形式之害而甚为缺乏实感。但是，其中也出现了诸如游览赋、征行赋之类比较直率地描写自然的作品。

诗歌方面，写景之作首先出现于魏时描写行乐生活的诗歌中。也就是说，从这时开始，对于自然美的眼光渐渐地被打开了。当然，即使在《诗经》、楚辞中，也不是没有对于自然美的吟咏的，但这种吟咏是非常简单的，其所描绘的也只是朴素的自然。而且，这种吟咏不是为了吟咏自然美本身，而是为了引起其他事物，是一种比兴式的吟咏方法。到了魏晋时期，一方面，利用秋景抒发忧愁的抒情诗开始定型化；另一方面，也能够看到旨在写出自然美的写景诗的长足进步。但是，在东晋时期，着意描写自然的倾向，却为老庄思想的盛行所打断。不过，玄风的盛行，却带来了意外的收获，即由于隐遁于山水，散怀于山水，使得诗人们发现了迄今所未知的山水之美，从这以后，就产生了歌咏山水之美的山水诗。宋有谢灵运的山水诗，齐有谢朓的山水诗。到了梁陈，随着诗歌表现技巧的发达，山水诗越来越盛行。在这个时代，山水诗更发展为歌咏

---

① 原文作"宋玉"。——译者注

广泛的自然景色的诗歌，他们的自然美鉴赏也更为发达。

赋的方面，与山水诗的发达保持同步，出现了描写山水美的赋。但就其叙述方式而言，谈不上有什么惊人的发展。

只有在散文方面，才显示了引人注目的发展。南朝时，描写山水的小品文大量涌现。山水游记及《水经注》的创作，给予后世散文以巨大的影响。

如果说唐代是文学的开花期，那么，六朝时代就是文学的蓓蕾期。六朝末期，是文学即将开花的前夕。即在自然描写方面，我想情况也是这样。杜甫有名的《绝句》二首云：

> 迟日江山丽，春风花草香。泥融飞燕子，沙暖睡鸳鸯。

> 江碧鸟逾白，山青花欲燃。今春看又过，何日是归年。

前者吟咏了美丽的春天景色，但无论就诗歌意境而言抑就对句技巧而言，正如上文说过的，是六朝文学中已经经常能够看到的；后者前面二句的色彩表现，也已经频繁地出现于六朝文学中了。杜甫非常称道的北周庾信的《上益州上柱国赵王》诗有：

> 寒沙两岸白，猎火一山红。

《喜晴》诗有：

> 水白澄还浅，花红燥更浓。

这种"红"、"白"对比的充满色彩感的表现，不仅在庾信诗中，而且在梁陈诗中，是非常盛行的，如上文所言，可以把它评为"绮丽"之诗吧。而这种六朝的自然描写所有的特质，也开始出现于杜甫的诗中。

还有一点也应该指出，自唐诗始的中国诗歌，大多数似乎都像上面所引杜甫的后一首诗一样，采取一边描绘眼前的景色，一边吐露自己的感情的方式，也就是说，让自己的感情在由景酿出的某种氛围中流动。而这种抒情性的自然，在前代就已经出现了，在何逊的诗中尤为显著。总而言之，即使在自然描写方面，唐诗也只是让六朝的蓓蕾放出美丽的鲜花而已。李白倾慕谢朓，杜甫称道庾信，光看这一点，也能使我们明白唐人乃是以六朝为榜样的。不用说，在这种称赞中，包含了唐人对于六朝的自然描写技巧的称赞。

　　下面，我想对唐以后文学中所出现的写景作品作一概观。大多数唐人喜作情景融合的诗，其中也出现了以景为主的纯粹的写景诗，这是值得大书特书的。这个诗人，就是盛唐的王维（701—761），而且他写的是山水诗。在六朝时期，类似于纯粹的写景诗的作品也不是没有，但是像王维诗那样通篇写景的诗却没有。王维晚年住在辋川别墅，与裴迪一起，在这名胜之地往来游赏。回家则专心坐禅念佛，爱其寂静之境地（《新唐书》本传）。其间所作的诗歌，即是辋川诸作。这些诗歌专门表现山中的静寂境界。如《鹿柴》诗云：

　　　　空山不见人，但闻人语响。返景入深林，复照青苔上。（《王右丞集笺注》卷一三）

《鸟鸣涧》诗云：

　　　　人闲桂花落，夜静春山空。月出山鸟惊，时鸣春涧中。（同上）

都表现了山中的静寂境界。而且，这些作品就像他的山水画一样。王维善画，山水画殊胜。他的山水诗，恐怕深受他的山水画的影响吧。苏东坡对他"诗中有画，画中有诗"的评论，是非常有名的，他的诗的确是绘画性的，捕捉到了视觉的美。而且，在他的诗中，洋溢着某种气氛与情趣。不是冷冰冰的写景，而是在其中渗进了作者热爱的境界。就这一点而言，他更为接近陶渊明的风格，无论就哪一方面说，都不同于谢灵运那种冷静地如实地描写亲眼所见的自然美的风格。王维的这种诗歌何以会出现呢？大概因为作者是一个佛教徒，爱好"晚年唯好静，万事不关心"（《酬张少府》）的闲适清静，在山中逃避现实，所以才带来了这种山水诗吧。这种逃避现实的消极态度，在晋宋之间即已大量出现，由此而带来了山水诗；与此相同，它也在唐代孕育了吟咏自然山水的诗人。

　　除王维外，还有孟浩然（689—740）。他久隐鹿门山，四十岁始游京师（《新唐书》本传）。从"尝读高士传，最嘉陶徵君。日耽田园趣，自谓羲皇人"（《仲夏归南园寄京邑旧游》，《孟浩然集》卷一）这首诗，也可以看出他的隐栖趣味。只是其诗可注意的是，尽管他喜欢陶渊明，他的诗风却意外地有着接近谢灵运的地方。看一下《彭蠡湖中望庐山》、《宿天台桐柏观》（皆卷一）等诸多山水诗，便有着明显的谢诗风味。是他那寻觅山水名胜的游历，给他带来了这些诗歌吧。

　　此外还有储光羲（约707—约762）。他也爱隐栖，隐遁终南山。他的《终南山幽居献苏侍郎》诗，吟咏了欣赏幽栖的心情，《游茅山》诗五首等等，也表达了对于自然的喜爱心情。又，他的歌咏山水的诗中，加入了不少表达老庄玄理的词语，这一点也颇似晋宋人的诗歌。

　　他的诗歌的特色，与其说是在这种山水诗方面，毋宁说是在可以和陶渊明一比的田园诗方面。其《田家杂兴》八首便是这种田园诗：

　　　　种桑百余树，种黍三十亩。衣食既有余，时时会亲友。夏来菰米饭，秋至菊花酒。孺人喜逢迎，稚子解趋走。日暮闲园里，团团荫榆柳。酩酊乘夜归，凉风吹户牖。清浅望河汉，低昂看北斗。数瓮尤未开，明朝能饮否？

这种田园生活的描写，很明显是受了陶渊明诗的影响的。

　　以上三人，都是开元、天宝间的诗人，"祖陶宗谢"，一如上述。倘没有陶、谢，便不会有这些诗吧！而且，盛唐这种描写山水、田园的自然诗人，此外还有裴迪、丘为、綦毋潜、祖咏、常建、元结等人。

　　中唐时期，出现了被世人并称为"王、孟、韦、柳"的韦应物、柳宗元这两个自然诗人。韦应物（735—790）的诗，很明显是学陶渊明的，《与友生野饮效陶体》、《效陶彭泽》等诗便说明了这一点。关于他的诗风的来源，有各种说法，我认为他的诗风和人生观都是学陶渊明的。只不过他不像上述盛唐诗人那样逃避于山中田野，而是以所谓"朝隐"的态度，一边做官，一边吟咏自然。"虽居世网常清静"（《县内闲居赠温

公》诗，《韦苏州集》卷二）云云，便是他的人生观。他所作的陶渊明
式的诗有《效陶彭泽》：

> 霜露悴百草，时菊独研华。物性有如此，寒暑其奈何。掇英泛
> 浊醪，日入会田家。尽醉茅檐下，一生岂在多。（《韦苏州集》
> 卷一）

像陶渊明一样，歌唱了田园的风景与生活。又，他的《寄全椒山中道士》
诗，是一首表现了隐栖风气的自然描写的诗：

> 今朝郡斋冷，忽念山中客。涧底束荆薪，归来煮白石。欲持一
> 瓢酒，远慰风雨夕。落叶遍空山，何处寻行迹。（《韦苏州集》卷
> 三）

柳宗元（773—819）是一个众所周知与韩愈并称为"韩柳"的古文
大家。他在邵州、永州、柳州等地的苦难的谪贬生涯，盖是使他逃避现
实生活而接近山水自然的重要原因吧。于是，他开始希望隐栖山林，在
《夏初雨后寻愚溪》诗中，他吟咏了这种心境：

> 悠悠雨初霁，独绕清溪曲。引杖试荒泉，解带围新竹。沉吟亦
> 何事，寂寞固所欲。幸此息营营，啸歌静炎燠。（《河东先生集》卷
> 四三）

他晚年游历永州、柳州的山水，其结果表现为他那有名的山水游记，也
表现为山水诗。如《登蒲洲石矶望横江口潭岛深迥斜对香零山》诗便是
其中之一：

> 隐忧倦永夜，凌雾临江津。猿鸣稍已疏，登石娱清沦。日出洲
> 渚静，澄明晶无垠。浮晖翻高禽，沉景照文鳞。双江汇西奔，诡怪
> 潜坤珍。孤山乃北峙，森爽栖灵神……（同上）

这种清丽的山水美的描写，令人想起了谢灵运的诗。但是，其文字之雕
琢，却颇似他的山水游记。如上所述，他的山水游记乃是深受《水经注》
影响的；他的山水诗的表现法，与其说是学谢灵运的，毋宁说是学《水

经注》的吧。这一时期的自然诗人，还有刘长卿、顾况、秦系等人。

以上，我们枚举了以吟咏山水自然为主的诗人。此外，在李白、杜甫的记游诗和张九龄的游览诗中，也能见到山水自然的描写。

散文中值得一看的，是柳宗元在永州、柳州所作的山水游记，其中被称作《永州八记》的八篇游记尤为有名。它们既取范于《水经注》，又开小品山水游记的新机轴。如《游黄溪记》云：

> 黄溪拒州治七十里，由东屯南行六百步，至黄神祠。祠之上两山墙立，如丹碧之，华叶骈植，与山升降，其欠者为崖峭岩窟，水之中，皆小石平布。黄神之上，揭水八十步，至初潭，最奇丽，殆不可状。其略若剖大瓮，侧立千尺，溪水积焉。黛蓄膏渟，来若白虹，沉寂无声。有鱼数百尾，方来会石下。（《河东先生集》卷二九）

这种"移步换景"式描写山水美的方法，乃是《水经注》描写方法的延续，六朝的山水记所用的也是这种方法。这种山水描写非常近似于淡淡的素描，或为古文文体使然。

王维的《山中与裴秀才迪书》，描绘了辋川的风景：

> 北涉玄灞，清月映郭。夜登华子冈，辋水沦涟，与月上下。寒山远火，明灭林外。深巷寒犬，吠声如豹。村墟夜舂，复与疏钟相间。此时独坐，僮仆静默。多思曩昔，携手赋诗，步仄径，临清流也。当待春中，卉木蔓发，春山可望。轻鲦出水，白鸥矫翼。露湿青皋，麦陇朝雊。斯之不远，倘能从我游乎？（《王右丞集笺注》卷一八）

其中也描写了他的诗歌中所能见到的那种山水美，二者都使人想起六朝的美丽的山水文，盖因为其多用四字句来表现之故。

以上，我们叙述了唐代诗文中的自然描写，这些自然描写蒙六朝的影响，是六朝的延续。

晚唐五代，词坛繁荣，花间派词人非常活跃。他们的词，宛如六朝时梁陈的宫体诗，很是艳丽。它们大都抒发艳情与感慨，其中所描绘的自然，也仍然是梁陈文学中所能见到的那种绮丽的自然。入宋以后，所有的词都吟咏了美丽的自然。不过，这些描写，大都是为了帮助抒情，而那种冷静地眺望自然美的客观的写景词，则很少见到。倘要在这个时代寻求吟咏山水自然的人，那么能够在诗歌方面找到。

对于宋诗，历来便有不佳的评论。宋严羽《沧浪诗话》的"本朝人尚理而病于意兴"之说也好，明何景明《汉魏诗序》的"宋诗谈理"（《何大复先生集》卷三四）之说也好，都认为宋诗言理不言情。虽说不能一概而论，宋诗却确实有着这种倾向。因而，从来就没有什么人建立过像唐诗中所能见到的那种自然诗人流派。不过仔细观察的话，吟咏山水自然的诗人当然也不是没有的。

宋初的林逋（967—1029），据《宋史·隐逸传》说，结庐于西湖孤山，二十年间，足不踏入城市一步，是一个彻底的隐栖者，一心一意过着植梅饲鹤、与花鸟风月为友的生活。他写了很多描绘隐遁地山水的山水诗，其中如《小隐》诗云：

> 门径独萧然，山林屋舍边。水风清晚钓，花日重春眠。苒苒苔衣滑，磷磷石子圆……（《林和靖先生诗集》卷一）

歌唱了仙境般的隐栖地的山水。

王安石（1021—1086）晚年致仕后退隐金陵时的作品中，可以见到不少山水诗。如像《天童山溪上》诗：

> 溪水清涟树老苍，行穿溪树踏春阳。溪深树密无人处，惟有幽花度水香。（《王荆公诗集笺注》卷四八）

被认为是一首堪与王维诗意境媲美的诗。又如脍炙人口的《初夏即事》诗云：

石梁茅屋在湾碕，流水溅溅度两陂。晴日暖风生麦气，绿阴幽草胜花时。(《王荆公诗集笺注》卷四一)

也是一首歌唱清丽的山水的诗。

苏轼（1037—1101）与欧阳修同倡古文，宣扬儒教，作《易传》，但在诗歌方面，却作《追和陶渊明诗》一百二十二首（施注苏诗卷四一、卷四二），慕陶渊明的诗风。从他的作品中，我们可以感受到，他似乎是一个具有道家隐栖格调的人。被贬黄州时，他与田父野老游玩山水，筑室东坡，自号东坡居士（《宋史》本传）。有名的《赤壁赋》，便作于黄州。他游览山水，作了许多歌唱山水美的诗歌。不仅是诗歌，他的词也大多歌唱了山水和田园。在此我想举《庐山二胜》诗，作为他的客观的写景诗的一例，其序云：

余游庐山，南北得十五六奇胜，殆不可胜纪。而懒不作诗，独择其尤佳者作二首。

他歌唱"开先漱玉亭"道：

高岩下赤日，深谷来悲风。劈开青玉峡，飞出两白龙。乱沫散霜雪，古潭摇清空。余流滑无声，快泻双石𥔻。我来不忍去，月出飞桥东。荡荡白银阙，沉沉水精宫。愿随琴高生，脚踏赤鲩公。手持白芙蕖，跳下清泠中。(施注苏诗卷二一)

入南宋以后，首先有陆游（1125—1210）。陆游中年以后游蜀，为范成大的参议官，以文学交，不拘礼法，自号放翁（《宋史》本传）。爱蜀中山水，名其诗集曰《剑南诗稿》。他自己最得意的诗，是闲适逍遥之作，在这些作品中，他歌咏了山水田园之美。《乙丑夏秋之交小舟早夜往来湖中戏成绝句》诗云：

横林渺渺夜生烟，野水茫茫远拍天。菱唱一声惊梦断，始知身在钓鱼船。(《剑南诗稿》卷六二)

这首诗，据铃木博士《陆放翁诗解》说，系开禧元年在乡时所作，时年八十一。关于陆游的这种闲适逍遥之作，铃木博士说："放翁殆为终身居于逆境之人。其为官吏之时间甚短，一生八十六年中的大部分时间，均在故乡山阴的湖山境地度过。放翁既有诗才，又处于这种境地……这是使放翁写出田野湖山的闲旷风趣的有利条件。"在陆游的作品中，还有他于乾道六年赴夔州任时所作的《入蜀记》，也是有名的游记，其中经常描写山水之美。它近来被认为是可以和柳宗元记并称的山水文，令人远远地想起《水经注》。

与陆游交好而又曾为其上司的范成大（1126—1193），晚年隐居石湖以后，写了许多描写田园生活与山水之美的作品。其中的《四时田园杂兴》六十首，令人想起陶渊明的情趣，如：

> 柳花深巷午鸡声，桑叶尖新绿未成。坐睡觉来无一事，满窗晴日看蚕生。（《石湖居士诗集》卷二七）

又如《自天平岭过高景庵》诗，描写了清丽的自然，是一首令人想起王维诗的美丽的山水诗：

> 卓笔峰前树作团，天平岭上石成关。绿荫匝地无人过，落日秋蝉满四山。（《石湖居士诗集》卷四）

此外，他还有描写蜀中山水之美的谢灵运式的山水诗。在他的作品中，也有和陆游一样有名的游记《吴船录》，这是淳熙四年他离成都任回故乡苏州的道中记，其中也有不少地方描写了山水之美。与陆游的《入蜀记》溯江入蜀相对，《吴船录》是下长江出蜀之记，二者都随处描写了山水名胜。继承这种游记的传统的，有明代的《徐霞客游记》，以及日本据认为是模仿上述二书而作的竹添井井的《栈云峡雨日记》[①]。

范成大的诗友中，有名气很大的词人姜夔（约1155—1209），在他的词、诗中，都能见到关于山水自然的描写。他寓居吴兴的武康，与白石

---

① 竹添井井（1841—1917），名渐，字光鸿，号井井，日本明治时代的外交官和汉学家。《栈云峡雨日记》为其汉文著作之一。——译者注

洞天为邻，爱其胜景，自号白石道人。他一生不仕，游历南方山水，似乎是一个具有隐遁者风格的人。《点绛唇》（丁未冬过吴淞作）云：

> 燕雁无心，太湖西畔随云去。数峰清苦，商略黄昏雨。　　第四桥边，拟共天随住。今何许，凭栏怀古，残柳参差舞。（《白石道人歌曲》卷二）

可以说是抒发词所特有的抒情性的写景词。关于他的写景词，王国维《人间词话》卷上说："白石写景之作，如'二十四桥仍在，波心荡、冷月无声'，'数峰清苦，商略黄昏雨'，'高树晚蝉，说西风消息'，虽格韵高绝，然如雾里看花，终隔一层。"认为作为写景词是不够清晰的。但在写景诗方面，却可以看到客观地描写风景的清秀之作，如《除夜自石湖归苕溪》诗云：

> 细草穿沙雪半销，吴宫烟冷水迢迢。梅花竹里无人见，一夜吹香过石桥。（《白石道人诗集》卷下）

在一生不仕、与山水为友的人中，还没有人描写过这般清新的自然吧！

宋末，有以编纂《江湖集》的陈起为主的所谓江湖派诗人。他们游览山水，作诗，步风雅之道，其实却似乎是以之作为追求利禄的手段。清钱谦益把它看作是诗道的衰微，在《王德操诗集序》（《牧斋初学集》卷三三）中发过慨叹。这时候可以说，已经没有文人只歌咏山水自然而不歌咏花鸟风月了。那么，当时的文人是怎样歌咏自然的呢？这从欧阳修《六一诗话》的下面这段话可以看出来："当时（宋初）有进士许洞者，善为词章，俊逸之士也。因会诸诗僧分题，出一纸，约曰：'不得犯此一字。'其字乃山、水、风、云、竹、石、花、草、雪、霜、星、月、禽、鸟之类，于是诸僧皆阁笔。"这是宋初的话，任取这个时代的任何一首诗来看看，不涉及自然的诗是没有的。

在元代，在散曲、杂剧中也能见到优美的写景，如杂剧大家白朴（1226—1306后）的散曲《天净沙》（春）：

春山日暖和风，阑干楼台帘栊，杨柳秋千院中。啼莺舞燕，小桥流水飞红。

《天净沙》（秋）：

孤村落日残霞，轻烟老树寒鸦，一点飞鸿影下。青山绿水，白草红叶黄花。

前者歌咏了庭园美，后者歌咏了山水美，是令人想起彩色画的绮丽的自然描写。

无名氏的杂剧《杀狗劝夫》第二折《正宫·端正好》的：

黑黯黯冻云垂，疏刺刺寒风起，遍长空六出花飞……

《伴读书》的：

白茫茫雪迷了人踪迹，昏惨惨雪闭了天和地。寒森森冻的我还窨内，滴溜溜绊我个合扑地……

都利用元曲特有的"黑黯黯"、"疏刺刺"等三字表现来形容雪落，利用音律作写实性描写。这种写实性的表现，可以看作是元曲的自然描写的特色。

此外，歌唱山水自然的散曲作家还有张可久（约1270—1348后）和乔吉（？—1345）。张可久的事迹，仅载于《录鬼簿》，其详不明。看一下他的《小山乐府》，其中有许多游览江南一带山水名胜的写景之作。看一下"十年落魄江滨客"（《卖花声》①）、"区区牢落江湖"（《齐天乐》）等句子，可知他的游览山水似乎并非是悠悠闲居的游览，而是不遇的生活迫使他漫游山水的吧。

据《录鬼簿》说，乔吉似乎也是"江湖四十年"的不遇的作家，他的穷困生活经常被表现在散曲中。但同时，他也像张可久一样，深受江南美丽的山水的影响，作了许多歌咏美丽的山水的词。

---

① 原文出处作《喜春来》，此从《全元散曲》。——译者注

　　元代值得注意的有趣现象，是张可久的同时代人刘致（？—1324后）的出现。他的《上高监司》与《端正好》二套曲子，[①] 描写了现实社会的人情风俗，一字不及山水自然和花鸟风月。我想，这是对当时无论是谁都歌唱的、已经过于老生常谈的自然描写的一个反动吧。

　　明代值得注意的写景之作是晚明小品文，其中有许多值得注目的山水游记。

　　首先我想举公安派领袖袁宏道（1568—1610）为例。从他的《广庄记》可知他喜欢《庄子》，但似乎这个时代的人一般都喜欢《庄子》，并产生了隐遁风气，因而和晋宋时一样，游览山水极为盛行。袁宏道辞官以后，也游览山水，以读书作文为事。他的《西湖记》、《崇国寺游记》、《高梁桥游记》等皆作于此时，是绝好的山水文。我们来看一下《高梁桥游记》：

> 　　高梁桥在西直门外，京师最胜地也。两水夹堤，垂杨十余里。流急而清，鱼之沉水底者，鳞鬣皆见。精蓝棋置，丹楼朱塔，窈窕绿树中……
>
> 　　三月一日，偕王生章甫、僧寂子出游。时柳梢新翠，山色微岚，水与堤平，丝管夹岸。跌坐古根上，茗饮以为酒，浪纹树影以为侑，鱼鸟之飞沉、人物之往来以为戏具。（《袁中郎全集》卷一四）

以四字对句来描写自然，令人隐约想起六朝的山水文。但是，我想它并不使人感到具有公安派所主张的格调，也不是一种注重描写自胸中流出的情感的新奇文体。

　　此外，竟陵派的刘侗的《帝京景物略》中的写景，也有很好的地方。又，王思任的许多游记中，也不乏佳处。同样，我们也不可忘了张岱特异的山水文。张岱（1597—1679）号陶庵，爱陶渊明，临终自撰墓志铭。

------

① 《正宫·端正好》为《上高监司》的宫调，故实为一套曲子。又，其作者一说为刘时中。——译者注

又著有有名的《陶庵梦忆》，其中的《西湖七月半》一文，很好地体现了他的山水文的特色：

> 西湖七月半，一无可看，止可看看七月半之人。看七月半之人，以五类看之……其一，小船轻幌，净几暖炉。茶铛旋煮，素瓷静递。好友佳人，邀月同坐。或匿影树下，或逃嚣里湖。(《粤雅堂丛书》第二集)

其中写景并不多，记事和抒情却很多。又，其文体也是自由奔放的。

明代不可忘记的游记是徐弘祖（1587—1641）的《徐霞客游记》，其中大部分是山水游记，似乎学《水经注》的地方很多。明代的山水游记虽然可以看到不少，但大多深受《水经注》的影响。何镗编辑《天下游名山记》，辑入以《水经注》为首的古今山水游记；无名氏的《天下名山胜概记》也是明代作品。在何镗的书中，更加入袁公安、钟景陵、王山阴的山水游记，内容大都是从前者整理出来的。这种编纂的出现，说明了当时人对于游记（尤其是山水游记）的关心以及写作的盛况。

晚明散曲家施绍莘（1588—约1630）的《秋水庵花影集》中也有关于山水的吟咏，所歌咏的是绮丽的自然。

清代桐城派古文盛行，说理文章很多；但同时，也出现了相当多的山水游记。关于这一点，从清王锡祺辑的《小方壶斋舆地丛钞》收了极多的山水游记也可看出来。诗歌方面，虽说没有什么可以被称作自然诗人的人，却不可忘了巧于表现自然美，在自然美中蕴含言外之意的王渔洋（1634—1711）的存在。

以上，我们概观了唐以后的文学中所表现的自然描写。六朝所孕育的喜爱闲静、游览山水田园的风气，为各种各样的文人所继承，出现了许多积极吟咏山水自然的作品。而且，他们大都是以陶渊明、谢灵运为榜样的。又，明代所能见到的山水游记，也是远祧《水经注》的。又，诗词散曲中所吟咏的抒情性的自然美，除了表现技巧方面的差异外，也仍然是发端于六朝的。也就是说，后世游览山水，歌咏山水美的大道，可以说在六朝时便已经铺定了。

　　从更大的方面来说，中国人的自然观似乎认为，只有在自然中才有美，才有安居之地，这种自然观实际上是发生于六朝时期的。歌咏田园之美的陶渊明和歌咏山水之美的谢灵运出现的时代，相当于日本的允恭天皇①时期（即所谓的大和时代）和西洋的 5 世纪初叶，每想到这一点，便不免使我惊讶于中国文学中的自然描写发达得是多么的早！

---

① 　允恭天皇是日本大和时代（约 300—约 592）中期的天皇，412— 453 年在位。——译
　　者注

后　记

　　我开始涉足中国文学中所表现的自然与自然观这一课题，大概是在1948年左右吧。那时，我刚离开京都的东方文化研究所，到广岛高等师范学校去任职。我被要求担任不合我口味的《传习录》和《近思录》等书的讲读工作，真有点不知所措。幸好同时又担任了《古诗源》的讲读工作，心情这才稍稍有点好转。刚开始讲授《古诗源》时，我对它并没有多少兴趣；但是，当讲到陶渊明和谢灵运的诗时，我终于感到这才像真正的诗，这样，就引起了我对他们诗歌的兴趣。我想，这大概是因为他们的诗歌歌唱了自然风景吧。但这样的诗为什么会产生呢？当时，铃木豹轩博士的《山水文学与谢灵运》（载《支那文学研究》）一文，回答了我的这个疑问。我一下子被先生的这篇论文打开了眼界，不久，写了一篇模仿之作《谢灵运与自然》，发表在《汉文学纪要》第五册（1950年6月）上。这是我关心中国文学中所表现的自然这一课题的第一篇论文。从这以后，我像着了魔似地沉湎于这方面的研究。但不幸病倒，被迫静养了二年左右。

　　康复后，受青木正儿博士《支那人的自然观》（载《支那文学艺术考》）一文的启发，对自然美鉴赏的态度产生了兴趣，于是仔细地收集资料，写了《六朝赏字用例》，发表在《支那学研究》第十号（1953年11月）上，试图通过“赏”字意义的分析，阐明六朝人的鉴赏性态度。在对山水诗产生之前的时代作探讨时，又派生了《论招隐诗》一文，发表在《东方学》第九辑（1954年10月）上。

　　在发表于《广岛大学文学部纪要》第七号（1955年3月）上的《兰亭诗考》一文中，我举出《兰亭诗》作为表现从赞美隐遁的诗转变为歌咏山水的诗这一过程的合适材料，并对它作了考察。我当时认为，这篇论文在不大受人重视的《兰亭诗》中发现了新的意义。

　　山水诗之类是一般人都注意到的，但我在发表于《文学部纪要》第九号（1956 年 3 月）上的《论作为山水游记的水经注及宜都山川记》一文中，却初次尝试阐明人们不大提到的游记文学。此外，在发表于《支那学研究》第十六号（1957 年 2 月）上的《六朝的游记》一文中，我尝试对六朝的游记作一番整理。

我在发表于《支那学研究》第十九号（1958 年 2 月）上的《魏晋文学中所表现的悲秋及其产生》一文中认为，魏晋文学中的咏秋之作很引人注目，其特色是悲秋，这种特色可以上溯到楚辞。在发表于《中国文学报》第八册（1958 年 4 月）上的《六朝文学中所表现的山水观》一文中，我总结了魏晋文学中的自然观。发表于《文学部纪要》第十五号（1959 年 3 月）上的《左思的赋观——魏晋赋中的写实精神》一文，是以写景的写实精神为问题的。

上述各篇论文，都与本书有关，在编入本书时，虽曾略作润色，但各篇的主旨，则都完全保存了初次发表时的原貌。

此书能够刊行，使我感到非常愉快。此事能够毫无障碍地实现，我不能不感谢我们广岛大学文学部中国文学研究室的良好环境。

在此，我要对不辞辛劳为我誊清原稿、制作附录的年表和索引的藤原尚修士①、森野繁夫修士②、藤井守修士③、长谷川滋成学士④、薮木茂学士⑤等五君表示深深的谢意。岩波书店的各有关方面对此书的出版提供了巨大的帮助，在此也深表感谢。

最后，我还想再补充说几句话。事实上，我从没有到过中国。比我辈年龄更小的人们，恐怕大部分也都没有关于中国的亲身体验。这是因

---

① 藤原尚（1933—　），现任广岛大学名誉教授，主要论著有《子虚上林赋的修辞》、《两都赋的创作意图》、《史记的人物观》等。——译者注
② 森野繁夫（1935—　），现任广岛大学名誉教授，主要论著有《六朝诗研究》、《王羲之传论》、《谢灵运论集》等。——译者注
③ 藤井守（1935—　），现任广岛大学名誉教授，主要论著有《三国志语汇集》、《三国志裴氏注语汇集》等。——译者注
④ 长谷川滋成（1938—　），现任广岛大学名誉教授、尾道大学名誉教授，主要论著有《汉文教育序说》、《孙绰研究》、《东晋诗文》等。——译者注
⑤ 薮木茂（1939—　），曾任吴三津田高等学校教谕，后从关岛县立高等学校退休，主要论著有《李义山的诗与西昆体》等。——译者注

为想要有也没法有。对于从事中国文学研究的人来说，这是一个巨大的不幸。如果我具有中国语言和风物方面的切身体验，也许此书的内容会更加出色，深度也会更为增加吧！

小尾郊一

1962 年 3 月 18 日

人名作品名索引

（作者按汉字笔画排列，作品先诗后文）

三　画

卫协　　　　　　　　257

卫瓘　　　　　　　　111

习凿齿

　　灯　　　　　　　253

马融　　　　　　　　15

四　画

支遁（道林）　79，92，101，128

　　八关斋诗序　　　101

　　天台山铭序　　　182

元结　　　　　　　　314

元帝（梁）　　150，158

　　出江陵县还　　　153

　　登江洲百花亭怀荆楚　154

　　泛芜湖　　　　　152

　　和王僧辩从军　　302

　　经巴陵行部伍　　152

　　晚景游后园　　　156

　　咏风　　　　　　255

　　游后园　　　　　156

　　采莲赋　　　　　271

　　春赋　　　　　　267

善觉寺碑　　　　　　181

与刘智藏书　　　　　295

钟山飞流寺碑　　　　181

木华

　　海赋　　113，114，143，261

王子敬　　　　84，87，292

王玄之　　　　93，99，103

王由礼

　　赋得岩穴无结构　　61

王弘之　　　　　290，291

王台卿　　　　　　　150

　　奉和泛江　　　　158

王延寿

　　鲁灵光殿赋　　252，265

王安石

　　初夏即事　　　　317

　　天童山溪上　　　317

王同　　　　　　　　150

　　奉和往虎窟山寺　158

王肃之　　　91，93，98，99

王思任　　　　　　　322

王修　　　　　　　　80

王衍　　　　　　　　90

王济　　　　　　　　90

王俭　　　　　　　　　　276

　竟陵王山居赞　　　　181

　褚渊碑文　　　　　　277

王涣之　　　　　　93，94

王彪之

　水赋　　　　　　　　114

王彬之　92，93，98，103

王康琚　61，63，64，65，69

　反招隐　63，64，68，127，170

　招隐　　　　　　　　64

王维　25，27，73，313，317，319

　鹿柴　　　　　　　313

　鸟鸣涧　　　　　　313

　酬张少府　　　　　313

　山中与裴秀才迪书　316

王弼　　　　　　　23，75

王敦　　　　　　　　277

王敬弘　　　　　290，291

王粲　　118，253，260

　从军　　　　　34，142

　杂诗　56，103，141

　登楼赋　　　　　　117

　游海赋　　　　　　113

　初征赋　　　　　　222

王微　　　　　253，258

王锡

　宿山寺赋　　　　　269

王筠　　　　　　　　150

北寺寅上人房望远岫玩前池

　　　　　　　　　156

　望夕霁　　　　　　158

　早出巡行瞩望山海　154

王僧孺　　　　　　　150

　至牛渚忆魏少英　153

　秋日愁居　　　　　158

王韶之　　　　　　　249

王褒（汉）　15，46，75

　洞箫赋　　　　　　17

王褒　　303—305，307，308，

　　　　309，310

　别陆才子　　　　　304

　别裴仪同　　　　　304

　出塞　　　　　　　303

　从军行　　　　　　303

　高句丽　　　　　　303

　关山篇　　　　　　303

　关山月　　　　　　303

　过藏矜道馆　　　　304

　和赵王途中　　　　304

　入塞　　　　　　　303

　山池落照　　　　　304

　始发宿亭　　　　　304

　燕歌行　　　　　　303

　饮马长城窟　　　　303

　园圃浚池　　　　　304

　云居寺高顶　　　　305

王訔期
 怀秋赋   36
王蕴之 92，93，98
王操之   92
王濛 80，81，278
王凝之 92，93，102
王融（元长） 91，166，253
 奉和月下 288
 离合赋物为咏 252
 栖玄寺听讲毕游邸园七韵
  应司徒教 288
 三月三日曲水诗序 91
 咏火   252
 咏女萝 259
 游仙   289
王羲之 80，81，87，92，93，95，
  97，101，128，129，130，
  131，132
 兰亭诗 96，99
 临河叙 91，92，97
 兰亭序 19，87，90，98，171
 兰亭修禊序 93
 杂帖   131
王徽之 92，93，99，102，108
王籍   150，294
 入若耶溪 151
车胤   276
韦应物   314

 寄全椒山中道士 315
 县内闲居赠温公 314
 效陶彭泽 314，315
 与友生野饮效陶体 314
文帝（曹丕） 53，138
 芙蓉池作 54，85，141
 于清河见挽船士新婚与妻别 32
 寡妇   31
 善哉行   55
 燕歌行   31
 于玄武陂作 54，141
 杂诗 26，27，33
 折杨柳行   60
 述征赋   222
 沧海赋   113
 悼夭赋   28
 登城赋   117
 登台赋   117
 浮淮赋   114
 济川赋   114
 临涡赋 114，116
 与朝歌令吴质书 53，140
 与吴质书 53，141
文惠太子 256，296
孔淳之   291
孔德绍
 南隐游泉山 65
孔焘   150

往虎窟山寺　　　　　151

孔稚珪　　　173，293，295，296

　　游太平山　　　　　173

　　北山移文　　　172，173

五　画

东方朔　　　　　　　15

　　非有先生论　　　　69

石崇　　　　　　　　121

　　思归叹　　　　　　30

　　思归引序　　　　131

左思　　61，71，111，113，261

　　杂诗　　　　　　　30

　　招隐　61，63，64，67，70，
　　　　72，125，126，175，
　　　　256

　　三都赋　　109，111，112

　　三都赋序　　16，109，110

卢元明

　　晦日泛舟应诏　　　299

卢谌　　　　　　121，129

　　赠刘琨　　　　　278

史宗　　　　　　　　253

丘迟　　　　　　150，178

　　旦发渔浦潭　　　153

　　九日侍宴乐游苑　　156

　　侍宴乐游苑送张徐州应诏　156

　　夜发密岩口　　　153

与陈伯之书　　　　178

丘为　　　　　　　　314

白居易

　　读谢灵运诗　　　138

白朴

　　天净沙（春）　　320

　　天净沙（秋）　　321

冯衍　　　　　　　　15

司马相如　　14，15，17，75，
　　　　111，260

　　哀二世赋　　　　18

　　上林赋　14，15，16，17，110，
　　　　112，252，311

　　子虚赋　14，15，16，17，18，
　　　　112，115，178，311

六　画

邢邵

　　三日华林园公宴　　300

成公绥　　　　　　　114

　　大河赋　　　　　114

　　洛禊赋　　　　　88

乔吉　　　　　　　　321

朱买臣　　　　　　　15

朱异　　　　　　　　121

朱昭之

　　难顾道士夷夏论　　278

朱筠　　　　　　　　21

伍朝 124
伏系之 253
伏知道
　赋得招隐 61，65
伏挺 150
　行舟值早雾 154
伏滔
　游庐山序 196
　望涛赋 113
　北征赋 216
任昉 150，275，300
　济浙江 153
　落日泛舟东溪 152
　严陵濑 152
向秀 79
会稽王道子 129
刘长卿 316
刘向 15
刘孝绰 150，156，160，251
　还渡浙江 154
　夕逗繁昌浦 153
　月半夜泊鹊尾 154
刘孝胜 150
刘孝威 150
　出新林 154
　赋得曲涧 158
刘孝仪 166
　帆渡吉阳洲 154

刘安 62
刘昶 302
　断句 302
刘绘 276
　咏萍 254
刘真长 128
刘峻 150，177，186
　登郁洲山望海 154
　始居山营室 157
刘逵 111
刘勔 294
刘善明
　遗崔祖思书 173
刘致
　端正好（上高监司） 322
刘怅 80，84
刘琨 121，278
刘歆 294
刘桢 53
　公宴 56，141
　赠五官中郎将 35，51
　赠徐幹 56
刘澄之 209
刘慧斐 294
刘骧之 101，126，194
刘穆之 276
刘凝之 291
庄忌 15

江洪　　　　　　　　150
　　江行　　　　　　152
江统
　　函谷关赋　　　　119
江总　　23，137，150，156，
　　　　165，167—171
　　春夜山庭　　　157，170
　　庚寅年二月十二日游虎
　　　丘山精舍　　　168
　　闺怨篇　　　　　170
　　姬人怨　　　　　170
　　静卧栖霞寺房望徐祭酒　168
　　梅花落　　　　　170
　　明庆寺　151，158，168，170
　　秋日登广州城南楼　154
　　秋日侍宴娄苑湖应诏　168
　　秋日游昆明池　157，168
　　入龙丘岩精舍　151，168
　　入摄山栖霞寺　151，168
　　入摄山栖霞寺诗序　169
　　三日侍宴宣猷堂曲水　156，167
　　山庭春日　　157，170
　　摄山栖霞寺山房夜坐简徐
　　　祭酒周尚书并同游群彦　168
　　侍宴临芳殿　　　168
　　侍宴玄武观　　　168
　　夏日还山亭　157，170
　　新入姬人应令　　170

营涅槃忏还途作　168，170
营涅槃忏还途作诗序　169
游摄山栖霞寺　151，168，169
游摄山栖霞寺诗序　169
紫骝马　　　　　170
修心赋　　　　　22
自叙　　　　169，170
江夏王义恭
　　感春赋　　　　　264
　　华林清暑殿赋　　265
江逌　　　　　　　253
　　咏秋　　　　　　36
江淹　　　　　150，286
　　赤亭渚　　　　　152
　　渡西塞望江上诸山　152
　　渡泉峤出诸山之顶　153
　　刘仆射东山集　　158
　　陆东海谯山集　　158
　　游黄檗山　　　　151
　　杂体　　82，285，289
　　哀千里赋　　　　271
　　赤虹赋序　　　　180
　　江上之山赋　181，270
　　去故乡赋　　　　271
　　与交友论隐书　　296
　　自序传　　295，296
汤显祖
　　还魂记　　　　　282

羊欣　　　　　　　　　290

羊祜　　　　　　　101，127

许迈　　　101，129，130，131，
　　　　　132，187，194

许询　72，74，75，76，77，79，
　　　80—83，84，86，87，125

　　农里　　　　　　　　82

　　竹扇　　　　　　82，253

　　黑白麈尾铭　　　　　82

许瑶之　　　　　　250，253

　　咏楠榴枕　　　　　250

阮脩　　　　　　　　　121

阮瑀　　　　　　　　　35

　　隐士　　　　　　　66

　　杂诗　　　　　　　35

　　纪征赋　　　　　　222

阮瞻

　　上巳会赋　　　　　88

阮籍　　57，58，101，128，
　　　　134，253，305

　　咏怀　　　34，35，57

　　通老子论　　　　　23

阳休之　　　　　　　　180

　　春日　　　　　　　300

阴铿　　　　　　　　　150

　　渡青草湖　　　154，167

　　广陵岸送北使　　　158

　　江津送刘光禄不及　158

经丰城剑池　　　　　154

　　开善寺　　　　　　151

　　晚泊五洲　　　　　154

孙统　91，92，93，100，101，
　　　103，128，129

孙拯　　　　　　　　　121

孙绰　72，74，75，76—80，81，
　　　82，84，86，87，91，92，
　　　93，101，103，108

　　答许询　　　　79，83

　　秋日　　　　　51，80

　　赠谢安　　　　　　79

　　三日兰亭诗序（后序）
　　　87，93，94，96，97，98，
　　　100，130，171，197

　　望海赋　　　　　　113

　　遂初赋　　　　　　76

　　遂初赋序　　　　　76

　　游天台山赋　77，98，99，119，
　　　　　　　120，181，195

　　游天台山赋序　　77，99

　　道贤论　　　　78，79

　　名德沙门论　　　　78

　　喻道论　　　　75，78

　　庾亮碑文　　　　　100

孙登　　　　　　　　　126

孙楚　　　　　　　　　76

　　登楼赋　　　　117，292

菊花赋　　　　　　　24

莲华赋　　　　　　　24

孙嗣　　　　93，99，102

纪瞻　　　65，130，280

七　画

杜甫　　312，313，316

绝句　　　　　　　312

秋兴　　　　　　　27

悲秋　　　　　　　27

杨华　　　　　　　300

杨雄　　　15，75，305

反离骚　　　　　　69

羽猎赋　　　　　　17

河东赋　　　　　　17

甘泉赋　　　17，110

长杨赋　　　　　　17

邴原　　　　　　　123

苏彦

秋夜长　　　　　　31

浮萍赋　　　115，116

苏轼（东坡）　　　318

庐山二胜　　　　　318

追和陶渊明诗　　　318

赤壁赋　　　　　　318

李白　　147，313，316

酬殷明佐见赠五云裘歌　147

金陵城西楼月下吟　147

新林浦阻风寄友人　147

早发白帝城　　　　210

李重

请优礼朱冲疏　　　124

李谔　　　　　　　150

李陵

录别　　　　　　　47

李善　　19，23，26，30，47，53，
　　　64，82，87，89，91，110，
　　　113，114，183，184，189，
　　　219，251，275，281，282，
　　　283，284，285，286

孝武帝（宋）　　　253

华林清暑殿赋　　　265

吾丘寿王　　　　　15

严助　　　　　　　15

束皙　　　　　　　89

吴均　　150，158，180，251

登寿阳八公山　　　151

山中杂咏　　　151，180

送柳吴兴竹亭集　　158

同柳吴兴乌亭集送柳舍人　158

同柳吴兴何山集送刘余杭　158

迎柳吴兴道中　　　153

至湘洲望南岳　　　153

八公山赋　　181，270，271

与顾章书　　　179，180

与施从事书　179，180，297

与朱元思书　　　　　179，180

何劭　　　　　　　　　　　60

游仙　　　　　　　　　　134

何延之

兰亭记　　　　　　　　　92

何尚之

华林清暑殿赋　　　　　265

何逊　　　137，150，159—164，
　　　　　171，286，312

边城思　　　　　　　　164

初发新林　　　　　　　153

春暮喜晴酬袁户曹苦雨　161

春夕早泊和刘咨议落日望水

　　　　　　　　　153，161

慈姥矶　　154，160，286

答高博士　　　　　　　164

登禅冈寺　　　　　　　151

登石头城　　　　154，164

渡连圻　　　　　153，161

富阳浦口和朗上人　　160

闺怨　　　　　　　　　163

和刘咨议守风　　　　158

还渡五洲　　　　　　　153

敬酬王明府　　　158，164

九日侍宴乐游苑　　　156

暮秋答朱记室　　　　164

南还道中送赠刘咨议别　153

日夕出富阳浦口和朗公　154

日夕望江山赠鱼司马　157，161

入东经诸暨县下浙江作

　　　　　　　　　153，161

入西塞示南府同僚

　　　　　　158，162，164

石头答庾郎丹　　　　154

送韦司马别　　　　　158

宿南洲浦　　　　　　　154

望初月　　　　　　　　162

望廨前水竹答崔录事　162，286

下方山　　　　　151，161

相送　　　　　　　　　163

晓发　　　　　　154，164

行经范仆射故宅　　　164

野夕　　　　　　　　　157

夕望江桥示萧咨议杨建康江

　主簿　　　　　158，162

野夕答孙郎擢　　　　162

与崔录事别兼叙携手　158

与胡兴安夜别　　　　164

赠江长史别　　　　　164

赠王左丞　　　　　　156

赠诸游旧　　　　162，164

何晏　　　　　　　　57，75

道德论　　　　　　　　75

景福殿赋　　　　　　265

何景明

汉魏诗序　　　　　　317

何瑾

　　悲秋夜　　　　　　　　　　36

辛谧　　　　　　　　　　　　125

应贞

　　临丹赋　　　　　　114，117

应场　　　　　　　　　　　　53

　　灵河赋　　　　　　　　　114

　　撰征赋　　　　　　　　　222

　　西征赋　　　　　　　　　222

应璩

　　百一　　　　　　　　　　55

庐山诸道人

　　游石门诗序　　102，171，196

庐陵王　　　　　　　159，291

沈约　137，150，151，159，160，

　　　163，166，180，275，286，

　　　300

　　登玄畅楼　　　　　　　154

　　泛永康江　　　　　　　152

　　九日侍宴乐游苑　　　　156

　　刘真人还东山　　　　　158

　　三月三日率尔成章　　　156

　　宿东园　　　　　　　　157

　　为临川王九日侍太子宴　156

　　新安江水至清浅深见底贻

　　　京邑游好　　　153，159

　　咏菰　　　　　　　　　259

　　咏湖中雁　　　　　　　259

咏余雪　　　　　　　　　　255

游金华山　　　　　　　　　151

游沈道士馆　　　　　151，285

早发定山　　　　　　　　　153

钟山诗应西阳王教　289，297

郊居赋　181，264，268，269

报刘杳书　　　　　　　　　295

沈炯

　　幽庭赋　　　　　　　　271

　　答张种书　　　　　　　180

沈道虔　　　　　　　　　　291

宋玉　12—14，18，42，48，134

　　风赋　　　　　　　12，250

　　高唐赋　　　　　　13，113

　　神女赋　　　　　　　　13

张九龄　　　　　　　　　　316

张可久　　　　　　　　　　321

　　卖花声　　　　　　　　321

　　齐天乐　　　　　　　　321

张协　　　　　　　　　　　135

　　游仙　　　　　　　　　60

　　杂诗　32，51，59，60，68，125

张玄之　　　　　　　　　　248

张玉毅　　　　　　　　65，149

张正见　　　　　　　　　　150

　　别韦谅赋得江湖泛别舟　158

　　初春赋得池应教　　　　158

　　从永阳王游虎丘山　　　151

赋得岸花临水发　158，167

赋得垂柳映斜溪　158

赋得山中翠竹　158

赋得雪映夜舟　158

赋得鱼跃水花生　158

后湖泛舟　157

陪衡阳王游耆阇寺　151

浦狭村烟度　158

游匡山简寂馆　151

游龙首城　154

与钱玄智泛舟　152

张华　60，61，63，70，71，90，
　111，121，135

游仙　135

杂诗　59

赠挚仲洽　124

招隐　63，64，65，66，124

鹪鹩赋　114

张纯　253

张岱　322

西湖七月半　323

张皋　300

张载　61，63，110，253

七哀　28，29，60

秋　30

招隐　61—64，67，70，71

叙行赋　118，219，250

张绪　280

张野　191

张融

海赋　261，266

张翰　49，124

张衡　15，19，110

四愁诗　33

二京赋　17，110，112，252

归田赋　19

南都赋　88

思玄赋　19

张缵

南征赋　179，268

谢东宫赉园启　178，295

灵帝（汉）

招商歌　48

陆云　121

陆机　61，63，71，121，134，
　144，300

赴洛道中作　51，60

为周夫人赠车骑　32

燕歌行　32

拟明月皎夜光　51

招隐
　61，63，64，65，67，70，71

文赋　60，305

陆贾　14

陆琼

玄圃宴各咏一物得筝　253

陆游　　　　　　　　　319
　　乙丑夏秋之交小舟早夜往
　　来湖中戏成绝句　　318
陈后主　　150，167，171
　　被禊泛舟春日玄圃各赋七韵
　　　　　　　　　157，164
　　立春日泛舟玄圃　　156
　　七夕宴宣猷堂各赋一韵
　　咏五物　　　　　　253
　　同江仆射游摄山栖霞寺　151
　　献岁立春光风具美泛舟
　　玄圃各赋六韵　157，164
　　与詹事江总书　　　165
陈起　　　　　　　　　320
陈琳　　　　　　　　　53
　　宴会　　　　　　　56
　　游览　　　28，55，56

八　画

武帝（汉）　　　　　　14
　　秋风辞　　　　　20，47
武帝（梁）　150，159，231，
　　　　　　　　299，300
　　登北顾楼　　　　　154
　　游钟山大爱敬寺　151，158
　　净业赋序　　　232，294
　　答陶弘景解官诏　　294
　　与何胤书　　　　　294

林逋　　　　　　　　　317
　　小隐　　　　　　　317
枚乘　　　　　　　　　15
　　七发　　　　　　　16
　　菟园赋　　　　　　252
枚皋　　　　　　　　　15
苻朗　　　　　　　　　121
范成大　　　　318，319
　　四时田园杂兴　　　319
　　自天平岭过高景庵　319
范云　　　　　150，159
　　登三山　　　　　　151
　　之零陵郡次新亭　　153
范泰　　　　　　　　　253
枣据
　　登楼赋　　　　　　118
枣嵩　　　　　　　　　121
欧阳建　　　　　　　　121
　　登橹赋　　　　　　118
欧阳修　　　　　　　　318
　　秋声赋　　　　　　27
到洽　　　　　　　　　293
明帝（魏）　　　　　　224
　　步出夏门行　　　　34
明僧绍　　　　　　　　293
罗含　　　　　　212，213
帛道猷
　　采药　　　　　　　132

与竺道壹书　　　　　132

周处　　　　　　　　121

周弘让　　　　　　　157

　　答王褒书　　　　180

周颙　　　172，173，295

郑公超

　　送庾羽骑抱　　　300

宗炳　　　　257，290

宗测　185，228，258，293

屈原　8—12，13，14，18，46，
　　62，63，134，244

孟浩然　　　　　74，314

　　彭蠡湖中望庐山　314

　　宿天台桐柏观　　314

　　仲夏归南园寄京邑旧游　314

九　画

柳恽　150，180，253，276

　　赠吴均　　　　　158

柳宗元　197，226，238，244，
　　314，315，319

　　登蒲洲石矶望横江口潭岛

　　深迥斜对香零山　315

　　夏初雨后寻愚溪　315

　　永州八记　182，237，316

　　游黄溪记　　　　316

胡太后（北魏）

　　杨白华　　　　　300

胡昭　　　　　　　　123

胡济　　　　　　　　125

　　缠谷赋　　　　　118

南平元襄王伟　　　　256

荀子　　　　　　　　14

　　赋篇　　　　　　14

赵王招　304，307，308，312

　　从军行　　　　　302

赵牙　　　　　　　　129

昭明太子　62，85，86，150，151，
　　175，252，256，293，
　　296

　　开善寺法会　　　176

　　示云麾弟　　　　158

　　玄圃讲　156，175，176

　　游钟山大爱敬寺　176

　　钟山解讲　151，176

　　答湘东王求文集及诗苑

　　英华书　175，289

昭帝（汉）

　　淋池歌　　　　20，48

钟嵘　　　　72，276

　　诗品序　　　　　75

皇甫谧　　　　　　　110

　　三都赋序　　　　111

郗县　　　　92，93，94

闾丘冲　61，63，64，68，121

　　招隐　　　63，67，68

三月三日应诏　　　　　　89

济阴王晖业　　　　　　　300

宣帝（后梁）　　　　　　269

　游七山寺赋　　　269，270

姜夔　　　　　　　　　　319

　除夜自石湖归苕溪　　　320

　点绛唇（丁未冬过吴淞作）

　　　　　　　　　　　　320

祖咏　　　　　　　　　　314

祖鸿勋

　与阳休之书　　　180，310

祖珽

　从北征　　　　　　　　302

十　　画

班彪

　北征赋　　　　　18，219

班固　　　　　　　　15，84

　两都赋　　　17，110，112

秦观

　书兰亭叙后　　　　　　92

秦系　　　　　　　　　　316

桓玄　　　　　　84，85，240

　南游衡山诗序　　　171，196

　与袁宜都书　195，239，240

桓伟　　　　　　93，98，99

桓祕　　　　　　　101，194

索纨　　　　　　　　　　125

袁山松　121，239，240，242，292

　菊　　　　　　　　109，253

　答桓南郡书　　　　　　195

袁宏　　　　　　　　253，274

　北征赋

　　　120，216，219，220，221

　东征赋　120，219，220，221

　三国名臣颂　　　　　　122

　三国名臣序赞　　　　　278

袁宏道　　　　　　　　　322

　西湖记　　　　　　　　322

　崇国寺游记　　　　　　322

　高梁桥游记　　　　　　322

袁峤之　　　　　91，93，98

袁淑　　　　　　　　　　253

袁奭

　从驾游山　　　　　　　301

贾谊　　　　　　　　15，205

　鹏鸟赋　　　　　　　　252

顾况　　　　　　　　　　316

顾恺之　　　　　87，257，258

　神情　　　　　　　52，104

　观涛赋　　　　　　　　113

　虎丘山序　　　　　　　182

顾野王

　虎丘山序　　　　　　　180

夏侯湛

　秋可哀　　　　　　　　36

浮萍赋　　　　　　　　115
芙蓉赋　　　　　　　　115
茅赋　　　　　　　　　115
愍桐赋　　　　　　　　292
夏统　　　　　　　　　126
徐丰之　　　　　　91，93
徐灵期　　　　　　　　194
徐陵　　　150，166，305
　春日　　　　　158，167
　秋日别庚正员　　　　158
　山池应令　　　　　　151
　山斋　　　　　　　　157
　新亭送别应令　　　　158
徐幹　　　　　　　32，56
　西征赋　　　　　　　222
徐摛　　　165，166，293
殷仲文　74，75，76，83—87，121，
　　　285，286
　南州桓公九井作　84，85，286
　送东阳太守　　　84，86
　解尚书表　　　　　　84
郭文　　　101，126，195
郭缘生　213，214，216—218
郭璞　60，74，75，121，135，
　　　182，193
　游仙　72，99，127，129，131，
　　　135，136
　江赋　24，114，143，208，261

巫咸山赋　　　　　　　119
陶弘景　　　　　176，294
　诏问山中何所有赋诗以答　177
　答谢中书书　　177，297
　茅山曲林馆铭　　　　181
陶渊明　61，105—109，253，313，
　　　314，315，318，319，322，
　　　323，324
　丙辰岁八月中于下潠田舍获
　　　　　　　　　　　108
　酬刘柴桑　　　　　　50
　归去来辞　　　　19，106
　归园田居　105，106，107，108
　和郭主簿　　49，107，108
　己酉岁九月九日　　　50
　九日闲居　　　　50，108
　癸卯岁始春怀古田舍　107
　劝农　　　　　　　　107
　时运　　　　　　　　107
　挽歌　　　　　　　　29
　戊申岁六月中遇火　　50
　辛丑岁七月赴假还江陵
　　夜行涂口　　　　　50
　移居　　　　　　　　275
　饮酒　49，106，108，274
　游斜川诗序　　171，197
　五柳先生传　　　　　108
　桃花源记　　　　　　208

十 一 画

萧子范 150，256

　　东亭极望 154

萧子云 150

　　东郊望春酬王建安隽晚游 158

　　落日郡西斋望海山 158

　　玄圃园讲赋 269

萧贲 258

萧钧 150

萧悫

　　春日曲水 300

　　秋思 301

　　春赋 267

萧综

　　听钟鸣 299

萧幾 185，193

萧颖士

　　蓬池禊饮序 89

萧瑱 150

　　春日 158

黄伯思

　　翼骚序 7

　　跋唐人书兰亭诗后 91

曹大家

　　东征赋 217

曹礼 93，94

曹茂之 93，99

曹毗 253

　　观涛赋 129

　　秋兴赋 52

　　涉江赋 114

曹唐 135

曹植 114，117，134，223，225，

　　260，300

　　当来日大难 55

　　芙蓉池 55，103

　　公宴 54，103，141，144

　　离友 33

　　情诗 55

　　升天行 60

　　侍太子坐 54，103，141

　　仙人篇 60

　　游仙 60，71，134

　　远游篇 60

　　杂诗 141

　　赠白马王彪 35

　　赠丁仪 141

　　愁思赋 30

　　临观赋 117

　　节游赋 116

　　述行赋 222

　　述征赋 222

　　东征赋 222

　　求自试表 279

曹操（魏武帝） 52

步出夏门行　　　　53

短歌行　　　　　　55

观沧海　　　50，52，143

碣石篇　　　　　　102

苦寒行　　　　　　53

沧海赋　　　　　　113

盛弘之　　　　201—211

崔骃　　　　　　　15

大将军西征赋　　　222

崔祖思　　　　　　173

竟陵王子良

行宅诗序 174，232，294，297

游后园　　　　　　277

与南郡太守刘景蕤书　294

庾仲雍　　　　　　209

庾诜　　　　　　　294

庾肩吾 150，165，251，288，305

从皇太子出玄圃　　156

登城北望　　　　　154

奉和泛舟汉水往万山应教 158

赋得山　　　　　　158

和晋安王薄晚逐凉北楼
　回望应教　　　　158

九日侍宴乐游苑应令　156

暮游山水赋韵得硕应令　155

三日侍兰亭曲水宴　156

山池应令　　　　　151

寻周处士弘让　　　157

咏檐燕　　　　　　259

游甑山　　　　　　151

舟中寒望　　　　　152

庾信　135，166，232，271，303，
　　305—309，310，313

北园新斋成应赵王教　306

别张洗马枢　　　　308

奉报赵王惠酒　　　307

奉答赐酒　　　　　308

奉答赐酒鹅　　　　308

奉和山池　　　　　306

奉和赵王喜雨　　　307

伏闻游猎　　　　　307

寒园即目　　　　　309

和炅法师游昆明池二首　307

和裴仪同秋日　　　308

和人日晚景宴昆明池　307

和宇文内史春日游山　306

和赵王送峡中军　　308

郊行值雪　　　　　307

就蒲州使君乞酒　　308

陪驾幸终南山和宇文内史 306

山斋　　　　　　　309

山中　　　　　　　309

上益州上柱国赵王　307，312

忝在司水看治渭桥　307

同颜大夫初晴　　　307

望野　　　　　　　309

喜晴　　　　　　　　　 312

野步　　　　　　　　　 309

拟咏怀　　　　　　　　 308

咏画屏风　　　　　　　 309

游山　　　　　　　　　 306

哀江南赋　　　　　　　 305

春赋　　　　　　 267，271

庾阐　　　　　　　　　　74

采药　　　104，132，134

三月三日临曲水　　　　 104

海赋　　　　　　　　　 113

涉江赋　　　　　　　　 114

淮南小山　　　　　　　　62

随郡王子隆

山居序　　　　　　　　 181

续咸　　　　　　　　　 186

十 二 画

葛洪　　　　　　　 131，135

董景道　　　　　　　　 126

嵇含　　　　　　　 115，121

嵇康　 57，58，59，60，134，135，
　　　 224，225，278

酒会　　　　　　　 58，279

秋胡行　　　　　　　　　59

幽愤　　　　　　　　　　59

游仙　　　　　　　　　 134

杂诗　　　　　　　　　　59

赠秀才入军　　　　　　　58

嵇喜

答嵇康　　　　　　　　　58

傅玄　　　　　　　 114，134

阳春赋　　　　　　　　 267

郁金赋　　　　　　　　 116

华岳铭序　　　　　　　 182

傅亮

登龙冈赋　　　　　　　 264

感物赋　　　　　　　　 264

傅毅　　　　　　　　　　15

储光羲　　　　　　　　 314

田家杂兴　　　　　　　 314

终南山幽居献苏侍郎　　 314

游茅山　　　　　　　　 314

番禺侯轨　　　　　 175，256

湛方生

还都帆　　　　　　　　 104

秋夜　　　　　　　　　　36

天晴　　　　　　　　　 105

怀春赋　　　　　　　　 267

温子昇　　　　　　　　 300

春日临池　　　　　　　 299

捣衣　　　　　　　　　 300

谢万　　　　　 93，103，129

春游赋　　　　　　 117，267

七贤嵇中散赞　　　　　 279

谢约　　　　　　　　　 258

谢庄

　月赋　　　　　　　　　　260

谢安　80，81，84，87，92，93，

　　99，101，103，128，129，

　　130，274，288

　与王胡之　　　　　　　　279

谢灵运　25，51，60，61，71，72，

　　73，74，84，85，86，104，

　　105，106，108，109，137，

　　138—146，147，148，149，

　　150，152，153，167，169，

　　170，171，182，184，185，

　　229，255，261，271，285，

　　286，287，300，311，313，

　　314，315，319，323，324

　悲哉行　　　　　　　　　142

　酬从弟惠连　139，143，280，281

　初去郡　　　26，27，73，106，

　　　　144，145

　初往新安至桐庐口　　　　142

　从斤竹涧越岭溪行

　　　　　　71，140，144，284

　从游京口北固应诏　　　　143

　登池上楼　　　　　139，143

　登江中孤屿　　　　145，276

　登石门最高顶　　　143，144

　富春渚　　　　　　　　　144

　过始宁墅　73，142，144，145

　会吟行　　　　　　　　　142

　邻里相送至方山　　　　　145

　七里濑　　　　　　　　　144

　入彭蠡湖口　　　　　　　145

　石壁精舍还湖中作　　　　142

　石室山　　　　　　　　　142

　田南树园激流植援

　　　　　　139，280，282，285

　晚出西射堂　　138，280，281

　相逢行　　　　　　　　　281

　拟魏太子邺中集　　276，282

　拟魏太子邺中集诗序138，281

　游赤石进帆海　　　142，143

　游南亭　138，142，280，284

　于南山往北山经湖中瞻眺

　　　　　　　　139，143，283

　永初三年七月十六日之郡

　　初发都　　　139，280，281

　斋中读书　　　　　　　　71

　长溪赋　　　　　　　　　264

　归途赋　　　　　　　　　264

　岭表赋　　　　　　　　　264

　山居赋　181，261—264，266，

　　　　268，269

　游名山志序　　　　102，146

　山居赋序　　　　　　　　140

　与庐陵王义真笺　　　　　291

谢朓　137，146—150，160，162，

166，171，251，253，255，258，275，286，288，311，313

别江水曹 288

奉和随王殿下 288

高斋视事 148

和伏武昌登孙权故城 288

和何议曹郊游 148，288

和徐勉出新亭渚 148

将游湘水寻句溪 147

京路夜发 286

敬亭山 147

郡内高斋闲望答吕法曹 148

落日同何仪曹煦 288

同咏坐上所见一物 252

晚登三山还望京邑 148

宣城郡内登望 146，149

移病还园示亲属 149

咏竹 254

游东田 147

游山 147，285，287

暂使下都夜发新林至京邑

赠西府同僚 149

之宣城郡出新林浦向板桥

146，148，284，285

直中书省 288

临楚江赋 181，266

游后园赋 266

谢混 72，74，75，76，83，84—87，121

诚族子 85，86

送二王在领军府集 85，86

游西池 85，86，179

殷祭议 85

谢惠连 85，139，253

西陵遇风献康乐 139

雪赋 250，260

谢瑰 93，94

谢琨

秋夜长 49

谢瞻

于安城答灵运 278

十 三 画

雷次宗

与子侄书 291

摄摩腾 276

虞羲

咏新月 286

虞炎 253

虞茂

赋昆明池一物得织女石 253

虞说 93，99

虞骞 150

登钟山下峰望 151

游潮山悲古冢 151

寻沈剡夕至嵊亭　　　　　154

简文帝（晋）　　　　76，80，82

简文帝（梁）150，165，166，251

　　薄晚逐凉北楼回望　　　154

　　登城　　　　　　　　　154

　　登城北望　　　　　　　154

　　登烽火楼　　　　　　　154

　　经琵琶峡　　　　　　　152

　　九日赋韵　　　　　　　286

　　九日侍皇太子乐游苑　　156

　　入溆浦　　　　　　　　152

　　三日侍皇太子曲水宴　　155

　　山池　　　　　　151，306

　　山斋　　　　　　　　　157

　　侍游新亭应令　　　　　156

　　玩汉水　　　　　　　　152

　　晚日后庭　　　　　　　156

　　往虎窟山寺　　　　　　151

　　夜游北园　　　　　　　156

　　咏蛱蝶　　　　　　　　255

　　咏藤　　　　　　　　　259

　　游光宅寺　　　　　　　151

　　采莲赋　　　　　　　　271

　　大壑赋　　　　　　　　270

　　秋兴赋　　　　　　　　268

　　述羁赋　　　　　　　　268

　　晚春赋　　　　　　　　266

　　答湘东王书　　　　　　174

　　与广信侯书 174，289，295，297

　　与萧临川书　　　　　　174

　　与湘东王书　　　　　　288

　　秀林山铭　　　　181，297

鲍至　　　　　　　　150，166

　　奉和往虎窟山寺　　　　158

　　山池应令　　　　　　　151

鲍泉

　　江上望月　　　　　　　152

鲍照　　　　　　　　134，253

　　秋夕　　　　　　　　　287

　　望水　　　　　　　　　287

　　学刘公幹体　　　　　　287

　　赠故人马子乔　　　　　275

　　白头吟　　　　　　　　286

　　芜城赋　　　　　172，264

　　游思赋　　　　　　　　265

　　登大雷岸与妹书　　　　171

褚渊

　　秋伤赋　　　　　　　　266

十 四 画

綦毋潜　　　　　　　　　　314

裴让之

　　从北征　　　　　　　　302

裴迪　　　　　　　　313，314

蔡邕　　　　　　　　15，225

　　述行赋　　　　　　　　222

十 五 画

慧远　　　　　　　　　　187

滕王逌

　　庾开府集序　　　　305

颜延年

　　三月三日曲水诗序　87，91

潘尼　　　　　　　　　　60

　　七月七日侍皇太子宴玄

　　　圃园　　　　　　　49

　　迎大驾　　　　　　　61

潘岳　　　　　　121，144

　　悼亡　　　　　　　　34

　　河阳县作　　　　51，61

　　在怀县作　　　　51，61

　　沧海赋　　　　　　113

　　登虎牢山赋　　　　119

　　秋兴赋　　　　　　45

　　西征赋　219，221，222

　　夏侯常侍诔　　　　279

十 七 画

戴延之　　　　　213，214

戴逵　　　　　　　　257

戴勃　　　　　　257，258

戴颙　　　　　　290，291

魏收　　　　　　227，228

　　晦日泛舟应诏　　　300

　　后园宴乐　　　　　300

繁钦

　　愁思赋　　　　　　47

　　征天山赋　　　　　222

　　述征赋　　　　　　222

无 名 氏

敕勒歌　　　　　　　301

古歌　　　　　　　48，242

古诗十九首　　　21，47

江南　　　　　　　　20

杀狗劝夫　　　　　　321

书 名 索 引

（按汉字笔画排列）

二 画

十二州记（吴均） 180
十三州记（阚骃） 201
人间词话 320
入蜀记 218，319
九家集注杜诗 283

三 画

三国志 122，123，215，279
三秦记 201
山海经 191，192，193，198，
204，228，230
山居记（谢灵运） 183，200，
247
山居图（谢灵运） 183，184
山栖志（刘峻） 177，186，293
广弘明集 102，168，169，174，
175，177，232，269，
289，294，295
广阳杂记 226
广雅 48
小山乐府 321
小方壶斋舆地丛钞 182，323

四 画

王右丞集笺注 313，316
王荆公诗集笺注 317，318
云谷杂记 91，93，94，95，96，97
天下名山记（王世贞） 227
天下名山游记（吴秋士） 182
天下名山胜概记（无名氏）
227，323
天下游名山记（何镗） 227，323
韦苏州集 315
艺文类聚 16，24，28，29，30，
31，32，33，35，36，
47，49，51，52，54，
55，56，60，64，66，
68，72，80，82，84，
87，88，89，90，
100，104，105，109，
113，114，115，116，
117，118，119，120，
124，130，134，135，
149，152，153，154，
155，157，160，167，
170，173，174，177，

178，179，183，184，
186，189，190，191，
192，195，196，197，
198，199，205，206，
209，210，212，213，
216，220，221，232，
235，238，239，240，
242，243，244，249，
252，255，259，260，
265，266，268，271，
277，281，287，294，
295，297，299，300，
302，304，305

五经正义　　　　　　235
太平御览　30，36，48，88，89，
92，120，183，184，
186，187，189，190，
192，199，200，204，
205，206，207，208，
209，210，212，214，
216，217，218，220，
222，223，224，225，
226，238，239，240，
241，242，243，244，
245，246，249

太平寰宇记　81，191，201，215，
216，248

历代名画记　　　　257，258

中兴书　　　　　　　　128
毛诗草木鸟兽虫鱼疏　　　　3
升庵诗话　　　　　　　246
从征记（伍缉之）　　　　215
月令　　　　　　44，45，46
丹铅杂录　　　　　　　226
六一诗话　　　　　　　310
文心雕龙　57，72，73，74，75，
141，250，251，252，
257，272，287

文选　12，13，15，16，17，18，
19，20，21，23，24，26，
28，29，30，32，34，35，
36，45，51，53，54，55，
56，57，58，59，60，62，
63，64，67，68，69，71，
72，73，75，77，81，84，
85，86，87，88，89，91，
110，111，113，114，117，
119，120，125，127，131，
135，138，139，140，141，
142，143，144，145，147，
148，149，156，159，170，
172，173，178，183，184，
189，190，195，198，199，
200，208，219，242，250，
251，252，260，264，265，
277，278，279，280，281，

283，284，285，286，288，289

文馆词林　79，279

文章志　113

文章流别论　16，109

水经注　181，183，204，206，207，208，209，210，211，213，218，222，226—238，239，240，241，242，243，244，245，247，248，310，312，315，316，319，323

水经注写景文钞　227

五　画

玉台新咏　32，59，163，166，250，252，275，288，301

玉涧杂书（叶梦得）　248

古文苑　20，47，48，288

古诗十九首说　21

古诗源　300

世说新语　75，76，77，78，80，81，82，84，87，89，90，91，93，94，100，108，128，129，130，187，189，197，242，272，273，274，275，276，277，278，279，290，292

左传　273

石湖居士诗集　319

北史　159，227，228，230，305，310

北齐书　310

北江诗话　149

北征记（伏滔）　215，218

北征记（徐齐民）　215，216

北征记（裴松之）　215

北堂书钞　82，113，189，205，220，238，239，241，244，245，246，249

旧唐书　213，214

史记　18，191，193，205

白石道人诗集　320

白石道人歌曲　320

乐府诗集　20，32，34，281，301，303

句将山记（袁山松）　188，192，238

兰亭考（桑世昌）　92，93，94，95，96，97，100

汉书　11，15，71，183，191，193，216

汉水记（庾仲雍）　247

汉武故事　20

永初山川记（刘澄之）　188，247

弘明集　75，79，278

六　画

老子　23，68，69，78

西征记（裴松之）　215

西征记（卢思道）　215，216

西征记（郭延生）　223

西征记（戴延之）　204，213，
216，218

西溪丛语　92

至人高士传赞　78

吕氏春秋　45，279

华阳国志　201

后汉书（范晔）19，70，88，121，
123，206，214，215

后汉书（袁山松）　238

会稽郡记　292

名山记（无名氏）　248

名山记（殷武）　188，248

名山记（王嘉）　188

名山志（谢灵运）
183，184，198—199

名山略记（无名氏）　248

齐东野语　94

庄子　35，48，65，67，68，78，81，
122，123，124，224，322

羊头山记（无名氏）　188

江文通文集　153，271，295，296

江水记（庾仲雍）　182，247

江州记（刘澄之）　209

江表传　274，279

江湖集　320

论画（顾恺之）　258

论语　3，66，100，108，122，123，
229，273

寻山志（陶弘景）　176，229

观林诗话　144

七　画

远游志（续咸）　186

直斋书录解题　7

吴兴山墟名（王韶之）
188，203，248

吴兴山墟名（张玄之）
188，191，194，203，247，248

吴船录　218，319

困学纪闻　75，99

何大复先生集　317

邹山记　247

庐山记（陈舜俞）　181，189

庐山记（王彪之）　188

庐山记（释慧远）187，194，247

庐山记（张野）　188，191

庐山记（宗测）　185，228，293

庐山记（周景式）　188，247

庐山略记（释慧远）188，189—192

沧浪诗话　109，141，317

宋书　50，53，74，85，86，105，106，138，140，142，143，185，200，201，215，229，249，257，258，260，263，275，276，278，285，290，291，297

宋史　　　　212，317，318

初学记　30，52，88，89，105，114，119，155，156，168，183，184，185，189，190，191，192，197，198，199，204，208，209，212，216，220，238，239，241，244，249，266，267，279

陈书　23，165，166，169，171

八　　画

述征记（郭缘生）　198，204，213—226

述征记（裴松之）　214，215，217

抱朴子　　　131，132，135

尚书　　　　　　　　3

昆仑记　　　　　　247

罗浮山记（袁宏）　188，194，247

牧斋初学集　　　　320

佩文斋咏物诗选　　250

征齐道里记（邱渊之）　215

采菽堂古诗选　21，27，142，152，153，160，161，162，259，306

周书　166，231，267，303，305

法书要录　　92，95，96，131

河东先生集　　　315，316

宜都记（袁山松）　189，208，234，238—247

宜都山川记（袁山松）　188，190，191，194，195，203，205，206，207，208，211，212，234，238—247，248，292

诗纪　31，49，51，55，65，80，92，93，94，97，100，102，104，129，132，135，151，152，153，160，161，162，163，164，168，170，176，196，252，253，255，259，286，300，301，302

诗经　1，3—7，8，9，10，11，16，20，24，25，29，37，39，41，43，44，48，58，95，102，292，311

　十月之交　　　　6

　七月　　　25，40，44

　丰年　　　　　39

云汉	6	诗品	59，63，72，75，83，250，
出车	6，37		253
东山	5	诗集传	4
四月	37，40	诗薮	83，249
考槃	11	录鬼簿	321
有狐	40	居名山志（谢灵运）	
伐木	5		182，183，184，185
何彼秾矣	4	孟子	66，122
鸡鸣	5	孟浩然集	314
茗之华	41		
采薇	5		**九　画**
氓	38，39，40	春秋繁露	48
卷阿	6	荆州记（刘澄之）	202
柏舟	40	荆州记（虞仲雍）	202
草虫	4，37，40	荆州记（郭仲产）	202
桃夭	4，7	荆州记（范汪）	202，211
载驰	7	荆州记（盛弘之）	
鸿雁	40，44		201—213，235，242，247
淇奥	7	荆州记（无名氏）	202，204
野有死麕	40	荆州图（无名氏）	202，206，207
葛覃	5	荆州图副（无名氏）	
黍离	5，40		202，206，207
蒹葭	38，40，44	荆州图记（无名氏）	202
摽有梅	4	荆州图经（无名氏）	202
樛木	7	荆州土地记（无名氏）	202
隰有苌楚	5	荆南地志（萧世诚）	202
蟋蟀	38，39，44	带经堂诗话	74
螽斯	7	南史	139，164，256，280，302

南齐书　74，91，146，173，185，
　　211，228，256，261，
　　275，276，293，296
南岳记（徐灵期）
　　　　188，194，196，202
拾遗记　　　　　　　　　　20
昭明太子集　　175，176，289
选诗补注　　　　　　47，284
秋水庵花影集　　　　　　323
禹贡　　191，193，198，204
剑南诗稿　　　　　　　　318
施注苏诗　　　　　　　　318
帝京景物略　　　　　　　322
洛阳伽蓝记　　　　　　　310
神境记（王韶之）
　188，190，202，203，248，249

十　　　画

袁中郎全集　　　　　　　322
晋书（臧荣绪）　　　　　219
晋书　57，63，65，76，77，83，
　　84，85，87，101，110，
　　111，122，124，125，126，
　　127，128，129，130，131，
　　146，186，193，194，195，
　　203，212，216，220，221，
　　239，240，276，277，280，
　　288，290，297

晋中兴士人书　　　　　　80
晋中兴书　　　　　　81，114
晋诸公赞　　　　　　　　274
夏小正　　　　　　　44，45
徐江州本事　　　　　　　279
徐霞客游记　181，182，238，319，
　　323
高逸沙门传　　　　　80，274
高僧传　　　　132，187，276
离骚草木疏　　　　　　　7
陶庵梦忆　　　　　　　　323
陶渊明集　52，104，105，274，275
陶隐居集　　　　　　176，294

十　一　画

逸周书（《时训解》）　　　45
庾子山集　　　267，306—309
淮南子　　　　　　　25，69
梁书　151，159，165，175，176，
　　177，179，180，185，186，
　　256，268，269，274，276，
　　288，293，294，295，300
隋书　　　　　84，150，193
续汉书　　　87，189，212，216
续齐谐记　　　　　　　　89
续述征记（郭缘生）　　　213
续晋阳秋　75，78，80，81，82，
　　84，86，129，274，

276，290

十 二 画

韩非子 272，273

搜神后记 90

嵇康集 58，134

游山记（释慧远） 186，187，195

游四郡记（王羲之） 186，195

游名山记（谢灵运） 183，200

游名山志（谢灵运） 146，182—
186，192，194，195，199，
203，211，247，248，263

湘中记（罗含） 189，190，191，
201，202，211，
212，213，247，
248

湘中山水记（罗含）
188，189，194，203，212

湘中记（庾仲雍） 189，202，212

湘中记（甄烈） 202

湘中记（无名氏） 202

湘川记（罗含） 188

湘州记（郭仲产） 202

湘州记（无名氏） 202，209

湘州记（庾仲雍） 202，209

谢宣城诗集 147，148，149，252，
254，285，287，288

十 三 画

楚辞 1，6，7—12，14，16，20，
21，33，37，41—44，46，
60，62，64，66，67，68，
69，70，108，186，311

九叹 46

九怀 46

九思 46

九歌 9，11，41，44

九章 9，41，42

九辩 12，13，21，42，43，44

大招 12，62，63

山鬼 9

天问 11

少司命 11

远游 10，11，60，186

怀沙 9，11

招魂 11，62，63

招隐士 62—71

抽思 42

离骚 8，10，11，18，41，60

涉江 9，42

悲回风 10

湘夫人 8，9，11，41

湘君 11

橘颂 11，12，13，311

幎阜山记（葛洪） 188

鲍氏集　　　　　　　　　171，287

韵语阳秋　　　　　　　　141，142

新安山水记（萧幾）　　　　　　186

新唐书　　213，214，313，314

嵩高山记（卢元明）　　　188，247

十 四 画

管子　　　　　　　　　　　　273

舆地碑记目　　　　　　　188，248

十 五 画

颜氏家训　　　　　　　　275，301

十 六 画

衡山记（宗测）

　　　　　185，211，228，293

十 七 画

翼骚　　　　　　　　　　　　　7

十 八 画

魏书　227，228，229，230，231，
　　300

译 后 记

1984 年 11 月，"中日学者《文心雕龙》学术讨论会"在上海举行，我当时受命为讨论会翻译日方学者所提交的论文。在这些论文中，有一篇是直接用中文写的，题目是《论文心雕龙物色篇及齐梁文学的自然观》，作者是小尾郊一博士。这篇论文引起了我的注意。我一面为其内容的新颖独到所吸引，一面又为其中文的流畅生动所感佩，这是我接触小尾郊一博士的研究课题之始。讨论会结束后不久，在访问复旦大学时，小尾郊一博士又将他的代表作《中国文学中所表现的自然与自然观》赠送给了复旦大学，此书后来又入藏于古籍整理研究所，这一方面使我得以有机会更深入地了解小尾郊一博士的研究课题，另一方面也成了我后来翻译此书的契机。1985 年，上海古籍出版社将此书列入《海外汉学丛书》，并嘱我任翻译之事，这正是我所非常愿意的。从 1985 年秋至今年秋的近两年时间里，我在工作之余，陆陆续续将此书译了出来。

由于此书是一部严谨的学术著作，所以我在技术处理方面也尽可能地按照学术著作的要求来进行。此书引用了大量的文献资料，我全都直接根据国内通行而可靠的版本复原，一般不再出校记；遇到较为重要的异文，则无论改动与否，均加校记予以说明，以"译者注"名义注出，以示慎重。个别引文出处未注明者，则补出；有节略者，则补全；有歧误者，则改正。此书后面原附的索引，均按汉字笔画重编；其中有若干不妥之处，在重编时已作调整。凡此，均在此一并说明，文中不再一一注出。

在翻译此书的过程中，我得到了来自各方面的帮助。作者小尾郊一博士对译事始终给予热情的支持和关心，他不仅向译者提供了许多有关此书的资料，而且还亲自审阅了部分译稿，回答了许多叩问；业师章培恒教授是最早向我介绍此书在日本的地位和影响的，这是促使我后来翻译此书的因素之一，而且在译稿完成后，又拨冗赐序；小尾郊一博士的学生和助手、目前正在复旦大学留学的日本武库川女子大学的市成直子女士，不厌其烦地帮助我解决了许多翻译中碰到的语言问题；上海古籍出版社的王镇远同志，对译稿的出版提供了宝贵的帮助。对于来自上述各方面的帮助，谨在此表示衷心的感谢。

邵毅平

1987 年 12 月识于复旦大学

修订译本后记

本书原版 1962 年由日本岩波书店出版。时隔四分之一世纪余，1989 年，拙中译本由上海古籍出版社出版，忝列为《海外汉学丛书》第一种。但初版仅印了一千册，不久即告售罄，海内外需求虽殷，此后却未获重印。此次值《海外汉学丛书》重启，于是又时隔四分之一世纪，本中译本得以有机会修订重版。我想，这无论对于原作者，对于本译者，还是对于广大读者，都是一件值得庆幸的事情。

但遗憾的是，本书作者小尾郊一先生已于 2004 年仙逝，未及看到本中译本修订重版。本中译本此次修订重版，获得已九五高龄的先生遗孀小尾多知代女史的再授权（初版由小尾郊一先生征得岩波书店同意后亲自授权）。协助襄理授权事宜的先生哲嗣、广岛大学名誉教授小尾孟夫先生特地告诉我，授权书的签署日期是"2014 年 2 月 2 日"，正值先生一百零一周岁诞辰；而两天后的 2 月 4 日，又恰逢先生的十周年忌辰，他们会在祭祀时向先生报告此事。这一时间上的巧合，似让人感到冥冥之中自有天意。这不禁让我回想起 1987 年 5 月在上海与先生初次见面，先生即告以自己的生日是"大正 2 年（1913 年）2 月 2 日"，都是"2"，很好记，后来我果然再也不曾忘记过……又想起 1989 年 7 月的诹访湖边，先生夫妇像从前的老派夫妇一样，一前一后隔得远远地走着，陪我们游览美丽的诹访湖……虽然光阴荏苒，物是人非，但坚信先生的大著是会在"天下"继续流传的吧！

先生曾在本书《后记》中说："事实上，我从没有到过中国。比我辈年龄更小的人们，恐怕大部分也都没有关于中国的亲身体验。这是因为想要有也没法有。对于从事中国文学研究的人来说，这是一个巨大的不幸。如果我具有中国语言和风物方面的切身体验，也许此书的内容会更加出色，深度也会更为增加吧！""想要有也没法有"是因为时代的局限，但"局限"有时也会带来"想象"之美——这大概也正是本书的一大特色吧？而自中日邦交正常化以后，先生曾多次访华，或开会或旅行，得以充分领略中国的自然与人文风光，增加中国语言和风物方面的切身体验，在生前即已弥补了曾经的"不幸"和遗憾。想来先生晚年亲历了曾经是想象中的诗文中的中国山水以后，回顾自己早年的这一力作，也许会生出王尔德式的"不是艺术模仿生活，而是生活模仿艺术"的感慨吧？

本中译本 1989 年初版时，拙《中译本序》因故未收入，此次补入。该文曾经过作者审阅，其中有关资料截止于写作当时，为保存历史原貌，此次未作改动。"译者注"里有关日本汉学者的信息也是如此，知道的就补充一下，不知道的就一仍其旧。有两节作者用了文后注，为与丛书新版体例统一，此次全部改成了脚注（未标明"译者注"者即为作者原注）。正如作者《后记》所言，此书撰著前后历时十余年，其中部分章节由编入单篇论文而成，故行文体例格式多有不统一处，此次修订，仅就引文出处的标注法等作了最低限度的统一。原《书名索引》阙漏较多，此次予以重编；原《事项索引》和年表，似对国内读者意义不大，故此次仍未收入。其他种种修订细节恕不一一。又需要特别指出的是，作者所引日本早期学术文献，多有称中国为"支那"者，此乃当时风气使然，为存历史真相，一律一仍其旧。

本中译本的修订重版，得到了很多人的帮助。作者遗孀小尾多知代女史、哲嗣小尾孟夫先生快诺授权；神户大学釜谷武志教授、广岛大学富永一登教授热心提供相关信息；本书前任责编高克勤社长、现任责编刘赛博士跨越四分之一世纪接力精心编辑……对于他们，我都要表示由衷的感谢！

而曾经赐序的章培恒先生，也已于三年前仙逝，看不到本中译本的修订重版了！在此谨致以深切的缅怀之意。

邵毅平

2014 年 7 月 30 日识于复旦大学

《海外汉学丛书》已出书目

(以出版时间为序)

中国文学中所表现的自然与自然观

　　[日]小尾郊一著　邵毅平译

唐诗的魅力：诗语的结构主义批评

　　[美]高友工、梅祖麟著　李世跃译　武菲校

通向禅学之路

　　[日]铃木大拙著　葛兆光译

1368—1953 中国人口研究

　　[美]何炳棣著　葛剑雄译

道教(第一卷)

　　[日]福井康顺等监修　朱越利译

追忆：中国古典文学中的往事再现

　　[美]斯蒂芬·欧文(宇文所安)著　郑学勤译

中国和基督教：中国和欧洲文化之比较

　　[法]谢和耐著　耿昇译

中国小说世界

　　[日]内田道夫编　李庆译

中国的宗族与戏剧

　　[日]田仲一成著　钱杭、任余白译

南明史(1644—1662)

　　[美]司徒琳著　李荣庆等译　严寿澂校

道教(第二卷)

　　[日]福井康顺等监修　朱越利等译

道教(第三卷)

　　[日]福井康顺等监修　朱越利等译

中国民间宗教教派研究

　　［美］欧大年著　刘心勇等译

早期中国"人"的观念

　　［美］唐纳德·J·蒙罗著　庄国雄等译

美国学者论唐代文学

　　［美］倪豪士编选　黄宝华等译

中华帝国的文明

　　［英］莱芒·道逊著　金星男译　朱宪伦校

中国文章论

　　［日］佐藤一郎著　赵善嘉译

李白诗歌抒情艺术研究

　　［日］松浦友久著　刘维治译

三国演义与民间文学传统

　　［俄］李福清著　尹锡康、田大畏译　田大畏校订

中国近代白话短篇小说研究

　　［日］小野四平著　施小炜、邵毅平等译

柳永论稿：词的源流与创新

　　［日］宇野直人著　张海鸥、羊昭红译

美的焦虑：北宋士大夫的审美思想与追求

　　［美］艾朗诺著　杜斐然、刘鹏、潘玉涛译　郭勉愈校

明季党社考

　　［日］小野和子著　李庆、张荣湄译

清廷十三年：马国贤在华回忆录

　　［意］马国贤著　李天纲译

终南山的变容：中唐文学论集

　　［日］川合康三著　刘维治、张剑、蒋寅译

中国人的智慧

　　［法］谢和耐著　何高济译

杜甫：中国最伟大的诗人

  洪业著 曾祥波译

中国总论

  ［美］卫三畏著 陈俱译 陈绛校

宋至清代身分法研究

  ［日］高桥芳郎著 李冰逆译

才女之累：李清照及其接受史

  ［美］艾朗诺著 夏丽丽、赵惠俊译

中国史学史

  ［日］内藤湖南著 马彪译

词及其周边：宋代士大夫与其文学

  ［日］中原健二著 陈文辉译